잘가거라 용생, 어서와라 인생

GOOD BYE, DRAGON LIFE.

나가시마 히로아키
Hiroaki Nagashima

6

목차

크리스티나

인간을 초월한 신체 능력과
검기를 겸비한 절세의 미녀.
「백은(白銀)의 공주기사」

네르네시아

과묵하지만 싸움에 대한
정열은 남들에게 뒤지지 않는다.
「얼음 꽃」이라는 별명의
소유자.

피니아

4강 중 한 사람인
「금빛 불꽃의 그대」.
화려한 것을 좋아하며
눈에 띄고 싶어 하는 성격이지만,
실력은 확실하다.

레니아

신조마수의 혼을 지니며,
「파괴자」로서 공포의 대상이
되고 있는 소녀.
드란을 아버지로서 존경한다.

류키츠(龍吉)

지상 세계의 용종들을 다스리는
3용제(龍帝) 3용황(龍皇) 중
하나인 수룡황(水龍皇).
용궁국(龍宮國)의 군주.

세리나

반인반사(半人半蛇)의
미소녀 라미아.
드란과 사역마의 계약을 맺고
마법학원까지 따라왔다.

드란

최강의 용이 전생한 모습.
고향 마을을 떠나
가로아 마법학원에 입학했다.
육체는 인간이지만 용종(竜種)의
마력을 숨기고 있다.

제1장 금빛 불꽃의 그대

햇빛이 눈부시게 내리쬐는 가운데, 나는 사역마인 라미아 소녀 세리나와 함께 가로아 외곽의 초원으로 발걸음을 옮기고 있었다.

학원의 의뢰를 받아 향한 천공 도시 슬라니아에서 꺼림칙한 실험을 되풀이하고 있던 마도 결사 오버 진 소속의 마법사를 토벌한 우리들은, 가로아 총독부를 비롯한 관계 각처의 사정 청취에 시달리며 어수선한 나날을 보내야 했다.

하지만 이제는 슬슬 일단락 지어지고 우리의 학교생활에도 일상의 기운이 되돌아오던 참이었다.

일전의 슬라니아 행 비행선을 탄 그 날, 나는 항구까지 이동하는데 자작 호스 골렘인 「시라카제(白風)」를 타고 갔었다. 그 모습을 목격한 거리의 상인들이나 군인들이 나에게 호스 골렘을 제작해 달라는 의뢰를 수도 없이 보내왔다. 오늘은 바로 그 호스 골렘을 마지막으로 납품하기 위해 세리나와 함께 마법학원 밖으로 나온 것이다.

나는 지금껏 마법학원에서 알선한 수많은 의뢰들을 해결해 왔지만 학원의 중개 없이 직접 의뢰를 받아 상인과 물품을 거래한 것은 처음이었다.

우리가 호스 골렘을 납품하기 위해 만나러 간 상대는 아크레스트 왕국뿐만 아니라 근방의 국가들 쪽으로도 널리 사업을 전개하고 있는 유라스 상회의 대표인 칼리버 유라스라는 이름의 거상이었다.

변경의 마을을 근거지로 삼아 나날이 대지와 씨름하는 일상생활을 영위하던 나에게는 그다지 익숙지 않았지만, 마법학원에 입학함으로써 가로아를 근거지로 삼게 된 이후론 꽤나 자주 보이는 이름이었다. 동급생인 파티마로부터 들은 이야기에 따르면, 그는 국내에서 손가락에 꼽힐 정도의 경제력을 자랑하는 대규모의 상회를 거느리고 있는 인물인 모양이다.

호스 골렘 제작에 관한 보수는 상담을 거치고 나서 결정하기로 했지만, 의뢰인이 요구하는 호스 골렘의 용도나 성능에 따라 판매 가격은 변동될 수밖에 없다.

의뢰를 받아들인 이후로 나는 유라스 씨가 가로아에 소유하고 있는 저택을 날마다 방문해 왔다. 그가 필요로 하는 호스 골렘의 성능이나 용도, 외관의 주문 등을 접수하기 위해서다.

나는 유라스 씨가 필요로 하는 조건들에 관한 견적이 어느 정도 뽑혀 나오자, 시라카제를 제조하는데 사용한 재료들을 열거한 종이를 제출하여 그에게 최종적인 사양과 예산을 결정해 달라고 전달했다.

유라스 씨는 말을 좋아한다는 걸로도 상당한 유명인이었다. 그는 자신의 개인 명의로 100마리에 가까운 말들을 소유하고 있었다. 또한 각국에 말들을 키우는 목장을 보유하고 있으며, 심지어 경마장 경영이나 군용 말을 공급하는 일까지 도맡아 하고 있는 모양이다.

그는 그런 식으로 구축한 인맥에다가 파발마나 역마차를 응용하여 신속한 정보망을 만들어, 어마어마한 재산과 지위를 쌓아올린 남자였다.

유라스 씨는 가로아 부근의 도로를 질주하던 시라카제의 모습을 목격한 모양이다. 그는 시라카제를 목격하자마자 살아있는 말로밖에 보이지 않는 활력과 약동감, 결코 진짜 말로는 발휘할 수 없을 것으로 보이는 속도와 지구력, 그리고 은빛으로 빛나는 네 다리의 장갑이 발하던 광채에 진심으로 반한 모양이다.

처음으로 그의 저택을 방문한 그날도, 나나 라미아인 세리나보다 지금부터 제작할 물품의 견본으로서 지참한 시라카제에게 정신이 팔려 상담을 시작하는데 꽤나 시간이 걸렸을 정도였다.

오늘 제작해 온 호스 골렘은 유라스 씨의 주문에 따라 화려한 장식이 달린 장갑을 덧붙인 기종이었다.

호스 골렘은 지금, 유라스 씨를 태운 채로 마음껏 초원의 바다를 내달리고 있는 와중이었다.

그리고 유라스 씨 한 사람만을 위해 준비한 특제 골렘 말고도 양산을 전제로 한 염가판 호스 골렘까지 제작해 왔다. 유라스 씨의 호위를 맡고 있는 남성 경호원이 양산형 호스 골렘에 올라탄 채로 그의 뒤를 따르고 있었다.

나를 따라온 세리나가 전혀 말을 멈추려는 낌새가 없는 유라스 씨를 바라보며 조금 곤혹스럽다는 듯이 미소를 지었다.

"호스 골렘이 꽤나 마음에 드셨나 봐요. 지금 저 표정만 봐도 저

분이 호스 골렘을 소중히 다루실 거라는 건 틀림없어요. 다행이네요, 드란 씨."

말 위의 유라스 씨는 우렁찬 북소리를 연상케 하는 커다란 소리로 즐겁게 웃고 있었다.

흠. 이 소리를 들으면 그가 진심으로 기뻐하고 있다는 사실을 부정할 수 있는 이는 아무도 없으리라.

지금껏 상인 가운데 나와 인연이 있던 자들이라고 해봐야, 며칠에 한 번씩 마을로 찾아오는 행상인들 정도가 고작이었다. 그런고로 나에게 있어서 상인이라는 이들은 꽤나 낯선 인종이었지만, 지금으로선 특별히 긴장할 필요는 없어 보였다.

그러나 파티마나 요슈아를 비롯한 동급생들의 증언에 따르면, 상인들 중에선 갚을 능력이 없는 귀족들에게 돈을 빌려줬다가 빚을 지움으로써 부정한 사업 수단에 대한 협력이나 특권 부여를 강요하는 이들 또한 있는 모양이다. 지금 우리 눈앞에서 어린아이처럼 기뻐하고 있는 유라스 씨의 경우엔 과연 어떨지…….

유라스 씨는 남성 경호원에게 불리고 나서야 말머리를 돌려 우리에게 다가왔다.

올해로 50세가 된다는 유라스 씨는 결코 키가 큰 편은 아니었지만, 굉장히 넉넉하고도 건장한 체격의 소유자였다. 다만 그의 몸매는 결코 사치스러운 생활에서 비롯한 비만 체형이 아니었고, 꽉 들어찬 근육 위로 어렴풋이 지방이 올라와 있는 모양새였다. 그의 양팔 또한 상인이라기보다 한 사람의 권투사(拳鬪士)를 연상케 할 만큼 튼튼해 보였다.

선조 대대로 상인 가문인 걸로 아는데, 그에 관해선 용병이나 모험가로 일하다가 전직한 이라는 설명을 들어야 그나마 납득이 갈 듯한 느낌이 들었다.

얼굴 생김새 또한 지금은 싱글벙글하게 만면의 미소를 짓고 있었으나, 전체적으로 바윗덩어리를 거칠게 갈아 만든 듯한 인상의 소유자였다. 뒤통수로 넘겨 머릿기름을 발라 굳힌 흑발 또한 보는 이로 하여금 엄혹한 인상을 받게끔 하는 요인 가운데 하나였다.

유라스 씨를 따르는 경호원은 겟드라는 이름의, 나보다 머리 두 개 정도는 커 보이는 키와 무릎에 닿을 정도로 긴 양팔이 특징적인 남자였다. 나이는 30대 중반 정도였다.

온몸에 딱 달라붙는 검은 가죽옷을 입고 있었으며, 허리춤에 찬 나이프 한 자루를 휴대하고 있었다. 하지만 나의 감각은 그의 육체에 지속적으로 부여되고 있는 신체 강화 마법과 미약한 약품 냄새를 감지했다.

"드란 군, 이 말은 정말 멋진 발명품일세! 마치 나 자신이 바람이라도 된 듯이 빠를 뿐만 아니라, 움직임 또한 매끄럽기 그지없군. 엉덩이나 허리도 전혀 아프지 않아. 게다가 굉장히 똑똑해. 아주 잠시 동안만 타고 다녔을 뿐인데도 나의 의도를 완벽하게 읽어 들여서 고삐나 등자를 쓸 필요조차 없이 원하는 곳으로 데려가 준다네. 아마도 눈이나 귀의 감각 기관 또한 평범한 말들보다 훨씬 예민한 것 같군. 풀에 묻혀서 보이지 않는 돌이나 구덩이, 쓰러진 나무 등을 나보다 빠르게 알아차리는데다가 확실하게 안전한 길들만을 골라 달리니 말이야."

흥분과 환희로 인해 얼굴을 새빨갛게 물들인 유라스 씨는 호스 골렘의 등짝으로부터 내리자마자 나의 양손을 아파 오도록 꽉 움켜쥐며 하고 싶던 말들을 순식간에 마쳤다.

나 또한 자신의 작품에 관한 칭찬을 듣는 것은 싫지 않았으나 흥분한 중년 남성의 얼굴을 가까이 마주보는 것은 그다지 유쾌한 체험이 아니었다.

"마음에 드신 것 같으니 다행이군요. 최고 속도는 평범한 말의 세 배 정도이며, 그 속도로 꼬박 이틀 동안 전력질주가 가능하도록 설계되어 있습니다. 술식(術式)의 중추에 관해선 말씀드릴 수 없습니다만, 골렘의 조정이나 정비에 관한 자료 또한 준비해 왔으니 고용하고 계신 마법사 분께 넘겨주십시오. 그분의 실력으로 힘에 겨울 때는 제가 수리하러 오겠습니다."

유라스 씨 전용으로 제작된 호스 골렘은 갈색 표피와 커다랗고도 위풍당당한 체구를 지니고 있을 뿐만 아니라, 다리 부분이나 이마를 뒤덮는 장갑에도 금 공예품을 채워 넣은 특별한 제품이었다.

눈앞의 호스 골렘에 올라탄 채로 도시 한복판이나 큰길을 거닐면, 지나치는 이들의 시선은 지극히 자연스럽게 말과 그 주인에 집중될 수밖에 없으리라.

"음, 정말 나무랄 데 없는 완벽한 사후처리야. 그나저나 이 말들한테는 도대체 어떤 종류의 식량이 필요하겠나? 예전에 자네로부터 평범한 말들과 똑같은 먹이로도 큰 문제는 없다는 말을 들었다만, 마정석(磨晶石)이나 정령석(精靈石) 같은 종류의 원료는 필요 없나?"

"식사는 살아있는 말들과 똑같은 먹이를 주셔도 아무 문제없을 겁니다. 다만, 식사량은 평범한 말들의 10분의 1 정도로도 족합니다. 내장되어 있는 마정석이나 정령석을 교환하는 시기에 관해서는 첨부된 자료에 기재되어 있습니다."

"정말인가? 자네가 보내준 견적대로라면 나는 정말 더할 수 없이 좋은 물건을 말도 안 되게 싼 값으로 구입한 게로군. 겟드? 네 말은 어떠냐?"

지금 겟드 씨가 탑승 중인 양산형은, 주로 정보 전달을 목적으로 삼아 시험 운용될 모양이다.

현재 널리 사용되고 있는 원거리 통신 방법은 조교된 새나 마법을 사용한 수단 등이 대표적이지만, 각각의 방법에 뚜렷한 일장일단(一長一短)이 존재한다. 그러한 상황 하에서 이들은 신속하고도 확실한 연락 방법을 새롭게 모색하고 있었다.

양산형 호스 골렘은 평균적인 말들과 비슷한 덩치였고, 짙은 갈색의 체모가 머리나 몸통을 뒤덮고 있었다. 네 다리 또한 같은 색깔의 장갑으로 뒤덮여 있었다.

호스 골렘은 무거운 짐을 끌거나 몇 날 며칠을 지속적으로 달리는데도 쓸모가 있으니, 유라스 씨에게 큰 도움이 되고도 남을 것이다.

짭짤한 보수와 더불어 장차 베른 마을에서 활용할 호스 골렘 양산 계획의 시험 제작을 겸하고 있었기 때문에, 나로서는 이래저래 고마운 업무 의뢰였다.

"어르신께서 말씀하신 대로, 지금껏 타고 다니던 말들이 전부

다 허약한 당나귀로 느껴질 정도로 훌륭한 명마(名馬)로군요. 게다가 완전히 똑같은 말들을 여러 마리 준비할 수 있지요. 사양서대로만 움직여 준다면 정말 훌륭한 물건들입니다."

겟드 씨는 약간 알아듣기 힘든 목소리로 속삭이듯이 중얼거리며 나의 얼굴을 똑바로 보려고도 하지 않았으나, 입에 담은 소감 자체는 본심에서 우러나온 말로 들렸다.

유라스 씨와 항상 일정한 보폭을 유지하고 있는 거리감이나 주위로 향하고 있는 시선으로 판단하건대, 그는 나나 세리나가 유라스 씨에게 해를 끼치지 못 하도록 경계하고 있었다. 하지만 일부러 상대방을 폄하하기 위한 목적으로 시시한 거짓말을 입에 담는 성격은 아닌 모양이다.

"잘 봤군. 나 또한 자네와 생각이 같아. 하지만…… 다른 녀석들 또한 이 말 골렘을 쓰게 될지도 모른다는 생각을 하니 무척 찝찝하단 말이지. 그래서 말인데, 드란 군? 우리 상회 직속의 마법사가 되는 건 어떻겠나? 아무 데나 나돌아 다니는 상인 나부랭이들이나 어중간하게 높으신 귀족 분들보다 훨씬 좋은 대우를 약속하겠네. 물론 자네와 함께 다니는 사역마 아가씨까지 한꺼번에 고용하도록 하지."

얼핏 듣기엔 가벼운 농담처럼 튀어나온 발언이었다. 하지만 부드러운 미소와는 달리 두 눈동자는 진지하게 나의 값을 매기는 듯이 번쩍이고 있었다.

큰길을 내달리던 호스 골렘의 소유자가 가로아 마법학원의 학생이라는 사실을 신속하게 파악한 정보망을 고려하면, 제작자인 나에 관해서도 이미 상당량의 정보를 입수한 것으로 봐야 하리라.

"수행 중인 몸에 과분하기 짝이 없는 제안이니 무척 감사합니다만, 저는 아직 미숙한 일개 학생에 지나지 않습니다. 지금의 저는 열심히 수련을 쌓아, 한 사람 몫을 하는 마법사가 되는 것을 최우선적으로 생각하려 합니다."

"음, 그렇단 말이지? 자네는 정말 겸손한 성격이로군. 그러면 나는 자네가 마법학원을 졸업할 때까지 기다렸다가, 다시 한 번 부탁해보기로 하겠네. 자, 저택으로 돌아 가세나. 자네에게 보수를 치러야 하거든. 동방의 나라로부터 들여온 진기한 과자도 있다네. 자네의 고향 생활에 관한 얘기라도 들려주게나. 나는 직업상 이 나라의 방방곡곡을 나돌아 다니는 몸이지만, 북부로 가본 것은 벌써 꽤나 옛날 일이거든. 그 당시와 지금의 차이에 적잖이 관심이 가는군."

나와 세리나는 유라스 씨의 저택에서 한동안 그와 잡담을 나누다가, 대량의 금화가 잔뜩 담긴 자루와 산더미 같은 외국의 과자들을 받고서 마법학원으로 돌아왔다.

다음 날, 내가 마법학원의 부지 안에 건설한 목욕탕의 발코니로 세리나를 비롯한 낯익은 동급생들이 모여들었다.

오늘의 방문객들은 가로아 마법학원의 「4강」 중 한 사람이자 압도적인 미모로 뭇 학생들로부터 절대적인 인기를 자랑하는 크리스티나 양, 마찬가지로 4강 중 한 사람으로서 「얼음 꽃」이라는 별명으로 불리는 네르, 붙임성 있는 파티마와 그녀의 사역마인 하프 뱀파이어 종족의 시에라까지 포함한 네 사람이었다.

남자 녀석들은 수업중인 관계로 불참하게 되어, 나의 주위엔 아름다운 꽃들만이 모여들어 있었다.

……하하, 남녀를 불문하고 부근을 지나치는 학생들로부터 쏟아지는 시선들이 예리하기 이를 데 없군.

사실은 이제 거의 일상이나 다를 바 없는 광경이었지만, 번거로운 건 사실인데다가 또다시 세리나에게 수작을 부리는 녀석들이 있진 않을까 하는 생각에 조금 걱정이 된다.

뭐, 「당한 몫은 반드시 되갚아준다. 당하기 전에 먼저 쳐라」는 말을 철칙으로 삼는 변경 출신인 나로서는 시비를 걸어오는 이들에게 자비를 베풀 생각은 전혀 없다만…….

오늘은 각자가 가져온 과자에다가 유라스 씨로부터 선물 받은 과자들까지 테이블 위에 한데 모아, 느긋하게 오후의 다과회를 즐기고 있는 와중이었다.

"─어쨌든 그런 식으로, 호스 골렘은 꽤나 호평이더군. 스무 마리를 추가로 만들어 달라는 주문까지 받고 오는 길이야."

나는 파티마가 구워 온 거대한 애플파이를 입가로 옮기면서, 자리를 같이 하고 있는 여성들에게 나와 유라스 씨 사이에 이루어진 거래에 관해 이야기 주머니를 풀었다.

귀족 가문의 영애가 손수 요리를 한다는 것은 집이 어지간히 가난하지 않고서야 기본적으로 있을 수 없는 일이었다. 그것은 우리 왕국의 지극히 일반적인 상식 가운데 하나였다.

그러나 달콤한 음식을 누구보다도 사랑하는 파티마는, 오늘 같은 식으로 꽤나 자주 수제 과자를 만들어 왔다. 개인적으론 너무나 고맙기 그지없는 일이 아닐 수 없었다. 흠, 흠.

"유라스 상회는 뭐든지 가리는 분야 없이 폭넓게 장사를 하는 데거든~. 그런데 그런 식으로 그 대표의 마음에 들다니, 상인에 뜻을 두는 이들로서는 피눈물이 나올 정도로 부러운 일일 거야."

파티마가 자그마한 손으로 애플파이를 자르면서, 평소와 다를바 없이 붙임성 있는 미소를 지어 보였다.

"흠, 직속으로 고용한 마법사들도 적지 않은 숫자더군. 그 마법사들이나 다른 상인들로부터 쓸데없는 시기나 사지 않기를 바랄 뿐이야. 나로서는 언제나 최선을 다할 뿐이지만, 왠일인지 항상 불안요소가 따라다닌단 말이지."

내가 양 어깨를 으쓱해 보이자, 눈앞에 앉아 있던 네르가 겨울잠을 자기 전의 다람쥐처럼 양쪽 볼을 부풀렸다가 귀족 자녀로서는 절대로 지어선 안될 표정으로 입을 열었다.

"걱정 마, 너는 설령 무슨 일이 일어나더라도 「흠」이라는 한 마디와 함께 우격다짐으로 만사를 해결하는 인간이거든. 솔직히 지금도 딱히 불안하게 여기는 걸로 보이지 않아."

이 소녀는 날이면 날마다 전투 마법에 관한 연구·단련·실전 훈련을 끊임없이 되풀이하고 있는 관계로, 항상 거의 만성에 가깝게 배가 고픈 상태였다. 그래서 그녀는 먹을 수 있을 때는 최대한 많이 먹는 소녀였다.

준비해 온 쿠키나 과일 설탕 조림 등의 태반은, 이미 거의 다 네르의 뱃속으로 들어가 있는 상태였다.

"우격다짐이라? 마법사로서는 어디까지나 지혜로 해결하는 방법이야말로 올바른 길이겠지만……."

"문제를 해결하는 수단에 옳고 그름은 크게 중요하지 않아."

참으로 그녀다운 지론이었다. 네르는 하고 싶은 말은 다 했다는 듯이, 묵묵히 음식을 나르는데 열중하고 있는 시에라에게 접시를 건네 다음 애플파이를 받아들었다.

뱀파이어와 인간의 피를 반반씩 지니고 있는 시에라는 예전과 다를 바 없이 무표정을 유지하고 있었지만, 주인인 파티마를 바라보는 시선엔 비교적 따뜻한 빛이 깃들기 시작했다.

하프 뱀파이어인 그녀에게 있어서, 낮 시간의 활동은 적지 않은 부담이 될 수밖에 없었다. 그럼에도 불구하고 그녀는 대부분의 살갗을 뒤덮는 후드가 달린 로브를 걸친 채 파티마의 뒤를 그림자처럼 따라다녔다. 그러한 모습을 보면, 시에라가 파티마에 대해 가지고 있는 감정은 짐작이 가고도 남았다.

최소한 지금의 시에라에게 있어서, 사역마로서 파티마를 섬겨야 한다는 소임은 중대한 삶의 이유인 듯하다.

그녀들의 옆에서 잠자코 그 모습을 바라보고 있던 크리스티나 양은, 설탕이 잔뜩 들어간 홍차의 향기를 우아하게 즐기고 있었다. 그녀는 지극히 차분한 표정으로 나에게 말했다.

"유라스 씨와 친분을 맺으면 어느 정도 운신의 폭이 줄어들지도 모르지만, 마을의 장래를 위해 최선을 다하고자 하는 그대에게 있어선 좋은 일로 작용하지 않을까 싶군."

어머니를 잃고 나서 한동안 극단적으로 가난한 생활을 하던 반

작용인가? 크리스티나 양은 지금도 식욕에 몹시 충실한 축에 속하는 소녀였다. 뱃속으로 들어간 과자의 양은 결코 네르에게 뒤지지 않았다.

그럼에도 불구하고 멀리서 우리의 다과회를 엿보고 있는 뭇 학생들이 황홀한 한숨을 내뱉는 것은, 그녀의 기품 있는 손동작과 초월적인 미모 덕분이다.

"드란 씨, 크리스티나 양은 언제 봐도 한 폭의 그림 같아요. 같은 여자인 저도 멍하니 바라볼 때가 있다니까요?"

나의 곁에서 똬리를 틀고 있던 세리나가, 크리스티나 양이 찻잔을 기울이는 손짓을 바라보면서 말 그대로 뜨거운 한숨과 함께 자신의 소감을 입에 담았다.

정작 당사자인 크리스티나 양은 홍차와 과자에 열중하느라 주위의 시선에 관해선 전혀 깨닫지 못한 듯이 보였다.

그녀는 신속하게 자신의 접시에 파이와 과자를 담아, 네르에게 빼앗기지 않도록 빈틈없이 확보하고 있었기 때문에 침착하기 그지없는 태도를 유지할 수 있었던 것이다. 그러나 만약 한정된 양의 과자를 선착순으로 먹을 수밖에 없는 상황이었다면, 크리스티나 양과 네르는 과자를 둘러싼 뜨거운 한판 승부가 벌어질 참이었다.

겉보기엔 두 사람 다 몹시 뛰어난 미소녀였으나, 식탐이 유별나다는 점에서 봐도 엇비슷한 구석이 있었다.

"흠, 멀리서 바라보고 있는 이들 또한 세리나와 똑같은 생각인 모양이야."

나는 가능한 한 주위로 시선을 돌리지 않도록 노력하면서, 혼자서 조용히 크리스티나 양의 조언을 곱씹었다.

"마을의 장래라……. 베른 마을의 보리나 곡물 생산량을 마을 사람들이 최소한의 생계를 꾸릴 수 있을 정도로 한정시킨 후, 따로 특정한 특산품을 개발하거나 반대로 주변의 들판이나 황야를 개척함으로써 농산물의 일대 생산지로 조성하는 게 좋으려나……?"

나는 진지한 얼굴로 진지한 대사를 입에 담았다. 크리스티나 양은 나의 혼잣말을 듣자 찻잔으로부터 입을 떼더니, 심각한 표정으로 잠시 동안 골똘히 생각에 잠겼다.

지금 크리스티나 양이 입을 댄 찻잔을 판매 목적으로 내놓을 경우, 모르긴 몰라도 그녀를 섬기는 신도나 다름없는 학생들이 어마어마한 거금을 투자해서라도 손에 넣으려 할 것이 틀림없다— 나의 머릿속으로 아주 잠깐 도리에 어긋난 생각이 떠올랐다.

아니, 물론 실제 행동으로 옮길 생각은 없었다. 음…… 없고말고.

크리스티나 양은 나의 속마음에 관해선 전혀 짐작하지도 못한 표정으로 크게 고개를 끄덕이며 동의하는 뜻을 밝혔다.

"그렇군. 드란의 말마따나, 베른 마을만의 특징은 필요할지도 몰라. 하지만 이미 부근에 자리 잡고 있는 엔테의 숲을 근거지로 삼는 다양한 종족들을 상대로 한 교역의 창구 역할을 하고 있는 모양이니, 그대가 마을을 비우고 있는 동안에도 마을 자체는 교역의 장으로서 순조로이 발전되고 있지 않을까 싶군. 그러한 방향으로 마을을 발전시키는 방법은 고려해본 적이 없나?"

"하기야 엔테의 숲에 사는 자들과 교류하고 있는 곳은, 왕국이 아무리 넓더라도 베른 마을 정도가 고작일 거야. 흠…… 먼저 자급자족의 전망을 세우고 엔테의 숲을 상대로 한 교역 관계를 확대한 뒤, 모레스 산맥의 자원 등을 활용할 수 있도록 개발하는 방법도 나쁘지 않을 것 같군."

지금으로선 어디까지나 나의 개인적인 교우 관계에 지나지 않았지만, 우리가 모레스 산맥을 본거지로 삼고 있는 용들과 양호한 관계를 구축하고 있는 것은 분명한 사실이었다. 그들의 권속(眷屬)인 비룡이나 인어들과 지속적인 교류를 가질 수 있을 경우, 교역뿐만 아니라 관광 자원적인 측면에서도 외부인들을 베른 마을로 불러들일 수 있을지도 모른다.

추가적인 인적 자원이나 물적 자원, 그리고 정보 등의 교류가 한층 더 활성화될 수 있도록 가로아와 베른 마을 사이의 직통 도로를 일찌감치 정비할 필요가 있으려나? 흐음.

"엔테의 숲은 어쨌든 간에, 모레스 산맥 방면을 개발하기는 어렵지 않을까? 베른 마을로부터 꽤나 멀리 떨어져 있을 뿐만 아니라, 길을 가다가 지나치는 숲이나 길에도 상당량의 맹수나 마물들의 족속이 출몰하는 걸로 알아."

나의 발언을 듣자마자, 크리스티나 양이 의문을 제기했다.

"아마도 방법이 있지 않을까 싶군. 모레스 산맥에 관해선 천천히 개척하거나, 세리나가 가지고 있는 연줄을 활용해 볼 생각이야."

"라미아들이 모여 사는 촌락이 있으니까요. 제가 아는 지인 분들께선 아마도 다들 흔쾌히 여행길 호위로 나서주시거나 숙소를 제공해 주시지 않을까 싶어요. 라미아를 필요 이상으로 무서워하지 않는 분들은 저희 종족으로선 더할 수 없이 반가운 이웃이거든요."

당당히 가슴을 펴는 세리나로부터 마치 「에헴」이라는 목소리가 들려오는 듯한 착각이 들었다. 크리스티나 양은 완전히 납득이 간 듯한 표정이었다.

그녀도 세리나의 출신지가 모레스 산맥을 구성하는 산 가운데 하나에 자리 잡고 있는 숨겨진 촌락이라는 사실을 떠올린 것이다.

"과연, 세리나와 함께할 때부터 모레스 산맥 쪽과 연결되는 연줄은 이미 갖추어진 거나 다름없었다는 뜻인가? 일단 출발은 나쁘지 않은 걸로 볼 수 있겠군. 맞아, 그리고 보니 베른 마을은 리자드 종족과도 우호적인 관계를 맺고 있지 않았나? 그들이 모레스 산맥 방면의 조사를 거들어준다면 모든 일들이 꽤나 수월하게 풀릴지도 몰라."

크리스티나 양 또한 인정하고 있듯이, 나의 계획은 그리 비현실적인 것만은 아니었다. 북쪽으로부터 흘러 들어오는 고블린이나 오크 등을 비롯해, 마물들의 숫자가 늘어나고 있다는 사실이 약간 불안요소로 작용하고 있는 것은 사실이었지만……

골똘히 생각에 잠긴 채로 쿠키를 씹어 먹고 있다 보니, 나와 비슷한 기척을 소유한 소녀가 거친 콧김소리와 함께 우리들이 다과회를 하고 있는 곳으로 다가왔다.

신조마수(神造魔獸)의 혼을 지닌 소녀인 레니아였다.

천공 유적으로부터 가로아로 돌아온 이후, 나는 그녀의 혼과 육체를 조절하는데 약간의 힘을 보탰다. 그 결과, 최근의 레니아는 ─ 물론 전생의 그녀가 떨치던 권능 정도는 아니었으나 ─ 신조마수로서의 힘을 어느 정도 되찾는데 성공했다.

그녀의 창조주가 파괴와 망각을 관장하는 사신(邪神) 카라비스인 이상, 그녀의 혼으로부터 발생되는 힘 또한 필연적으로 사악한 기운을 띨 수밖에 없었다.

그녀의 그러한 기운이 마법학원에서 생활하는데 부적절하다고 여긴 나는, 레니아에게 걸려 있던 봉인 위로 정화의 술법을 걸어 그녀의 타고난 사악한 기운을 순수한 힘으로 여과시켰다.

이제부터 레니아가 과거의 자신에 한없이 가까운 권능을 행사하더라도, 마이라르 교단의 신관 같은 이들에게 쓸데없는 의심을 사는 사태는 벌어지지 않으리라.

"드란 씨!"

불세출의 인형 장인이 생명의 불꽃을 불어넣어 제작한 인형이 저절로 움직이기 시작한 듯한 사랑스러운 외모의 소유자인 레니아는, 변함없이 나를 제외한 누구에게도 아무런 관심을 보이지 않았다.

아니, 「초인종(超人種)」인 크리스티나 양을 꺼림칙하게 여기는 걸로 봐서는 완벽하게 무관심한 것도 아닌가?

레니아가 크리스티나 양에게 느끼는 혐오의 감정은, 전생의 자신뿐만 아니라 아버지로서 존경하던 나를 죽인 원수가 초인종이었다는데서 유래되었다. 아무리 말로 주의를 준다 해도 간단히 바로잡을 수 있는 경향이 아니었다.

그러한 레니아는, 오늘은 웬일인지 우리가 처음 보는 한 소녀와 함께 나타났다.

나는 대부분의 인간들을 공평하게 얕보고 있는 레니아가 마법학원에서 개인적인 친구를 만들 리는 없을 것이라 여겼다. 그리고 본인의 입으로부터 친구의 존재에 관한 얘기를 들은 적도 없었기 때문에, 레니아에게 친구가 존재한다는 사실은 무척이나 뜻밖이었다.

레니아가 데리고 온 그 소녀는, 목욕탕 발코니 위의 테이블 주위로 둘러앉은 우리의 모임이 마법학원에서도 으뜸가는 유명인들뿐이라는 사실을 깨닫자 굉장히 긴장한 듯한 표정을 지었다.

그 소녀는 허리까지 기른 연한 초록빛 머리카락을 목 뒤에서 오렌지 빛 리본으로 묶었고 레니아와 비슷한 키로 보였다. 하지만 몸매의 기복은 레니아와 비교조차 되지 않을 정도로 급격한 경사를 그렸으며, 얼굴 표정 또한 굉장히 얌전해 보였다. 그녀는 하나부터 열까지 레니아와 정반대로 보이는 인상의 소유자였다.

나의 눈엔 두 사람은 전혀 공통점이 없어 보였지만, 여러 모로 정반대이기 때문에 오히려 마음이 맞을 수도 있는 걸까? 싱글벙글 웃고 있는 레니아는 본인이 데리고 온 소녀를 까맣게 잊어버린 모양이다. 비어 있는 의자를 끌고 오더니 나의 옆자리에 앉았다.

레니아로부터 잊혀진 처지에 몰린 소녀는 불안한 표정으로 우리를 둘러보다가 크리스티나 양의 눈치 빠른 권유를 받아 비어 있던 의자에 걸터앉았다.

크리스티나 양은 마법학원에서 제일가는 유명인이자 가까이 가는 것만으로도 질투의 화살 세례가 쏟아지는 구름 위의 존재였다. 소녀는 「예에?」라는 김빠진 대답을 입에 담더니 그 자리에서 굳어버렸다.

"흠? 최근 들어 그리 보진 못 했다만, 오랜만이군. 크리스티나 양의 얼굴 정신 공격 말이야."

길을 가던 학생들이 이렇게 되는 것은 흔했지만, 같은 테이블에 앉는 상대가 이런 모습을 보이는 것은 오랜만이었다.

　"나왔네요. 과연 얼굴을 마주치는 것만으로도 상대를 농락할 수 있다는, 매료 인간 크리스티나 양의 명성은 겉치레가 아니라는 건가요?"

　이 세상엔 시선이 마주친 상대를 돌로 만들어 버리는 메두사라는 마물도 존재하지만, 크리스티나 양의 경우엔 얼굴을 마주치는 것만으로도 상대방을 매료해 버린다.

　게다가 저주나 마법을 사용한 것이 아니라, 순수하게 선천적으로 타고난 미모만으로 그런 현상을 유발시킨다는 점이 정말 대단하기 이를 데 없었다.

　"드란이나 세리나나, 도대체 남의 얼굴을 뭐로 보는 거야? 너무 직설적이지 않나? 나 또한 그대들이 무심코 꺼낸 말에 상처 입을 때가 있다는 사실을 잊지 마."

　크리스티나 양은 나의 솔직한 소감을 듣자 못마땅한 듯이 입술을 빼문 표정으로 항의해 왔다. 늠름하고도 어른스러운 외모의 소유자인 크리스티나 양이지만, 지금 같이 어린 아이 같은 모습을 보일 때면 사랑스럽기 그지없다.

　레니아가 데리고 온 소녀는 크리스티나 양의 극적인 표정 변화에 입을 통해 혼이 빠져 나간 듯한 정신 붕괴 상태로 빠져 들었다.

　"이봐, 이리나! 그딴 여자의 얼굴을 본 것 정도로 한심한 표정 좀 짓지 마라. 정신 차려. 별거 아니야."

　크리스티나 양을 가리켜 「그딴 여자」라고 부를 수 있을 만한 배

짱의 소유자는, 아무리 마법학원이 넓더라도 우리 눈앞의 레니아 정도밖에 없으리라.

다른 학생들은 크리스티나 양을 입에 담기조차 황송해한다.

이리나라고 불린 얌전한 인상의 소녀는 레니아의 목소리를 듣고 정신을 차리더니, 여러 차례에 걸쳐 크리스티나 양에게 머리를 숙였다.

"죄, 죄, 죄, 죄송합니다! 전, 이리나 에베나 크라난입니다. 레, 레니아의 도, 도, 도, 동급생입니다. 그리고 지금 레니아가 터무니없이 무례한 소릴 하고 있지만, 너, 너, 너무 신경 쓰지 마세요. 얘는 아무한테나 이런 식이거든요. 제가 대신 사과드릴게요!"

이리나가 끊임없이 머리를 숙이자, 크리스티나 양은 난감한 듯이 미소를 지었다. 그리고 몹시 당황한 듯이 보이는 이리나를 부드럽게 진정시켰다.

"그대가 대신해서 사과하지 않더라도, 나는 크게 신경 쓰지 않아. 레니아와 나는 슬라니아 사건을 계기로 서로의 얼굴을 익힌 사이지만, 나는 그날 이후로 그녀의 미움을 받고 있는 것 같아. 그녀가 나에게 보이는 매서운 태도에도 이젠 거의 적응이 다된 참이야."

"레, 레니아? 혹시 지금껏 크리스티나 선배한테 항상 이런 식으로 무례한 태도만 보인 거야?!"

나를 향해 만면의 미소를 짓고 있던 레니아가, 그 표정을 유지한 채로 이리나에게 고개를 돌렸다. 레니아 또한 네르나 크리스티나양과 마찬가지로 식욕엔 충실한 편이었다. 그녀는 남아있던 다과들을 왕성하게 입안으로 던져 넣고 있었다. 말하자면 세 번째 먹보 소녀인 셈이다.

"흥? 흐탄, 꿀꺽. 그딴 여자에게 남들의 존경을 받을 만한 가치는 전혀 없다. 천상천하, 삼계(三界)를 통틀어 나의 진심에서 우러난 존경심을 바칠 만한 존재는 단 두 분뿐이시다."

레니아가 언급하고 있는 삼계란, 선량한 신들이 기거하는 천계(天界)와 우리가 살아가는 지상계(地上界), 그리고 사악한 신들이 기거하는 마계(魔界)를 통틀어 가리키는 단어였다.

그 이외에도 명계(冥界)나 정령계(精靈界) 등의 세계가 존재하지만, 레니아에게 직접적인 관계가 있는 세계라고 해봐야 지금 언급한 삼계 정도가 다였다.

"레, 레니아한테 존경하는 대상이 있었단 말이야?!"

이리나는 크리스티나 양에 대한 레니아의 예의 없는 태도보다, 레니아에게 존경하는 대상이 존재한다는 사실에 놀란 듯이 보였다.

우리들보다 오랫동안 레니아와 함께한 것으로 보이는 그녀에게 있어서, 레니아가 타인에게 관심을 보이고 있다는 사실 그 자체가 기존의 상식을 뒤집는 대형사건으로 다가온 모양이다.

"물론이지! 그 두 분 중 한 분은, 다름이 아니라 바로 여기 계시는 드란 씨다!!"

뭐, 그럴 줄 알았지. 레니아가 나에 관해 알고 있는 이상, 이런 식의 반응을 보이리라는 것은 충분히 예측이 갔다. 이리나가 마치 구멍이라도 뚫어버릴 듯한 기세로 나의 얼굴을 세세히 들여다봤다.

"흠."

"저기, 혹시 레니아가 항상 신세를 지고 있나요?"

딱히 레니아의 보호자도 아닌 네가 그런 식으로 신경을 쓸 필요는 없지 않나? 나도 모르게 마음속으로 중얼거렸다.

아마도 그녀는 인간관계의 구축 따위는 아랑곳하지 않는 태도로 엄청난 수의 적들을 양산해 온 레니아의 완충재 역할을 자처해 온 것이리라. 이리나는 꽤나 오래 전부터 레니아를 위해 물심양면으로 온갖 잔일을 도맡아 온 듯이 보였다.

지금껏 이리나가 겪어 온 온갖 산전수전을 상상하다 보니, 나는 자기도 모르게 눈물이 복받쳐 오르는 것을 느꼈다.

"아니, 우리 따…… 레니아야말로 너에게 쓸데없는 마음고생을 시켰을 것처럼 보이는군. 어쨌든, 보시다시피 이 녀석은 성격이 이 모양이거든."

"예?! 아버— 드란 씨? 저는 그런 식으로 민폐를 끼치는 어린 아이가 아니……!"

황급히 일어나려는 레니아의 반응을 가볍게 받아넘기려는데, 갑자기 이리나가 흐느껴 울기 시작했다.

"으, 우와아아앙~. 지, 지금 같은 식으로 말씀해 주신 건 드라, 드라, 드란 씨가 처음이세요~. 사실 레니아는 저의 말 같은 건 전혀 들어주지도 않거든요. 아무한테나 싸움을 거는 건 예사인데다가, 잠깐만 한눈을 팔아도 금방 아무하고나 말다툼이 붙었죠. 물론 반성 같은 건 털끝만큼도 하지 않아서~."

그야 그랬었겠지…… 라는 한 마디가, 당사자인 레니아와 이리나를 제외한 그 자리에 모여 있던 모든 이들의 머릿속을 스쳐 지나갔다.

파티마의 그림자처럼 뒤로 물러나 있던 시에라조차도, 레니아의 막돼먹은 성격에 관해선 크게 생각이 다르지 않아 보였다. 직접적인 친분은 없는데다가 얼굴을 알게 된 시간 자체가 길지 않더라도 느끼는 것엔 큰 차이는 없는 모양이다.

레니아는 과거의 추태가 이제와서 들통이 났다는 듯이, 나와 이리나의 얼굴을 번갈아 쳐다보면서 허둥거렸다.

"진정해, 이리나. 울지 마. 레니아도 앞으론 이리나에게 민폐를 끼칠 수도 있는 짓은 안 할 거지~?"

곧장 자리에서 일어난 파티마가, 손수건으로 이리나의 눈물을 닦으며 레니아에게 말을 돌렸다.

"왜, 왜 내가……!"

레니아는 일단 태연한 듯이 보였으나, 당장은 파티마가 한 수 위였다.

"모르긴 몰라도, 똑같은 짓을 되풀이하다가~ 드란한테 미움을 받을 수도 있지 않을까?"

"그런 짓은 절대로 하지 않아!"

설마 그 자리에서 곧장 대답이 나올 줄은 몰랐다.

지금의 레니아는 더할 수 없이 나를 잘 따르는 소녀였다. 보는 관점에 따라선 단순히 따르기만 하고 있는 것은 아니라는 느낌도 든다만, 그건 일단 그냥 넘어가도록 하자.

파티마가 눈물을 훔치자, 이리나는 그제야 마음의 안정을 되찾았다. 그리고 반성을 다짐하는 레니아를 반신반의(半信半疑)하는 눈빛으로 응시하는 모습을 보였다.

흠. 레니아가 지금껏 벌인 행동이 있는 만큼 금방 믿기는 어려우리라.

레니아를 제외한 그 자리의 모든 이들이 탄식의 한숨을 내쉰 바로 그 순간, 여자기숙사로 이어지는 길로부터 불현듯 울림이 풍부한 여성의 목소리가 나의 귓전을 때렸다.

"크리이이이스티이—나 양!!"

이번에 등장한 여성은 내가 아니라 크리스티나 양에게 용건이 있는 모양이다.

단 한 명의 친구조차 없을지도 모른다는 걱정이 들 정도로 인간관계가 희박한 크리스티나 양을 찾아오는 사람이 있을 줄이야. 별일도 다 있군.

그나저나, 정말 대단히 큰 목소리였다. 나 또한 무심코 양쪽 귀를 틀어막고 싶을 정도였다. 찡그린 표정으로 고개를 돌리자, 나의 시야로 황금빛 광채가 날아 들어왔다.

마음속의 강한 의지와 불꽃을 연상케 하는 붉은 눈동자를 지닌 고압적인 인상의 미소녀가 거기 서 있었다.

금발의 심한 곱슬머리가 햇빛을 받아 나의 눈을 태워버릴 듯한 기세로 번쩍이며, 우리의 등 뒤로 다가오는 여학생의 미모를 호화찬란하게 수놓고 있었다.

기본적으로 자신과 마주보는 이들을 압도하는, 일방적으로 상대방을 밀어붙이는 분위기를 과시하는 소녀였다. 솔직히 말하자면 곁에 서 있는 것만으로도 숨이 막힐 듯한 느낌이 들 정도였다.

교복 휘장이나 리본 색깔로 봐서, 고등부 3학년이라는 점은 알 수 있었다. 크리스티나 양의 동급생인가?

그러한 분석에 따라 크리스티나 양의 옆얼굴을 살피자, 그녀가 말로 표현하기 힘들 만큼 찌푸린 표정을 짓고 있는 광경이 눈에 들어왔다. 일단 크리스티나 양이 눈앞의 소녀를 거북하게 여기고 있다는 것은 한 눈에 알 수 있었다.

크리스티나 양이 자신의 감정을 이만큼이나 내비친다는 것 자체가 흔치 않은 일이었다. 두 사람 사이의 골은 상당히 깊어 보였으나 서로를 혐오하고 있다는 느낌은 아니다. 흠?

"피니아, 그런 식으로 목청껏 고함을 치지 않더라도 다 들려. 그리고 지금 같은 행동은 그대가 평소부터 말하던 고귀한 자의 행동거지로서 그다지 적합하지 않다는 느낌이 드는군."

크리스티나 양이 화답하자, 피니아라고 불린 소녀는 연극조의 호들갑스러운 몸동작과 대사 처리로 반박해 왔다.

"어머나, 크리스티나 양? 설마 제가 드렸던 말씀을 무려 기억씩이나 하고 계실 줄은 몰랐군요. 그나저나 마법학원의 그 누가 모임에 불러도 응하지 않던 크리스티나 양이! 제가 아무리 모임에 불러도 감감무소식이던 크리스티나 양이! 휴식 시간에도 혼자서 창가에 앉아 나른한 표정이나 짓고 있던 크리스티나 양이! 친구들과 즐겁게 다과회를 즐기고 있는 모습에 저 또한 놀라움을 금할 수가 없더군요. 그러다 보니 숙녀로서 그다지 적절치 못 하다는 사실을 알면서도, 무심코 흥분을 하고 말았답니다."

유난히 크리스티나 양의 이름과 고독한 처지를 강조하고 있다만, 요컨대 우리 눈앞의 피니아라는 여학생은 무슨 수를 써서라도 크리스티나 양과 말을 섞고 싶은 듯이 보였다.

크리스티나 양에 대한 호감을 있는 그대로 표현할 수 없는 배배 꼬인 성격의 소유자라고 하자니— 말이 지나친 듯한 느낌이군. 여하튼 솔직하지 못한 소녀인가 보다.

크리스티나 양은 피니아가 주최한 다과회에 참석해 달라는 요청을 거절한 모양이지만, 그녀가 보이는 태도에도 원인이 있어 보였다.

솔직히 말해서 나는 갑작스러운 침입자와 크리스티나 양의 관계에 크나큰 호기심을 느꼈다. 그러나 세리나나 이리나, 파티마는 갑작스러운 사태의 변화에 따라가지 못한 듯이 멍하니 입을 벌리고 있었다.

하지만 나는 넋이 나간 다른 사람들이 움직임을 멈춘 틈을 타, 기회는 바로 지금이라는 듯이 수많은 양의 과자들을 입 안으로 쑤셔 넣는 레니아와 네르의 모습을 놓치지 않았다. 나는 버릇없이 음식들로 입 안을 가득 채우고 있는 두 사람을 꾸짖는 의미를 담아 시선을 날렸다.

두 사람은 시무룩한 표정으로 어깨를 떨궜다. 나로서는 그런 식으로 낙심할 바엔 애초부터 시도 자체를 안 하는 편이 좋지 않겠냐고 말해주고 싶었다.

우리 사이에 오가던 눈빛의 교환을 감지한 피니아가 이쪽으로 시선을 돌렸다.

어디 보자. 사모하는 크리스티나 양과 사이좋은 모습을 보이고 있는 우리들을 상대로, 눈앞의 호화롭기 그지없는 여학생의 입에선 무슨 말이 나올까?

"친구 분들끼리 즐거운 시간을 보내시던 참에 갑작스럽게 난입한데 관해선 사과드리지요. 저는 피니아 피니키시안 피닉스라고 합니다. 가로아 마법학원 고등부의 3학년이지요. 크리스티나 양의 동급생이기도 하고요. 방금 말씀드렸다시피, 언제나 혼자서 다니는 크리스티나 양이 다른 누군가와 자리를 함께 하고 있는 모습에 무심코 목소리가 올라갈 정도로 순수하게 놀랐을 뿐이랍니다. 결과적으로 소란을 피운데 관해선 정말 죄송합니다."

이름에 유난히 자주 들어가는 「피니」라는 발음이 은근히 신경 쓰인다만…… 기억을 더듬다 보니, 가문의 이름대로 최고위 환수(幻獸)의 일종인 피닉스로부터 유래되는 귀족 가문에 관한 정보가 떠올랐다.

피닉스 가문은 왕국 북부에서도 정상급의 고위 귀족 가문으로서, 왕국 전토를 돌이켜 봐도 다섯 손가락 안에 들어갈 만한 명문 중의 명문이었다.

건국 이후로 고위직을 독점해 온 고참 귀족은 아니었으나, 일족들 가운데 피닉스를 사역마로 다스리던 엄청난 영웅이 있던 적이 있는 가문이었다. 바로 그 영웅이 사역마인 피닉스와 함께 수많은 전공을 세웠고, 이후 가문의 명칭을 피닉스로 고쳐 고위 귀족 가문의 길을 걷기 시작한 것으로 알고 있다.

"그런데 크리스티나 양? 당신의 「친구들」을 저에게 소개해주시겠어요?"

피니아가 비아냥거리는 말투로 「친구」라는 단어를 강조하는 모습에서, 평소의 크리스티나 양이 타인들에게 보이는 태도가 짐작이 되었다.

개인적으론 조금 더 타인과 마음을 터놓고 사는 편이 즐거운 인생이 될 것 같은데 말이야.

크리스티나 양은 쓴웃음을 지으며 피니아에게 우리들을 한 사람씩 소개하기 시작했다.

"물론 안 될 거야 없지. 우선은 파티마 크리스테 디시디아와 네르네시아 퓨렌 아피에니아부터 소개할까? 두 사람 다 2학년이야. 그리고 이쪽은 파티마의 사역마인 시에라야."

크리스티나 양의 소개를 받은 두 사람은 자리에서 일어나 스커트를 집어 올리며 우아하게 인사했다. 시에라 또한 주인인 파티마를 따라 이국적인 방식으로 예의를 갖췄다.

"처음 뵙겠습니다~, 피니아 선배. 디시디아 가문의 셋째 딸인 파티마 크리스테 디시디아입니다."

"루오젠 조란 아피에니아의 맏딸인 네르네시아 퓨렌 아피에니아. 작년 경마제(競魔祭) 때는 신세를 졌습니다."

파티마는 피니아와 처음 만나는 사이였지만, 네르는 작년의 마법학원 대항 시합, 이른바 「경마제」라고 불리는 대회에서 함께 싸운 사이다 보니 서로 얼굴은 알고 있던 모양이다.

가문 자체의 권력은 피닉스 가문도 뒤쳐지지 않았으나, 역사의 길이와 무게는 디시디아 가문과 아피에니아 가문이 한 수 위였다. 뭐, 어디까지나 귀족 연감을 가볍게 훑어본 것뿐인 벼락치기 지식에 따라 판단할 경우의 이야기였다.

피니아 또한 빈틈없는 몸동작으로 파티마와 네르에게 답례 인사를 했다. 그녀의 인사는 머리꼭대기부터 발끝까지 철저하게 숙녀답고 세련되어서, 눈앞의 그녀가 방금 전 목청껏 고함을 치던 철없는 여성과 동일인물인지 의심이 들 정도였다.

"뒤이어서, 이 두 사람은 마찬가지로 2학년인 레니아와 이리나 에베나 크라난이야. 레니아도 네르와 마찬가지로 작년 경마제에 추천받은 적이 있는 인재니까, 그대 또한 이름은 알고 있지 않을까 싶군."

"알다마다요. 하지만 레니아 양이나 크리스티나 양의 경우, 추천을 받았는데도 불구하고 실제로 경마제에 출전하진 않았지만요."

"흥."

레니아는 피니아를 잠시 쳐다보았지만 금세 흥미를 잃은 듯했다. 이리나는 몹시 긴장한 표정으로 예의 바르게 인사했다.

"이, 이, 이리나 에베나 크라난입니다. 이, 이, 이름 높은 피니아 선배님과 만나 뵙게 되어 여, 영광입니다!"

"안녕하신가요, 레니아 양, 이리나 양. 즐거운 휴식 시간을 방해한데 관해선 정말 죄송하다는 말밖에 안 나오는군요."

"그리고 마지막으로, 베른 마을의 드란과 그의 사역마인 세리나야. 피니아도 소문 정도는 들어보지 않았나? 나는 봄방학 기간에 두 사람에게 신세를 졌어. 그 이후로 나한테는 정말 둘도 없이 소중한 친구들이 되었지. 참고로 평민 출신이라고 쉽게 생각하진 마. 역전의 전사와 숙련된 마법사에게 용을 덧붙인 거나 다름없는 실력자거든. 개인적으로도 본받을 점들이 몹시 많은 친구들이야."

크리스티나 양이 막무가내로 나를 칭찬한 것에 질투를 느낀 건가? 피니아의 눈동자가 순간적으로 예리한 빛을 띠었다.

크리스티나 양. 지금보단 조금 더 타인의 감정에 관해 주의를 기울일 수 있도록 하는 게 좋겠군. 쓸데없는 대항 의식을 가지게 만들지 않았나. ……그리고 은근슬쩍 용이라는 단어를 덧붙이지 않았으면 하는데.

세리나는 일단 사역마라는 입장 상, 마법사들보다 한 단계 낮은 취급을 받는 것이 일반적이었다. 그래서 세리나는 크리스티나 양의 소개를 받고도 대등하게 인사를 나누지 않고 고개만 가볍게 숙여 보였다.

나는 파티마나 네르 등을 따라 자리에서 일어난 뒤, 피니아에게 머리를 숙였다.

"만나 뵙게 되어 영광입니다. 베른 마을의 드란이라고 합니다. 피닉스 님."

"당신에 관한 소문은 예전부터 곧잘 전해 들었답니다. 당신과 같은 유능한 인재가 있어서 우리 왕국의 미래는 밝은 것이겠죠. 앞으로도 학문을 갈고닦는데 최선을 다해 주세요."

"조언 감사합니다. 가슴에 새겨두겠습니다."

흠. 네르나 파티마와 같은 유별난 경우가 아니라, 일반적인 평민들이 상상하는 「귀족다운 귀족」과 처음으로 만난 듯한 느낌이 드는군. 행동거지 하나하나가 야단스럽다 보니 그다지 오만하다는 인상은 없었지만, 섣불리 과도하게 친한 척을 할 상대는 아닌 듯이 보였다.

나는 무의식중의 말실수를 방지하고자, 인사 후에 곧바로 자리에 앉았다.

피니아는 곧바로 우리에 대한 관심을 잃은 듯, 다시금 크리스티나 양에게 집중했다. 하기야 애초부터 크리스티나 양에게 말을 걸어 왔으니 당연한 행동인가?

"그건 그렇고 크리스티나 양? 언제나 외톨이로 지내던 당신에게도 친구가 있다는 사실을 확인하니, 솔직히 무척 안심이 되는군요. 지금처럼 다과회의 초청에도 응하실 수 있는 모양이니, 앞으로는 제가 주최하는 다과회에 출석하시는데도 특별한 문제는 없겠지요?"

"하긴, 일리가 있는 말이야. 예전부터 그대의 초대를 계속해서 거절만 해왔으니, 이제 슬슬 한 번 정도는 초청에 응할 때가 됐을지 모르겠군. 좋아, 다음 기회엔 그대가 주최하는 다과회에도 출석하도록 하지. 개인적으론 가능한 한 어깨에 쓸데없는 힘을 들일 필요 없는 지금과 같은 자리가 좋다만…… 그러한 나의 취향을 고려해줄 수 있겠나?"

두 손 두 발 다 들었다는 듯이 양 어깨를 떨군 크리스티나 양이 그런 식으로 대답하자마자, 피니아는 찬란하게 빛나는 표정으로 크게 몸을 뒤로 젖히며 큰 소리로 웃어재꼈다.

"오오오──호호호호호!! 크으리이이스티이이─나 양께서 이렇게 꼭 참가하고 싶다고 하신다면, 당신의 희망에 따라 저의! 바로 이 저의! 피! 니! 아! 피니키시안! 피닉스가!! 주최하는 다과회에 초대해 드릴 수도 있답니다─! 정말, 다음 다과회가 기대되는군요! 하여튼 하급생 여러분! 저는 이만 물러갑니다─!"

왔을 때와 마찬가지로, 피니아는 지극히 활기찬 웃음소리와 함께 물러갔다. 우리는 망연자실한 표정으로 그녀의 뒷모습을 배웅했다.

마치 한바탕 폭풍우 같은 소녀로군. 원기가 넘쳐난다는 건 결코 나쁘지 않지만, 그녀의 경우엔 분명 정도가 지나쳐 보였다. 인간들을 이해하기 위한 참고로 삼는 데는 그다지 적합하지 않은 아이가 아닐까?

"꽤나 유쾌한 동급생으로 보이는군, 크리스티나 양."

크리스티나 양에게 동의를 요구하자, 그녀는 굳은 표정으로 답했다.

"후후, 예전부터 저런 식으로 나에게 말을 걸어오던 흔치 않은 동급생이야. 부담스러울 정도로 밀어붙이는 경향이 있다 보니 솔직히 답답할 때도 있더군. 하지만 혐오감은 전혀 들지 않던 상대야."

"흠, 확실히 크리스티나 양에게 엄청난 집착을 가지고 있는 건 틀림없어 보이더군."

"참고로 그녀가 바로 마지막 네 번째 가로아 4강이야. 불꽃의 불사조인 피닉스를 가문의 이름과 문장으로 지니고 있는 「금빛 불꽃의 그대」, 피니아. 학생들 중에선 마법학원 최강으로 손꼽히는 화염 마법의 명수지."

"흠, 인간은 겉모습과 말투로 판단해선 안 된다는 건가?"

"그대도 참 직설적이라니까. 하기야 슬라니아로 가서 만난 바제와 같은 심홍룡(深紅竜)과도 친분이 있으니, 인간들이 사용하는 화염 마법 따위는 우습게 느껴질지도 모르겠군. 그나저나 이제 슬슬 경마제의 예선 대회가 시작될 시기니, 그녀와 얼굴을 마주칠 기회도 조금씩 늘지 않을까 싶어."

"벌써 그런 시긴가?"

경마제는 이 나라가 보유하고 있는 다섯 군데의 마법학원들끼리 벌이는 대항 시합으로서, 여름 방학이 끝나자마자 왕도에서 열릴 예정이었다.

가로아 마법학원의 대표나 다름없는 다섯 명의 출장 선수들 중 네 명은, 토벌 계열의 의뢰나 모의 전투나 전투 계열 수업의 성적 상위자 중에서 선출되는 걸로 알고 있다. 마지막 한 자리는 이제 곧 치러질 예정인 예선 대회의 우승자에게 주어진다. 그리고 추천 을 받은 네 명 가운데 출장을 사퇴하는 인원이 나올 경우, 예선 대 회의 성적순으로 대표가 선발되는 구조였다.

경마제의 우승 학교나 상위 입상자들에게는 희귀한 마도서를 열 람하거나 대여하는데 필요한 허가부터 시작해서 마법 도구가 제공 될 뿐만 아니라, 소속된 마법학원 자체의 예산을 늘려 받을 수 있 는 권한까지 약속된다. 그런 고로, 각각의 마법학원들이 경마제에 열을 올리는 것은 지극히 자연스러운 현상이었다.

"크리스티나 양이나 레니아는 올해 어쩔 생각이지?"

"올해는 약간 마음이 바뀐 관계로 출장해 볼 생각이야. 멋진 모 습을 보여주고 싶은 후배가 생겼거든."

크리스티나 양의 입에서 나온 「멋진 모습을 보여주고 싶은 후배」 라 함은, 아마도 뭔가 엇갈리지 않고서야 다름 아닌 나를 가리키는 말이리라. 흠, 모범적인 선후배 관계를 쌓아올렸다는 증거인가?

크리스티나 양에게 대항하듯이, 양쪽 뺨을 붉게 물들인 레니아가 덜컹거리는 소리와 함께 의자에서 일어났다. 그리고 나를 향해 있는 힘껏 고함을 질렀다.

"저도 나갑니다! 드란 씨께 오합지졸에 지나지 않는 학생 놈들을 모조리 짓밟는 모습을 보여드리겠습니다!"

레니아가 이번 대회를 아버지로서 존경하는 나의 앞에서 활약할 수 있는 절호의 기회로 보고 있다는 사실이, 실제로 손에 잡힐 듯이 짐작이 갔다. 그녀의 단순 명쾌하고도 극단적인 성격은, 나와 카라비스 양쪽의 피를 이어 받았다는 사실을 더할 수 없이 분명하게 증명하는 요소 가운데 하나였다.

"흠. 우승 특전은 해마다 호화의 극치라고 하는데다가, 경마제 우승 학교 출신이라는 경력은 졸업하고 나서도 자신의 실력을 증명하는데 큰 도움이 될 테지. 나도 한 번 나가볼까?"

쑥스럽지만 나 또한 물욕과 장래 계획의 설계를 위해, 여름 방학 직전에 개최되는 예선 대회 출장을 향한 의욕을 불태우고 있었다. 어쨌든 지금은 인간이라는 생물이 살아가기 위해선 돈이라는 것이 필요한 시대다.

제2장 예선 대회

오는 가을에 개최될 마법학원 대항 시합인 「경마제」에 출장하는 선수들 가운데 수업이나 의뢰, 모의 전투 등의 종합 성적 상위자들로부터 선출되는 네 명의 학생이야말로 가로아 마법학원이 자랑하는 「4강」이었다.

4강을 구성하는 인원들은 작년과 마찬가지였다. 크리스티나 양과 네르, 레니아와 피니아…… 일단 피니아 양이라고 부르는 편이 나으려나? 흠, 어쨌든 지금은 피니아 양이라고 부르도록 하자.

작년 경마제의 경우, 인간들의 사사로운 행사에 일말의 관심조차 없었던 레니아와 불특정 다수의 앞에서 구경거리가 되는 것을 꺼린 크리스티나 양의 출장 사퇴로 인해 예선 대회를 통해 세 사람이 따로 선발된 모양이다.

그러나 올해의 경우, 나로 인해 바로 그 두 사람이 의욕에 가득 차 있다 보니 4강 전원이 경마제에 출장할 예정이었다. 그런 고로, 예선 대회를 통해 선출되는 인원은 단 한 명뿐이었다. 작년에 비해 꽤나 좁은 문이 된 셈이다.

그리고 오늘의 나는 바로 그 마지막 자리를 차지하기 위해, 지금 막 사무국에서 예선 대회 출장 절차를 밟고 나오는 길이었다.

"으으음."

그런 식으로 나의 옆에서 이 세상의 온갖 불만이 한데 모여 압축된 듯한 신음소리를 흘리고 있는 장본인은, 다름이 아니라 나의 사랑스러운 사역마인 세리나였다.

우리는 마법학원의 안뜰에 자리 잡고 있는 양지바른 벤치에 걸터앉아, 예선 대회의 일정이나 규칙이 적혀 있는 책자를 훑어보고 있던 참이었다. 그런데 갑자기 어느 순간, 기습적으로 세리나의 불만이 폭발한 것이다.

"그런 식으로 끙끙거려봤자 사태는 변하지 않아. 일단 곁에서 지켜보기엔 사랑스러우니 나로서는 나쁘지 않지만 말이야."

"하지만, 경마제 본선을 포함해 사역마의 경기 출장을 허가할 수 없다는 건 이상하지 않나요? 사역마도 마법사의 기량을 증명하는 중요한 요소 가운데 하나잖아요!"

결론부터 말하자면, 사역마의 경마제 출장은 금지된 사항이었던 것이다.

정확히 따지고 들어가자면, 사역마의 직접적인 전투 참가는 불가능하다는 규정이 존재한다는 것이었다. 사역마와 계약함으로써 발생한 능력치의 강화 효과 등은 활용 가능한 모양이다. 나는 라미아인 세리나와 계약함으로써 매료나 마비의 성질을 지닌 마력에 대한 내성을 지니며, 그녀가 소속된 일족이 보유한 특성에 따라 물 속성과 땅 속성의 마력에 대한 친화성이 강화된 상태였다. 아울러 라미아 종족이 보유하고 있는 뱀의 각종 감각 기관이 지닌 능력까지 활용할 수 있다. 다만 나와 세리나의 경우, 세리나가 나로 인해 받는 능력치의 강화 폭이 훨씬 큰 것은 굳이 거론할 필요조차 없었다.

"전쟁터를 주요 활동 무대로 삼는 실전적인 마법사가 거느리는 사역마더라도, 반드시 전투에 적합한 종족이라는 법은 없어. 세리나 역시, 개나 고양이 같은 애완동물들이나 올빼미 같은 날짐승들이 상대방의 사역마로 나올 때는 심정적으로 싸우기 어렵잖아? 옆에서 보기에도 라미아와 애완동물들이 벌이는 싸움은 일방적인 학살로밖에 받아들여지지 않을 거야."

"으으~~."

아무리 타일러 봐도 세리나는 납득이 안 가는 모양이다.

세리나는 나와 함께 예선 대회 무대로 나가, 우리의 앞길을 가로막는 다른 학생들이나 그 사역마들을 마구잡이로 물리치는 대활약을 펼쳐 나로부터 칭찬을 듣고 싶었던 것이리라.

"얼마 전 만나 뵌 피니아 양도 플레임 코카트리스를 사역마로 두고 계실 뿐만 아니라, 크리스티나 양도 새끼 피닉스를 사역마로 부리고 계신다고요! 양쪽 다 라미아보다 드문데다가 강력한 마수(魔獸)와 영수(靈獸)잖아요! 아무리 저라도 편하게 이길 수 있는 상대들은 아니거든요! 그렇지 않나요?!"

코카트리스는 닭의 몸과 비늘이 달린 다리 등을 지닌 거대한 마조(魔鳥)로서, 그 주둥이나 숨결에 다른 생물들을 돌로 만들어 버리는 흉악한 마력을 보유하고 있는 마수였다.

플레임 코카트리스는 바로 그 코카트리스의 아종(亞種)으로서, 석화 능력 대신 화염을 다스리는 능력을 지닌 코카트리스였다. 원종(原種)인 코카트리스와 마찬가지로 비행 능력은 지니고 있지 않으나, 어중간한 말들보다 훨씬 빠른 이동 속도와 지구력을 보유하고 있는 걸로 유명한 짐승이었다. 그리고 완전히 성숙될 경우, 인간 서너 명 정도는 여유롭게 태우고 다닐 수 있을 정도의 거구로 성장한다.

어쨌든 플레임 코카트리스는 마법학원 학생들 가운데 최고의 화염 속성 마법사이자 피닉스를 사역마로 부리던 조상을 둔 피니아 양에게 실로 궁합이 잘 맞는 사역마였다.

그런데 사실은, 여기서 짚고 넘어가야 하나? 바로 그 사역마에 관한 우여곡절 또한 피니아 양이 크리스티나 양에게 집착하는 이유 가운데 하나였다.

크리스티나 양은 어찌됐건 피닉스를 사역마로 부리던 조상에 관한 일화를 지닌 피니아 양보다 먼저, 아무리 아직 새끼에 지나지 않더라도 엄연한 피닉스를 사역마로 거느리고 있었던 것이다.

선천적으로 남들 눈에 띄고 싶어 하는 성격의 소유자인 피니아 양에게 있어서, 주변인들의 주목을 독점하는 크리스티나 양의 존재는 눈엣가시였을 수 있다.

크리스티나 양이 피닉스를 사역마로 삼은 일로 인해 피니아 양의 대항 의식이 결정적으로 고조된 것은 틀림없었다. 하지만 개인적으론 두 사람의 관계가 극단적인 방향을 향해 가리라는 불안감은 전혀 들지 않았다.

피니아 양은 크리스티나 양을 폄하하려 한다기보다는, 자기 자신도 그녀와 나란히 서고자 필사적으로 노력하려는 성격의 소유자로 보였기 때문이다. 모르긴 몰라도, 마음속으론 크리스티나 양의 친구가 되고 싶다는 심정을 주체할 수 없는 듯했다. 옆에서 보기엔 기본적으로 훈훈한 광경을 연출하는 두 사람이었다.

"일단 피니아 양의 플레임 코카트리스는 다 자랐다고 들었다만, 크리스티나 양의 피닉스는 아직 새끼에 지나지 않아. 기껏해야 기나긴 시간을 들여 닭꼬치나 구울 수 있을 정도의 화력밖에 없을 거야."

흠, 그리고 보니 피닉스는 화력을 조절하는 방법에 따라 거의 반영구적으로 고기를 구울 수도 있을까? 크리스티나 양에게 시험해 보고 싶다는 뜻을 전달할 경우, 흔쾌히 승낙할지도 모른다는 생각이 들었다. 하지만 일단은 마음속으로만 생각해 두자. 아니, 그녀는 남들보다 식탐이 심한 편이니 이미 스스로 시험해본 경험이 있을 지도 모른다.

예전에 크리스티나 양에게 피닉스를 사역마로 삼게 된 과정에 관해 물어본 적이 있었다. 그런데 참으로 놀랍게도, 피닉스와 만나게 된 계기 자체는 그녀의 남다른 식욕에 의한 결과였다.

그녀의 증언에 따르면, 지금 사역마로 삼고 있는 피닉스는 오래전에 어머니와 함께 살던 무렵부터 기르던 개체였다고 한다. 축제가 열리던 날, 우연히 지나친 노점상에서 구입한 커다란 알로부터 태어난 녀석이 바로 피닉스의 병아리였다고 한다.

처음 목격한 당시엔 한 아름이나 되는 커다란 알이었기 때문에 배불리 음식을 해먹을 수 있을 것으로 여겨 대부분의 용돈을 거의 다 털어 구입한 모양이다.

크리스티나 양은 쑥스러운 듯이 「그 무렵엔 집안 살림이 변변치 않아 항상 배를 곯고 있었거든」이라고 고백했다.

현재의 크리스티나 양은 천상의 공주로 착각할 만한 미모와 기품을 겸비한 소녀였다. 하지만 얼굴과 이름조차 몰랐던 아버지에게 딸로 인정받지 못 하던 무렵엔 상당히 고생하며 보냈다는 사실은, 지금껏 그녀로부터 직접 전해들은 이야기들만으로도 충분히 짐작이 가고도 남았다.

옛날이야기를 하는 크리스티나 양 본인에게 비장한 빛이 그다지 없어 보인다는 것은 다행이었지만, 돌아가신 어머님에 관한 얘기를 할 때는 어쩔 수 없이 슬픈 표정을 보이곤 해서 우리들도 마음이 아팠다.

참고로 크리스티나 양이 커다란 알을 요리할 방법을 궁리하며 입맛을 다신 바로 그 순간, 그 알은 부화하고 말았던 모양이다. 삐약거리는 피닉스의 병아리 앞에서, 크리스티나 양의 배불리 먹기 대작전은 덧없이 아스러지고 말았다.

그녀의 성격을 잘 아는 나로서는, 아마도 부화한 이후로도 한동안은 크게 살찌운 피닉스를 언젠가 잡아먹으려 하지 않았을까 싶다…….

하지만 유감스럽게도 크리스티나 양과 피니아 양의 오랜 악연에 관한 이야기는, 세리나의 뒤틀린 배알을 원위치로 복귀시키는 데는 큰 도움이 되지 않았던 모양이다.

"새한테 닭꼬치를 굽게 하겠다고요? 혹시 지금 웃자고 하신 말씀은 아니죠?!"

흠, 사역마에 관한 얘기는 세리나에게 있어서 결코 가볍게 넘길 건수가 아니었던 모양이다.

아직도 사랑스럽게 심통을 부리는 세리나를 무슨 수로 달래면 좋을까?

골똘히 생각에 잠겨 있다 보니, 딱딱한 돌바닥을 짚는 지팡이의 규칙적인 소리가 나의 고막을 울렸다.

이 소리와 규칙적인 리듬에 관해선 짚이는 구석이 있었다. 나는 소리가 들려온 방향으로 시선을 돌렸다. 세리나 또한 볼을 부풀린 채로 나의 시선을 쫓아 왔다.

본관 건물로부터 은빛 독수리 모양의 손잡이가 달린 지팡이를 오른손에 움켜쥔 채, 머리꼭대기부터 발끝까지 한 치의 빈틈조차 없이 깔끔한 옷차림의 남성이 우리들에게 다가왔다.

나와 세리나를 가로아 마법학원으로 인도한 은인이자, 나의 마법 스승에 해당되는 마글 할머니의 장남인 동시에 나의 사형이기도 한 덴젤 아저씨였다.

"덴젤 아저씨? 아니, 여기선 덴젤 선생님이라고 불러야 하나요?"

"아니, 어느 쪽이든 마음에 드는 쪽으로 불러다오. 그나저나 너의 평판은 교사들한테도 곧잘 들려오더구나, 드란. 나는 너의 사형으로서, 그리고 너를 추천한 이들 중 한 사람으로서 무척이나 자랑스럽다."

"그야 모든 마을 사람들의 기대를 짊어지고 온 몸인 데다가, 마글 할머니나 덴젤 선생님의 얼굴에 먹칠을 할 수도 없는 노릇이니까요. 지식을 갈고닦는 데 항상 최선을 다하고 있습니다."

"음, 어찌 보면 학생으로선 지극히 당연한 자세로군. 둘이 대화를 나누는데 끼어들어 미안하다만, 잠시 얘기 좀 하다가 가도 될까?"

"물론이죠. 그래도 되겠지, 세리나?"

나는 가능한 한 부드러운 목소리로, 바로 옆의 세리나에게 동의를 구했다.

세리나 또한 때와 장소를 가릴 줄 아는 분별이 있는 어른이다. 사리분별 못하고 제3자의 앞에서 나에 대한 불만을 호소하다가 난감한 상황을 만들지 않는다. 부풀렸던 볼을 오므리며 속삭이듯이 「예」라고 대답했다.

흠, 아직도 불만이 있는 듯한 울림이로군. 혹시 생각보다 훨씬 뿌리가 깊은 문젠가?

"지금 보니 아직도 멀었구나. 사역마와 확실하게 의사소통을 나누는 것도 마법사의 기본적인 소양 중 하나다, 드란."

덴젤 아저씨는 어처구니없다는 심정 절반과 나를 놀리겠다는 의도 절반이 담긴 표정으로 입을 열었다. 세리나를 얽어매고 있지 않은 것도 틀림없는 사실이다 보니, 딱히 부정할 생각은 들지 않았다.

"변명의 여지는 없군요. 다름이 아니라, 이번 경마제의 예선 대회 일로 그녀의 기분을 건드리고 말았거든요."

"경마제? 마침 잘 됐군. 모의 전투에서 꽤나 큰 활약을 펼쳤다는 소문은 전해 들었다만, 역시 너도 출장을 노리고 있었나? 따로 상금은 안 나온다만, 희귀한 마도서의 복사본이나 실물을 열람할 수 있는 권리부터 시작해서 온갖 마법 소재들이 상품으로 주어지거든. 하나 같이 일개 마법사로서는 입수하기 어려운 물건들뿐이야."

"예, 그리고 경마제를 우승으로 이끈 공로자라는 특수한 경력은 장래의 전망을 더욱 넓힐 수 있는 수단이 될 수 있을 것으로 여겼습니다."

"호오. 어머니께서 하시던 말씀대로, 너는 정말 배짱이 두둑한 녀석이로구나. 일단 내가 지금껏 봐온 바로는, 네 상대가 될 수 있을 만한 학생들은 남쪽과 서쪽의 천재들 정도가 고작일 거다."

작년 경마제에서 네르를 쓰러뜨린 학생과, 그리고 바로 그 학생을 쓰러뜨려 우승을 차지한 학생을 말하는 건가? 같은 왕국의 마법사로서 흥미가 일었다. 몇 달 후, 실제로 보게 될 텐데 그들은 과연 나를 만족시켜줄 수 있을까?

"높게 평가해 주시니 몸 둘 바를 모르겠군요. 어쨌든, 지금으로선 경마제 출장 권한을 따는 것부터 시작해야 합니다. 출장 권한은 무슨 수를 써서라도 손에 넣을 생각입니다."

나의 입에서 반드시 출장 권한을 획득하겠다는 소리가 나온 순간, 덴젤 아저씨가 눈살을 찌푸린 채로 골똘히 생각에 잠긴 듯이 콧수염을 만지작거렸다.

흠? 혹시 나의 말에 무슨 이상한 점이라도 있었나? 그러한 의도를 담은 눈빛으로 세리나를 바라보자, 그녀 또한 아무런 문제도 없다는 의도가 담긴 눈빛으로 나를 마주봤다.

역시 세리나는 다른 이들과 다르다는 생각이 들었다. 아무리 기분이 좋지 않더라도 순간적으로 나의 의도를 단 한 치의 오차조차 없이 판독해냈다.

"학생들은 아직 모르더라도 어쩔 수 없나? 이봐, 드란. 너는 흔히 말하는 4강, 크리스티나와 네르네시아, 피니아와 레니아 전원이 선출되는 걸로 알고 있지?"

"예. 제가 아는 한, 그 네 명은 학생들 중에선 최고의 실력자들이니까요. 혹시 그녀들 가운데 누군가가 출장을 사퇴한 겁니까?"

이해가 잘 안 가는군. 전원이 한 명의 예외도 없이 경마제 출장에 대한 의욕을 불태우고 있던 걸로 아는데…… 아니, 레니아와 크리스티나 양은 나의 관심을 끌기 위한 출장이니 조금 경우가 다르지만. 혹시 그 두 사람 중 한 사람이 사퇴한 건가?

"아니, 사실은 말이다……."

덴젤 아저씨로부터 사건의 전말을 전해들은 나는, 입술 사이로 한숨이 새어나오는 것을 막을 길이 없었다.

그날 밤엔, 세리나의 기분을 풀어주기 위해 나의 침대에서 함께 자기로 했다. 물론 저속한 짓은 하지 않았다.

다음날 아침, 우리는 대형 게시판에 나붙은 예선 대회 출장자 일람을 확인하러 갔다.

벌써부터 대형 게시판 앞에 수많은 학생들이 모여 들어, 경마제에 출장할 나머지 선수들에 대한 의견을 제각각 교환하는 광경이 나의 시야에 들어왔다.

나의 얼마 되지 않는 동성 친구들인 제논과 벨크, 그리고 요슈아 또한 이미 게시판을 보러 나와 있었다.

제논과 벨크는 나를 통해 크리스티나 양과 친분을 맺고 싶다는 속셈이 있어 접근해 온 이들이었지만, 하급 귀족 가문의 자제인 그들은 기본적인 생활 습관이나 가치관 측면에서 나와 그다지 큰 차이가 없었던 덕분에 특별한 잡음 없이 대등한 친구 관계가 유지되고 있었다.

다만, 나의 주위로만 마법학원의 미녀들이 모여드는 현상에 관해선 아직껏 세찬 질투의 불꽃을 태우고 있는 와중이었다.

"좋은 아침이야. 제논, 벨크, 요슈아. 무슨 재밌는 구경거리라도 있나?"

붉은 머리카락의 제논이 나에 이어 「안녕히 주무셨나요?」라는 인사말을 입에 담는 세리나에게 넋을 놓은 듯이 미소를 지으며 답했다.

"잘 잤냐? 그냥 경마제 예선 대회의 출장자 명단이 나붙어 있을 뿐이야. 너도 나가는구나, 드란."

"흠, 이제 슬슬 하나둘씩 알기 쉬운 실적을 만들어 둬야겠다는 조바심이 들더군. 어디 보자…… 너희들은 출장할 마음이 없나?"

벨크가 농담은 적당히 하라는 듯이 고개를 가로저었다.

"출장을 신청하는 학생들이 다 나갈 수 있는 종류의 대회가 아니야. 전투 계열 종합 성적 상위자나 수업을 담당하고 있는 선생님들로부터 직접 추천을 받은 사람 정도가 아니고서야, 예선 대회 출장조차 덧없는 꿈에 지나지 않아."

"그런 뜻으로 보자면, 드란. 자네의 경우엔 아마 본인이 출장 신청을 하지 않았더라도 선생님들께서 적극적으로 추천하지 않았을까 싶군."

요슈아는 마치 자기 일처럼 자랑스럽게 말했다.

모의 전투 수업에서 이따금씩 크리스티나 양이나 네르를 상대할 때도 있었으나, 뱀파이어 군단을 상대로 한 전투와 천공 유적 사건을 경험한 이후로, 나는 마법학원에 입학한 당시보다 힘의 제약을 조금 더 느슨하게 풀고 있다. 그런 고로, 지금의 나는 연승 불패 가도를 걷고 있었다.

가로아 마법학원의 4강인 크리스티나 양과 네르를 상대로도 지지않는 나에 대해, 함께 수업을 받고 있는 학생들이나 교사들의 평가가 어떠한지에 대해선 굳이 언급할 필요가 없겠다.

수업을 담당하고 있는 선생님들과 별도로, 학원장은 나의 정체가 용의 전생자라는 사실을 이미 알고 있는 상황이었다. 하지만 그녀에게 그 사실을 널리 알릴 생각은 없어 보이고, 예선 대회 출장에 관해서도 특별히 간섭을 할 뜻은 없는 모양이다. 오히려 그녀는 이번 예선 대회를 다시금 나의 실력을 관찰할 좋은 기회로 여기고 있을 공산이 컸다.

나는 가볍게 양 어깨를 으쓱해 보이며 요슈아에게 답했다.

"선생님들의 추천 여부에 관해선 알 도리가 없다만, 아마도 성적 평가의 기준을 통과하기는 어려웠을 거야. 결국 따지고 보면 나는 마법학원에 적을 올린 지 겨우 세 달 정도밖에 지나지 않은 몸이니, 실적에선 다른 학생들보다 크게 뒤쳐지는 구석이 있잖아? 학원에서 중개하는 의뢰도 점수가 큰 토벌 계열을 그다지 접수한 적이 없는데다가 완수한 임무의 숫자 자체가 별로 많지 않아. 기본적으로 목욕탕을 짓거나 말 골렘을 제작하는 나날을 보내 왔을 뿐이거든."

몇 년 동안이나 마법학원에 다니고 있는 제논이나 요슈아 같은 경우에 비해, 내가 받아온 수업이나 성공한 의뢰의 숫자는 적을 수밖에 없었다. 그러나 나의 발언을 잠자코 듣던 세 사람은 도저히 납득이 안 간다는 표정을 짓고 있었다.

흐음, 요슈아가 순간적으로 세 사람이 느낀 감정을 대표하려는 듯이 앞서 나와 입을 열었다.

"드란? 지금 보니 자네는, 자신이 최근의 두 달 남짓 정도에 지나지 않는 짧은 기간 동안 벌인 일들에 관해 그다지 정확히 이해하고 있는 건 아닌 모양이군. 설령 가로아 마법학원을 아무리 오래 다녔더라도, 네르네시아나 크리스티나 양을 상대로 연승을 거둘 수 있는 학생은 지금껏 단 한 사람도 없었다네. 자네는 그녀들을 상대로 연승에 연승을 거듭하고 있는 사상 최초의 학생이지. 과거의 실적이 아무리 중요하다 한들, 오직 그 한 가지 사실만으로도 자네가 경마제 대표로 뽑히는 것은 전혀 부자연스럽지 않아."

흐음, 하기야 그 두 사람을 비롯한 4강의 학생들은 가로아 마법학원의 다른 학생들, 그리고 교사들까지 포함시켜도 월등한 실력을 지니고 있다.

아마 왕국 전토를 둘러봐도 그녀들의 실력이 특별히 뛰어나다는 데는 의심의 여지가 없을 것이다.

특히 크리스티나 양은 진정한 초인종으로 각성할 경우, 과장이나 농담이 아니라 일기당천(一騎當千)의 활약을 선보일 가능성을 지닌 소녀였다.

"이유는 모르겠다만, 가로아는 여학생들이 더 세단 말이지. 남자들 중 한 명 정도는 오기를 보여야 하겠다는 생각이 들더군. 어쨌든 지금은 대표로 선발될 수 있도록 최선을 다해볼 생각이야."

"나의 예상으론 자네의 예선 대회 우승은 거의 확정이야."

"요슈아 씨의 말씀이 맞아요. 크리스티나 양이나 네르네시아 양 상대로도 지지 않는 드란 씨가, 다른 누군가에게 지실 리가 없어요!"

요슈아나 제논 같은 동급생들뿐만 아니라, 세리나 또한 나의 예선 대회 우승을 믿어 의심치 않는 듯이 보였다.

그들의 말처럼 예선 대회 출장자들의 일람을 아무리 들여다봐도 나에게 위협이 될 만한 상대는 눈에 띄지 않았다. 그러나…… 한 명, 나를 상대로 공격을 시도할 수 있는 실력을 지닌 학생이 있었다. 마침 그 학생 또한 우리와 마찬가지로 게시판을 보러 온 모양이다.

"드란 씨, 안녕히 주무셨나요?"

그녀는 지금껏 결코 남들 앞에서 선보인 적 없는 만면의 미소를 띤 채 나를 향해 인사말을 건네 왔다. 물론 주위의 학생들은 충격과 경악의 소용돌이로 빠져들었다. 그녀야말로 4강 중 한 사람인 「파괴자」 레니아였다.

그리고 레니아에게 있어서 단 한 사람의 친구인 것으로 추정되는 이리나 아가씨 또한 그녀를 따라온 듯이 보였다. 그나저나 이 두 사람은 정말 친구가 된 과정이 짐작조차 가지 않는단 말이지, 흐음.

레니아는 불과 얼마 전까지만 해도 분노나 불쾌감 등을 제외한 그 어떤 감정도 겉으로 보이지 않는 소녀였다. 그러한 그녀가 만면의 미소를 띠고 있다는 사실에, 주위의 학생들 중에서는 천재지

변의 조짐인 것으로 여기는 자도 있었다.

지금껏 타인을 상대로 철저한 무관심을 관철해 오던 레니아가 이런 모습을 보이니, 다른 학생들로서는 경악하는 것도 당연하다.

제논이나 벨크 또한 순간적으로 넋이 나간 듯한 반응을 보였으나, 역시 몇 번 정도 목격한 적이 있다 보니 다른 이들보단 비교적 담박하게 넘어갔다.

"너희들이야말로 잘 잤나? 레니아, 이리나."

곧바로 평범한 인사말로 화답하자, 이리나가 몸 둘 바를 모르겠다는 듯이 머리를 숙였다.

흐음, 이만큼이나 심약한데다가 낯을 가리는 성격으로 정말 용케 레니아를 따라다니는군. 오히려 반대로 레니아에게 상식이라는 관념이 전혀 없기 때문에 서로가 서로를 보완하는 관계가 성립했는지도 모르겠다.

나는 야단스럽기 그지없는 요슈아의 인사말이 끝날 때까지 기다렸다가 게시판 쪽을 가리키며 그녀들의 용건을 확인했다.

"레니아도 예선 대회 출장자들의 명단을 확인하러 왔나?"

"예. 참고로 저는 참가자들의 이름을 일일이 확인해 볼 필요까지 없다고 했습니다만, 이리나가 끈질기게 보러 오자더군요. 그리고 아버…… 드란 씨께서 와 계실지도 모른다는 소리가 나온 이상, 발걸음을 옮기지 않을 수도 없었습니다."

"제발 좀, 레니아는 정말 자신감이 너무 심할 만큼 넘쳐나. 누구랑 붙게 될지도 모르잖아?"

"너는 자신감이 너무 없다. 게다가, 흥! 드란 씨를 제외한 이 마법학원의 조무래기들 가운데 나를 꺾을 수 있는 자는 아무도 없다. 누가 상대건 질까 보냐."

사실을 말하자면…… 사실 우리 눈앞의 레니아는, 경마제 대표 선수 선출 명단으로부터 누락되어 있었다.

물론 레니아의 성적은 틀림없이 학원 상위 네 명 중 하나로 꼽히고도 남을 만큼 충분히 높았으며, 슬라니아 사건 이후로 타고난 전투 능력이 더더욱 향상되어 당연히 대표 선수로 선출되어야 하는 인원이었다.

그러나 평소 수많은 필수 수업들을 무단으로 결석하고 있던 그녀는, 진급에 필요한 최소한의 학점 기준을 충족시키지 못한 상태였던 것이다.

레니아 본인은 크게 신경 쓰지 않았으나, 학생의 본분인 학업을 등한시하는 자를 명예로운 경마제의 대표로 출장시킬 수 없다는 것은 교육 기관인 마법학원으로서는 지극히 당연한 판단이었다.

그러나 학원 측의 본심으론 경마제 본선을 앞두고 있는 지금, 그녀의 전투 능력이 너무나도 아까울 수밖에 없었다. 게다가 모처럼 본인이 의욕적인 모습을 보이고 있는 관계로, 일부러 완전한 출장 금지 처분은 피한 모양이다.

마법학원 측에선 교사들의 뜻을 모아 직접 그녀를 추천하기는 어려우나, 다른 학생들과 마찬가지로 예선 대회에 출장하여 스스로 대표 선수의 자리를 쟁취— 하는 것까진 막을 수 없다는 식의 명분을 내세우기로 한 듯이 보였다.

그리고 부족한 학점에 관해선 산더미 같은 양의 추가 시험이나 보충 수업을 부과하여 보충할 예정일테지.

"본인의 힘에 자신감을 가지는 건 나쁘지 않다. 하지만 학업을 소홀히 여기는 것은 그다지 달갑지 않구나. 레니아."

"정말 옳으신 말씀이세요, 드란 씨. 레니아는 필수로 받아야 하는 수업까지 아무렇지도 않게 빠지거든요. 수업에 나오게 하는 것만으로도 진땀이 빠져요!"

이리나가 예기치 못한 데서 아군과 만났다는 듯이 목소리를 높였다.

한편 레니아로서도, 혼의 아버지로 존경하는 나의 앞에서 평소의 꼴불견스러운 모습을 폭로당한 것은 무척이나 당황스러웠던 모양이다. 그녀는 몹시 허둥거리기 시작했다.

나의 앞에선 허세를 부리고 싶은 모양이다.

"이리나, 이 분 앞에서 쓸데없는 고자질까지 하지 마라! 드, 드, 드란 씨? 저는 어디까지나 저 자신에게 필요 없는 지식인 것으로 판단한 수업만 받지 않았을 뿐입니다. 물론 유용할 것으로 여겨지는 수업들은 빠짐없이 받았습니다. 결단코 꾀를 부리던 것은 아닙니다."

"꾀를 부리건 뭘 부리건, 너 또한 다른 이들과 다를 바 없이 지금의 부모님께서 주시는 돈으로 먹고 사는 몸이 아니더냐? 말하자면 부모님의 기대에 응하기 위해 노력하는 것은 당연한 행동이라는 뜻이다. 내가 실제로 너의 부모였다면, 자신의 자식이 멋대로 학원의 수업을 빠졌다는 사실을 알면 몹시 낙담하지 않았을까 싶군."

"아니, 으……."

레니아의 자그마한 몸이 크게 기우뚱 거리는가 싶더니, 금세 고개를 숙인 채로 무릎을 꿇었다. 그녀는 나의 말에 상당한 충격을 받은 것으로 보였다.

흐음? 단순히 나를 존경하는 거야 문제될 여지가 없다만, 약간 의존하는 경향이 지나치다는 느낌이군. 그녀가 앞으로도 나의 가벼운 말 하나하나에 지금처럼 일일이 극단적인 감정의 굴곡을 보일 경우, 언젠가 몸과 마음의 건강을 해칠지도 모른다는 생각이 들었다.

향후의 대응 방식에 관해 마음을 조금 고쳐먹을 필요가 있으려나……?

레니아의 기행에 의해 더욱 더 주위의 학생들로부터 주목이 모여들어, 나의 뒤에서 지금껏 돌아가던 모양새를 잠자코 쳐다보고 있던 제논이나 벨크 또한 가볍게 어이를 상실한 듯한 기척이 전해져왔다.

그들에게 있어서, 지금의 레니아는 과거의 그녀와 완전히 다른 사람으로밖에 안 보이지 않을까?

흠. 일단 그건 그렇고, 지금은 현실적인 얘기도 해야 하는 때였다.

"선수 명단을 보는 김에 시합 편성까지 확인했다만, 출장 선수는 우리들 두 사람을 포함한 여덟 명까지 압축된 모양이다. 나와 레니아가 맞붙게 될 대진은 두 사람 다 결승전 진출에 성공한 경우뿐이더군. 대표로 확정되어 있는 인원은 크리스티나 양과 피니아 양, 네르까지 포함한 세 명이다. 말하자면 우리 둘의 대표 선발은 결승전으로 진출하는 순간부터 확정되는 셈이지."

"아, 예. 다행히도 드란 씨와 저는 대표로 선발될 것이 확실합니다. 이번 대회를 기회 삼아, 마법학원의 다른 이들에게도 드란 씨와 저의 힘을 사무치도록 깨닫게 해줄 수 있을 것입니다."

고개를 숙이고 있던 레니아는, 나와 말을 섞자마자 마치 죽었다가 부활한 듯이 의기양양하게 호언장담하는 모습을 보였다. 세리나가 약간 어처구니가 없다는 표정으로 나의 귓가에 속삭여 왔다.

"드란 씨? 레니아 양은 마음을 다잡는 속도가 굉장히 빠른 분이신가 봐요. 방금 전까지만 해도 온 세상이 곧장 끝나버릴 것처럼 좌절한 듯이 보였는데, 지금은 이미 왕성한 원기가 여기까지 전해져올 정도거든요. 게다가 억지로 부리는 허세도 아녜요."

"얼마 되지 않는 레니아의 장점으로 여겨줘. 나는 항상 타인의 나쁜 점들보다, 좋은 점들을 먼저 보라는 가르침을 받아 왔어."

"어라? 그러고 보니 저희 아빠와 엄마도 그런 말씀을 곧잘 하셨어요. 하지만 레니아 양의 경우엔 굳이 말하자면……."

세리나는 말꼬리를 흐렸지만, 나로서도 그녀가 말하고자 하는 바는 짐작이 갔다.

서글프게도 레니아의 경우, 정말로 너무나도 극단적인 성격이 불씨가 되어 좋은 점은 거의 없는데다가 나쁜 점은 산더미처럼 쌓여 있었다. 세리나가 말끝을 얼버무리는 것도 어쩔 수 없는 반응이었다.

우리가 눈앞의 새로운 친구 겸 딸(임시)에게 똑같은 소감을 품고 있다는 사실은 꿈에도 모른 채, 정작 당사자인 레니아는 거친 콧김과 함께 방금 전의 추태를 얼버무리듯이 열띤 웅변을 토하고 있는 와중이었다.

"다른 자들이 어찌되건, 저와 드란 씨만 있으면 경마제 결승전까지 연승을 거두는 건 확정된 일이나 마찬가집니다. 이번 예선 대회 같은 행사는 어디까지나 하나의 관문에 지나지 않아요."

레니아는 불특정 다수가 보는 앞에서 더할 수 없이 오만하게 들리는 호언장담을 입에 올렸으나, 실제로 4강이라는 호칭의 실력자들 중 한 사람인 그녀의 발언을 얼굴 앞에서 부정할 수 있는 학생은 단 한 사람도 없었다.

구태여 끼어들어 찬물을 끼얹기도 가엽다는 생각이 든 나는, 한동안 레니아가 마음껏 큰소리를 치도록 내버려뒀다.

흐음, 그나저나 나와 레니아에게 쏟아지는 주위의 시선은 참으로 거북하군.

레니아는 나쁜 아이가, 아니, 으으음…… 대사신(大邪神) 카라비스의 인자를 지니고 있는 이상, 사악한 혼의 소유자인 것은 틀림없는 사실이란 말이지. 하지만, 아마도, 그다지 나쁜 아이는 아닌 걸로 안다.

착한 아이라고 장담할 수 없다는 점은, 조금 서글펐다.

†

예선 대회의 개최 날이 점점 다가와 감에 따라 출장 선수들이 각각의 준비에 몰두하고 있는 가운데, 나는 평소와 다를 바 없이 일상적인 학원 생활을 영유하고 있었다.

나의 경우, 4강으로 꼽히는 크리스티나 양이나 네르와 함께 빈번히 모의 전투 훈련을 쌓고 있는 관계로 사실상 평소부터 전투 삼매경이나 마찬가지였다. 그런 고로, 다른 학생들과 달리 예선 대회에 대비하기 위한 별도의 준비를 할 필요성을 느낄 수가 없었던 것이다.

세리나와 같은 방에서 자고 일어나, 함께 식사를 한다. 그리고 함께 수업을 받으러 간다. 방과 후엔 크리스티나 양이나 네르, 레니아 등의 친구들과 함께 모의 전투를 하다가 비어 있는 시간을 이용해 목욕탕을 손질한다. 그리고 차를 마신다.

결국 나는 그러한 일상을 되풀이하고 있을 뿐이었다.

예선 대회와 경마제 본선에선 스스로 준비한 장비나 마도구의 사용을 허가받을 수 있는 모양이다. 그런 고로, 다른— 레니아는 예외지만 — 예선 대회 출장 선수들은 평범한 단련 이외에도 장비 수집에 열을 올리고 있으리라.

나는 평소와 마찬가지로, 마법학원으로부터 지급받은 교복과 베른 마을로부터 지참한 장검이라는 장비 조합으로 예선 대회와 본선에 임할 예정이었다.

가로아의 유명한 명검이나 마도구 같은 물건들을 모으려 해봤자, 나의 보잘것없는 인맥으론 결국 자작하는 것 말고는 새로운 장비들을 손에 넣을 방법은 존재하지 않는 거나 마찬가지였다.

원래부터 마법학원의 교복은 고품질의 마법 방어구로 간주할 수 있을 정도의 고급품이니, 사실은 현재의 장비조차도 평균적인 용병들이나 모험가들로서는 군침을 흘릴 정도로 수준이 높은 축에 속하는 것들이었다.

그리고 예전부터 즐겨 쓰고 있는 장검은 지금까지 여러 차례에 걸쳐 나의 마력을 부여받은 결과, 지금은 일종의 마검(魔劍)이나 다를 바 없는 경지에 이르렀다.

하지만 아무리 나 자신이 평소와 다를 바 없이 일상적인 시간을 영유하고 있더라도, 역시나 마법학원의 전체적인 분위기는 조금씩 긴장감을 띠기 시작했다. 그 변화는 나와 세리나의 뜻과는 관계없이, 일방적인 형태로 우리를 휩쓸어 버리기 위해 다가오고 있는 중이었다.

그날의 수업을 마친 나와 세리나는, 크리스티나 양을 비롯한 친구들과 모의 전투를 치르기 위해 가로아와 교외로 발걸음을 옮기고 있었다.

우리가 본관과 정문을 연결하는 복도 중 하나를 가로질러 나아가다 보니, 반대편으로부터 낯익은 소년소녀들이 포함된 한 집단이 걸어왔다. 예전에 세리나에게 시비를 걸었던 학생들이었다.

나는 왼쪽 눈가의 눈물점이 특징적인 여학생의 얼굴과 마주친 바로 그 순간, 세리나의 가냘픈 어깨가 어렴풋이 떠는 기척을 놓치지 않았다.

그 여학생은 예전부터 멀리서 우리의 얼굴을 볼 때마다 불쾌한 표정을 짓고 있었지만, 네르와 함께 강행한 모의 전투를 통해 4강에 필적하는 나의 실력을 선보인 이후론 무모한 수작질을 걸어오는 것은 삼가는 중인 것으로 알고 있다.

오늘은 머릿수가 많이 모여 대담한 기분이 든 건가? 혹은 듬직한 뒷배라도 있는지도 모르겠다. 그런 고로, 우리와 마주친 그녀와 그 일당의 눈동자는 여느 때와 달리 투지가 넘쳐 보였다.

흠, 아마 저 여학생의 이름은 미타리아였나? 하지만 나로서는 이런 데서 그들과 쓸데없이 다퉈봤자 아무 의미도 없었다.

나는 복도의 구석으로 발걸음을 옮겨, 그녀들에게 길을 양보했다. 그러나 스쳐 지나가던 미타리아는 일부러 발길을 멈춘 뒤, 우리에게 말을 걸어 왔다.

"너무 싫다. 커다란 구렁이가 기어 다니는 소리가 들려. 봄 철쯤부터 끊임없이 들려오는 이 소리가 참 귀에 거슬린단 말이지."

흐음? 아직도 그런 식으로 나온단 말이지? 좋아, 알았다…….

나의 뒤로 따라오고 있던 세리나가, 불현듯 나의 교복 옷자락을 잡아끌면서 속삭였다.

"지금의 드란 씨가 화를 주체할 수 없는 건 당연한지도 몰라요. 하지만 저는 아무렇지도 않으니, 지금은 참아 주세요."

아니, 가장 슬픈— 가장 화가 나는 건 다름 아닌 세리나, 너 자신일 텐데?

나는 세리나의 말을 듣자마자, 온몸의 피가 순간적으로 끓어오를 정도로 열이 올랐다는 사실을 깨달았다. 나는 이성으로 자신의 피를 식혀야 했다.

별 반응을 보이지 않는 나의 모습이 시시하게 느껴졌나? 미타리아는 일당의 중심인물로 보이는 소년에게 시선을 돌렸다.

그는 쓸데없는 지방과 근육이 전혀 눈에 띄지 않는 훤칠한 장신,

햇빛을 받아 찬란하게 빛나는 탁한 은빛을 띤 머리카락이 주위의 시선을 끄는 수려한 외모의 소유자였다. 산뜻한 눈가는 본인의 나이보다 어른스럽게 보이는 지적인 빛을 띠고 있었다.

그의 전체적인 분위기는 늠름하기 그지없었으며, 빈약하거나 우둔한 느낌은 눈에 띄지 않았다.

외모만으로 판단하자면, 야만스럽거나 막된 종류의 단어들과 평생 동안 인연이 없을 것으로 보이는 소년이었다.

"저기요, 그라프 님? 제가 드린 말씀이 맞지 않나요?"

"미타리아. 네가 한 말을 부정할 생각은 없지만, 그런 식의 지나치게 직설적인 언사는 예의가 아니라는 느낌이야."

"어머나? 죄송합니다, 그라프 님. 제가 너무 경솔한 짓을 했나 봐요."

입으론 그렇게 말하는 미타리아로부터 반성하는 빛은 털끝만큼도 느껴지지 않았다. 그리고 주위의 학생들 또한 나의 화를 돋우는 실없는 표정을 짓고 있었다.

"괜찮아. 어쨌든 나는 신경 쓰지 않아."

그녀에게 대답한 소년이 상쾌하기 그지없는 얼굴로 나에게 시선을 돌려 왔다.

"어디 보자, 오늘은 미타리아가 무례한 짓을 했군. 자네가 베른 마을의 드란인가? 나는 그라프 에젠 카를롯사다."

목소리는 온화한데다가, 표정 또한 우호적이었다. 그러나 마음속으론…… 겉으로 보이는 모습과 정반대의 사고방식을 지닌 자로군. 나는 순순히 고개를 끄덕였다.

겉으로만 선보이는 질타와 겉으로만 하는 반성―. 결국은 처음부터 끝까지 겉치레로만 치장하는 인종인가? 정말로 털끝만큼도 호감이 안 가는 인간이로군.

일단 명분상으론, 마법학원 안에선 신분의 높낮이에 집착하지 말자는 교육 이념이 자리 잡고 있었다. 그러나 태어난 바로 그 순간부터 수많은 이들의 복종을 받아 지배자로서 자라온 귀족들 가운데 진심으로 그러한 이념을 믿고 있는 자들은 유감스럽게도 소수파에 속할 수밖에 없었다.

그라프라는 이름을 밝힌 눈앞의 소년은 공식적으론 마법학원의 특이한 불문율을 지키고 있는 듯이 보였다. 그러나 눈동자의 그다지 깊지 않은 데서 「농민 따위가 감히 무릎조차 꿇지 않다니」라는 불만을 머금고 있는 얄팍한 속마음이 뻔히 들여다보였다.

사실은 이 세상의 상식을 감안하자면, 바로 눈앞의 그라프 소년과 같은 태도야말로 평민에 대한 귀족의 태도로서 지극히 당연한 것이었다. 오히려 파티마나 네르, 크리스티나 양과 같이 아무런 차별 없이 평민을 상대하는 이들이야말로 몹시 흔치 않은 부류였다.

"가까이서 만나 뵙는 것은 처음인 듯합니다, 그라프 님."

"자네에 관한 소문은 진작부터 들어왔을 뿐만 아니라, 미스 알마디아나 미스 아피에니아를 상대로 수도 없이 벌인 어마어마한 모의 전투 또한 이 눈으로 직접 확인한 적이 있다네. 과연 덴젤 사부의 추천을 받고도 남을 만한 놀라운 실력의 소유자로 보이더군. 같은 고향 출신 교사의 연줄을 이용한 부정 입학일 가능성을 의심한 적도 있으나, 아마도 그것만이 다는 아니었던 모양이야. 게다가 라미아와 같은 강력한 마물을 사역마로 삼고 있다는 사실 역시, 자네의 실력을 더할 나위 없이 뚜렷하게 증명하는 요소 가운데 하나지."

어디 보자, 이 자는 과연 나를 칭찬하고 있는 건가? 혹은 반대로 비방하고 있는 건가? 물론 굳이 따지고 들어갈 필요조차 없이 후자일 가능성이 높아 보였다. 입으론 칭찬을 늘어놓으면서도 마음속으론 헐뜯고 있는 것이리라.

"저는 평민의 신분으로 가로아 마법학원의 학생이 된다는 과분한 영예를 얻은 몸입니다. 저로서는 학원 측의 높은 평가에 부끄럽지 않도록, 부족한 재능으로나마 최선을 다해 수행을 쌓을 뿐입니다."

스스로도 참으로 용케도 그렇게 차갑기 그지없는 목소리가 나왔다는 느낌을 받을 정도였다.

등 뒤의 세리나가 조용히 자신의 분노를 억누르고 있는 나의 기척을 민감하게 느끼며 몹시 당황하는 모습을 보였다. 나도 참 철이 덜 들었군. 교만한 어린아이의 입에서 나온 허튼 소리에 이만큼이나 마음이 흔들리다니, 점잖지 못한 데도 정도가 있다.

"참으로 나무랄 데 없는 대답이로군. 그나저나 자네 또한 경마제 예선 대회에 출장할 예정이지 않나? 나 역시 명예롭기 그지없는 우리 가로아 마법학원에 한층 더 큰 영예를 선사하고자, 예선 대회에 출장할 예정이라네. 자네와 맞붙게 될 경우엔 잘 부탁하네."

"저야말로 그러한 대진이 이루어지게 될 경우엔 한 수 배운다는 생각으로 도전하도록 하겠습니다."

"하하하, 자네는 정말로 겸손한 성격이군! 자신의 주제를 아주 잘 알고 있는 모양이야. 하지만 유감스럽군. 예선 대회는 물론이거니와 경마제 본선에서도 사역마는 함께 출장할 수가 없거든. 만약 출장이 가능하다는 규칙만 있었다면, 인간과 뱀이 반반씩 섞인 꺼림칙한 몰골의 라미아 같은 괴물도 약간이나마 쓸모가 있었을 텐데 말이야."

……흠.

"아, 예. 아마도 그렇지 않았을까 싶군요. 세리나는 마법사로서도 훌륭한 실력의 소유자니까요. 외람되오나 그라프 님이나 미타리아 님, 그리고 주위의 친구 여러분들보다도 훨씬 대단한 기량을 지니고 있는 아이입니다. 예선 대회 출장이 용납되지 않는 이상, 마법학원 여러분들 앞에서 그녀의 실력을 증명할 수 없다는 점이 무척 유감스럽기 그지없습니다. 저로서는 하다못해 세리나를 대신해서 그라프 님을 꺾는 정도밖에 할 수 있는 일이 없겠군요."

아니, 지금 한 말은 그다지 바람직한 대답은 아니었다. 약간 흥분해서 쓸데없이 상대방을 도발하고 말았다.

하지만…… 하지만 말이다, 젊고도 미숙하기 그지없는 마법사 지망생들아. 지금의 나는 너희들의 입에서 튀어 나온 가래침을 얻어맞고도 가만히 있을 기분이 아니란다.

"호오? 방금 나는 자네를 가리켜 겸손하다는 표현을 썼다만, 그 말을 취소할 수밖에 없는 대답이 나왔군."

그라프 본인은 아직도 여유 넘치는 미소를 유지하고 있었으나, 미타리아나 주위의 추종자들은 곧바로 험악하기 짝이 없는 표정으로 나를 노려보기 시작했다. 그들은 자신들을 가리켜 꺼림칙한 마물보다 못 하다는 식으로 잘라 말한 나에 대한 분노를 숨길 수가 없는 듯이 보였다.

"어쩌다 보니 조금 입을 잘못 놀려, 저 자신의 본심을 고하고 말았군요. 개인적으론 여러분께서 변경 출신 촌뜨기의 허튼 소리로 흘려들으시건, 주제도 파악 못 하는 어리석은 자의 무례한 행동을 벌하고자 실력을 행사하시건 아무 상관없습니다. 저는 지금 이 자리에서 여러분을 한꺼번에 상대해 드리더라도 상관없다는, 조금 불온한 마음을 먹고 있던 참이거든요."

"어라, 예선 대회를 앞두고 불상사를 불사하겠다니…… 더군다나 우리들 전원을 상대로 일을 벌일 경우, 자네의 입장이 위태롭지 않겠나? 게다가 아무리 자네의 실력이 출중하다 한들, 이 정도 머릿수를 상대로 무사히 끝나기는 어렵지 않을까 싶군."

물론 평민의 몸으로 귀족의 자제들과 불상사를 벌인다는 것은 그다지 현명한 선택이 아니었다. 틀림없이 고향인 베른 마을에게도 피해가 갈 수 있는 큰 문제가 될지도 모른다.

그러나 세리나에 대한 모욕을 듣고도 분노조차 보이지 못 한다는 것은, 변경 출신의 사나이로서 나 자신을 절대로 용납할 수 없는 최악의 추태였다.

내가 단 한 걸음조차 물러설 마음이 없다는 사실을 깨달은 그라프는 날씬하기 그지없는 양 어깨를 으쓱해 보였다.

"과연, 자네의 고집스러운 성격에 관해선 잘 알았네. 하지만 나로서는 이런 데서 자네들을 상대하다가 변변치 못한 부상을 당할 수도 없는 노릇이야. 운명의 여신께서 인도하심에 따라 예선 대회를 무대로 자네와 맞붙게 될 경우, 이 그라프가 자네의 교만을 짓이겨 주도록 하지."

"그 날이 오기만을 꿈꾸며 예선 대회에 임하겠습니다."

"정말로 단 한 마디조차 지려 하지 않는 평민이로군."

그라프와 미타리아, 그리고 그 추종자들은 나와 세리나를 향한 악의에 찬 시선만을 남긴 채로 복도의 맞은편으로 자취를 감췄다. 물론 그들의 뒷모습을 배웅할 마음이 들 리가 없었던 나는 세리나를 염려하면서 그 자리를 뒤로했다.

"세리나. 아마도 기분이 좋지는 않았을 테지. 전부 나 때문이야. 너를 여기로 데리고 오지만 않았어도 이런 일은……."

세리나는 나의 앞으로 잽싸게 돌아들어오더니, 황금빛 머리카락을 크게 흩날리며 고개를 좌우로 가로저었다. 그리고 있는 힘껏 나의 말을 부정했다.

"드란 씨, 그 이상은 말씀하지 마세요. 그야 방금 전 같은 말을 듣고도 기분이 좋을 리는 없지만, 아무리 그렇더라도 드란 씨가 자기 자신을 나무랄 필요는 없어요. 오히려 저는 드란 씨가 너무 화를 조절하지 못 하는 것 같아요. 저 그라프 씨라는 분과 그 친구분들한테 무슨 짓을 하실 지도 모른다는…… 그런 예감 때문에 더 걱정스러울 정도였거든요."

"맞아, 솔직히 말해서 굉장히 울화가 치밀어 오르더군. 지금 당장 이 가슴속의 분노를 가라앉히지 못 할 경우, 예선 대회를 무대로 그라프와 맞붙는 날엔 나 스스로 무슨 짓을 저지를지 짐작조차 가지 않아."

"으아앗, 제 예상이 맞았다는 건가요?! 물론 드란 씨의 마음은 이해가 가지만, 아무리 그렇더라도 흔적도 없이 날려버리시거나 목숨까지 거두시는 건 금물이거든요!"

"흠, 방금 전 같은 녀석들까지도 평등하게 걱정이 된다는 건가? 세리나는 다정하군. 걱정 마, 나도 머리론 잘 알아. 예선 대회 시합 날까진 마음을 가라앉히도록 노력해볼게."

지금 한 대답 정도론 아직 부족하다는 건가? 세리나는 완벽한 믿음은 안 가는 듯한 표정으로 나의 얼굴을 걱정스럽게 들여다보고 있었다.

아마도 방금 전까지의 나는 자기 자신의 예상보다 훨씬 거센 분노를 겉으로 표출시키고 있던 모양이다.

†

그리고 며칠 뒤, 수많은 학생들이 오랫동안 기다려 마지않던 예선 대회가 가로아 마법학원 부지 안의 대형 경기장을 무대로 개최됐다.

예선 대회가 열리는 동안의 모든 수업들은 전부 다 휴강하는 관계로, 출장하지 않는 학생들이더라도 경기장에서 시합을 관전하는 것이 우리 학원의 관습이었다.

한 가운데가 뻥 뚫려 있는 원형 경기장의 관객석은 계단 형태로 이루어져 있었으며, 학생들이나 교직원들로 가득 차 있었다.

가장 높은 층계의 관객석 위에 올리비에 학원장을 비롯한 마법 학원의 고위 간부들이 앉아, 이 자리를 빌려 학생들의 실력과 성장을 확인하려는 듯이 지켜보고 있었다.

나는 경마제 예선 대회의 첫 시합부터 출장하는 관계로, 벌써부터 무대 위로 올라와 입장을 마친 상태였다.

관객석의 맨 앞줄은 나를 응원하러 온 친구들— 세리나나 크리스티나 양, 파티마, 네르, 요슈아, 제논, 벨크, 레니아, 이리나가 차지하고 있었다.

사실 출장 선수 중 한 사람인 레니아는 경기장 안의 대기실로 가 있어야 했지만…… 그녀는 네 번째 시합에 출장할 예정이므로 시간적으로 문제될 여지는 없었다.

대형 경기장의 내부 중 한쪽 측면엔 흙이 깔려 있었으며, 일부분은 인공 연못이나 몇 그루 정도의 나무를 심어 높은 장소 또한 눈에 띄었다. 출장 선수들이 그러한 지형들을 마법의 행사에 이용할 수 있는 구조였다.

나는 중앙으로 나아가, 첫 시합의 상대 선수를 마주봤다.

정말로 이런 식의 기이한 인연이 있을 줄은 몰랐다. 개인적으론 이보다 더할 수 없이 기쁜 만남이었다. 나의 첫 시합 상대 선수는 바로 얼마 전에 시비를 걸어 왔던 그라프였던 것이다.

나의 얼굴을 마주보던 그라프는 굉장히 극적인 동작으로 앞머리를 쓸어 올리더니, 서글프다는 듯이 나에게 말을 걸어 왔다. 사실은 나에게 말을 걸어온다기보다 자기 자신을 납득시키려는 듯한 자아도취적인 울림이 강한 목소리였다.

나는 일전의 세리나가 당한 모욕을 떠올리며 다시금 속이 뒤틀리는 듯한 자기 자신을 느꼈다.

"나는 너무나도 슬프군. 경마제라는 행사는 각각의 마법학원에서 가장 전투 마법에 능숙한 학생들이 출장하는 전투의 축제야. 해마다 한 번씩 벌어지는 명예로운 싸움에 참석할 수 있는 자격을 허락받은 이들이 자아내는 마법의 전투 무용은, 보는 이들의 마음을 전율시킬 뿐만 아니라 우리 아크레스트 왕국의 장래를 책임질 전도유망한 젊은이들의 가능성을 존귀한 분들께 봉헌하는 신성한 의식이란 말이지. 그런데……."

해마다 개최되는 경마제는, 장래가 유망한 왕국의 새로운 인재들이 지니고 있는 잠재 능력을 가늠하고자 하는 의도 또한 있는 행사였다. 그런 고로 자녀들을 입학시킨 고위 귀족들은 물론이거니와 이름 높은 궁정 마법사들이나 군부의 고급 장교들, 국왕이나 왕자 등까지 얼굴을 보이는 경우가 적지 않았다.

특히 현재의 왕자 전하와 왕녀 전하는, 남매끼리 대항 시합을 보러 오는 경우가 일상다반사가 된 모양이다.

출장하는 남학생들 중에선 우리 왕국이 자랑하는 가장 고귀한 꽃인 왕녀 전하의 눈에 띌 절호의 기회로 여겨 열을 올리는 자들도 있다더군.

경마제를 기회로 삼아 근위 기사로 등용되거나, 경우에 따라서 그녀의 반려로서 확고한 지위를 확립하겠다는 식의 무모한 욕망을 품는 이들 또한 있을지도 모른다. 혹시 그라프 또한 그러한 경우에 속하는 이들 가운데 한 사람일까?

그의 입장에서 볼 때, 모처럼 찾아온 좋은 기회를 나와 같은 미천한 신분의 평민 따위로 인해 잃게 될지도 모른다는 것은 용납이 안 되는 모양이다.

하지만 울화가 치밀어 오른다는 점에선 나 또한 그와 크게 다르지 않았다.

"그라프 님께선, 제가 대표 선수로 적절치 않다는 의견을 지니고 계신 겁니까?"

"꽤나 눈치가 빠른 평민이로군. 나는 정말로 선출되어야 할 인간이 누군지 만천하에 알리고자, 지금부터 나 자신의 힘으로 자네를 쓰러뜨릴 생각이야."

눈앞의 그라프가 나를 쓰러뜨리고 크리스티나 양이나 피니아 양 같은 4강과 함께 출장하겠다는 건가? 흐―음.

그가 일반적인 학생들보다 두드러지게 뛰어난 실력의 소유자라는 것은 틀림없는 사실이었다. 그리고 카를롯사 가문은 이름 높은 명문 귀족 가문 가운데 하나였다. 가문만 볼 때는, 그가 마법학원의 대표 자격을 노린다는 데는 전혀 위화감이 없었다.

하지만 각 마법학원의 대표 자격으로 나오는 선수들은 그야말로 쟁쟁한 실력자들뿐이었다. 네르를 쓰러뜨렸다는 엑스라는 이름의 천재 소년을 비롯해 가로아 4강에게 뒤지지 않는 수준의 실력자들이 출장할 것으로 가정할 경우, 눈앞의 그라프라는 소년이 지닌 실력으로는 본선의 모든 시합에서 연패를 거듭할 수밖에 없으리라. 그러나 본인이 과연 그 사실을 파악하고 있을까……?

"그라프 님…… 당신께서 저 정도야 얼마든지 쓰러뜨릴 수 있다는 식으로 호언장담을 하시는데, 저로서는 조금 이해하기 어려운 점이 있습니다. 확실하게 말씀드리자면, 저는 네르나 크리스티나 양보다 강합니다. 당신은 스스로가 네르나 크리스티나 양 같은 상대들조차 꺾을 수 있다고 잘라 말씀하실 수 있다는 겁니까?"

가로아 4강으로 꼽히는 학생들은, 다른 학생들과 분명하게 구분되는 실력자들뿐이었다.

눈앞의 그라프로부터 느껴지는 힘으론 네르나 크리스티나 양, 그리고 레니아와 같은 실력자들을 꺾을 수 있을 리가 없었다.

그라프는 연한 보랏빛의 마정석이 박힌 반지를 낀 양손을 치켜들더니, 지금껏 온화한 미소를 짓고 있던 얼굴로 추악하기 그지없는 표정을 지어 보였다.

"자네 따위가 우리 가로아 마법학원의 대표 선수로 나간다는 것은 절대로 있을 수가 없는 일이야. 그리고 지금부터, 자네의 실력이 대표 선수가 되기에 턱없이 모자라다는 사실을 증명하고야 말겠네!"

그라프의 말은 나의 물음에 대한 대답이 될 수 없었으나, 그는 전혀 신경조차 안 쓰는 듯이 보였다. 애초부터 대답할 가치조차 없다는 뜻인가?

그라프는 말을 마치자마자 양손의 반지로 마력을 통과시켜, 자신과 반지의 마력을 일치시켰다. 그 동작이 그의 전투 준비 태세였다.

"자, 신성한 경마제에 출장할 가로아 마법학원의 다섯 번째 대표를 결정짓는 정정당당한 결투의 시작이다. 다들, 두 눈을 똑똑히 뜨시라! 카를롯사 후작 가문의 차남, 그라프가 지닌 마법 기술의 진수를 목격할 영예로운 순간이 찾아왔다!"

그라프의 인사말이 끝나자마자, 심판석에 앉아 있던 선생님들 중 한 사람이 일어나 예선 대회의 규정에 관해 설명하기 시작했다.

"지금부터 시합 개시에 앞서, 예선 대회의 규정을 재확인한다. 시합을 개시하라는 신호가 있을 때까지 전투 행위를 시작하는 것은 엄격히 금지한다. 시합의 승패는 양쪽 선수들이 장착하고 있는 저지먼트 링의 수정이 셋 다 점등할 경우와 선수가 의식을 상실할 경우, 스스로 패배를 인정한 경우와 심판의 재량에 따라 전투 속행이 불가능할 것으로 보이는 경우에 확정되는 걸로 간주한다. 또한 승패가 확정된 이후의 공격 행위나 살상을 목적으로 삼아 고의로 정도가 지나친 공격을 가하는 행위는 엄중히 금지한다. 지금 설명한 규정들을 어긴 자는, 가로아 마법학원에 적을 둔 모든 이들에게 스스로 수치를 보이게 된다는 사실을 명심하라."

심판이 설명을 마쳤다. 그리고 잠시 후, 드디어 심판이 시합 개시를 지시했다.

"무대 위의 양 선수들, 준비는 끝났나? 제1시합, 개시!"

자존심이라는 이름의 술에 취한 그라프가, 귀공자처럼 보이는 가면을 겨우 유지한 채로 나를 향해 수많은 반지들을 낀 손가락을 움직여 왔다.

그가 모든 손가락에 끼고 나온 반지들은 순도 높은 마정석의 작용에 의한 마력 보강이 가능할 뿐만 아니라, 마법 문자로 술식이 입력되어 있는 반지의 홈으로 마력을 흘려 넣는 것만으로도 마법을 발동시킬 수 있는 고급품들로 보였다.

그라프의 손동작에 따라 총 열 발의 마법 화살들이 생성되는 광경이 나의 시야로 들어왔다. 나의 주특기 중 하나인 【에너지 애로우】와 확실하게 다른, 성인 남성의 팔뚝 정도 크기의 연한 보랏빛 화살들이 보였다.

그라프는 낭랑한 목소리로 시를 읊듯이 자신의 마력으로 생성한 마법 화살의 이름을 외쳤다.

한 발 한 발이 인간의 복부에 주먹 정도 크기의 구멍을 뚫을 수 있는 위력을 지닌 마법 화살들이, 술사가 지닌 파괴의 의사에 따라 흉악하게 빛났다.

"꿰뚫어라, 라무드!!"

그라프가 이 일격으로 결판을 지을 수 있다는 확실한 자신감을 담아 발사한 【라무드】를 목격한 관객들로부터 한층 더 큰 환호가 솟아올랐다.

나는 비어 있던 왼팔을 치켜들어 마력을 부여했다. 그리고 머릿속으로 술식을 완성시킨 뒤, 손을 휘둘러 동시에 열 발의 【에너지 애로우】를 생성시켰다.

나는 시야를 가득 메우는 기세로 들이닥치는 【라무드】들을 단 한 발의 예외도 없이 정확하게 포착한 뒤, 열 발의 화살로 맞받아쳤다.

【에너지 애로우】와 【라무드】의 충돌에 의해 연속으로 발생한 소음과 충격파가, 나와 그라프의 뺨과 머리카락을 어루만졌다.

마법의 격으로 비교할 경우, 나의 【에너지 애로우】가 그의 【라무드】보다 저급 마법에 속하는 술법이었다. 그러나 나는 그 저급 마법으로 그라프의 【라무드】를 전부 격추하는데 성공했다. 그라프가 경악을 금치 못 하겠다는 듯이 한숨을 내쉬었다. 주위의 관람객들 또한 그와 크게 다르지 않았던 모양이다. 관객석으로부터 놀라는 목소리들이 들려왔다.

나에 관한 좋고 나쁜 소문들밖에 알지 못 하는 호사가들에게 오늘 그 소문들의 진위 여부를 확인시켜줄 생각이다. 관객들 중 일부는 눈알이 튀어나올 듯이 시합을 주시하고 있었다.

"하하하, 대단하긴 대단하군. 미스 아피에니아와 같은 이들로부터 어느 정도 인정받을 만한 실력은 있다는 건가? 솔직히 말해서 자네를 조금 깔보고 있었다는 건 사실이야. 밭을 갈거나 흙이나 만지는 것밖에 할 줄 모르던 촌뜨기 따위가 요행수로 마법학원에 입학할 수 있을 리가 없다는 건가? 하지만 그렇기 때문에 더더욱 눈에 거슬리는 것도 틀림없단 말이지. 자신의 주제를 알게나."

그가 지금 입에 담은 말이 나의 마음에 한층 더 거친 바람을 불러일으켰다.

고향에서 밭을 갈거나 흙이나 만지작거리던 것은 틀림없는 사실이었다. 하지만 아무리 그렇더라도 농사일을 깔봐도 될 리가 없다.

네가 날마다 먹고 있는 음식들 중 대부분은, 우리와 같은 이들이 만들고 있는 것들이다. 농민을 비롯한 다양한 계층의 평민들이 제대로 버텨주지 않고서야, 귀족들의 사치스러운 생활환경 또한 제대로 성립될 리가 없다.

단순한 사실을 지적하는 것 정도야 큰 상관은 없다만, 그 말에 모멸의 감정을 담는다는 것은 완전히 번지수가 틀렸다. 솔직히 나로서는, 그의 말투 하나하나가 아니꼽게 느껴졌다.

산 채로 억 단위의 살점들로 찢어발겨줄까……? 나는 그런 식으로 흥분하려는 자신의 마음을 달래며, 그라프의 얼굴을 조용히 노려봤다.

좋지 않은 경향이군. 인간으로 환생함으로써 소중한 가족을 얻게 된 거야 더할 나위 없이 좋은 일이었지만, 지금의 나는 바로 그 소중한 가족들에 대한 조롱을 들으면 지나치게 공격적인 태도를 취하는 경향이 있었다. 세리나에 관해서도 마찬가지였다.

눈앞의 소년은 나의 흥분하기 쉬운 구석을 아주 정확하게 찔러왔다. 그러한 쓸데없는 재능이 자신의 목을 점점 조여들어오는 중이라는 사실을 깨닫지 못 하고 있다는 것이 그의 가장 큰 불행이었다.

"오랜 세월 동안 궁정을 무대로 갈고닦은 마도의 기술들을 대대로 계승해 온 카를롯사 가문의 힘을 똑똑히 봐라. 언제까지나 똑같은 잔재주만으론 모처럼 모여주신 관객 여러분들께서 싫증이 나실 테지. 받아보게나! 거슬러 올라가는 바람이여 윈드 브링거! 얼음의 칼날이여 아이스 브링거!"

그라프의 반지가 빛을 발하자, 영창 없이 완전한 위력을 유지한 두 가지 마법들이 발동됐다. 원 모양으로 모여 기세 좋게 회전하는 바람의 칼날과, 새하얀 냉기를 뿜는 얼음의 칼날이 각각 세 자루씩 형성되는 광경이 나의 시야로 날아 들어왔다.

나는 양쪽에서 필살의 위력을 지닌 채 날아 들어오는 바람의 칼날과 얼음의 칼날을, 평소처럼 검으로 맞받아쳤다.

그리고 그라프가 마법의 목표물을 정확히 설정할 수 없도록, 그가 따라오기 힘들 정도의 속도로 잽싸게 몸을 움직였다. 술사의 유도가 정확치 못한 마법을 회피하거나 방어하기는 별로 어렵지 않았다.

마력을 부여한 칼로 나에게 날아 들어오는 칼날의 궤도 하나하나를 파악하여 모조리 격추하는 것은, 상대방의 마법을 무효화시킬 수 있을 만한 양의 마력과 상대방의 공격 범위를 향해 대담하게 나아갈 수 있는 담력을 지니고 있다면 누구나 가능하다.

지금껏 그가 선보인 움직임들로 판단하자면, 일단 그라프 본인은 전투 중의 위치 이동 없이 원거리 공격을 주특기로 삼는 전형적인 마법사인 듯이 보였다.

그는 항상 싸움터를 종횡무진하며 접근전까지 능숙하게 소화하는데다가 빙랑왕(氷狼王)과 계약하여 다양한 공격 수단을 지닌 네르나, 보조 역할로 한정시킨 마법과 날렵한 근접 전투 기술이 조합된 특유의 전투 방식을 지닌 크리스티나 양과 같은 별종들과 본질적으로 다른 정통파 마법사였다.

그는 마법학원의 일개 학생 신분이라는 점을 고려하면 충분히 칭찬을 듣고도 남을 만한 기량의 소유자였다. 하지만 유감스럽게도, 네르나 크리스티나 양 같은 한 수 위의 전사들과 겨룰 수 있겠냐는 질문엔 그렇지 않다는 대답밖에 할 수 없었다.

"흥, 자네와 같은 미천한 신분의 소유자가 나로 하여금 이만큼이나 진땀을 빼게 할 줄은 몰랐군."

자신의 뜻대로 굴러가지 않는 사태로 인한 조바심과 분노로 이글

거리는 그라프의 눈동자는, 이젠 거의 나를 자신과 같은 인간이라 기보다 저열한 마물들과 같은 반열로 간주하고 있는 듯이 보였다.

아마도 그는 자신의 첫 공격만으로도 나를 완벽하게 제압할 수 있을 것으로 예상하고 있던 모양이다. 모르긴 몰라도 그가 머리에 그리던 미래 예상도에 따르면, 지금쯤 나는 땅바닥 위로 이마를 문질러 대며 귀족을 상대로 오만불손하기 짝이 없던 자신의 태도에 관해 사죄하고 있어야 하리라.

만약 그가 정말로 네르를 능가할 정도의 역량을 지니고 있었다면, 지금껏 보여 온 오만한 태도 또한 약간이나마 이해가 갈 만한 구석도 있었을 테지. 하지만 이 정도의 실력으론, 오히려 본인이야말로 자기 자신을 지나치게 과대평가하고 있었다는 결론밖에 나오지 않았다.

나로서는 반대로, 그가 이만큼이나 자신감 넘치는 태도를 보일 수 있는 근거가 짐작이 가지 않을 지경이었다.

어찌됐건 네르나 크리스티나 양이 나를 상대로 벌이던 모의 전투의 광경을 목격했다면 이 정도의 실력으론 무슨 수를 쓰더라도 나에게 미치지 못 하리라는 사실 정도야 충분히 이해가 될 수밖에 없었을 텐데 말이야.

"어이가 없군. 나의 충고를 무시한데다가 귀중한 시간과 마력까지 낭비하게 한 자네는, 이보다 더할 수 없이 죄 많은 평민이라네. 여기서 끝나버리게나, 라무드!!"

대량의 【라무드】가 연속적으로 날아 들어왔다. 나는 그가 쏜 마법 화살들을 모조리 【에너지 애로우】로 상쇄시켰다.

아까 전부터 마법을 연속으로 행사하는 솜씨는 높이 살 만하다만, 결국은 반지의 마력을 사용한 임시변통에 지나지 않았다. 반지로 인한 마력의 보정이 없었을 경우, 아마도 그라프의 마력은 벌써 오래 전에 바닥이 나고도 남으리라.

그가 저 반지에 투자한 돈의 액수에 관해선 짐작조차 가지 않았으나, 그야말로 경제력을 총동원함으로써 획득한 실력이라는 말밖에 나오지 않았다. 하지만 그러고도 결국 이 모양 이 꼴이란 말이지.

"라무드, 라무드, 라무드!!"

그라프가 사용한 마법을 얼굴빛 하나 변함없이 맞받아치고 있다 보니, 그의 얼굴빛이 서서히 흙빛으로 물들기 시작했다. 그에 따라 관객석의 분위기 또한 전환기를 맞이한 것으로 보였다.

상급생에게 속수무책으로 제압당할 듯이 보이던 건방진 하급생 — 말인즉슨 바로 나 —이 비장의 무기인 사역마 없이도 우습게보기 힘든 실력을 지니고 있다는 사실을 다들 깨닫기 시작한 것이다.

"건방진 놈. 천둥의 이치여 나의 목소리에 따르라 검은 구름 나라의 한복판에서 뛰어노는 난쟁이들아 웃고 구르며 미친 듯이 춤추며 마음껏 놀아라 럼블링 볼트!"

파지직, 소나기구름 건너로부터 들려오는 듯한 소리가 연속적으로 발생하더니 그라프의 주위로 자그마한 전기 구슬과 같은 물체들이 수도 없이 나타났다.

【럼블링 볼트】는 번개 속성의 중급 이치 마법 가운데 하나였다.

그라프가 건반을 두드리듯이 양손을 밑으로 내리치자, 주위를 공전하고 있던 전기 구슬의 무더기들이 굶주린 늑대처럼 나에게

들이닥쳤다.

나는 「흠」이라는 평소의 입버릇과 함께, 그라프를 따라 자신이 들고 있는 검에 천둥의 마력을 부여했다. 그리고 날아드는 전기 구슬들을 모조리 베어 버리는 작업에 들어갔다.

우선 정면으로부터 고지식할 만큼 곧이곧대로 날아 들어오는 전기 구슬 세 개를, 가까운 녀석부터 순서대로 참격(斬擊)을 날려 갈라 버렸다. 그리고 나의 주위를 빙글거리며 돌다가 등 뒤나 머리 위의 사각지대로부터 들어오는 나머지 전기 구슬들을 마력과 소리로 파악한 뒤, 각각의 궤도 사이에 존재하는 빈틈으로 파고들어가 스쳐 지나가듯이 참격을 때려 박았다.

수많은 전기 구슬들이 나의 검과 부딪치자 마력과 천둥의 파편들로 산산이 조각나는 광경은 마음이 약한 관객이 본다면 심장에 그리 좋지 않았으리라. 하지만 나는 인간으로 환생한 이후로도 식인 악어나 머리가 둘 달린 들개 등을 상대하는 생활을 영유하던 몸이다. 이제 와서 고작 이 정도로 눈 하나 깜짝할 리가 없었다.

나의 칼이 모든 전기 구슬들을 자신과 똑같은 번개 속성으로 베어 버리자, 그라프의 수려한 얼굴이 걷잡을 수 없는 분노로 붉게 물들었다.

그라프는 나를 쏴죽일 듯한 눈빛으로 노려보다가, 크게 한 차례의 심호흡을 몰아쉬었다. 그리고 입가에 부자연스러울 정도로 부드럽기 그지없는 미소를 지은 채로, 간신히 여유 있는 태도를 엇비슷하게 꾸미는데 성공한 듯이 보였다.

"놀랍군. 자네가 설마 이 정도의 실력자였을 줄이야. 이 그라프,

지금껏 모든 실력을 발휘하지 않은 것을 사과하도록 하지. 그리고 자네를 남들 못지않은 호적수로 인정하겠네."

물론 그의 입에서 나온 말은, 속이 뻔히 들여다보이는 거짓말이었다. 처음부터 나를 죽이더라도 상관없다는 듯이 마법을 사용한 주제에, 예상보다 만만치 않은 나를 상대로 자신의 평가가 떨어지지 않도록 지금까지 봐줬다는 거짓말을 입에 담은 것이다.

체면이라고 해야 하나? 혹은 긍지라고 불러야 할지도 모른다…….
아마도 눈앞의 소년에게 있어서 그러한 마음가짐들은, 지독하게 값싼 감정의 발로인 것으로 보였다.

하지만 그라프는 표면적으로나마 마치 자신만만하다는 듯이, 자신의 낭랑한 목소리로 경기장 안을 울렸다.

"이왕 일이 이렇게 된 바엔 지금부터 사용하는 이 마법으로, 나 자신이 자네보다 낫다는 사실을 증명해 보이도록 하지! 불의 이치여 나의 목소리에 굴복하라 그대의 업화(業火)로 죄악의 산을 불태워 혼백을 정화하라"

흠? 자신이 사용한 마법들이 모조리 막혀버린 일로 조바심이 든 그라프는, 한층 더 강력한 마법을 행사하기로 결심한 모양이다.

손쉽게 꺾어버릴 수 있을 것으로 여겼던 나의 실력이 예상보다 만만치 않아 초조한 마음이 드는 거야 이해가 간다만, 행동 자체가 참으로 충동적인 소년이로군.

지금 들통이 난 좁은 시야와 미숙한 정신으론, 가령 네르나 크리스티나 양에게 필적할 만한 실력이 있더라도 대항 시합의 선수로 뽑히기는 어려워 보였다.

그리고 지금 이 순간, 나의 눈은 영창을 읊고 있는 그라프에게 외부로부터 지속적으로 마력이 공급되고 있는 기척을 놓치지 않았다.

열 개의 손가락에 낀 열 개의 반지뿐만 아니라, 외부로부터 마력을 공급받을 수 있다는 것이 그가 보이던 기묘한 자신감의 근거였단 말인가? 과연 이 경기장에서 그라프가 외부로부터 마력을 공급받고 있다는 사실을 알아차린 이들은 얼마나 될까?

그가 마력을 공급받고 있는 기척은 교묘하게 은폐되어 있는 것으로 보였다. 이 또한 본인의 실력이라기보다 장비 중인 마도구의 성능일 공산이 컸다.

경기장 안에서 그라프에게 마력을 공급하고 있던 장본인들은 금방 눈에 띄었다. 미타리아를 비롯해 그를 따르던 소년소녀들이었다.

흠, 그렇군. 이럴 때까지 무리를 짓지 않고서야 나에게 덤벼들 수도 없다는 건가?

"볼케이노 밤!! 뼛속까지 타올라 나의 실력을 깨달아라!"

화르륵, 그라프 주위의 열량이 가속도가 붙으며 상승함에 따라 불꽃이 일어났다. 그리고 그 불꽃들이 뱀처럼 그라프의 양손 사이로 모여들어, 무자비하게 들끓는 용암 덩어리를 만들었다.

용암 탄환 그 자체는 인간의 머리 정도로 보이는 크기였으나, 그 덩어리가 목표 대상의 주위에서 터질 경우엔 대기 중으로 불꽃에 물든 마력이 퍼져나가 단숨에 뜨겁게 타오른 용암의 안개나 다를 바 없는 상황을 조성할 것이다. 그리고 효과 범위 안의 모든 대상을 불태우는 광역 확산 폭염 살상 마법— 일종의 마법 폭탄이었다.

동료나 아군, 혹은 지켜야 할 경호 대상마저 살상할 가능성이 존재하는 기술인 관계로 쓸 만한 구석이 한정되어 있는 마법이었다.

그라프가 사용한 【볼케이노 밤】이 순간적으로 크게 부풀어 올랐다.

넓게 확산된 주황빛 안개가 나를 통째로 집어삼키며 사방으로 퍼져 나간 고열이 주위를 뜨겁게 가열했다.

회심의 마법이 명중한 셈이다. 그라프는 환희에 찬 미소를 지어 보였다. 최소한 나의 저지먼트 링 중 하나를 소비시킨 것으로 여기며 안도의 한숨을 내쉬고 있는 모양이다.

하지만 나는 검을 휘둘러 일으킨 마력의 바람으로 뜨겁게 들끓던 불꽃의 안개를 떨쳐 버렸다.

나는 새하얀 불꽃을 장막처럼 휘감은 채로 털끝만한 흠집조차 없는 상태였다. 그러한 나의 모습을 목격한 바로 그 순간, 그라프가 입가에 짓고 있던 미소는 붕괴의 순간을 맞이했다.

"어떻게 이럴 수가? 【볼케이노 밤】은 나의 마법 중에서도 최강의 위력을 자랑한단 말이다! 방금 전 같은 위력을 저지먼트 링을 쓰지 않고도 혼자서 막을 수 있단 말인가? 그 새하얀 불꽃의 정체는 뭐냐?!"

그라프는 나의 왼쪽 손목에 장착된 저지먼트 링에 아무런 변화가 없는 것을 보고, 내가 혼자 힘으로 용암 탄환의 폭발을 받아넘겼다는 사실을 깨달은 모양이다. 그는 몹시 당황한 듯이 보였다.

"염라작개(炎羅灼鎧). 동방의 백성들이 믿는 불꽃의 신으로부터 신통력을 빌려 쓰는 화염 마법입니다. 지금 저를 휘감고 있는 것은 바로 그 신의 속성을 띤 불꽃입니다. 자신과 접촉한 자를 신의 위엄으로 잿더미로 만들어 버리는 불꽃이지요. 당연히 적의 공격을 막을 수도 있는데다가, 불꽃과 함께 적을 공격할 수도 있는 마법입니다. 화산의 분화에 필적하는 고온의 폭발이더라도, 그보다 백배는 더 뜨거운 열을 지닌 불꽃을 넘어 영향을 미칠 수는 없는 법입니다. 당신께서 행사한 이치 마법에 대해, 저는 신의 위엄을 띤 화염으로 대항한 셈이죠. 마력의 본질적인 측면에서 어느 쪽이 우세한지는 굳이 말씀드릴 필요조차 없을 것 같군요."

"염라작개?! 고등 신성 마법 가운데 하나가 아닌가!"

"오해가 없도록 말씀드립니다만, 저는 그 신의 신도가 아닙니다. 어쨌든 당신의 실력은 이제 잘 알았습니다. 지금의 제가 다른 학원의 선수들에 관해 정확한 정보를 지니고 있는 건 아닙니다만, 적어도 당신의 실력이 네르나 크리스티나 양과 어깨를 나란히 하기에 지나치게 미숙하다는 것 정도는 알았습니다. 다른 일행 여러분의 힘을 빌리고도, 결국 이 정도 수준에 불과하니까요. 정말 경마제 본선에서도 똑같은 수법이 통할 것으로 믿고 계셨다면, 당신과 당신을 따라다니는 친구 여러분들은 하나 같이 어리석기 그지없다는 말씀밖에 못 드릴 것 같습니다. 여기서 저에게 지는 것이야말로 본인을 위한 최선의 길입니다."

필살의 마법이 통하지 않았을 뿐만 아니라, 마력 공급에 관한 속임수까지 나에게 간파당한 셈이다. 그라프가 뚜렷하게 당황한 표정을 지었다.

"앞으로도 개인적으로 저를 원망하시는 거야 본인의 자유입니다. 하지만 보복을 고려하실 경우, 그때는 이번과 달리 후환이 없도록 무자비한 방법을 쓸 수도 있다는 사실을 명심해 주십시오.

어쨌든, 오늘 일은 이걸로 끝맺도록 하지요. ……볼케이노 밤"

나는 그와 대화를 나누는 동안 가다듬은 마력으로 술식을 조립한 뒤, 일부러 그가 사용한【볼케이노 밤】과 똑같은 술법을 발동시켰다. 한창 전투를 치르던 와중임에도 불구하고, 경악을 금치 못한 그라프는 순간적으로 동작을 멈춘 상태였다. 나는 그를 향해 날린 용암 탄환을 폭발시켰다.

그라프가 정식 영창을 읊어 사용한【볼케이노 밤】이 인간의 머리 정도 크기였던데 비해, 나의 힘으로 영창 없이 연성한 용암 덩어리는 거의 2층 건물에 필적하는 크기였다.

마법의 효과 범위는 물론이거니와 발생된 열량 또한 그라프가 사용한 같은 술법과 비교조차 되지 않았다.

그라프는 황급히 반격 준비를 갖추려 했으나, 용암 탄환은 이미 그의 코앞까지 들이닥친 상태였다. 나는 그 자리에서 용암 탄환을 터뜨렸다.

폭발을 일으킨 용암이 안개 상태로 사방을 향해 확산되자, 경기장의 3분의 1을 뒤덮을 정도에 이르렀다. 대기가 눈 깜짝할 사이에 달아오르더니, 땅바닥 또한 새빨갛게 물들기 시작했다.

"아, 으아, 히익!"

들끓는 땅바닥과 타오르는 안개 한복판의 그라프는, 주위가 전부 자신의 목숨을 빼앗기 위한 고열로 뒤덮여 있다는 사실로 인해 평정심을 잃다가 공황 상태에 이르렀다.

나에게 약자를 괴롭히는 취미는 없다 보니, 개인적으로 그다지 유쾌한 구경거리는 아니었다. 하지만 그가 지금껏 저지른 짓에 대한 응보가 필요한 것은 틀림없는 사실이었다. 나는 어설프게 봐주기보다 서로의 실력 차이를 분명히 깨닫게 함으로써, 패배의 치욕을 씻는답시고 불필요한 노력을 하지 않도록 도와주는 것이 서로를 위하는 길이라는 결론을 내렸다.

권력이나 경제력을 지닌 멍청이가 특히 성가시다는 사실은, 전생의 경험을 통해 지겨울 정도로 경험해 온 진리 중 하나였다.

"그나저나, 그라프 님? 저지먼트 링을 확인 안 하셔도 괜찮겠습니까? 저의 볼케이노 밤은 지금도 여전히 발동 중입니다. 이제 와서 굳이 설명드릴 필요조차 없는 걸로 압니다만, 저지먼트 링은 장착자의 생명이 위급해질 경우에 한해 자동으로 방어 결계를 전개합니다. 연속으로 발동될 경우, 첫 번째 결계가 사라지기 전에 두 번째 결계가 전개되므로 동작이 전환되는 동안에도 장착자의 육체적 안전은 보장됩니다. 하지만 만약, 세 번째 결계가 사라진 이후로도 적의 마법이 발동되고 있을 경우엔 어떻게 될까요?"

일단 말은 그렇게 했다만, 방금 심판 역할을 맡은 선생님께서 언급하셨듯이 지나친 공격이나 살상을 목적으로 삼는 행위는 금지되어 있었다. 그런 고로, 나는 만에 하나라도 여기서 그라프의 목숨을 빼앗지 않도록 세심한 주의를 기울이고 있었다.

그리고 저지먼트 링은, 마법학원으로부터 마력을 공급받는 동안에 한해 끝없이 방어 결계를 전개할 수 있는 성능을 보유한 도구였다.

저지먼트 링은 어디까지나 시합의 승패를 알아보기 쉽도록, 일정 시간 동안 새로운 결계가 전개될 때마다 달려 있는 수정을 점등시키는 기능을 지니고 있을 뿐이다. 저지먼트 링 장착자의 몸을 지키는 기능은 상대방의 공격이 지속되는 동안에 한해 거의 끊임없이 전개되는 것으로 알려져 있다.

당연히 그라프 또한 그 사실을 알고 있을 것이 틀림없었으나, 자신의 목숨이 위기에 놓인 상황이 되자 완전히 냉정을 잃은 듯이 보였다. 그라프는 내가 정말로 자신의 목숨을 빼앗을 생각인 것으로 착각하고 있었다. 그리고 나는 방금 전부터 용종의 목소리가 지니는 공황·환각 작용을 말에 실어, 그라프에 대한 암시를 한층 더 확실한 것으로 강화하고 있는 와중이었다. 그는 눈앞의 내가 사실과 다른 말을 입에 담고 있다는 사실을 깨달을 수가 없었다.

"아, 으아……."

"가능한 한 신속히 항복하시기를 추천 드립니다. 저로서도 한창 경마제 예선 대회가 이루어지는 와중에 카를롯사 가문의 아드님씩이나 되시는 분께서 불의의 사고로 돌아가시는 사태는 피하고 싶거든요."

주위를 붉게 물들이는 고열의 안개나 거품을 뿜을 정도로 펄펄 끓는 땅바닥을 목격한 그라프는, 결계로 인해 열이 차단되어 있는데도 불구하고 대량의 비지땀을 흘리고 있었다.

아마도 그의 머릿속에선 기껏해야 농민 따위로 깔보고 있던 상대에게 항복해야 한다는 치욕과, 저지먼트 링의 비호가 소멸되자마자 찾아올 죽음에 대한 공포가 서로 충돌하고 있으리라. 뭐, 실제로 저지먼트 링의 효과가 단절될 가능성은 없더라도 지금의 그에게는 더할 수 없이 진지한 고민일 테지.

"더 이상 느긋하게 고민하고 계실 시간은 없으실 겁니다."

나는 그의 마음에 마지막으로 못을 박았다. 비 오듯이 땀을 흘리며 공포에 떨고 있던 그라프는, 진정으로 귀족다운 자기 자신이라는 이름의 가면을 벗어 던졌다. 그리고 체면 따위는 아랑곳하지 않는다는 듯이 목청껏 고함을 질렀다.

"으, 으으으, 나, 나의 패배다! 항복이야. 그러니까 제발, 어서 이 마법을 풀어주시게에에에————————!!"

"그런 식으로 고함치지 않으셔도 다 들립니다."

나의 귀에도 자신의 입에서 나온 목소리가 무척이나 음흉하게 들릴 정도였다. 나는 왼손을 가볍게 휘둘러, 그라프를 포위하고 있던 고열의 안개와 그가 딛고 있던 발밑의 용암을 급속히 냉각시켰다. 이윽고 주위를 가득 메우고 있던 열기가 완전히 자취를 감췄다.

급격한 기온의 변화로 인해 우리의 주위로 서리가 쌓이며 붉게 타오르던 경기장 안의 경치는 순백색으로 급격한 변화를 일으켰다.

그라프는 맥없이 주저앉아 멍하니 넋이 나간 표정으로 나를 올려다보고 있었다. 나는 그에게 등을 돌린 뒤, 심판석에 앉아 있는 선생님들에게 시선을 돌렸다.

나와 시선이 마주친 선생님들은 연속으로 고등 마법을 사용한 나에 대한 경악을 마음속에 묻어 버린 뒤, 소리 높여 나의 승리를 선언했다.

"제1시합 승자, 드란!!"

순간적으로 침묵이 찾아오는가 싶더니, 관객석에 앉아 있던 학생들이나 교사들로부터 한꺼번에 메아리치듯이 엄청난 환성이 솟아올랐다. 예상보다 훨씬 큰 환호소리로군.

나는 관객석의 맨 앞줄에 앉아 팔이 빠질 듯한 기세로 팔 전체를 흔들고 있던 세리나와 파티마에게 보답하는 의미를 담아, 그쪽 방향을 향해 가볍게 손을 흔들었다. 순수하게 나의 승리를 반기는 누군가가 존재한다는 사실은 참으로 고마운 일이 아닐 수가 없었다.

진심으로 그녀들에 대한 고마운 감정을 곱씹고 있다 보니, 불현듯 세리나와 파티마의 표정이 얼어붙었다.

엉덩방아를 찧은 채로 넋을 잃고 있던 그라프가 자리에서 일어나, 나에 대한 증오와 분노가 가득 담긴 눈빛으로 마법을 사용하는 광경이 그녀들의 시야에 비쳤기 때문이다.

나는 그에게 등을 돌리고 있었으나, 당연히 그라프가 하고자 하던 행동은 파악하고 있었다. 방금 전부터 그의 노골적인 살기가 나의 피부로 전해졌기 때문이다.

그라프가 분노로 가득 찬 고함을 질렀다.

"내가, 다른 누구도 아닌 이 몸이! 너 따위에게에에에에!"

그런 짓을 해봤자 카를롯사 가문의 이름이나 더럽히는 정도가 고작일 텐데, 거기까지 생각이 미치지 못할 정도로 그는 무척이나 흥분한 것으로 보였다.

농민 출신인 나에게 당한 패배가 분한 나머지, 도저히 받아들일 수가 없었던 걸까. 이미 패배한 바엔 하다못해 자신의 패배를 깔끔하게 인정하는 것이 본인의 장래를 위한 일이었을 텐데. 스스로 자신의 무덤을 파는 짓을 하다니, 실로 어리석기 그지없군. 아니,

가련하다고 해야 하나?

"셀레스티얼 자벨린."

그라프가 자신의 양손 끝으로 세차게 타오르는 홍련의 불구슬을 발생시킨 바로 그 순간, 나의 마력을 받아 완성된 번쩍이는 빛의 창이 천공으로부터 내리쏟아졌다. 그리고 그라프의 전후좌우를 우리와 같이 에워쌌다.

그라프의 불구슬은 땅바닥으로 꽂혀 들어간【셀레스티얼 자벨린】과 격돌하자마자 산산이 흩어져 버린 관계로, 나에게 날아올 일은 없었다.

원래【셀레스티얼 자벨린】은 인간들이 흔히 사용하는 전투용 창과 비슷한 길이를 지니는 경우가 일반적이었지만, 나의 마력을 받아 완성된 빛의 창은 그 길이를 넉넉하게 열 배 정도는 능가하고도 남는 거대한 크기와 압도적인 마력 밀도를 자랑하고 있었다. 어림잡아 네 발만 날려도 소규모 요새 하나쯤은 가볍게 괴멸시킬 수 있을 것으로 보였다.

엄청난 열광의 도가니 속으로 빠져들었던 관객들은, 갑작스레 경기장으로 날아 들어온 거대한 빛의 창과 시합 종료의 호령이 떨어졌는데도 불구하고 나에게 기습을 시도한 그라프의 비겁한 행동을 연속으로 목격한 셈이다. 대다수의 관객들이 놀라 입을 다물자, 경기장 안은 침묵에 빠져들었다.

완전히 얼이 빠진 그라프는 입에 거품을 문 채로 정신을 잃은 듯이 보였다. 그리고 그 상태로 수많은 관중들 앞에서 오줌을 지리고 있었다. 나는 순간적으로 그의 얼굴을 흘낏 들여다본 뒤, 경기장 입장구로 돌아갔다.

나는 관객들의 눈이 닿지 않는다는 사실을 확인하며, 무심코 본심이 담긴 한 마디를 중얼거렸다.

"흠…… 그다지 좋지 않은 경향이군. 자기도 모르게 너무 나가버렸단 말이지……."

†

역시 당연한 결과로 받아들여야 하나? 나와 레니아는 나란히 예선 대회 제1회전을 통과한 뒤, 너무나 당연하게도 준결승전에 해당되는 제2회전까지 진출하는데 성공했다.

그나저나, 레니아의 1회전 상대는 잠자코 구경하고 있기가 불쌍할 정도였다. 심지어 올해의 레니아는 평소의 레니아가 아니었다. 지금의 그녀는 나에게 자신의 장점을 보여주고 싶어 안달이 나 있는 상태였기 때문이다. 지금의 그녀는 평소보다 5할 정도는 강한데다가, 상대방에 대한 자비의 마음은 그야말로 털끝만큼도 없었다.

참고로 세리나 파티마의 증언에 따르면, 나 또한 레니아와 그다지 큰 차이는 없어 보였던 모양이다.

나의 준결승 상대는 골렘 제작 기술에 관해선 학생들 가운데 최정상급에 속하는 것으로 알려진 마노스 루르바 콜레크란이라는 이름의 남학생이었다.

마노스는 둥그런 안경너머의 호기심에 찬 눈빛으로, 경기장 무대 위에서 만난 나를 응시해 왔다.

그는 하루 동안 햇볕을 쬐는 시간이 있기는 하냐는 의심이 들 정도로 새하얀 살갗과 골격의 형태가 뻔히 들여다보일 정도로 깡마른 체격의 소유자였다.

키는 나보다도 머리 절반 정도 클 뿐만 아니라, 얼굴의 조형 또한 나쁘지 않은 편이었다. 그러나 그가 온몸으로부터 풍기는 습하고도 어두침침한 분위기가 결코 나쁘지 않은 소재들을 무의미한 것들로 만들어 버리고 있었다.

끈적끈적한 특유의 눈초리가 얼굴을 마주하기 어렵게 만드는 소년이었다.

흠, 어딘지 모르게 버섯과 사이가 좋아 보이는 학생이로군.

그는 검은 후드가 달린 로브를 걸치고 있었으나, 살집이 얼마 없다 보니 천이 많이 남아 몹시 헐렁해 보였다.

손질을 거의 하지 않은 더부룩한 푸른 머리카락이 콧등까지 뒤덮고 있는 관계로, 앞머리가 걸리적거려 제대로 된 시야조차 확보하지 못한 것처럼 보였다. ……정확히 말하자면, 이대로는 그의 시력이 점점 악화될 듯한 느낌이 들어 몹시 신경 쓰였다. 마법사에게 있어서 모발은 마력의 제어나 출력에 직결되는 부위이므로 손질을 게을리 하는 것은 금물이었다.

주로 레니아와 나의 활약으로 인해 대형 경기장은 적잖이 파손된 상태였으나, 마법학원 교사진의 활약 덕분에 2회전이 시작될 때쯤엔 거의 완벽에 가깝게 원상복구 되어 있었다.

머리 바로 위에 가까운 위치까지 솟아 오른 태양으로부터 내리쬐는 따뜻한 빛을 받고 있으니, 공격 마법들이 난무하는 위험한 경기를 치르는 장소에서 느끼기엔 지나치게 평화로운 감정이 들었다.

하지만 마노스는, 지금의 평화로운 분위기를 거스르는 거대한 물체를 데리고 나왔다.

그것은 그가 심혈을 기울여 제작한 것으로 추정되는 골렘이었다. 덩치는 나의 세 배 정도로 보였다.

그 골렘은 거인족을 위해 주문제작한 듯한 거대하고도 푸르른 전신 갑옷을 걸치고 있는 듯이 보였으나, 갑옷 내부는 거의 텅텅 비어있는 거나 다름없었다. 겨우 몇 개 정도의 구체 관절과 각각의 관절들을 잇는 특수한 마법 합금 실, 그리고 행동 술식을 입력한 수정 형태의 핵과 동력 역할을 수행하는 마정석 정도가 탑재되어 있을 뿐이었다.

게다가 마안(魔眼)이나 투시, 해석 계열 마법들을 가로막는 용도의 은폐·방해 계열 부여 마법들이 몇 겹에 걸쳐 부가되어 있었다. 따라서 해석을 전문으로 삼는 마법사라도, 쉽사리 그가 제작한 골렘의 내부 구조나 성능을 간파하기는 어려울 것으로 보였다.

하지만 이번 경우에 한해, 상대가 다름 아닌 나라는 사실은 운이 나빴다고밖에 달리 할 말이 없었다.

지금의 나는, 그가 골렘의 제어에 사용 중인 술식부터 시작해서 골렘의 온몸을 나돌아 다니는 명령 전달 신호를 비롯한 내부 구조를 남김없이 꿰뚫어보고 있었기 때문이다.

일단 그가 제작한 골렘의 외관상 특징은 하반신 부분이 인간과 같은 이족보행 구조가 아니라 대량의 자그마한 말뚝들이 달린 수레바퀴를 갖춘 사족보행 구조였다. 기동력이나 속도, 주파성이라는 측면에서 이족보행 구조의 인간형보다 뛰어나리라는 것은 거의 틀림없어 보였다.

골렘의 네 다리는 제각각 비스듬하게 전후좌우로 뻗어 있었으며, 살아있는 말처럼 다리들이 똑같은 방향을 향하는 형상이 아니었다. 언뜻 보기엔 기묘해 보이는 그 형상 또한, 수많은 시행착오를 거친 마노스가 최선의 구조라고 판단한 결과물이리라.

눈앞의 골렘과 같이 학생들이 자작한 매직 아이템은 시합용 무기로 써도 된다는 허가가 나와 있었다. 다양한 생물들의 특징을 겸비한 키메라나, 마법 소재와 세포로부터 배양한 마법 생물들 역시 마찬가지였다. 그 규정 또한 사역마인 세리나로 하여금 배알을 뒤틀리게 한 원인 가운데 하나였지만…….

마법학원의 최정상급 골렘 크리에이터인 마노스의 이름은, 꽤 예전부터 나의 귀에도 들어와 있었다.

마노스가 지금 데리고 나온 푸른 골렘이야말로 틀림없는 그의 주력 무기로 보였으나, 시합을 치르다가 다른 골렘을 소환하거나 경기장 안의 흙·바람·물·나무 등으로부터 즉석 골렘을 작성할 수도 있으리라.

요컨대, 실질적으로 일대다의 전투가 될 가능성이 높다는 뜻이다.

나는 칼자루를 움켜쥔 채로 평소와 다를 바 없이 「흠, 흠」이라는 입버릇을 중얼거렸다. 그런데 그 순간, 마노스가 너무 작아 잘 들리지도 않는 목소리로 나에게 말을 걸어 왔다.

"1회전 시합은 잘 봤다. 음, 한 마디로 말해서 굉장한 시합이었어. 특히 그 오만하기 짝이 없는 그라프의 콧대를 꺾어버릴 때는 속이 다 후련하더군. 맞아, 정말 통쾌하기 그지없는 광경이었지."

흐음, 아마도 그는 타인과 말을 잘 섞는 편은 아닌 모양이다. 시선은 온 사방을 나돌아 다니며, 나를 똑바로 쳐다보려고도 하지 않았다. 게다가 어딘지 모르게 불안정해 보이는 분위기인데다가, 딱 봐도 굉장히 들떠 있었다.

시합을 개시하라는 신호는 아직 떨어지지 않았으니, 잠시 동안 말상대가 되어 주는 것 정도야 상관없겠지.

과연 나는 가로아 마법학원 최정상급의 골렘 크리에이터와 어떤 내용의 대화를 나눌 수 있을까? 솔직히 말해서 약간 기대되는 마음 또한 없지 않아 있었다.

"그라프 님이라는 분이 마음에 안 드셨습니까?"

"시합이 끝났는데도 불구하고 자네를 기습하려 한 비겁자를 존칭으로 부를 필요는 없다. 맞아, 그렇고말고. 전혀 없어. 나는 천성적으로 음침한 성격인데다가 친구도 없다만, 죽었다 깨나도 비겁한 짓거리는 하지 않아. 그 녀석은 가문의 이름에 빠져 허우적거리다가, 교양과 품성의 연마를 소홀히 한 끝에 타락한 놈이야. 당연히 패배자가 될 수밖에 없는 운명이었지. 끝까지 비겁한 모습만 보인 것도 납득이 가고도 남아."

마노스는 자신의 입에서 나온 말에 스스로 고개를 끄덕이면서, 의외로 굉장히 수다스러운 말솜씨를 선보였다.

"수많은 인간들이 그 녀석의 저열하기 짝이 없는 행동을 두 눈으로 똑똑히 목격했지. 자네의 지인인 아피에니아나 알마디아의 가문은 카를롯사 가문보다도 격이 높아. 그 녀석이 아무리 발악을 해봤자, 그녀들이 자네의 편을 든다면 그리 문제될 일은 없을 거야. 그 녀석이 제1시합에서 저지른 행위는 자신의 미래를 스스로 막아버리는 거나 다름없는 어리석은 짓이었어. 정말 통쾌하더군."

"그야말로 호되게 평가하시는군요. 카를롯사 가문은 쓸데없는 적을 만들어 버린 모양입니다. 당신뿐만 아니라, 꽤나 적지 않은 숫자의 적들을 만든 것으로 보이더군요."

"더 이상 패배자 따위에 관한 얘기로 시간을 낭비할 필요는 없겠지. 음, 없고말고. 입에 담을 가치조차 없어. 이 시합에서, 나는 아마도 자네를 이기지 못할 거야. 질 수밖에 없겠더군. 음, 몇 번을 예상해 봐도 똑같은 결론밖에 안 나오더란 말이지. 아까 전 같이 거대하고도 밀도 높은 마력으로 구성된 셀레스티얼 자벨린을 영창 없이 사용할 수 있는 존재는, 아무리 세상이 넓다 한들 「아크 위치」나 「요새 함락자」 등을 비롯한 지극히 일부의 선택받은 자들뿐이야. 솔직히 말해서 마음에 안 들지만, 주변 국가들을 통틀어 최강의 자리를 다투는 마법사들과 동급이나 다름없는 짓을 할 수 있는 자를 상대로 현재의 내가 제작한 골렘이 통할 리가 없거든. 맞아, 승산은 사실 없는 거나 마찬가지야. 젠장, 정말 분하군."

흠, 본인이 하고자 하는 말만 입에 담고 있다 보니 전혀 대화가 성립되지 않는군. 하지만 냉정하게 피아의 실력 차이를 분석할 수 있다는 점만 보더라도 충분히 높은 평가를 받을 만한 학생이라는 건 틀림없어 보였다.

그런데 질 수밖에 없다는 사실을 알고 있는 그가, 시합을 기권하기는커녕 당당하게 이 무대 위에 선 이유는 도대체 뭐란 말인가? 기껏 심혈을 기울여 완성시킨 골렘이 파괴당할 수도 있는데 말이다.

심판 역할을 맡은 교사가 자리에서 일어나는 모습이 눈에 들어왔다. 이제 슬슬 시합을 개시하라는 신호가 떨어질 순간이 다가온 모양이다.

지금껏 칼자루를 움켜쥐고 있던 나는, 날카로운 쇳소리와 함께 칼집으로부터 검을 뽑아 들었다.

여러 차례에 걸쳐 용종의 마력을 부여받아 온 나의 검은, 이제 아무런 조치 없이도 자연스럽게 용종의 마력을 띤 마검으로 변화한 상태였다. 그 검이 나의 투지를 받아 한층 더 강력한 마력을 발산하기 시작했다.

평범한 검을 마검으로 변화시켜 버린 일은 장차 조금 문제가 될지도 모른다는 예감이 들었지만, 고민하는 건 나중 일로 미루도록 하자.

"본인의 입으로 저를 이기지 못 하리라는 말씀을 하시면서도, 당신은 저와 마주보고 계십니다. 지금 같은 행동을 하시는 까닭을 여쭤 봐도 되겠습니까?"

"나의 실력은 무슨 수를 쓴다 한들 자네의 발끝에도 미치지 못할 거야. 맞아, 그건 틀림없는 사실이지. 하지만 나에게도 골렘 크리에이터로서의 긍지가 있거든. 자네가 제작한 그 목욕탕 관리용 골렘과 호스 골렘들은 전부 다 놀라운 작품들이더군. 멋진 예술품들이야. 그것들을 본 순간, 나는 가슴속으로부터 치밀어 오르는 감동과 질투를 주체할 수가 없더군. 나는 그야말로 산보다도 높고 바다보다도 깊은 감정의 소용돌이에 휘말렸지. 오오, 신이시여!

예술의 신이시여, 직공의 신이시여, 지혜의 신이시여! 나에게 저 자를 웃돌 만한 기술을 하사해 주십시오. 나에게 저 자를 능가할 지혜를 내려 주십시오. 나에게 저 자가 상상조차 할 수 없는 한 순간의 번뜩임을 하사해 주십시오!"

그러나 마노스는 그 말을 마치자마자, 곧바로 고개를 가로젓더니 방금 자신이 한 말을 부정했다.

"아니, 아닙니다! 신이시여, 나의 목소리를 잊어 주시오! 신이시여, 나의 소원을 무시해 주시오. 나는 나의 힘으로 자신의 바람을 이루겠소. 맞아, 나는 신에게 의지하지 않아. 신에게 기댄다는 것은 나약한 자의 사고방식이야. 맞아, 안되고말고! 신에게 매달리지 마라, 신에게 기대지 마라! 그것은 자신의 혼을 실추시킬 뿐만 아니라 마음의 눈을 가로막아, 정신을 타락시키는 길일지니!"

흠, 신들의 기적이나 은혜가 인간들에게 직접적인 영향을 주는 이 세계의 주민으로서 신에게 기대지 않을 것을 명언할 줄은 몰랐군. 그는 참으로 흔치 않은 인격의 소유자였다.

하지만 사실은 바로 그것이야말로 대부분의 신들이 바라마지 않는 인간종의 이상형이었다. 그들이 바라는 것은 인간들의 자립이었기 때문이다. 과연 인간들 가운데 그 사실을 알고 있는 이가 얼마나 될까?

의외로 눈앞의 소년은 뜨거운 마음의 소유자일지도 모른다. 지금 나는, 이미 이 소년을 상대로 그라프에 비해 수천 배를 넘는 호감을 느끼고 있었다.

"나는 나의 기술로 자네에게 도전할 거야. 마법사로서는 물론이거니와 골렘 크리에이터로서도 나를 아득히 능가할 자네에게, 자신의 모든 것을 걸어 도전하고 싶다. 설령 지금 보유하고 있는 골렘들을 모조리 잃게 되더라도, 나는 물러서지 않아. 자네에게 도전함으로써 나의 지혜와 기술, 그리고 영혼은 새로운 변화를 맞이하게 될지도 몰라. 새로운 세계를 엿볼 기회가 올지도 몰라. 말인즉슨, 모든 것을 걸고도 남을 만한 가치가 있다는 뜻이지! 맞아, 그렇고말고. 반드시 그래야 한다!"

흠, 역시 수면 위로만 조용해 보였을 뿐인가. 그 밑으론 쉴 새 없이 소용돌이치는 격렬한 감정의 파도가 치고 있었던 모양이다.

마노스의 육체뿐만 아니라, 혼으로부터도 불꽃처럼 뜨거운 마력이 용솟음쳤다. 그의 마력이 옆에 서 있던 골렘에게도 영향을 끼친 결과, 거대한 갑옷 내부에 탑재된 마정석이 호응함에 따라 마력의 증폭 작용이 일어났다.

마노스의 몸과 마음은 양쪽 다 기력이 충만하여, 최고의 상태로 돌입한 듯이 보였다. 그라프 같은 녀석보다 만 배 정도 싸워볼 가치가 있는 상대였다.

심판석에 서는 가로아 마법학원 소속 육체파 교사들의 대표 격인 카시리오 선생님이, 엄숙하게 시합 개시 선언을 입에 담았다.

"준결승전 제1시합, 드란 대 마노스 루르바 콜레크란…… 시합 개시!"

자신의 마력으로 육체를 활성화시켜 맨손으로도 강철 갑옷을 종잇장처럼 찢는다는 실력자의 목소리가, 마성(魔性)의 운율과 함께 경기장 안을 크게 진동시켰다.

어설픈 마수들은 듣기만 해도 겁을 집어먹을 듯한 목소리가 막무가내로 고막 안을 울리는 가운데, 나는 최대한 친근감을 담아 마노스에게 말을 걸었다.

"시작해 보시겠습니까?"

"음, 그렇군. 시작하자. 즐거운 싸움이 될 거야. 그리고 멋진 싸움이 되겠지. 나를 새로운 경지로 이끄는 싸움이 될 거야. 예술을 위한 싸움이다! 가라, 가! 가거라, 가르겐스트!!"

가르겐스트— 저 골렘의 이름인가? 강한 의지가 담긴 좋은 이름이로군. 흠, 마노스는 골렘을 작성하는 것뿐만 아니라 이름을 짓는데도 상당한 재능을 지니고 있는 모양이다.

육중한 신음소리처럼 들리는 기동음과 함께 가르겐스트가 몸을 일으키자, 푸른 갑옷 모습의 여기저기에 박혀 있는 붉은 마정석들이 강하게 빛나기 시작했다.

마주하는 자를 압도할 정도의 거구를 자랑하는 가르겐스트의 움직임은, 바람을 탄 무용수를 연상케 할 만큼 날렵하기 그지없었다.

아무리 알맹이가 텅텅 비어 있더라도, 이만큼이나 커다란 덩치로 가뿐한 움직임을 선보이는 기동성은 몹시 경이로웠다. 아마도 갑옷 전체에 경량화의 마법을 부여한 것뿐만 아니라 갑옷의 소재 또한 마노스가 손수 엄선한 소재들을 섞어 만든 합금이게 이만큼 날렵한 움직임을 선보일 수 있는 것이리라.

네 개의 수레바퀴가 회전하자, 땅바닥을 갈아버리는 무시무시한 소리가 울려 퍼졌다. 그리고 거대한 마법 금속의 덩어리를 나에게로 날라 왔다.

맨주먹으로 돌격해 올 셈인가? 아니…… 가르겐스트의 손바닥이 빛을 발한 순간, 골렘의 거구에 걸맞은 크기의 해머가 그 손아귀 안에 나타났다.

자루 부분만 따져도 나의 키만큼 긴데다가, 해머 부분에 이르러서는 나의 몸통 세 개 정도는 되어 보일 정도로 굵직해 보였다.

자루에 걸려 있는 중량 증감용 부여 마법은, 적에게 명중된 순간에만 해머의 중량을 열 배로 늘릴 뿐만 아니라 반대로 휘두르고 있는 동안에는 그 중량을 10분의 1 이하로 줄이는 술법이었다.

가르겐스트는 좌우로 이동하거나 이따금씩 회전하는 등, 사족보행 특유의 기동 방식으로 나의 빈틈을 찔러 접근해 왔다. 그리고 나를 자신의 공격 범위 안으로 끌어들이자마자 해머를 있는 힘껏 머리 위로 높이 쳐들었다가 혼신의 힘을 다해 내리찍었다.

나는 애용하는 검에 마력을 부여하여 용조검(竜爪劍)으로 변화시킨 뒤, 파괴의 화신이나 다를 바 없는 형상으로 들이닥치는 해머와 정면으로 맞부딪쳤다.

상식적으로 봐서 가르겐스트의 해머가 나의 검을 산산이 조각내고 여세를 몰아 나의 두개골을 박살내야 하는 장면이었으나, 나의 검은 해머를 가볍게 떨쳐버렸을 뿐만 아니라 거대한 가르겐스트의 움직임을 경직시켰다.

"가르겐스트의 완력은 말 천 마리에 상당하지. 아무리 육체를 강화시킨다 한들— 아니, 그 정도까지 강화가 가능하단 말인가?! 그렇군. 투쟁의 신에게 사랑이라도 받고 있다는 거냐, 베른 마을의 드란!"

마노스의 말에, 안면이 있는 최고위 전투신의 얼굴과 호쾌한 웃음소리가 머릿속을 스쳐 지나갔다.

그 녀석에게 사랑을 받는다는 건 조금 달갑지 않군. 예기치 못한 데서 정신적 고통을 당하고 말았다.

그 녀석 또한 선량한 신의 일족들 중 하나이긴 하나, 나에게 있어선 다른 이들보다 훨씬 부담스러운 상대였다.

나의 전생이 그 녀석에게 알려지면, 그 녀석은 한창 목욕을 하는 중이라도 애용하는 창만을 챙겨들고 알몸으로 지상 강림을 시도할 법한 괴짜 중의 괴짜였다.

솔직히 방금 전까지 목욕탕에 몸을 담그고 있던 사타구니 사이의 큼지막한 물건을 축 늘어뜨린 채로 뛰쳐나온 우람한 체구의 사나이와 얼굴을 마주하는 사태는 사양하고 싶었다.

내 마음속의 탄식 따위는 알 리가 없는 마노스는 감격한 표정으로 가르겐스트와 자신의 열 손가락을 연결하는 용도의 투명한 조종용 실을 움직였다.

가르겐스트의 외부 장갑 사이로부터 뻗어 나와 마노스의 열 손가락과 연결된 조종용 실에는 상대방의 눈을 속이기 위해 햇빛을 반사하지 않는 가공이 되어 있는 것으로 보였다. 게다가 가르겐스트를 조작하는 용도의 진짜 실과 상대방을 교란시키는 용도의 위장용 실을 섞어 놓고 있었다. 만만치 않은 수고를 들인 구조였다.

그리고 마노스가 가르겐스트를 조작하고 있는 수단은 그 조종용 실들뿐만이 아니었다.

아마도 그는 실제의 육성을 이용한 명령이나 사념을 사용하여 남들에게 들리지 않는 염화(念話)로도 가르겐스트를 조작할 수 있는 것 같다. 말로는 가라고 명령하면서, 사념으로는 물러나라는 명령을 할 수도 있다는 뜻이다.

마노스는 제각각의 조종 수단에 허와 실을 뒤섞어 적대자로 하여금 자신의 다음 행동을 예측하지 못 하게끔 만들기 위한 온갖 방법을 투입한 모양이다. 마노스 본인이 느끼는 부담 또한 심상치 않을 테지만 그러한 티를 털끝만큼도 보이지 않는 그의 근성에 관해선 장래가 대단히 촉망된다는 말밖에 나오지 않았다.

아마도 지금 이 대형 경기장에 모여든 학생들은 물론이거니와, 크리스티나 양이나 네르조차도 그의 은폐 기술을 전부 꿰뚫어 보기는 어려우리라. 나는 마음속으로 「정말 훌륭한 솜씨군」이라는 칭찬의 말을 그에게 바쳤다.

하지만 안타깝게도 나는 마노스가 준비한 수많은 은폐 수단들을 단 한 차례만 보고도 간파할 수 있는 규격 밖의 존재였다.

마노스의 손가락이 춤을 추자, 다른 이들로서는 감지조차 불가능한 염화가 연속적으로 가르겐스트에게 전달되는 것이 느껴졌다.

가르겐스트의 허리 속에 내장된 크고 작은 톱니바퀴들이 세차게 회전하자, 거대한 골렘은 그에 따라 상반신을 마치 격렬한 회오리바람처럼 회전시켰다. 너무나 빠른 회전 속도로 세찬 모래먼지가 일어나 나의 앞머리가 휘날렸다.

마노스가 양손을 좌우로 떨치며 고함을 질렀다.

"가라!"

나의 왼쪽으로, 회전 중이던 가르겐스트의 해머가 들이닥쳤다.

나는 육중한 성곽의 성문조차 관통하고도 남을 듯한 일격을 후방으로 물러나 가볍게 회피했다. 그러나 가르겐스트 또한 나를 따라 들어와 쉴 틈 없는 연속 해머 공격을 날려 왔다.

내가 종이 한 장 차이로 가르겐스트의 해머 공격을 회피할 때마다, 주위의 관객들로부터 비명과 환호소리가 들려왔다. 맨 앞줄에 앉아 나를 응원하고 있던 세리나와 파티마는 유쾌할 만큼 다양한 표정들을 선보이고 있었다.

흠. 지나치게 겁을 주는 건 두 사람의 몸에 좋지 않을 테니 이제 슬슬 마노스에게 반격을 시도해야겠군.

"골렘에는 골렘으로 대항하는 것이야말로 예의일 터. 오너라, 그리고 가라."

나의 부름에 따라, 나의 특제 목욕탕을 근거지로 삼아 대기 중이던 테르마이 골렘들이 공간을 뛰어넘어 대형 경기장으로 소환됐다.

다만 그들은 나의 곁이 아니라, 가르겐스트를 조종하고 있던 마노스를 에워싸는 위치로 출현했다.

성가신 마법이나 사역마— 물론, 식신(式神)이나 골렘 등을 포함한다 —를 부리는 적과 마주칠 경우, 가장 신속한 해결책은 최우선적으로 술사를 처치하는 것이다.

마법사와 전투한 경험이 있는 이들은 누구나 알고 있는 이 정석적 공략법을 상대로, 눈앞의 마노스는 과연 어떤 대비책을 준비했을까?

"이제야 왔느냐, 테르마이 골렘!"

마노스의 얼굴에 떠오른 감정은 더할 나위 없을 정도의 환희, 그리고 그와 같은 양의 질투였다.

지금의 마노스가 지닌 실력으로는 도달할 수 없는 경지의 기술로 제작된 테르마이 골렘들에, 골렘 크리에이터로서의 긍지가 격렬하게 흔들리고 있는 것으로 보였다.

좋은 표정을 짓는군. 자신의 기술에 자긍심을 가진 장인의 얼굴이야. 테르마이 골렘들은 기본적으로 목욕탕 건설과 관리를 위해 제작된 존재들이었으나, 그들의 창조주는 다른 이도 아닌 바로 나였다. 테르마이 골렘들의 기본적인 성능은 전투용 골렘들에게 손색이 없는 정도가 아니라, 평균적인 골렘들의 전투력을 크게 웃도는 수준이었다.

평소의 테르마이 골렘들은 가마솥 안을 젓기 위한 막대기나 장작을 패는 용도의 막칼을 들고 다녔으나, 오늘의 그들은 맨손이었다.

그들의 입장에서 본 막대기나 막칼은 어디까지나 목욕탕의 관리만을 위해 사용해야 하는 신성한 도구로서, 싸움터로 가지고 온다는 것은 언어도단이었다. 개인적으론 이 정도까지 장인 기질로 만들 예정은 없었는데 말이야.

나의 소환에 응한 테르마이 골렘은 1호인 「고 원」부터 5호인 「고 파이브」에 이르는 다섯 대였다. 마노스의 주위를 빈틈없이 둘러싼 고 원을 비롯한 테르마이 골렘들이 일제히 주먹을 치켜든 채로 그에게 달려들었다.

각 골렘들의 일격은 커다란 바위에 주먹 자국을 남길 정도로 강력한 위력을 자랑한다. 최소한 저지먼트 링의 방어 결계를 발동시키는 데는 충분하고도 남을 것이다.

하지만 마노스의 얼굴빛으로부터 초조한 감정은 읽을 수 없었다. 역시 현재의 상황은 그에게 있어서 큰 위기는 아니라는 뜻이리라.

예상대로 마노스를 중심으로 소환 마법이 발동되는 기척이 전해져 왔다. 그의 몸이 순간적으로 파랗게 발광하는가 싶더니 그 즉시 새로운 골렘들이 경기장 한 가운데로 출현했다.

마노스에게 달려가던 고 원을 비롯한 테르마이 골렘들은, 새롭게 출현한 골렘들의 반격을 받아 크게 튕겨나갔다.

공중에서 몸을 비틀어 다리로 착지한 그들에게는 다행히 전혀 손상이 없었다.

새롭게 마노스의 주위로 출현한 골렘들은 모두 다 합쳐 세 대였다. 털가죽 대신 검게 빛나는 금속 장갑과 도자기처럼 매끄러운 광택의 피부를 지닌 호랑이와 인간 한 명 정도는 통째로 집어삼키고도 남을 만한 푸르스름한 잿빛의 커다란 구렁이, 두 자루의 장검과 전신 갑옷을 장비한 인간 형태의 골렘이다.

그 골렘들과 마노스는 조종용 실로 연결되어 있지 않았다. 아마도 미리 핵에 입력한 명령과 자율 기동 술식, 그리고 필요에 따라 사념파를 이용하는 조작 방식으로 보였다.

"흠, 셋 중 어느 하나조차도 평범한 골렘은 아니라는 건가?"

"호랑이 형태는 코우고, 구렁이 형태는 쟈로, 기사 형태는 키이츠다. 모두 지금의 내가 지닌 기술의 정수를 아낌없이 투입한 작품들이지. 기본적인 기술 수준은 자네가 더 우세하더라도, 원래 전투용이 아닌 테르마이 골렘들을 상대하는 것 정도는 가능하지 않겠나?"

우리가 대화를 나누고 있는 동안에도 가르겐스트의 공격은 멈추지 않았다.

엄청난 회전과 함께 들이닥친 해머를 용조검으로 받아친 결과, 나와 가르겐스트는 검과 해머를 맞댄 채로 서로의 완력을 겨루고 있는 상태였다.

"그렇군요. 하지만 아무리 자율 기동 형식의 골렘이더라도, 새롭게 세 대의 골렘을 제어·기동시키는데 힘을 쓰시는 것은 꽤나 만만치 않은 부담일 겁니다."

"맞아, 잘 봤군. 자네의 테르마이 골렘들은 제작자인 자네에게 전혀 부담을 주고 있지 않아. 정말 비정상적이야. 절대로 평범한 기체들이 아니라는 뜻이지. 그러한 부분 또한, 향후의 개선점이로군."

나의 명령에 따라 마노스를 공격하러 들어간 고 원을 비롯한 테르마이 골렘들과, 그들을 맞아 반격을 시도하는 세 골렘의 치열한 공방전이 시작되었다.

테르마이 골렘을 다섯 대만 소환하더라도 마노스에게 한 방 날리는 것 정도는 가능하지 않을까 싶었다만, 의외로 마노스가 제작한 골렘들의 성능이 나의 예상보다 훨씬 높았다.

"흠."

나는 팔 근육을 용종의 것으로 변화시켰다. 그리고 손에 든 검을 가르겐스트의 몸으로 있는 힘껏 박아 넣으며 저편으로 날려 버렸다.

이대로 직접 가르겐스트를 제압한 여세를 몰아 마노스를 쓰러뜨릴 수도 있었지만, 골렘에는 골렘으로 대항하겠다는 말을 방금 막

입에 담은 참이었다. 요컨대 골렘 간의 대결로 결판을 짓는 것도 나쁘지 않은 방법이라는 생각이 들었던 것이다. 마노스 또한 그쪽이 취향에 맞는 걸로 보였다.

"조금 더 숫자를 늘려볼 생각입니다만, 어떻게 대응하시겠습니까?"

나는 칼끝을 물리며 가르겐스트가 자세를 다잡기보다 빠르게 나머지 테르마이 골렘들을 한꺼번에 불러들였다.

나의 말투와 상승하는 마력, 그리고 새로운 골렘 출현의 징조로 나의 주위를 둘러싼 공간이 빛나는 광경을 육안으로 확인한 마노스의 얼굴에 경악과 환희가 떠올랐다.

그는 자신의 곤경보다도, 호기심이나 지식욕을 자극하는 현상에 마음을 빼앗긴 듯이 보였다. 정말로 이보다 더할 수 없이 골렘에게 홀린 소년이로군.

"호오! 역시 술사에 대한 부담이 적은 자율 기동 형식의 특징 덕분에, 동시에 다스릴 수 있는 숫자가 더 많다는 건가? 아니, 아니야. 그렇게 간단한 얘기가 아니야. 그만큼이나 수준 높은 자율 전투 술식을 다수의 골렘들에게 입력한 것부터 짚고 넘어가야겠군. 더군다나 입학한지 얼마 되지도 않았건만 이런 일이 가능하단 말인가? 아니, 으아. 젠장, 부럽군. 질투가 나! 무슨 수를 써서라도 반드시 뛰어넘어 주마!"

나는 테르마이 골렘 소환과 병행하여 시합 회장의 흙이나 물, 그리고 바람을 소재로 새로운 골렘들을 연성하기 시작했다.

다소 성의 없지만 즉석에서 엘레멘탈 골렘이라고 작명한 속성 탑재 골렘들은, 제각각 촉매로 삼은 물질들이 가까스로 인간 형태를 구성한 정도의 소박한 조형으로 제작됐다.

땅·물·바람의 세 가지 속성을 지닌 그 골렘들은 어디까지나 즉석으로 연성한 병력에 지나지 않았으나, 순수한 전투 능력만으론 테르마이 골렘들에게 필적할 정도였다. 목욕탕 관리용 골렘들과 전투 능력으로 비교하는 것 자체가 어딘지 모르게 어긋나 있다는 느낌도 없지 않아 있었으나…… 뭐, 이런 데서 사소한 데까지 따지고 들어갈 필요도 없으리라.

"당신은 정말로 솔직한 분이시군요. 자, 골렘들아. 목욕물을 데우는 일이 아니라 불만스러울지도 모르겠다만, 오늘은 조금만 더 활약해다오."

무대 위에 출현한 나머지 테르마이 골렘들과 엘레멘탈 골렘들은 나의 바람에 응하고자, 가르겐스트와 뒤이어 등장한 세 대의 골렘을 향해 일제히 몰려갔다.

네 종류로 늘어난 나의 골렘들은 공격 수단이나 협공 체제라는 측면에서 극적인 변화를 선보였다. 아무리 천재인 마노스더라도 곧바로 대처할 수 있는 종류의 공세가 아니었다.

땅의 엘레멘탈 골렘이 진흙탕 같은 형태로 가르겐스트의 내부로 파고들어가 그 움직임을 구속하자, 테르마이 골렘들이 일제히 난타를 날렸다.

호랑이 형태의 코우고와 구렁이 형태의 쟈로, 기사 형태의 키이츠가 처한 상황 또한 크게 다르지 않았다. 숫자와 종류가 늘어난 골렘들의 공격에 제대로 대처하지 못하고 서서히 손상 부분이 늘어만 갔다.

마노스의 창백한 얼굴에 진땀이 맺혔다.

마노스는 역경으로부터 벗어나기 위해 최선을 다했다. 그러나 나는 격심한 조바심과 피로로 인해 그의 골렘 조작이 흐트러지는 단 한 순간을 놓치지 않았다.

"고 원!"

나에게 이름을 불린 것만으로도, 테르마이 골렘 제1호인 고 원은 나의 의도를 헤아렸다. 고 원은 기사 형태의 머리를 발로 걷어찬 반동을 이용해 공중으로 도약한 뒤, 마노스를 공격하기 위해 주먹을 치켜들었다.

"우오오?!"

마노스는 순간적으로 양팔을 이용해 자신의 머리를 지켰다. 그러나 상식적으로 봐서, 그의 가냘픈 팔로 골렘의 공격을 막을 수 있을 리가 없었다. 고 원의 오른 주먹은 그의 머리를 산산이 부수고도 남을 만한 위력을 지니고 있었다.

하지만 이 경기는 어디까지나 경마제의 본선 출장자를 가리기 위한 예선 대회에 지나지 않았다. 마노스가 장비하고 있던 저지먼트 링이 발동하자, 방어 결계가 고 원의 공격을 완벽하게 가로막았다.

그러나 고 원은 자신의 모든 성능을 발휘한 것이 아니었다.

고 원은 저지먼트 링의 장벽이 한창 전개되고 있는 와중에도 쉴 틈 없이 양팔과 짧은 다리, 그리고 동그란 머리 등을 이용한 공격들을 계속해서 때려 박고 있었다.

이대로는 저지먼트 링의 장벽이 아무리 계속해서 전개되고 있더라도, 결국은 카시리오 선생님으로부터 패배 판정이 떨어지는 것이 고작일 수밖에 없었다.

마노스 또한 그 사실을 아주 잘 이해하고 있는 듯이 보였다. 그는 곧바로 자신이 나아가야 할 길을 선택했다. 정말로 깔끔하기 그지없는 태도였다. 나의 마노스에 대한 호감도는 더욱 더 높아졌다.

"빠르군. 나의 골렘들로는 자네가 소환한 테르마이 골렘들 중 단 한 대조차 쓰러뜨릴 수 없었어. 오히려 그 반대야. 훗, 게다가 지금의 나에게 이 거리의 이 상황을 뒤엎을 수 있는 수단은 없단 말이지. 젠장! 예상 못한 건 아니지만, 정작 현실이 되니 더더욱 화가 나! 패배라는 건 언제나 기분을 잡치는 법이야. 정말 울화가 치미는군. 하지만…… 나의 패배다!"

마노스는 투덜거리는 목소리로 끊임없이 불만을 늘어놓다가, 결국은 양손을 들어 대형 경기장의 구석구석까지 울리는 큰 목소리로 자신의 패배를 선언했다.

그의 패배 선언을 접수한 카시리오 선생은 엄숙한 표정으로 고개를 끄덕인 뒤, 음성 확대용 마법을 같이 쓴 무게 있는 목소리로 관중들에게 시합의 종료를 알렸다. 그는 정말로 모든 말과 행동이 전부 다 위엄 있는 남자였다.

"거기까지! 준결승전 제1시합, 승자는 드란!"

심판의 판정이 떨어지자마자 흥분으로 들끓는 관중들의 환호소리에 휩싸인 채로, 나는 마력을 제거한 장검을 거둬들였다.

나는 발밑 언저리로 가까이 다가온 고 원을 비롯한 테르마이 골렘들의 수고를 치하한 뒤, 마노스에게도 말을 건넸다.

"뭔가 이번 시합으로 얻은 것은 있으셨습니까?"

나의 질문이 들리기는 한 걸까? 마노스는 투덜거리듯이 혼잣말을 중얼거리고 있었다.

마노스의 주위로 그가 전투 중에 사용한 네 대의 골렘들이 모여들어, 마치 주인에게 이번 패배에 관한 사죄를 하고 있는 것으로 보였다.

"저 정도의 소형 기체에 어울리지 않을 정도의 고출력과 부드러운 거동, 게다가 자율 행동을 할 때도 막힘이 없었단 말이지. 사념 전달로 명령을 입력한 건가? 혹은 작동의 핵인 자율 행동 술식의 수준이 높았기 때문인가? 아니, 잠깐만 기다려. 차라리 그 전부에 해당 사항이 있었다고 판단해야 하나? 앞으론 나의 명령을 직접 전달할 수 없는 상태에서도, 한층 더 복잡하고도 유연한 행동이 가능하도록 개량할 필요성 또한……."

흠, 지금 표정으로 봐선 나의 목소리 따위는 전혀 들리지도 않는 모양이군.

나는 숨을 쉬는 것조차 잊은 듯이 혼잣말을 중얼거리는 마노스를 그 자리에 방치한 채로, 한 발 먼저 대형 경기장을 뒤로했다.

레니아가 준결승전을 무사히 통과하지 못할 리는 없었으니, 우리들 두 사람의 경마제 본선 진출은 사실상 거의 확정된 거나 마찬가지였다.

결승전은 점심 식사 시간을 가진 후, 오후부터 치러질 예정이었다.

예선 대회 출장자를 위한 점심 식사는 대기실까지 운반되므로

서글프게도 오늘은 나 혼자 쓸쓸하게 점심을 먹어야했다.

결승전씩이나 되고 보니 각각의 출장 선수들에게 별개의 대기실이 제공되는 관계로 레니아와 함께 점심을 먹을 수도 없었다.

최근 들어 수많은 학생들이 나와 레니아가 행동을 함께하는 모습을 목격했다. 그런 고로, 나와 그녀가 치르는 결승전은 승패에 상관없이 서로의 진짜 실력을 다하지 않는 이벤트성 경기가 될 것으로 의심하는 학생들 또한 있을지도 모른다. 하지만 그러한 예상들은 어디까지나 수준 낮은 억측에 지나지 않았다.

레니아는 결승전까지 올라와 나를 상대하게 될 경우, 최선을 다해 나에게 도전하기로 약속했다.

한동안 통로를 걷고 있다 보니, 지금부터 치러질 준결승전 제2시합으로 향하는 레니아와 우연히 마주쳤다.

평소와 다를 바 없이 여학생용 교복을 걸친 자그마한 체구의 소녀는, 나의 얼굴을 확인하자 극적인 표정 변화를 선보였다. 그것은 아버지를 존경하는 딸의 미소였다.

레니아는 자신의 전후좌우를 둘러보더니, 탐지 마법을 사용해 제3자의 눈과 귀가 없다는 사실을 정성 들여 확인한 이후에야 입을 열었다.

화장을 한 적 없는 엷은 색깔의 입술이, 다음과 같은 말을 엮어 나갔다.

"아버님, 승리를 거두고 오실 것이라고 믿고 있었습니다."

레니아가 주위를 둘러보던 것은, 오직 나를 가리켜 아버지라고 부르기 위한 행동이었다.

최근 들어 나 또한 레니아의 이러한 태도에 완전히 적응되어버렸다. 이젠 자연스럽게 미소까지 짓게 된 걸로 판단하자면, 보는 관점에 따라선 나도 돌이킬 수 없는 곳까지 와버린 듯한 느낌도 드는군.

"흠, 고맙구나. 아마 레니아도 큰 문제는 없을 것으로 같더구나. 오히려 너를 상대하게 될 학생이 불쌍하게 느껴질 정도야. 나는 이미 너의 실력을 잘 안다. 상대가 될 학생을 너무 괴롭히지 말거라."

"예!"

레니아는 싱글벙글 웃는 얼굴로 힘차게 고개를 끄덕였다. 나와 말을 섞을 때는 더할 수 없이 고분고분하고도 착한 아이지만, 과연 진짜 준결승전이 시작된 이후로 자신의 힘을 조절할 수 있을까……?

물론 일부러 지라는 것은 아니었다. 준결승전까지 올라온 자가 그런 식의 태도를 보이는 것은 지금부터 맞붙게 될 상대는 물론이거니와 경마제라는 행사 그 자체를 업신여기는 거나 다름없는 행동이었다.

다만 개인적으로 그녀가 치르고 올라온 1회전의 양상을 돌이켜보자면, 레니아가 정도를 넘어 과격해지는 것은 거의 의심할 여지조차 없어 보인다.

나의 힘으로 가능한 일이라고 해봐야, 레니아의 대전 상대가 될 학생이 최대한 빠르게 항복하기만을 기도하는 것 정도가 고작이었다. 상대방의 입장에서 보자면, 그것만이 지금부터 맛보게 될 공포를 최소한으로 줄일 수 있는 단 하나의 방법이었다.

이제 와서 굳이 이런 말을 꺼내 봤자 별 의미는 없을 테지만 나는 다시 한 번 레니아에게 못을 박았다.

"레니아, 무슨 일이 있어도 필요 이상으로 상대방을 다치게 하지 마라. 나에게 너의 좋은 점을 보이고자 굳이 노력할 필요 없이, 나는 너의 좋은 점들을 잘 안다. 그러니 너무 어깨에 힘을 줄 필요 없이 평소처럼만 싸우려무나. 그냥 그 정도만으로도 너의 실력을 증명하는 데는 충분하고도 남아."

레니아는 너무나 기쁜 나머지 미소를 지은 채로 녹아내릴 듯한 표정이었다. 흠, 이대로 계속 칭찬을 듣다가 슬라임 같은 점액 형태로 녹아버리는 건 아니겠지? 물론 정말로 시도해볼 마음은 들지 않았다.

"예! 반드시 아버님의 기대에 응할 수 있도록, 이 레니아의 신명을 다 바치고 오겠습니다!"

글렀다. 서로 말이 통하지 않아. 나는 그저 레니아와 대전 상대가 무사하기만을 빌기로 마음먹었다.

나로서는 부처라는 신들의 한 일파 가운데 최고위에 속하던 한 친구의 얼굴을 떠올리며 낮은 목소리로 중얼거렸다.

나무아미타불.

제3장 부녀 격돌

결론부터 말하자면, 역시 레니아는 나의 예상대로 대전 상대에게 단 한 줌의 자비조차 베풀지 않았다.

파괴자라는 별명에 걸맞은 광기 넘치는 웃음소리와 함께 공격을 연발하여, 도망 다니던 상대에게 단 한 차례의 반격조차 용납하지 않는 완벽한 승리를 거둔 것이다.

불쌍한 대전 상대가 극심한 공포로 인해 기절해버리고, 심판 역할을 담당한 교사 분들이 황급히 레니아를 말리러 들어갈 수밖에 없었다는 것이 준결승전 제2회전의 전말이었다.

나는 크나큰 한숨을 쉰 후, 결승전에 임하기로 했다.

결승 진출만으로도 본선 대표 선수 선발은 확정된 관계로, 일부의 관객들 사이로부터 굳이 결승전을 치를 필요는 없지 않겠냐는 의견 또한 제기된 모양이다.

하지만 나와 레니아는 이미 선출되어 있는 다른 대표 선수들이나 예선 대회의 탈락자들을 납득시키기 위해서라도, 대표 선수로서 적합한 실력을 지니고 있다는 것을 증명해야 하는 입장이었다.

일단 나에게는, 현재의 레니아가 지닌 모든 역량을 파악해두고 싶다는 마음이 없지 않아 있었다. 솔직히 말해서 결승전에 임하는 마음가짐으로선 조금 어긋나 있을지도 모른다.

나의 힘으로 레니아의 혼과 카라비스의 봉인을 조절한 이후, 그녀의 전투 능력은 인간의 영역을 완전히 초월하고 말았다.

일단 지금으로선 육체와 혼의 조화 또한 그다지 큰 문제없이 이루어지고 있는 걸로 보이니, 요즘의 젊은 용종 정도까지야 손쉽게 제압할 수 있을 것으로 예상된다.

대기실 한 가운데 준비된 점심 식사로 배를 채우고 나니, 나는 더할 나위 없을 만큼 기분이 좋은 상태였다.

점심시간의 휴식을 마친 뒤, 나는 다시금 대형 경기장으로 발걸음을 옮겼다. 그리고 관객석 최상단의 특별석에 앉아 있던 올리비에 학원장에게 순간적으로 시선을 돌렸다.

과연 저 아름답기 그지없는 하이 엘프 학원장님께선, 레니아에 관해 어느 정도까지 꿰뚫어보고 계신 걸까? 슬라니아로부터 귀환한 이후로 부자연스러울 만큼 나를 따르고 있는 레니아의 모습과 나의 전생을 연관 지어 예측하고 있을 경우, 그녀의 정체 또한 전생자일지도 모른다는데 생각이 미쳤는지도 모른다.

사실은 그녀의 속마음을 읽으면 간단히 파악할 수 있는 사실이었으나, 타인의 마음속이라는 사적인 영역까지 흙발로 쳐들어가는 것은 나 스스로 가장 혐오하는 행동 가운데 하나였다. 흠, 당분간은 눈치를 봐야 하나?

태양은 이미 중천을 지나갔으나, 저녁 시간까진 어느 정도 시간적 여유가 있었다.

대형 경기장은 다시금 기존의 경관을 거의 완벽하게 되찾은 듯이 보였다. 그러나 지금부터 나와 레니아가 벌일 전투로 인해, 원형조차 남아나지 않을 만큼 철저하게 파괴되리라는 미래가 벌써부터 뻔히 들여다보았다.

나는 수리 작업을 맡게 될 선생님 여러분의 수고에 관해 상상의 나래를 펼치다가, 남몰래 마음속으로 사죄를 드렸다. 나는 작업이 시작되자마자 수리를 거들러 오기로 마음먹었다.

그건 그렇고, 레니아를 상대로 싸울 때는 반드시 주의해야 하는 사항이 하나 있다.

요컨대 저지먼트 링의 보호 결계와 대형 경기장과 관객석 사이를 가로막고 있는 대형 결계를 실수로 파괴하지 않도록 조심해야 한다는 것이다.

경기장에 설치된 안전장치들은 가로아 마법학원의 부지와 건물, 그리고 하늘과 땅에 흐르는 마력이나 기운을 이용하여 전개되는 대단히 강력하고도 굳건한 결계들이었다.

비상시엔 가로아라는 도시 전체가 영향권 하에 들어갈 정도로 결계가 확장되어, 성곽도시 가로아가 보유한 성벽을 능가하는 강력한 방어 기구로서 자신의 진정한 기능을 발휘한다.

대(對) 성곽·도시 섬멸급 상위 마법을 연속으로 맞더라도 전혀 흔들리지 않을 정도의, 고위의 대형 의식 방어 마법에 필적하는 강도를 자랑하는 결계였다.

그러나 그러한 결계에도 한계는 존재할 수밖에 없다. 예를 들어 뱀파이어 왕자였던 브란이 사용하던 마법과 연금술의 정수를 모아 제작된 황금 폭탄의 경우, 열 개 정도 투입하면 마법학원의 결계를 파괴할 수 있을 것으로 예상된다.

나는 이 결계를 한 차례 숨결로 모래를 흩어버리듯이 파괴할 수

제3장 부녀 격돌 123 †

있으나, 나 자신의 능력과 결계의 성능을 정확하게 파악하고 있는 이상에야 힘 조절을 그르칠 리가 없다.

문제는 다름 아닌 레니아에게 있었다.

아무리 나의 조율을 받았다 한들, 레니아가 카라비스의 봉인이 남아있는 상태로 마법학원의 결계를 파괴할 수 있을 만한 힘의 「양」을 단숨에 출력해내기는 쉽지 않으리라.

하지만 레니아의 혼은 고위급 신들에게 필적하는 고위 차원 존재의 것이었다.

봉인의 영향을 받아 어쩔 수 없이 약화된 상태로도, 힘의 「질」적인 측면에선 본디 신들과 비교하더라도 손색이 없는 존재였다.

그 힘의 본질 자체가 절대적으로 그 양을 능가하는 관계로, 정신이 절정에 달한 레니아가 그 힘의 본질적인 압력으로 결계를 파괴할 가능성도 있었던 것이다.

만약 그러한 사태가 발생할 경우, 나는 다른 누군가에게 결계가 파괴된 사실을 들키기 전에 결계를 수리해야 한다.

레니아와 나는 제각각 반대편의 통로로부터 걸어 나와, 대형 경기장의 거의 한복판에 해당되는 위치에서 서로를 마주봤다.

같은 나이대의 소녀들과 비교하더라도 작은 체구의 레니아는, 자신을 보는 이의 마음속에서 평생 동안 사라지지 않을 만한 얼굴에 기쁜 빛이 가득한 표정을 짓고 있었다.

나를 상대로 마음껏 놀 수 있다는 사실에 더할 수 없이 들뜬 듯이 보였다.

"레니아, 무척이나 신나 보이는구나."

"지금부터 아버니…… 드란 씨에게 당당히 도전할 수 있다는 환희에 저의 가슴은 끓어오르고 있습니다. 이 자리에 모인 어리석은 자들에게 드란 씨의 은총을 받은 저의 힘과, 당신의 위대한 권능을 널리 알릴 기회를 얻게 된 것은 그야말로 행운이니까요."

아마도 이 아가씨는 자신이 혼의 아버지로 섬기는 나의 힘을 널리 알리고 싶다는 강한 욕구를 지니고 있는 것으로 보였다. 말인즉슨, 그녀는 무슨 일이 있을 때마다 다른 학생들이나 교사들을 굴복시킬 기회를 엿보고 있었다는 뜻이다.

단적으로 말하자면 아버지를 자랑하고 싶은 모양이다.

이번 대회처럼 전교 학생들이나 교사들의 이목이 모이는 행사는 레니아에게 있어서 절호의 기회나 마찬가지였다.

"뭐, 너의 기분이 좋다면 나로서는 더 덧붙일 말도 없다."

"예!"

레니아가 거친 콧김소리와 함께 활기차게 대답했다.

금지옥엽처럼 자라온 귀족 영애의 외모에 걸맞지 않은 행동거지였으나, 결코 품위 없어 보이지 않는 까닭은 지금의 레니아를 낳은 실제 부모들의 교육 덕분인가?

그러고 보니, 그녀는 인간으로서 자신을 낳아준 부모님들의 존재를 어떻게 받아들이고 있을까? 개인적으론 다른 인간들보다야 약간이나마 특별한 취급을 하고 있을 것으로 여기고 싶다만, 실상에 관해선 짐작조차 가지 않았다.

언젠가 기회를 봐서 본인에게 물어봐야겠다.

그러한 나의 속마음과 아무 상관없이, 관객석을 가득 메운 이들의 호기심과 열기는 한층 더 고조되고 있는 중이었다.

학업 성적 관계로 예선 대회부터 통과해야 하는 신분이었으나, 레니아가 당대의 4강 중 한 사람인 것은 틀림없었다. 다들 그러한 그녀와 나의 격돌 결과에 대한 기대가 가득 담긴 눈빛으로 시합을 관전하고 있는 듯이 보였다.

학생들뿐만 아니라 교사진 중에서도 그러한 눈빛을 띠며 지금부터 시작될 전투를 남김없이 기록하고자 각종 해석 마법이나 기록 마법, 마법 도구 등을 사용하고 있는 이들 또한 적지 않았다.

과연, 그들의 역량으로 해석 가능한 영역의 전투가 이루어지기나 할까?

나와 레니아는 심판 역할을 맡은 카시리오 선생님으로부터 시합 개시 신호가 떨어질 때까지 기다리면서 서로에게 주의를 기울였다.

지금부터 시작될 전투가 다른 인간들에게 어떻게 보일지는 모르겠다만, 당사자인 우리에게 있어서는 내가 레니아에게 한 수 가르쳐주는 형식의 시합이 될 수밖에 없는 조합이었다.

일단 레니아의 실력에 관해선 거의 파악하고 있다고 생각한다만, 과연 신조마수의 혼을 지닌 소녀는 나의 예상을 초월할 수 있을까?

그리고 드디어, 시합 개시를 알리는 카시리오 선생님의 고함소리가 우리 둘의 고막을 진동시켰다.

"경마제 대표 선수 선출 예선 대회 결승전! 베른 마을의 드란 대 레니아 루프르 블라스터블라스트, 시합 개시이이!!"

레니아가 준결승전 종료 후부터 지금 이 순간까지 가다듬어 온 마력을 단숨에 해방시켰다.

마치 둑으로부터 넘쳐난 홍수처럼 레니아의 온몸으로부터 발산된 마력은, 나로부터 유래되는 새하얀 빛깔 말고도 카라비스로부터 유래된 수도 없이 많은 빛깔로 물들어 있었다.

망각과 파괴를 관장하는 카라비스는 자신의 속성조차 망각하며 끊임없이 변화하는 여신이었다. 그러다 보니 마력의 빛깔 또한 끊임없이 변화하지만, 나의 힘을 뿌리로 삼는 새하얀 빛깔의 마력만은 다른 빛깔들과 결코 섞이지 않은 채로 변함없는 광채를 과시하고 있었다.

그날 이후 「가로아 마법학원 사상 최강 결정전」, 「괴수 대결전」, 「비상식의 화신」, 「저게 뭐야? 인간일 리가 없잖아?」 등등의 입소문이 대대로 전해져 내려가게 되는 한 판 승부가 시작됐다.

레니아의 마력은 하늘 높이 푸르른 천공의 끝까지 도달할지도 모른다는 착각이 들 정도로 어마어마한 위용을 과시하고 있었다. 평범한 관객들뿐만 아니라 교사 분들, 그리고 크리스티나 양이나 네르조차도 경악스러운 표정을 짓고 있는 듯이 보였다.

하지만 오직 세리나만은 이 정도로는 크게 놀랄 것도 없다는 표정을 짓고 있었다. 나와 함께 행동한 기간이 긴데다가, 사역마 계약을 통한 연결 관계로 나의 진정한 힘을 어렴풋하게나마 느끼고 있는 탓인가?

레니아의 마력은 마법적 감지 능력을 사용하지 않고도 육안으로 확인할 수 있을 만큼 농밀하기 그지없었다. 그녀의 마력은 본인이

디디고 있는 땅바닥조차 모래 형태로 산산이 바스러뜨렸다.

"드란 씨, 들어가겠습니다."

"망설임 없이 오려무나."

"당신을 상대로 단 한 순간이라도 망설이는 어리석은 짓을 할 리가 없습니다. 지금 저는 오로지 최선을 다할 뿐입니다!"

말을 마치자마자, 레니아의 투지가 대폭발을 일으켰다.

인간으로 환생한 레니아가 주특기로 삼는 기술은 파괴의 사념을 동원한 염동력이었다.

다만 현재의 레니아가 구사하는 염동력은 예전의 그녀와 비교조차 되지 않을 정도로 강화된 상태였다.

레니아의 온몸으로부터 넘쳐난 마력과 정신력이 제각각 전생의 레니아가 지니고 있던 육체를 본뜬 형태로 변화했다.

장갑과 같은 겉껍질로 둘러싸여 있으며, 네 개의 날개가 달린 용과 흡사한 형태의 마수— 염동마수(念動魔獸)였다.

물론 지금까지도 레니아가 자신의 사념을 거대한 짐승의 앞다리와 같은 형상으로 변형시킨 적은 있었으나, 그녀의 사념 마법은 그보다 한 단계 더 높은 경지까지 도달한 것으로 보였다.

혼을 전율케 하는 포효를 지르던 염동마수가 소리의 벽을 뛰어넘어 나에게 들이닥쳤다.

거대한 염동마수는 레니아가 가냘픈 팔을 움직이는 궤도에 따라, 눈에 보이지 않는 거대한 구렁이가 미쳐 날뛰는 듯한 궤적을 그리며 나에게로 곧장 날아 들어왔다.

영창이나 계약이 필요 없을 뿐만 아니라 오직 스스로의 사념만으로 행사하는 사념 마법은, 구조 자체가 지극히 단순하다 보니 술사가 지니고 있는 사념의 강도와 순도에 모든 것이 좌우되는 마법 체계였다.

본디 나를 멸망시키기 위한 사상 최강 최악의 신조마수로서 창조된 레니아는 이 세상에서 가장 순수하고도 강한 파괴와 멸망의 의지를 지니는 존재 가운데 하나였다. 인간의 육체에 봉인당한 레니아에게 있어서 사념 마법은 최고로 적절한 무기였다.

나는 레니아로부터 날아온 염동 충격파를 용조검 한 자루로 맞받아쳤다.

나는 새하얗게 타오르는 불꽃을 두른 듯이 번쩍이는 용조검을 머리 위로 높이 치켜들었다가 내리쳤다. 나에게 들이닥치던 염동마수와 염동 충격파는 그 한 차례의 참격에 의해 갈라지더니, 이윽고 산산이 조각나 대기 중으로 사라졌다.

나는 칼날을 거둬들인 뒤, 검을 대지로부터 하늘을 향해 다시금 치켜들었다.

나의 마력과 검압의 충격파가 참격의 궤적을 따라 거슬러 올라, 대형 경기장의 무대에 깊숙한 금을 그리며 레니아에게 날아갔다.

레니아는 좌우의 손바닥을 자신의 눈앞에서 맞부딪치는 동작으로 염동력을 발생시켜, 진검을 잡는 요령으로 나의 공격을 막는 솜씨를 선보였다.

그리고 칼날을 잡은 여세를 몰아 좌우로부터 압력을 걸어 충격파를 무마시킨 레니아가, 흉악하기 그지없는 미소를 지어 보였다.

아무리 나를 아버지로 존경한다 한들, 그녀가 나를 멸망시키기 위한 목적으로 창조된 존재라는 사실에 의심할 여지는 전혀 없었다.

레니아의 혼에 뿌리박힌 자신의 존재의의가, 드디어 나와 싸울 수 있게 된 현재의 상황에 고조된 걸까?

가련한 미소녀의 흉악하기 짝이 없는 미소를 목격한 관객들이 숨을 죽이는 가운데, 레니아는 주위의 반응 따위는 아무런 상관도 없다는 듯이 크게 웃음을 터뜨렸다.

"아하하하하하, 즐겁습니다! 즐겁다고요, 드란 씨!"

……잘 됐구나.

"하아아아아!!"

레니아의 포효와 함께, 또다시 확실하게 육안으로 확인할 수 있을 만한 밀도의 염동마수가 나타났다.

나를 향해 그 예리한 어금니를 드러낸 염동마수가 네 개의 날개를 있는 힘껏 펼쳐 날아올랐다.

순수한 파괴의 사념으로 구축된 염동마수는, 바야흐로 자신과 닿는 모든 물질들을 소립자 단위까지 분해할 수 있을 정도의 경지에 다다른 듯이 보였다. 그런 고로, 물리적 방어력은 아무런 의미도 없는 거나 다름없었다.

흠, 하지만 결국 상대방을 소립자 단위까지밖에 분해할 수 없다는 것은 그녀의 간섭 능력이 도달하는 범위는 어디까지나 물리적인 단계에 그친다는— 아직 영적인 간섭 능력을 지닐 정도의 경지까지 오르진 못 했다는 것이다.

레니아도 아직 멀었군. 혼을 해방시키는데 눈을 돌리는 것도 나쁘지 않다만, 봉인된 상태로도 힘을 갈고닦는 방법을 깨우치지 않는다면 머지않아 또다시 보이지 않는 벽에 부딪칠 수밖에 없을 것이다.

나는 소리의 벽을 초월한 충격파와 넘쳐나는 파괴의 사념으로 땅바닥을 크게 파헤치면서 접근해 들어오는 염동마수를 다시금 용조검으로 베어버리고자 자세를 잡았다.

하지만 염동마수는 나와 격돌하기 직전, 아가리를 크게 벌렸다. 그리고 멀쩡한 가옥들 100채를 통째로 관통하고도 남을 만한 위력을 지닌 파괴의 사념을, 마치 용종의 브레스처럼 발사해 왔다.

"점점 더 용들 같은 짓을 하는군."

뜻밖의 공격을 목격한 나는, 자기도 모르게 레니아를 칭찬해주고 싶다는 마음이 들었다.

나는 비어 있는 왼 손바닥을 세워 파괴의 브레스로 향했다.

염동력에는 염동력으로 대항하는 것이야말로 예의일 터.

나는 레니아가 주특기로 삼는 염동 마법을 써서 대항했다. 그녀의 브레스와 염동마수를 사방으로부터 집중시킨 수많은 손으로 잡아 찢듯이 무효화시킨 것이다.

뒤이어서 나는 【에너지 레인】을 영창 없이 발동시켰다. 마법의 발동에 의해, 나를 중심으로 한 공중의 일정한 범위로 100발을 넘는 순수한 마력의 화살이 나타났다.

레니아는 나의 마법이 발동되는 광경을 목격하자마자, 자신의 주위로 한 아름 정도 되는 구형으로 압축된 파괴의 사념을 열 개 정도 연성했다.

정확히 우리의 중간 지점에서, 나의 【에너지 레인】과 레니아가 연성한 파괴의 구체가 충돌을 일으켰다. 귀청을 찢는 듯한 파열음과 함께, 서로 상쇄당한 【에너지 레인】과 파괴의 사념 조각들이 사방으로 흩날렸다.

"그아아아!"

레니아가 숙녀답지 않은 고함을 내질렀다.

그녀가 기세 좋게 발로 땅바닥을 박찬 순간, 그곳을 기점으로 삼아 파괴의 사념이 땅바닥 전체로 침투해 들어갔다. 그리고 그 결과, 눈 깜짝할 사이에 대형 경기장의 무대 전체가 모래처럼 산산이 부서져 버렸다.

레니아는 나의 다리가 모래 속으로 빠져든 단 한 순간을 틈타, 곧바로 다음 움직임으로 들어갔다. 그녀는 자신의 오른 주먹을 있는 힘껏 뒤로 잡아당겼다가, 활시위를 떠난 화살처럼 나를 향해 엄청난 속도로 뻗어 왔다.

그녀의 오른 주먹으로부터 사출된 사념의 주먹이 매 순간마다 다른 빛깔을 띠면서 실제의 주먹보다 50배 정도 거대한 크기로 나에게 들이닥쳤다.

레니아는 그 동작을 수도 없이 반복하여 나를 향해 몇 십에서 몇 백 개에 달하는 사념의 주먹을 발사했다.

나는 산산이 흩어져 모래 상태가 된 땅바닥에 간섭하여 자신의 발을 붙일 기반을 다잡았다. 나는 그런 식으로 발판을 구축하자마자 도약한 뒤, 다음 발판에 이은 다음 발판으로 발을 옮겨 수많은 사념의 주먹들을 끊임없이 피해 다녔다.

"그렇게 나오신다면……!"

이대로는 답이 안 나올 것으로 판단한 레니아가 다음 수를 써 왔다.

어디, 네가 지니고 있는 공격 수단을 전부 보여 봐라.

레니아의 정권 찌르기 동작에 큰 변함은 없었으나, 이번엔 이미 피한 사념의 주먹들이 궤도를 굽혀 가며 나를 추적해 오기 시작했다.

호오, 명중될 때까지 추적하게 만들어서 대항할 모양이로군. 굳이 말로 표현하자면, 염동 추적 마법탄이라는 건가? *사이코키네시스 호밍 매직 미사일*

나의 몸과 마음에 표식이 될 만한 흔적은 보이지 않는다. 나의 마력과 열, 혼의 파장과 체취 등을 감지함으로써 추적 기능을 부여한 것으로 보였다.

이렇게 된 바엔 따로 만든 미끼에 일부러 탄환을 명중시킴으로써 이 순간을 넘겨볼까?

"힘의 이치 어둠의 이치 나의 그림자 나의 어둠 나와 그대는 표리일체(表裏一體) 나와라 팬텀 페르소나"

마법이 완성되자마자 나의 몸으로부터 나타난 나와 조금도 다르지 않은 모습의 분신이, 나를 추적해 오고 있던 자동 추적 염동 주먹들을 향해 전속력으로 달려갔다.

나의 의도대로, 나를 추적해 오던 염동 주먹들은 분신 쪽으로 세차게 몰려갔다. 그리고 회피 운동을 계속하는 분신을 하염없이 쫓아 다녔다.

나는 분신을 미끼로 삼아 번 아주 짧은 시간을 이용해서 레니아에게 반격의 한 수를 날렸다.

"북쪽의 흑(黑) 동쪽의 청(靑) 남쪽의 적(赤) 서쪽의 백(白) 동서남북 네 빛깔의 조화와 태극의 질서가 세상의 이치를 다스린다 그러나 삼라만상의 이치를 나의 뜻이 어지럽힌다 하늘이여 무너져라 땅이여 떨어져라 붕락세계(崩落世界)"

나의 마법이 완성된 순간, 레니아를 중심으로 동서남북의 각 방향에 대응한 빛깔을 띤 빛의 기둥이 하늘 높이 우뚝 솟아올랐다. 그리고 각각의 빛기둥이 거대화하면서 겹쳐지는가 싶더니, 한 줄기의 커다란 빛기둥을 형성했다.

거대한 빛기둥이 완성됨에 따라, 각각의 기둥들을 구성하고 있던 흑 · 청 · 적 · 백색의 경계선이 서로 일그러져 섞이기 시작했다.

지금 사용한 술법은 빛기둥의 내부를 하나의 작은 세계로 가정하여 그 조화를 의도적으로 파괴함으로써 기둥 내부의 존재를 세계의 붕괴라는 현상에 끌어들여 살상력을 발휘하는 마법— 모의적으로 세계 그 자체를 파괴하는, 거의 금주(禁呪)에 가까운 고등 마법이었다.

어찌됐건 세계의 붕괴라는 현상에 끌어들이는 셈이므로, 그 파괴력을 완전히 막을 수 있을 만한 방어 마법은 극히 소수인 대정령급 존재들로부터 힘을 빌리는 정령 마법이나 고위의 신성 마법으로 한정될 수밖에 없었다.

그럭저럭 높은 품계의 악마나 사신의 권속들을 상대로도 유효한 마법이다만, 과연 레니아는 저지먼트 링을 사용하지 않고도 이 술법을 감당할 수 있을까?

너무나도 강력한 마법의 발현에 의해 관객석의 관중들이 혼란스러운 모습을 보이는 가운데, 레니아를 가둬두고 있던 빛기둥이 갑작스럽게 부풀어 올랐다.

"흠, 과연 나의 혼으로부터 유래된 조각을 지닌 자로군. 잔재주를 쓰기보다 우격다짐으로 빠져나올 줄이야."

꼭 닮지 않아도 되는 부분이 닮아 버린 모양이다. 솔직히 나로서는 쓴웃음을 금할 수가 없었다.

레니아는 붕괴하던 작은 세계 한복판에 서서, 붕괴 중이던 작은 세계 그 자체를 힘으로 파괴한 것이다.

잿빛으로 물든 자그마한 세계의 파편들이 산산이 흩어져 경기장 무대 위로 낙하하는 가운데, 레니아는 빛기둥의 중앙에 서 있었다. 아주 약간 머리카락이 흐트러지거나 교복의 일부가 터진 듯이 보였으나, 새하얀 도자기와 같은 피부에 흠집은 전혀 눈에 띄지 않는 상태였다.

우드득, 외모에 어울리지 않는 몸동작으로 목 관절을 울린 레니아가 희색이 만연한 얼굴로 살벌하게 웃어 보였다.

레니아에겐 기껏해야 모의적인 세계를 붕괴시키는 것 정도는 제대로 된 공격이 아니었던 모양이다.

아직껏 남아있던 빛기둥을 가볍게 사념으로 날려버린 레니아가 천천히 나에게 다가왔다.

"이제야 몸에 열이 좀 오르는군요."

"그런 걸로 보이는구나. 이제 슬슬 본격적으로 시작해볼까?"

"예!"

만면의 미소와 함께 또다시 새로운 마력을 온몸으로부터 분출시킨 레니아와 나는, 다시금 정면으로 격돌했다.

†

가로아 마법학원에 소속된 학생들과 교사들이 거의 다 모여든, 마법학원 대형 경기장 관객석―.

마법학원뿐만 아니라 도시 주위의 자연 그 자체의 힘까지 이용한 결계로 서로 가로막힌 관객석과 경기장 무대는, 바야흐로 서로 다른 세계끼리 맞닿아 있다는 느낌이 들 만큼 무척이나 이질적인 양상을 보이고 있었다.

"아하하하하하하하!!"

결계 안쪽에서, 피부 밑의 혈관이 푸르게 비쳐 보일 만큼 새하얀 피부의 소녀가 새까만 머리카락을 곤두세운 채로 크게 웃었다.

거의 물질화되기 직전의 밀도와 속성을 지니기에 이른 걸로 보이는 파괴의 사념을 용과 흡사한 마수 형태로 변형시켜 몸에 두르고 있는 그녀의 모습은, 보는 이들의 모골을 송연하게 하는 정도가 아니라 진심으로부터 우러난 공포의 감정을 떠올리게 했다.

가까운 사랑을 받아 자라온 귀족 영애를 연상케 하는 외모와 달리, 그녀는 선량한 신들은 물론이거니와 사악한 신들로부터도 최악이라는 평가를 받는 정상급 여신이 손수 창조한 파멸 속성 마수의 혼을 지닌 자였다. 신들에게도 필적할 만한 혼의 소유자가 순수한 환희에 따라 짓는 마성의 미소는, 왜소한 인간들의 혼에 거대한 전율과 공포를 가져올 수밖에 없었다.

순도가 높아진 사념에 한층 더 강력한 영적인 요소가 더해지며 물리 법칙을 아득히 초월한 현상을 유발시켰다.

레니아가 지닌 파괴의 사념이 거칠게 휘몰아치는 대형 경기장 무대는, 이미 원형은 온데간데없이 마치 거대한 운석이 낙하한 구덩이나 다를 바 없는 몰골을 연출하고 있었다.

지금도 레니아는 물리적인 한계를 초월한 사념을 깔때기로 거른 듯이 압축한데다가 그 순도를 더욱 높인 브레스를, 염동마수— 아니, 염동룡(念動竜)의 커다란 아가리를 통해 발사하고 있었다.

이제 거의 어중간한 용종들은 가볍게 능가할 정도의 위력을 지니게 된 브레스가 향하는 방향으로 눈을 돌리자, 그녀의 대전 상대인 드란이 서 있었다.

레니아가 흔치 않은 요정과 같은 외모의 미소녀인데 반해, 그의 외모에 관해선 「대충 봐줄 만한 얼굴」의 소유자라는 말밖에 나오지 않았다. 그는 조금만 찾아다녀도 흔하게 눈에 띌 만한, 지극히 평범한 외모의 소년이었다.

하지만 그냥 평범한 소년이, 육안으로 확인될 정도로 높은 순도를 지닌 파괴의 사념을 칼 한 자루로 가볍게 갈라버릴 수 있을 리가 없었다.

소년— 드란의 마력을 띤 검의 일격에 두 동강이 난 브레스가, 관객석을 지키는 결계와 격돌하고 말았다.

그때마다 도시 주변의 영맥(靈脈)으로부터 힘을 빌려온 결계가 세차게 깜빡거리거나 삐걱거렸다. 그러다 보니 결계의 수호를 받고 있는 관객들의 간담은 얼음물 목욕탕에다가 몸을 담근 듯이 급속도로 냉각될 수밖에 없었다.

새하얀 마력과 수도 없는 빛깔로 변화하는 마력까지 포함한 두 가지 마력과 사념을 두르고 있는 레니아에 비해, 드란은 어렴풋이 새하얗게 빛나는 마력을 휘감고 있는 듯이 보였다.

지금의 드란은 관객석의 학생들이나 교사들로 하여금 역사상의 위인이나 웅대한 자연 등의 온갖 위대한 존재와 마주치면서 느끼는 무한한 경외심을 환기시키는 존재였다.

그는 일상생활 속에서도 사소한 찰나에 터무니없이 위대한 존재와 마주하는 듯한 착각을 들게끔 하는 학생이었다. 그리고 대형 경기장을 무대로 그 힘을 선보이고 있는 지금, 그러한 느낌이 한층 더 두드러지게 나타나고 있었던 것이다.

드란의 입술이 짧은 말을 중얼거리자, 그의 주위로 적·황·녹·청·백·흑·자줏빛의 일곱 가지 빛깔로 빛나는 마법의 화살들 77발이 나타났다.

마법 화살은 이치 마법 가운데 하급으로 손꼽히는 기본기 중 하나였으나, 일곱 가지 속성을 부여한데다가 한꺼번에 77발이나 전개한 이상, 중급을 거의 뛰어 넘어 상급 마법에 해당되는 난이도의 술법이다.

레니아가 발사한 파괴의 사념이 담긴 브레스 역시 그러한 느낌이 있었으나, 드란이 마치 식은 죽 먹기처럼 간단하게 사용한 이 마법 화살 또한 절대로 평범한 학생들이 다룰 만한 술법이 아니었다.

허공을 가로지르는 일곱 빛깔의 마법 화살 77발을 상대로 레니아는 입가의 미소를 한층 더 흉악하게 일그러뜨렸다.

쓸데없이 가련한 얼굴을 지니고 있다 보니, 그 표정은 보는 이들에게 한층 더 두려운 인상을 선사할 수밖에 없었다.

한 꺼풀만 벗겨도 그 밑으로 인간이 아닌 흉악한 존재가 틀림없이 도사리고 있으리라는 확신을 주는 미소였다. 실제로 수많은 관중들의 그 확신은 거의 정답이나 다를 바 없었다.

레니아는 온몸에 휘감고 있던 염동룡의 아우라를 해제한 뒤, 모든 방향을 향해 파괴의 사념을 해방시켰다.

파괴의 사념으로 이루어진 폭풍이 거칠게 휘몰아치자, 소리의 20배에 달하는 속도로 들이닥치던 화살들은 모조리 파괴되고 말았다. 마치 파괴의 사념이 일곱 빛깔로 빛나는 물보라를 집어삼키는 듯한 광경이었다.

마치 거대한 회오리바람이 휩쓸고 지나간 듯한 참상이었다. 그렇지 않아도 모래 모양으로 산산이 조각나 있던 대형 경기장의 무대는 크게 말려 올라가, 이제는 레니아 이외의 형태 있는 존재를 용납하지 않겠다는 듯이 보였다.

현세에 나타난 파괴의 화신이나 다를 바 없는 모습의 레니아를 목격한 학생들은, 일찍이 그녀를 「파괴자」라는 별명으로 부르던 자신들의 작명이 정곡을 찌르고 있었다는 사실을 깨달았다. 아니, 오히려 그녀가 자신들의 상상을 아득히 초월한 존재였다는 사실을 인정할 수밖에 없었다.

하지만…… 바로 그 레니아와 호각 이상의 전투를 펼치고 있는 드란은 또 뭐란 말인가?

그는 마법학원의 부지 안에 새로운 목욕탕을 건설한 일과 시중의 대중목욕탕을 재건하는데다가 힘을 보탠 일로 「목욕탕 집 드란」이라는 전대미문의 별명으로 불리게 된 학생이었다.

그는 그 이름이 알려지기 시작한 이후로도 여러 가지 종류의 골렘을 제작하거나 연금술을 행사함으로써 대량의 마법 도구들을 제작한 일로 학원으로부터 높은 평가를 얻고 있었다.

무절제할 만큼 다양한 분야에 손을 뻗고 있는 관계로, 최근 들어 「만능 해결사 드란」이라는 새로운 별명까지 나돌아 다니기 시작한 참이었다. 게다가 예전부터 4강으로 꼽히는 여학생들과 인연이 깊은데다가 모의 전투에서도 그녀들과 백중지세로 겨루고 있는 모습이 자주 눈에 띄다 보니, 지금은 그의 실력을 인정하는 이들도 결코 적지 않았다.

하지만 그러한 점을 감안하더라도, 그가 레니아를 상대로 치르는 결승전에서 관객들이 직접 확인한 드란의 힘은 지금껏 목격한 수준을 가볍게 뛰어넘어 이해가 가능한 범위를 아득히 초월하고 있었다.

지금 눈앞에서 펼쳐지고 있는 싸움은 그들과 같은 수준의 학생들이 가담할 수 있을 만한 내용이 아니었다.

자신들이 보러 온 것은, 가을에 치러질 경마제 본선의 출장 선수들을 선출하기 위한 예선전이 아니었나?

하지만 이래가지고서야 마치 마도(魔道)의 정점을 결정짓기 위한 정상 결전이나 다름없지 않나!

파괴의 사념으로 이루어진 폭풍을 마주보던 드란은, 오른쪽 반신을 비스듬히 뒤로 재껴 왼쪽 어깨를 앞세우는 자세를 잡았다.

그는 검을 오른쪽 후방으로 잡아당겨 칼날을 레니아에게 향한 채로 부동자세를 취했다.

드란의 온몸을 엷은 아지랑이처럼 휘감고 있던 새하얀 마력이, 더욱 더 눈부신 빛을 발하며 검으로 모여들었다. 그리고 곧이어 검 자체가 어둠의 존재를 용납하지 않는 빛을 발하기 시작했다.

마법에 관한 소양이 전혀 없는 인간이더라도, 드란이 자신의 검에 부여한 마력이 심상치 않다는 사실 정도는 꿰뚫어볼 수 있으리라. 어쨌거나 검에 담긴 마력 자체가 육안으로 확인될 만큼 밀도가 높을 뿐만 아니라, 강철 칼날 위로 새로운 칼날이 겹쳐 보일 정도였기 때문이다.

드란은 있는 힘껏 무릎을 구부렸다가, 근력의 해방과 함께 마법을 동시에 사용함으로써 자기 자신을 가속시켰다.

발로 디디고 있던 기반에 자기(磁氣)를 부여한 뒤, 스스로에게 정반대 극성(極性)의 자기를 발생시켜 양극의 반발력을 이용하여 자신의 몸 전체를 하나의 탄환으로 만든 것이다.

레니아를 향해 일직선으로 이어진 자기의 길을 따라 드란은 자신의 몸을 가속시켰다. 지금 관객들의 눈에 비친 그는, 새하얀 빛을 발하는 별똥별로밖에 보이지 않았다.

드란이 일체의 잔재주 없이 정정당당한 완력 승부를 걸어오자, 레니아는 더욱 더 기쁜 듯한 얼굴빛을 보였다. 그녀는 쓸데없는 외부의 간섭이나 난입자조차 없는 현재의 상황 하에, 마음껏 드란을 상대로 싸울 수 있다— 놀 수 있다는 사실이 진심으로 너무나 기뻐서 견딜 수 없을 지경이었다.

지금 이 시간은 레니아에게 있어서 모든 삶을 통틀어 의심할 여지없이 가장 행복한 시간이었다.

드란과 격돌하기 직전, 레니아는 모든 방향을 향해 방출하고 있던 파괴의 사념을 남김없이 거둬들였다. 그 대신, 자신의 오른손으로 모든 사념을 최대한 집중시켰다.

눈 깜짝할 사이에 그녀의 손바닥보다 한층 더 커다랗게 부풀어오른 파괴의 사념 주위로, 정체불명의 아지랑이가 천천히 일렁거리는 듯이 보였다. 그리고 공중으로 떠오른 모래먼지가 위아래로 왕복하는 등의 불가사의한 현상이 일어났다.

지극히 높은 순도의 사념이 압축됨에 따라 공간뿐만 아니라 시간에도 간섭하기 시작한 것이다.

정말로 어마어마한 파괴의 사념을 다스리는 소녀였다. 그러나지금도 레니아의 혼엔 창조주의 손에 의한 봉인이 걸려 있는 상태였으며, 그녀는 자신의 권능을 이 정도밖에 발휘할 수 없다는 사실에 조바심을 느끼고 있었다.

레니아의 손에 깃든 것은 시공조차 일그러뜨려 파괴하는, 최강 최악의 사신이 창조한 신조마수의 사념이었다.

드란이 자신의 검에 부여한 것은 이 세상의 온갖 신들을 능가할뿐만 아니라, 모든 신들을 적으로 돌리는 한이 있더라도 이길 수있다는 고신룡(古神龍)의 혼이 창조한 초월자의 권능이었다.

지금 가로아 마법학원의 대형 경기장에 모여든 관객들은 지금부터 자신들의 눈으로 직접 보게 될 광경이 본디 지상 세계의 주민들로서는 결코 마주할 수 없는 신화적 존재들 간의 싸움이라는 사실을 알지 못 한 채 두 사람이 서로에게 마지막 일격을 가하려는 순간을 목격하고 있었다.

별똥별로 변해 돌격해 들어오는 드란의 검을 향해, 레니아는 머리 위로 크게 휘둘러 올렸던 파괴의 사념을 날려 정면으로 충돌시켰다.

드란의 검과 파괴의 사념이 세차게 격돌한 바로 그 순간, 두 사람의 힘이 일시적으로나마 팽팽하게 맞버티는 상황이 벌어졌다. 그 결과, 드란의 검이 멈췄다.

그리고 동시에, 칼날의 침입을 용납한 파괴의 사념 또한 압축 상태가 풀려 실타래로부터 실이 뽑혀 나오듯이 분해되기 시작했다.

한 가닥 한 가닥씩 실의 형태로 풀려 나간 파괴의 사념이 사방으로 뻗어 나가, 각각의 방향에 존재하는 공간과 시간을 파괴했다. 그 광경은 드란의 검이 파괴의 사념 속으로 파고들어갔다는 뚜렷한 증거였다.

"그오오오오오!!"

레니아는 인생을 통틀어 가장 행복한 순간을 마치고 싶지 않다는 일념으로 더욱 더 자신의 사념을 쥐어짜고 혼을 폭주시키며 출력한 파괴의 사념을 드란의 검이 있는 방향으로 거의 우격다짐에 가깝게 밀어 넣었다.

하지만 드란은 레니아의 소름 끼치는— 아니, 실체화된 살기로 조각한 듯이 보일 정도의 필사적인 표정과 어마어마한 권능을 목격하고도 얼굴빛 하나 변함없이 침착하게 한 걸음씩 앞으로 나아갔다.

자신의 힘이 상대방에게 전혀 미치지 못 한다는 비정한 현실과 마주친 레니아의 마음속으로부터 우러난 감정은, 원통함이나 분노가 아니라 순수한 환희였다.

그녀를 제외한 그 어느 누구도 이해하기 어려운 사고방식이었으나, 드란의 전생인 고신룡 드래곤을 혼의 아버지로 존경하는 레니아의 입장에서 볼 때는 지극히 당연한 일이었다. 드란이 강대할수록 그녀의 존경심은 점점 더 커져만 갔으며, 스스로가 그로부터 유래한 존재라는 사실로 인한 환희가 그녀의 마음을 고조시켰던 것이다.

그런 고로 레니아에게 있어서 지금의 상황은, 진정한 아버지로서 존경하는 상대와 아무런 악의도 없이 뛰놀 수 있는, 마음이 들뜨는 가족의 시간 이외의 아무 것도 아니었다.

레니아는 자신의 모든 마음을 담은 사념을 발산한 그 충격파가 드란의 검에 의해 갈가리 찢어지는 광경을 바라보며 진심으로부터 우러난 미소를 지었다.

이보다 더 기쁜 일은 있을 수 없다. 이 세상의 그 누구보다도 충실한 시간을 가졌다는 확신이 담긴 미소였다.

전 세계의 모든 생명들을 상대로 자랑스럽게 과시하는 듯한 그녀의 미소를 볼 수 있었던 이는 이 자리에서도 오직 단 한 사람, 드란뿐이었다.

그날 이후로 사실상 아크레스트 왕국 최강의 마법학원 학생을 결정짓는 결전이었던 것으로 회고되는 그해의 가로아 마법학원 예선 대회 결승전에 관한 정보는, 가로아 마법학원 교사들의 활약에 의해 극소수의 예외를 제외하면 다른 학교의 교사들이나 학생들에게 누설되지 않았다.

그 결과, 다른 마법학원의 대표 선수들은 가로아 마법학원의 다섯 번째 대표 선수가 지니고 있는 실력을 「4강」보다 한 수 아래인 것으로 판단하여 치명적인 방심과 후회에 시달리게 된다. 그러나 그것은 어디까지나 경마제 본선이 개최되는 세 달 후의 일이었다.

†

무사히 레니아를 상대로 한 결승전을 마친 나는, 관객석에 앉아 있던 모든 이들의 앞으로 나아가 카시리오 선생님이나 올리비에 학원장으로부터 심심한 위로와 칭찬의 뜻이 담긴 말을 들으며 경마제 대표 선수의 자격과 권리를 손에 넣었다.

물론 승패 여부와 상관없이, 결승전까지 진출하는데 성공한 시점에서 경마제의 대표 선수로 선발되는 것은 확정이었다.

결승전 시합에선 레니아가 정말로 천진난만하게 도전해 오는지라, 자기도 모르게 분위기를 타다 보니 애초부터 예상하던 양을 능가하는 힘으로 그녀의 도전에 응한 순간도 있었다.

몇 차례 대형 경기장의 결계가 파손되기 직전까지 간 관계로, 그때마다 아무도 모르게 복원과 수리 작업을 거듭해야 했다.

아무리 그녀가 기쁜 얼굴로 도전해 오더라도, 나의 시야까지 덩달아 좁아진데 관해선 결승전을 무사히 마친 지금에 와서도 반성할 구석이 적지 않았다.

대형 경기장의 무대는 우리가 벌인 전투의 여파를 받아 원형조차 남아나지 않을 정도로 철저하게 파괴된 상태였다. 나는 스스로 앞장서서 경기장을 복원하는 작업에 자원했다.

거의 상쾌하다는 느낌이 들 만큼 철저한 파괴가 이루어진 결과, 지금의 대형 경기장 중앙으론 그저 거대한 구덩이가 뚫려 있을 뿐이었다. 그래서 오히려 고치기는 어렵지 않았다.

관중들은 마법학원 사상 최대 규모의 마력을 발휘한 결승전을 마치자마자 천연덕스러운 얼굴로 경기장을 수리하는 나의 모습에 어안이 벙벙한 듯이 보였으나, 지금 하는 작업도 어디까지나 스스로 저지른 일의 사후 처리에 지나지 않았다. 나는 관객들의 반응과 상관없이 자신의 작업에 몰두했다.

결승전 이후로 다른 학생들이 나를 바라보는 눈빛엔 이해할 수 없는 상대에 대한 공포나 곤혹, 그리고 경외심에 가까운 감정이 짙게 깃들기 시작했다.

흠, 원래 고독에 시달리다가 스스로 죽음을 택할 수밖에 없었던 나로서는 조금 달갑지 않은 반응이로군. 하지만 일찍이 수많은 신들로부터 이것에 가까운 눈빛을 받은 적이 있다 보니, 어느 정도 적응된 구석도 있었다.

그리고 제1시합에서 그라프를 완벽하게 제압한데다가 그가 스스로 심각한 추태를 선보인 결과, 미타리아 일행을 비롯한 그의 추종자들은 완전히 의기소침한 듯이 보였다.

그나마 유일한 위안은, 나의 얼마 되지 않는 벗 네르와 크리스티나 양, 파티마나 요슈아는 나에 대한 태도를 바꾸지 않았다는 것이다.

제논과 벨크는 다른 친구들에 비해 조금 엉거주춤한 반응을 보였으나, 아마 이틀이나 사흘 정도만 떨어져 있어도 금방 원상복구가 될 것으로 예상된다. 아마도 말이다.

그건 그렇고, 결승전이 끝나고 이틀의 시간이 지난 뒤의 일이었다.

나와 레니아가 무탈하게 대표 선수로 선발된 것을 축하하는 의미에서, 파티마 일행의 주도로 시가지의 한 찻집을 잡아 축하 모임을 가지기로 한 것이다.

가로아의 시가지는 성벽에 의해 여러 계층으로 나뉘어져 있었다. 그 중에서도 마법학원 근방의 거리는, 학원의 학생들이나 교직원들을 대상으로 하는 상점들이 잔뜩 모여들 수밖에 없는 구역이었다.

우선 10대의 소년소녀들을 주된 고객층으로 삼는 식당이나 찻집, 옷집들이 자리를 잡았다. 그리고 마법학원의 수업에 쓰이는 기이한 풀이나 마법 꽃, 특수한 곤충이나 동물, 광석 등을 취급하는 마법 관련 가게들 또한 이곳으로 모여들었다. 그렇게 이 구역에는 폭넓은 업종의 점포들이 한데 모여 다양한 사업을 벌이는 장소였다.

그러다 보니 시간의 경과에 따라, 마법학원과 직접적인 관계가 없는 마법사들까지 모여들기 시작한 것이다. 그리고 그러한 이들 가운데 마법학원의 학생들을 대상으로 사설 학원을 개설하는 자들이나 독자적인 연줄로 희귀한 소재를 매매하는 자들까지 나타나 제각각 자리를 잡았다.

그러한 과정을 통해 자연적으로 발생된 구역이, 흔히 가로아 마법 거리라고 부르는 가로아 마법학원 부근의 상점가였다.

큰길의 양쪽으론 수많은 다종다양한 가게들이 늘어서 있었다. 그리고 조금씩 골목으로 들어감에 따라 굉장히 수상쩍은 분위기가 풍겨 온다. 마법 거리의 뒷골목으로부터 온갖 잡다한 가게들이 얼굴을 내비쳐, 호기심에 못 이긴 학생들이나 마법의 문외한들을 유혹했다.

그 마법 거리의 한 귀퉁이에 자리 잡고 있는 정통파 찻집인 「지혜의 샘」, 그곳이 바로 우리가 오늘의 축하 모임을 가지는 장소였다. 이곳은 마법사 길드의 고위급 요직까지 오른 바 있는 고위 마도사가 차린 가게로서 학생들 사이에서 인기가 많은 곳이었다.

입구의 위에 걸려 있는 간판엔 예쁘장하게 희화화된 소의 그림과 가게의 이름이 새겨져 있었다. 소의 목에 거는 것과 똑같은 방울이 달린 문을 열어 가게 안으로 들어가자, 곧바로 근처의 계산대 부근에 대기하고 있던 여성 점원이 우리들을 만면의 미소로 맞이했다.

환영 이외의 그 어떠한 감정조차 읽어 들일 수 없을 만큼 완벽한 미소를 짓고 있는 여성 점원은, 마법학원의 고용인들이 입고 있는 복장과 매우 흡사한 짙은 감빛 드레스 위로 새하얀 에이프런을 겹쳐 입은 옷차림을 걸치고 있었다.

손님들을 잡아끌려는 의도인가? 그녀가 걸치고 있는 에이프런엔 실질적인 필요가 없어 보이는 주름장식이나 레이스가 달려 있었다. 그리고 아담한 머리장식과 가슴 부분의 오렌지 빛 리본 등으로부터 실용성보다 아름다운 외관을 중시한 듯한 인상을 받았다.

"어서 오십시오. 지혜의 샘에 오신 것을 환영합니다."

우리를 마중 나온 점원은 옅은 갈색 곱슬머리와 소량의 주근깨가 특징적인, 전체적으로 붉은 끼가 도는 외모의 소유자였다. 나이는 세리나와 비슷한 정도였다.

"파티마의 이름으로 예약한 일행입니다만."

점원은 완벽한 미소를 유지한 채, 머리카락과 같은 빛깔의 눈동자로 자료를 뒤적거리기 시작했다. 아마도 오늘 예약한 손님들의 이름을 기재한 장부를 찾고 있는 것으로 보였다.

다른 점원들은 무척이나 바쁜 듯이 나돌아 다니고 있었으나, 걸음걸이는 어디까지나 느긋하기 그지없었다. 점원들 중 누구 한 사람도 라미아인 세리나에게 당황한 듯한 모습을 보이지 않았다.

고위의 마도사가 경영하고 있는 가게에 적을 두고 있다 보니 반인반사(半人半蛇)의 마물 정도는 익숙한 걸까? 혹은 단순히 손님들을 접대하는 방법에 관해서 혹독한 교육을 받은 결과인지도 모른다.

"예. 문제없습니다. 지금 도착하신 고객님들은 두 분뿐이신가요?"

접수처의 점원은 세리나를 상대로 전혀 공포를 느끼는 기색 없이, 다시 한 번 만면의 미소를 띤 채로 고개를 들었다.

"예."

2층 건물인 점포 가운데, 1층 손님들의 공간 점유율은 9할 5푼 정도였다. 최다 50명 정도를 수용할 수 있는 공간의 좌석들이 거의 꽉 들어차 있는 상태였다.

바닥이나 식탁, 그리고 손으로 밀어 열 수 있는 커다란 유리창은

윤이 날 만큼 깔끔하게 손질되어 창문을 통해 내리쬐는 햇빛이나 가게 안에 설치된 램프로부터 나온 빛을 반사함에 따라 눈부시게 반짝거릴 정도였다.

벽에 걸려 있는 그림이나 꽃들은 실로 완벽에 가까운 조화를 이루고 있었다. 요컨대, 전체적으로 어딘지 모르게 수상한 분위기가 풍기는 마법 거리의 한복판에 자리 잡고 있는데도 불구하고 흔치 않게 차분한 분위기의 가게였다.

우리는 또 다른 점원의 안내를 받아, 2층 깊숙이 위치한 룸까지 따라갔다. 그러던 와중에, 세리나가 나에게 낮은 목소리로 말을 걸어 왔다.

"종업원 여러분은 여자 분들밖에 안 계신가 봐요. 게다가 베른 마을의 미르 같은 우인(牛人)족 여성분도 몇 분 정도 눈에 띄어요."

깔끔하게 손질된 복도를 뱀의 하반신으로 기어 올라오던 세리나는 1층을 지나오면서 목격한 열심히 일하는 점원들의 얼굴을 떠올린 듯이 무척이나 흥미롭다는 말투로 말을 이어 나갔다.

세리나의 말에 틀린 구석은 전혀 없었다. 힘찬 목소리와 함께 가게 안을 나돌아 다니는 점원들은 단 한 사람의 예외도 없이 전부 여성이었으며, 그녀들 중에선 우인족의 모습이 이따금씩 눈에 띄었다.

아마도 가게의 분위기나 제공되는 차, 가벼운 식사의 맛 또한 나쁘지는 않을 것으로 보였다. 하지만 이 가게를 자주 찾아오는 손님들의 대다수는, 여기서 일하고 있는 점원들을 보러 오는 이들일 가능성이 높아 보였다.

우인족은 종족의 특성상 10대 전반을 지나자마자 폭발적으로 젖가슴이 부풀어 오르기 시작한다. 그런 고로, 여기서 일하는 우인족 소녀들 또한 전부 다 젖가슴이 큰 축에 속했다.

걸을 때마다 흔들리는 그녀들의 가슴을 응시하는 손님들의 숫자는 결코 적지 않은 듯이 보였다. 서글프기 짝이 없으나, 남자들의 본성은 어쩔 수 없는 법이다.

혹은 가게가 제공하는 음식물에 쓰이는 우유들은, 이 가게의 종업원으로 일하고 있는 우인족 소녀들이 스스로의 젖을 짠 결과물들일지도 모른다. 그 망상이 사실이건 아니건, 그러한 가능성이 존재한다는 것만으로도 남자들이 이곳까지 발걸음을 옮길 이유로는 충분하고도 남았다.

그리고 우인족이 아닌 여성 점원들 또한, 다들 충분히 사랑스럽거나 미녀라고 부르기에 족할 만큼 정돈된 외모의 소유자들이었다.

빈틈없는 여성 점원들의 진용만으로도 남자 손님들을 얼마든지 불러들일 수 있을 듯이 보였으나, 거꾸로 여자 손님들을 멀리하게 되는 결과를 낳을 수도 있으리라는 느낌이 들었다.

우선 거의 확실한 것은 이 가게를 차린 마도사라는 자가 상당히 만만치 않은 색골 영감이라는 점이었다.

1층에선 마법학원을 다니다가 얼굴을 본 기억이 있는 남학생들의 얼굴도 이따금씩 눈에 띄었다. 하지만 그건 그렇고, 파티마 일행은 도대체 무슨 이유로 이 가게를 선택한 걸까? 이 가게의 고객층과 그녀들의 신분은 그다지 겹치는 구석이 없어 보인다만……

뭐, 단순히 점원들의 복장이 예쁘다거나 과자가 맛있다는 등의 별거 아닌 이유일지도 모른다.

점원의 안내를 받아 따라간 룸의 문을 열자, 이미 파티마와 시에라, 네르, 크리스티나 양, 레니아, 이리나, 그리고 어쩐지 추가로 피니아 양이 우리를 기다리고 있었다.

오늘의 회식 자리는 여성진의 주도로 열린 축하 모임이었다.

가로아 마법학원이 자랑하는 가련하고도 아름다운 꽃들 가운데 남자는 나 한 사람뿐이라는 꿈같은 상황이었으나, 지금껏 직접 만날 기회가 거의 없었던 피니아 양까지 끼어 있었다는 것은 조금 뜻밖이었다.

열 명 정도는 여유 있게 들어올 수 있을 듯한 룸의 중앙에 놓인 기다란 테이블 위로 파티마 일행이 주문한 산뜻한 빛깔의 케이크나 쿠키 등의 과자 종류, 그리고 각종 빵들이 담겨 있는 바구니 등이 잔뜩 들어차 있었다.

나를 제외한 참가자 전원이 여성인 관계로, 전체적인 식사의 양은 별로 많지 않았다. 개인적으론 고기나 생선 등을 비롯해 그다지 배를 채울 수 있는 내용의 식탁이 아니라는 점은 약간 유감스러웠다.

"우리가 마지막인가? 오래 기다리게 해서 면목이 없군."

내가 가볍게 머리를 숙여 사과의 뜻을 표하자, 싱글벙글 웃는 얼굴로 우리를 마주보고 있던 파티마가 전혀 신경 쓸 필요 없다는 듯이 손을 흔들었다.

"약속한 시간에 늦은 건 아니니까 너무 신경 쓰지 마. 아무튼, 이제 주인공 두 사람까지 도착했으니~ 우승을 축하합니다 파티를 시작합니다~."

우승을 축하합니다 파티라? 이거야 원. 참으로 파티마다운 직설적이고도 맥 빠지는 작명 센스로군.

나는 커다란 뱀 모양을 띤 세리나의 하반신이 다른 친구들의 발에 밟히지 않도록 조심스럽게 유도한 뒤, 남은 자리에 걸터앉았다.

크리스티나 양이 곧바로 우리에게 홍차가 담긴 컵을 건네 왔다.

"받아. 공교롭게도 술은 아니지만, 이 홍차가 오늘의 축배야."

"고맙군. 세리나도 받아."

"예. 감사합니다."

"다들, 컵은 받았지~? 우선, 첫 인사말은 피니아 선배님께 부탁드리고 싶습니다~."

흠, 여기서 피니아 양이 나온단 말인가?

기본적으로 남들의 눈에 띄고 싶어 하는 성격의 소유자이신 걸로 보이니, 지금 같은 방식으로 어디선가 활약할 기회를 따로 제공하지 않으면 그녀의 기분을 상하게 할 가능성이 있었다. 나로서도 파티마의 판단은 나쁘지 않다는 느낌을 받았다.

피니아 양은 레이스나 주름 장식, 리본을 잔뜩 부착한 교복을 입고 있었다. 게다가 선천적으로 타고난 기품과 화려한 외모가 어우러지다 보니, 이럴 때는 놀라울 정도로 돋보이는 소녀였다.

타인의 눈을 끌어당기는 재능을 지니고 있다는 사실은, 통치자의 혈통을 계승하는 이로서는 크나큰 장점이었다.

"일단 파티마 양의 말씀에 따라, 제가 오늘의 인사말을 맡도록 하지요. 어흠. 우선 레니아 양과 드란 군. 대표 선수 선발을 축하

드려요. 여러분과 마찬가지로 경마제에 출장하는 입장으로서는, 두 분처럼 대단한 실력자들과 함께 본선을 치를 수 있다는 건 진심으로 기쁜 일이랍니다."

인사말은 의외로 평범하군. 그러한 뜻을 담아 세리나에게 눈짓을 하자, 눈앞의 뱀 소녀 또한 나와 비슷한 느낌을 받은 듯이 피니아 양에게 들키지 않도록 조그맣게 고개를 끄덕였다. 「예, 뜻밖이네요」라는 그녀의 속마음이 전해져왔다.

좀 더 자기중심적인 발언이 나올 줄 알았다만, 아마도 때와 장소를 분간할 수 있는 상식은 갖추고 있는 모양이다. 나 자신이 꽤나 실례되는 소감을 품고 있었던 것은 사실이나, 지금껏 그녀가 입에 담은 말들로 봐서 그런 느낌을 받을 수밖에 없었던 것 또한 필연적이었다.

"사실 오늘 이 자리는 드란 군과 특히 교류가 깊은 여러분들끼리만 모이는 자리였습니다. 오늘은 파티마 양의 배려로 인사말을 맡았습니다만, 저와 같이 중간에 끼어든 제3자가 쓸데없이 장황하게 시간이나 끌 필요는 없을 줄로 압니다. 그런 고로, 건배사 한 마디와 방금 전의 축사로써 저의 인사말을 매듭짓고자 합니다. 준비는 다되셨나요? 드란 군과 레니아 양의 승리를 축하하는 의미로, 건배!"

피니아가 손에 들고 있던 컵을 조그맣게 치켜 올리는 동작에 따라, 우리들 또한 제각기 손에 들고 있던 컵을 입으로 가져갔다.

개운하고도 산뜻한 향기가 콧속까지 들어와, 알맞게 따뜻한 온기와 단맛이 혓바닥으로부터 목구멍까지 전해져오는 감각이 정말기분 좋게 느껴졌다.

전원이 컵을 원위치로 거둬들일 때까지 기다렸다가, 파티마나 네르가 나에게 축복의 말을 건네 왔다.

"사실은 훨~씬 호화롭게 준비할 마음도 있었는데, 아직 경마제 본선이 남아있었다는 사실을 깨달았거든. 일단 오늘은 이 정도로 넘어가자. 우승한 날엔 마법학원의 공식 축하 행사랑 전~혀 비교도 안 될 만큼 야단스럽게 축하하고 싶어. 그리고 예선 대회 우승 축하해, 드란. 레니아도 준우승 축하해. 내가 보기엔 정말 한 끝 차이였던 것 같아~."

이 가게의 점원에게 뒤지지 않을 만큼 만면의 미소를 지은 채로 우리를 축하하던 파티마에 이어, 변함없이 무표정한 네르가 입을 열었다.

"드란과 함께 싸울 수 있다는 건 순수하게 기쁜 일이야. 이제 우리가 본선까지 가서 한 번이라도 질 가능성은 사실상 완전히 소멸된 거나 마찬가지로군. 하지만 드란이 나를 상대로 한 모의 전투에서 아직 최선을 다하지 않고 있었다는 사실도 동시에 밝혀졌어. 다음 모의 전투에선 지금보다 좀 더 제대로 된 실력을 발휘하기를 바랄 뿐이야."

흠. 파티마의 축하는 순수하게 받아들일 수 있으나, 네르의 제안을 그대로 받아들이기는 쉽지 않군.

나 자신이 레니아를 상대로 한 예선 대회 결승전에서 예전에 네르를 상대로 모의 전투를 치렀을 때와 비교조차 되지 않을 정도의 힘을 발휘한 것은 틀림없는 사실이었으나, 그것도 나로서는 제대로 된 실력을 발휘한 것은 아니었다.

이대로는 나 스스로가 새로운 강적과 싸우는 광경을 그녀에게 목격당할 때마다, 한층 더 강력한 힘으로 네르와 상대해야 하는 입장에 놓일 수밖에 없다.

　하지만 네르의 실력이 나와 전투를 치를 때마다 두드러지게 오르고 있다는 것 또한 틀림없는 사실이었다. 그녀 스스로가 나를 상대로 한 모의 전투를 통해 성장 가능한 자신의 한계를 확인하고 싶어 하는 듯이 보였다.

　"파티마, 그 마음은 정말로 고마워. 다음에 이런 기회가 있을 때는 음식을 배불리 먹을 수 있는 곳이 조금 더 반갑지 않을까 싶군. 그리고 네르, 나 또한 너와 함께 싸울 수 있다는 건 정말 든든하지만 너무 재촉할 필요는 없을 것 같아. 나와 네가 모의 전투를 치르는 거야 언제든지 가능하지만, 오늘은 축하하러 모인 자리니까 말이야."

　"응, 오늘은 조금 말실수를 한 것 같아."

　"아니, 너무 신경 쓰지 마. 네르네시아로서는 작년 대회의 설욕전이 기다리고 있는 셈이니, 지금부터 조바심이 들 수도 있을 거야. 하지만 드란과 레니아가 합류한 이상, 금년엔 서쪽의 엑스나 남쪽의 하루토를 상대하게 되더라도 절대로 질 리가 없다는데 관해선 나도 동감이야."

　그런 식으로 네르를 변호하던 크리스티나 양은, 어느 틈엔가 대량의 과자를 산더미처럼 쌓아 올린 접시를 손에 들고 있었다.

　언제 봐도 정말 대단한 식욕이군. 배를 채우는 데는 그다지 적절치 않은 것들로만 이루어져 있었으나, 빵을 중심으로 단가가 높은 과자 종류를 정확하게 골라잡은 듯한 구성이었다.

평소의 크리스티나 양은 전형적인 고위급 귀족 가문의 혈통에 걸맞은 기품의 소유자였다. 그러나 사소한 계기로 어렸을 적에 겪었던 빈곤한 생활의 반동이 나올 때가 있다. 뭐, 사실은 나 역시 그녀와 엇비슷한 경우에 속하지만 말이다.

그건 그렇고 그녀가 이름을 언급한 서쪽의 엑스라는 소년은, 작년의 경마제 본선에서 네르에게 패배의 쓴맛을 선사한 장본인이었다. 그는 원래부터 조숙한 천재로 알려진 유명인이었다. 그리고 크리스티나 양이 언급한 나머지 한 사람인 남쪽의 하루토라는 소년은, 작년의 경마제를 우승으로 장식한 주인공 중 하나였다. 그는 작년 경마제의 우승자로서 그 이름을 떨치기 전까지 전혀 이름이 알려지지 않았던 초신성이었다.

"작년의 기록 영상은 나도 대충 훑어 봤어. 두 사람 다 가로아 4강 못지않은 실력자였지만, 특히 하루토라는 학생은 다른 학생들에 비해 꽤나 이질적이더군. 그는 아마도 이 부근 국가 출신이 아닐 거야. 이국적인 분위기를 풍기는 얼굴생김새가 눈에 띄는 편이었거든. 순수한 검기로는 크리스티나 양이 뒤쳐질 리야 없겠지만, 막상 실제로 전투를 치르면 거의 막상막하의 승부를 될 걸로 보여."

크리스티나 양이나 하루토나 유서 깊은 정통파 검기를 구사한다기보다 실전을 통해 단련된 몹시 거친 검을 휘두르는 검사들이라는 점에선 마찬가지였다.

두 사람 다 신체 강화 마법을 주특기로 삼아 마력을 부여한 무기로 상대방을 압도하는, 이른바 마법 검사라고 불리는 직종에 속하는 실력자들이었다. 눈에 띄는 차이라면 크리스티나 양이 애검(愛劍) 엘스파다 한 자루를 무기로 삼는데 비해 하루토는 문외한이더라도 한 눈에 강력한 마검(魔劍)이라는 사실을 꿰뚫어볼 수 있는 검 두 자루를 사용하는 이도류(二刀流)의 달인으로 예상된다는 것 정도였다.

"그 남자와 나의 전투 방식은 서로 맞물리는 구석이 있으니, 실제로 전투를 치를 때는 꽤나 마음이 설레지 않을까 싶군. 하지만 본선의 시합 대진만큼은 의심할 여지조차 없이 완벽하게 공정한 추첨으로 결정되거든. 당일 날이 되기 전엔 예측할 수도 없을 거야. 추첨은 미래 투시를 방해하는 마법을 몇 겹에 걸쳐 걸고 나서야 이루어지니, 설령 미래 예측 계열의 마법을 사용할 수 있는 자가 있더라도 시합 대진을 예상하기는 사실상 거의 불가능한 거나 마찬가지야."

아무튼 이 나라의 인간들이 이 행사에 심혈을 기울이고 있다는 느낌은 전해져왔다.

본선에 출장하는 기관은 물론 다섯 개의 마법학원들이다. 그들 가운데, 먼저 작년의 우승 학교가 우선권을 받아 결승전까지 부전승으로 올라간다.

말인즉, 작년의 우승 학교인 하루토를 보유한 남쪽의 마법학원이 자동적으로 결승전 상대가 된다는 뜻이다.

두 차례의 승리를 거쳐 결승전에선 확실하게 하루토를 비롯한 남쪽 마법학원의 출장자들과 맞붙을 수 있었지만, 네르와 인연이 깊은 엑스를 상대로 시합을 치를 수 있을지 여부는 완전히 운에 달려 있었다.

 평소보다도 훨씬 겁을 집어먹은 듯이 안절부절 못 하던 이리나가, 벌써부터 경마제 본선을 향해 상상의 나래를 펼치던 나에게 축하의 말을 걸어 왔다.

 "저, 저기, 드란 씨? 대표 선발 축하드립니다. 이, 이, 이, 이런 자리에 저 같이 잘 모르는 생판 남까지 초대해주시다니, 정말 이런데 너무 어울리지 않아 죄송합니다."

 그녀는 레니아의 유일한 친구로서 나의 초대를 받아 이곳까지 발걸음을 옮긴 몸이었으나, 가로아 4강이 총출동한 현재의 상황은 그녀의 자그마한 심장에 꽤나 큰 자극이 된 모양이다.

 "고마워. 참고로 말해두는데, 본인이 이런 자리에 어울리지 않는다는 건 큰 착각이야. 레니아의 친구인 이상, 이런 자리가 있을 때는 언제든지 당당히 찾아오도록 해. 그리고 이런 데서 쓸데없이 어깨에 힘을 줄 필요도 없어. 오늘은 어디까지나 사적으로 모인 자리거든."

 "아, 아, 아니요오오. 파티마 양이나 네르네시아 양은 물론이거니와 크리스티나 선배나 피니아 선배는 가문의 급이나 인기부터 시작해서 성적까지도 저 같은 일반인과 비교조차 되지 않을 만큼 대단하신 분들이랍니다. 사실 저 같은 녀석은 같은 공간의 공기를 마시기도 죄송할 정도라고요!"

 아니, 아무리 그렇더라도 그 정도까지 가는 건 지나치게 비굴하다는 느낌이 드는데…….

 언뜻 주위로 시선을 돌리자, 바로 지금 이리나가 언급한 전원이 크건 작건 모두 쓴웃음을 짓고 있었다. 그녀들이 온갖 편견으로 가득 찬 전형적인 귀족이 아니라는 사실을 감안하더라도, 이리나가 너무 나간 것은 틀림없어 보였다.

"이봐, 이리나. 드란 씨를 너무 귀찮게 하지 마라."

과일 타르트의 부스러기를 입가에 달고 있던 레니아가 끼어들었다.

"레, 레니아? 으, 으응. 미안해."

"흥, 쓸데없이 겁먹을 필요는 없다. 드란 씨께선 넓은 도량으로 용서해주실 거다. 그리고 나도 오늘은 기분이 좋다. 너의 변호 정도는 해주마."

본인의 말마따나, 그녀는 나와 결승전을 치른 날에 버금갈 정도로 기분이 좋아 보였다.

눈과 입은 극단적으로 히죽거리고 있었으나, 그 품위 없는 표정은 창조주인 카라비스로부터 좋지 않은 영향을 받은 결과물인 것으로 보였다. 아무리 세상이 넓더라도 그 녀석만큼 저열한 성품을 지닌 여신은 손가락으로 꼽을 정도였다.

"레니아, 네가 친구에게 으름장을 놓는 광경은 그다지 보고 싶지 않구나. 이리나도 마찬가지야. 지금은 이런 식으로 서로의 이름을 막 부르고 있을지 모르나, 기본적으로 너와 나는 귀족과 평민 사이야. 말하자면 나는 마법학원을 졸업하면 너에게 무릎을 꿇어야 하는 신분이라는 뜻이지. 나로서는 지나치게 예의 바른 태도가 오히려 부담스럽게 느껴질 정도야."

"아, 으, 예, 알겠습니다. 저기…… 레니아가……."

나의 입에서 「부담스럽다」는 발언이 나온 탓인가? 레니아는 방금 전과 달리 완전히 천적을 상대하는 눈빛으로 이리나를 노려보기 시작했다. 나 원 참, 이 녀석은 정말 구제 불능이군.

"무슨 짓이냐, 레니아?"

"아으, 예헤!"

나의 말투가 아주 약간 거칠어지자, 레니아는 주인에게 야단맞은 개처럼 몸을 움찔거리다가 고개를 숙였다.

겉보기엔 어디까지나 그림으로 그린 듯한 미소녀다보니, 오히려 나로 하여금 나쁜 짓을 하고 있다는 기분을 들게끔 했다. 그 만큼, 알맹이가 적잖이 유감스러우니 균형이 잡힌 건가?

"친구를 그런 눈으로 보지 마라."

지금껏 용케 레니아와 친구 관계를 유지해 왔다는 느낌이 들 정도였다. 보나마나, 이리나가 일방적으로 레니아의 폭주나 오만방자한 성격에 말려들다 보니 지금 같은 관계가 정립된 것뿐이라는 짐작이 갔다.

나와 레니아의 얼굴을 바쁘게 번갈아 살피던 이리나가, 시무룩한 표정의 레니아를 보다 못한 듯이 없는 용기를 최대한 쥐어짜내 화제의 전환을 시도했다.

"그, 그, 그나저나 이번 결승전은 참 대단한 시합이었어요. 레니아가 대단히 강하다는 거야 그리폰의 주둥이를 모으러 다닐 때나 데스 스토커의 소굴로 끌려갔을 때나…… 대왕 육지 문어가 먹고 싶다는 이유로 알켄 계곡까지…… 끌려갔을 때…… 부터 알고 있었지만요."

말을 이어 나가다 보니 이리나의 얼굴빛이 점점 창백해지더니,

목소리도 기어들어가기 시작했다. 흠, 어지간히 끔찍한 공포를 체험한 것으로 보이는군. 나로서는 그녀에 대한 동정심을 금할 길이 없었다.

"겨, 결승전 시합에선 지금까지 구경한 그 어떤 레니아보다도 강한 레니아의 활약을 볼 수 있었어요. 아니, 그걸로 끝이 아니라 드란 씨도 엄청나게 강해서 정말 깜짝 놀랐어요."

"잘 봤다!"

"꺅!"

시무룩한 상태로부터 순식간에 부활한 레니아가, 뜬금없이 큰 목소리로 이리나를 놀라게 했다. 흠, 이 녀석은 나와 엮일 때마다 정말로 감정의 기복이 극심하군…….

"당연한 결과다. 어찌됐건 이 분은 드란 씨거든. 가로아 마법학원에서 나를 무릎 꿇릴 수 있는 존재는 오직 드란 씨 한 분뿐이시다! 이리나, 너뿐만 아니라 모든 관객들이 나와 드란 씨의 힘을 똑똑히 지켜봤을 것이다. 흐하하하하하, 모르긴 몰라도 다들 간담이 서늘했을 거다. 이거야. 바로 이거야말로 내가 기대하던 결과였다. 나는 예전부터 뭣도 모르는 마법학원 녀석들이 드란 씨를 과소평가한다는 사실을 참을 수가 없었거든. 이분께서 본디 지니고 계신 권능이 얼마나, 읍—."

옆에서 끼어들 여지가 전혀 없을 정도로 수다를 떨기 시작한 레니아의 입을, 나는 자신의 손을 뻗어 물리적으로 틀어막을 수밖에 없었다. 이대로는 쓸데없는 소리까지 입에 올릴지도 모른다는 예감이 들었기 때문이다.

어찌됐건 그녀는 나로부터 유래된 혼의 조각과 카라비스로부터 유래된 피와 살을 덧붙여 탄생한 소녀였다. 멍청이와 멍청이를 이어 붙여 봤자 멀쩡한 아이가 나올 리가 없었다. 당연히 원래 제자리에 박혀 있어야 할 머리의 나사가 잔뜩 풀려 있는 성격의 소유자가 될 수밖에 없었던 것이다.

나는 입이 막힌 레니아가 세차게 항의를 해올 것으로 예상했으나, 뜻밖에도 그녀는 잠자코 입을 다문 채로 아무런 반응도 보이지 않았다.

순간적으로 그녀에게 시선을 돌리자, 어딘지 모르게 넋이 나간 듯한 표정을 짓고 있었다. ……아하, 흠, 이제 알겠다. 나의 손이 자신의 입과 맞닿아있다는 사실이 기분 좋은 모양이다. 이 아이는 잠깐 방심하는 틈을 타서 여러 모로 갈 데까지 가버린 것 같군.

"레니아 양은 어쩐지 방금 전부터 아무 말씀도 없으신데, 네르네시아 양, 크리스티나 양, 드란 군? 너무 성급하다는 것은 알지만서도, 저에게 제안이 하나 있답니다."

레니아가 얌전한 모습을 보일 때까지 기다렸다가, 피니아 양이 잘 울리는 목소리로 우리에게 용건을 꺼냈다.

"해마다 경마제 출장이 확정된 학생들에 한해, 다가오는 경마제 본선을 대비해 일반적인 수업과 다른 특별 수업에 참가할 자격이나 학생들끼리 자습할 수 있는 권리가 주어지거든요. 제가 본 바로는, 금년도의 본선 출장자들은 의심할 여지조차 없이 가로아 마법학원 창설 이후 최강이자 최고이며 공전절후하고도 유일무이한 전투 능력의 소유자들뿐이랍니다. 별 탈이 없다면 가로아 마법학원의 우승은 확고한 걸로 보일 정도로요…… 하아지이만!!"

피니아 양은 손에 든 부채를 기세 좋게 펼치더니, 덤으로 목청껏 기합이 충만한 목소리로 선언한 것이었다.

"가로아 마법학원에 레니아 양과 드란 군이라는 초! 강! 력! 멤버들이 참가한 것 같은 일이, 다른 마법학원에서도 똑같은 일이 벌어지고 있지 않으리라는 보장은 없습니다. 따라서 저는 경마제 출장자 다섯 명이 참가하는 강화 훈련의 실시를 제안합니다! 날마다 수업이 끝나자마자 대형 경기장이나 학원 근교에 모여, 다 함께 단련을 쌓자는 거지요. 올해야말로 경마제의 우승 깃발과 아크레스트 왕국 최우량 마법학원의 칭호를 가로아로 가져오기 위해서—!"

말투 자체는 꽤나 개성적이었으나, 피니아 양의 제안은 지극히 합리적인 내용이었다. 그런 고로, 나머지 인원들 가운데 그녀의 제안에 이의를 제기하는 이는 한 사람도 없었다. 그녀는 강화 훈련을 명분 삼아 하루에 한 번씩 크리스티나 양과 만나는 시간을 만들려는 의도가 큰 것으로 보였지만 말이다.

강화 훈련에 관해 문득 새로운 아이디어 하나를 떠올린 나는, 손을 들어 피니아 양에게 의견을 제기하고 싶다는 의도를 밝혔다.

"피니아 양, 저에게 발언할 기회를 주시겠습니까?"

"어머나, 드란 군. 손을 들어 발언의 기회를 요청하다니, 참으로 예의가 바르시군요. 참 잘하셨어요 도장을 찍어드리고 싶을 정도로요. 그래서, 어떤 의견이 있으시다는 말씀이시죠?"

"저는 피니아 양의 제안에 전적으로 찬동합니다. 단체전인 이상, 개개인의 실력이나 성격을 보다 정확하게 파악할 필요가 있을 테니까요. 새로 들어온 신참의 제안이라 몹시 조심스럽습니다만, 저의 지인들 가운데 이번 특별 훈련에 안성맞춤인 인재들이 몇 명 정도 있습니다. 만약 피니아 양께서 낯선 이들과 만나시는데 거리낌이 없으시다면, 그 지인들을 이번 특별 훈련의 상대 역할로 초청하고자 합니다."

"오호. 솔직히 말씀드리자면, 특히 전투 부문에 관해선 저를 비롯한 4강을 상대로 의미 있는 강의를 할 수 있는 선생님들의 숫자가 그리 많은 편은 아니랍니다. 저와 네르네시아 양의 경우, 거의 속성이 고정되어 있는데다가 마력 변환 체질이다 보니 적절한 가르침을 주실 수 있는 마법사 분들 자체가 거의 안 계시거든요. 그러한 사실을 고려하자면, 여러 차례의 실전을 통해 직접 단련하는 방법이 가장 효율이 높을 걸로 예상되는군요. 선생님들께선 각자 담당하고 계신 수업들로 인해 몹시 바쁘실 테니, 외부로부터 실전적인 가르침을 주실 수 있는 분들을 초청하자는 건 나쁘지 않은 제안입니다. 게다가 드란 군의 지인 분들이라면 실력에 관해선 거의 틀림없으실 테니까요. 다른 마법학원 학생들을 닭 쫓던 개 지붕 쳐다보는 격으로 만들 기회로군요. 드란 군의 지인 분들께선 곧장 찾아오실 수 있을까요?"

닭 쫓던 개 지붕 쳐다보는 격이라? 닭과 흡사한 모습을 지닌 플레임 코카트리스를 사역마로 부리다 보니 자연스럽게 닭에 관한 관용구가 나온 건가? 나는 마음속으로 고개를 갸웃거렸으나, 겉으론 잠자코 입을 다물고 있을 뿐이었다.

"아마도 부르면 곧장 와줄 걸로 예상됩니다."

피니아 양은 부채를 접더니, 그 끝을 입가로 가져가 잠시 동안 골똘히 생각에 잠긴 듯한 몸짓을 보였다. 그리고 결심한 듯이 감았던 눈을 다시금 크게 떴다.

동작 하나하나에 일일이 과도하게 힘이 들어가 있다 보니, 여러 모로…… 그냥 살아가는 것만으로도 피로가 쌓일 듯한 느낌이 들었다.

"그러시다면, 곧바로 준비를 부탁드리고 싶군요. 솔직히 말씀드리자면, 저 또한 두 분의 시합을 관전하고 나니 스스로의 실력을 더욱 더 갈고닦아야 한다는 마음이 불타올라 주체를 못할 지경이었거든요! 오호, 오호, 오—호호호호호호호!!"

피니아 양은 척추가 부러질지도 모른다는 느낌이 들 정도로 몸을 뒤로 젖히며 큰길에까지 도달할 정도로 소리 높여 웃었다.

"……역시 꽤나 유쾌한 분이로군, 크리스티나 양."

그런 식으로 동의를 구하자, 크리스티나 양은 몹시 난감한 표정으로 나의 얼굴을 마주봤다.

그녀로부터 심상치 않은 집착의 대상이 되고 있는 크리스티나 양은, 틀림없이 앞으로도 그녀로 인해 크고 작은 말썽들에 휘말릴 것으로 보였다. 크리스티나 양은 나의 눈빛에 담긴 동정심을 감지한 건지도 모른다.

"어, 음. 그, 그런가?"

포기하지 마, 크리스티나 양. 살다 보면 틀림없이 좋은 일도 있을 테니까 말이야.

제4장 패배자

요즘 들어 마법학원 학생들의 드란에 대한 평가가 극적으로 높아졌다.

그는 입학한 당시부터 여러 모로 주위의 주목을 끌어 모으는 학생이었으나, 평민이라는 출신 성분이나 사역마인 세리나가 마물인 라미아 종족이라는 사실로 인해, 대부분의 학생들은 그에게 적극적으로 관여하려 들지 않았다. 그러다 보니 지금껏 아무런 근거도 없는 헛소문들만이 나돌아 다녔던 것이다.

하지만 그는 얼마 전 치러진 예선 대회에서 그라프나 마노스 등의 마법학원 학생들 가운데 꽤나 유명한 축에 속하는 실력자들을 압도적으로 제압했을 뿐만 아니라 결승전에선 4강 중 한 사람인 레니아를 쓰러뜨리는 기염을 토했다.

마법학원의 모든 학생들과 교사들이 지켜보는 가운데 치러진 예선 대회를 무대로 이만한 활약상을 선보인 이상, 아무리 드란에게 관심이 없었던 학생이더라도 그의 실력을 인정할 수밖에 없었다.

예선 대회가 끝난 이후로 학생들의 입에 오르내리는 주제는, 당연하게도 올해의 경마제 대표 선수로 출장하는 다섯 명에 관한 소문들이었다. 대표들 중에서 특히나 드란의 이름이 자주 주제로 오르내리게 된 것은 필연적인 결과였다.

눈앞에서 펼쳐진 현실로 받아들이기 힘들 정도의 전투를 떠올리며 열띤 토론을 나누는 이들이나 반대로 너무나 차원이 다른 나머지 좋지 않은 얼굴빛을 띤 이들까지, 학생들의 반응은 실로 각양각색이었다.

수많은 학생들 중에선, 「네르네시아나 크리스티나 등의 4강 일행과 행동을 함께하는 경우가 많았으니, 드란이 최소한 4강에 준하는 실력을 지니고 있었다는 건 예전부터 짐작이 갔다」는 식으로 의기양양하게 자신의 선견지명을 주장하는 이들까지 나타날 정도였다.

그러나 정작 소문의 주인공인 드란은 그러한 외야의 반응엔 귀를 기울이지 않았다. 그는 피니아가 제안한 경마제 본선 대비용 특별 훈련을 준비하기 위해, 연습 상대가 될 지인들과 시간을 조정하는데 자신의 시간과 노력을 투자하고 있던 것이다.

그건 그렇고, 이번 예선 대회의 결과로 인해 예전과 극적으로 다른 평가를 얻게 된 것은 드란뿐만이 아니었다. 그를 상대로 선전한 레니아나 마노스의 주가가 급격히 상승한 반면, 본인의 행동거지로 인해 주가가 크게 떨어진 학생이 한 사람 있었던 것이다.

예선 대회 제1시합에서 드란과 대전한 그라프가 바로 그 대폭적인 주가 폭락을 겪은 장본인이었다.

그라프 본인에게 있어서 시골 촌뜨기인 평민을 상대로 변명의 여지없이 완벽하게 제압당했다는 사실은 도저히 받아들일 수가 없는 오점이었으나, 드란의 실력이 널리 알려진 지금에 와서는 시합의 내용 그 자체를 폄하하는 이는 단 한 사람도 없었다.

문제는 그가 시합의 승패가 갈리고 나서 등을 돌린 드란에게 기습을 시도한 것이었다. 게다가 그날 시합을 관전하던 대부분의 마법학원 학생들이 그 광경을 목격하고 말았다는 것은 그에게 치명타를 가하고도 남았다.

심지어 그 기습 사건은 드란에게 뼈아픈 앙갚음을 당해 정신을 잃은 채로 오줌을 싸는 추태를 보인 것으로 끝이 났다.

아크레스트 왕국 북방의 명문 귀족인 카를롯사 후작 가문의 차남이라는 다른 귀족 자제들의 모범이 되어야 할 입장인 그가, 스스로 자신과 가문의 얼굴에 먹칠을 하고 말았다는 사실은 크나큰 파문을 불러 일으켰다.

겉으로 드러난 불명예 말고도 그라프가 시합에 앞서 자신을 따르는 추종자들로부터 마력을 공급받는 술법을 준비함으로써 시합 시간 동안 본인의 실력을 아득히 능가하는 힘을 발휘할 수 있도록 수작을 부리고 있었다는 사실도 마법학원 측의 조사로 백일하에 밝혀졌다.

그라프라는 소년은 본질적으로 교활하고도 모진 성격의 소유자였으나 어리석은 자는 아니었다.

그는 타인의 눈에 보이는 자신의 모습과 타인이 자신에게 요구하는 이상적인 행동거지 등을 항상 염두에 둬 왔을 뿐만 아니라, 그러한 주위의 기대에 부응하기 위해 실제의 행동에도 심혈을 기울여 왔다. 그런데 그런 식으로 쌓아 올린 공든 탑이 한 차례의 잘못된 판단에 의해 완벽한 무용지물로 전락한 것이다.

그라프의 사후 처리에 관해선 머지않아 마법학원을 자퇴시킨 뒤, 본가로 소환한다는 계획이 수립된 상태였다.

아마도 그 이후로 본가에 갇혀 장기간 동안 근신 처분을 당하는 것은 거의 확정된 거나 마찬가지였다. 그리고 근신 이후의 처분에 관해선 완전히 부친인 카를롯사 후작의 결단에 달려 있었다.

그러나 이번 일로 드란이 카를롯사 후작 가문으로부터 직접적인 보복을 당할 가능성은 거의 존재하지 않았다.

드란 본인의 신분은 어디까지나 일개의 평민에 지나지 않았으나, 그라프가 추태를 저지른 시점이 마법학원의 공식 시합이 한창 이루어지던 도중이었다는 점이 치명적이었다. 전면적으로 그라프의 잘못이었다는 사실이 시합을 관전하던 모든 이들의 증언에 의해 보증될 수밖에 없었기 때문이다.

설령 아무리 비밀리에 일을 벌이더라도 드란의 신상에 아주 약간이나마 변경 사항이 확인되면 최우선적으로 카를롯사 후작이 의심받을 수밖에 없었다.

게다가 시합을 관전하던 이들 가운데 왕국의 건국에까지 관여한 것으로 알려진 중역 중의 중역이자, 엔테의 숲과 외부를 연결하는 중요인사이기도 한 올리비에 학원장이 끼어 있었던 관계로 외부의 개입은 더더욱 불가능할 수밖에 없는 상황이었다.

마법학원은 재학 중의 학생들에 한해 귀족과 평민의 구분은 존재하지 않는다는 대의를 내걸고 있는 기관이었다. 바로 그 마법학원의 학생인 드란에게 신분의 차이를 이유로 부당한 보복을 감행한다는 것은, 마법학원 그 자체와 그 대의명분을 인정한 왕가를 거스르는 거나 마찬가지였다.

이번 예선 대회의 1회전 무대 위에서 그라프가 보인 행동은 경솔하기 그지없었으나, 그의 부친인 카를롯사 후작 본인은 이렇다 할 나쁜 평판도 없을 뿐만 아니라 큰 실수 없이 자신의 영지를 경영하고 있는 지극히 성실한 인물이었다.

자신의 아들을 지나치게 사랑한 나머지 정상적인 판단력을 상실한 결과, 가문의 문장에 더욱 더 먹칠을 할 만한 짓을 저지를 인물은 아니었다.

마법학원 학생들 중에선 평소엔 신사적이고도 공명정대한 행동거지를 보이던 그라프가 저지른 추태에 관해 예상 밖이라는 의견이 적지 않게 나오기도 했다. 그러나 그보다 머지않아 개최될 경마제 본선 경기 쪽이 화제성으로 크게 앞서다 보니, 그에 관한 얘기는 점차 거론되는 횟수 자체가 줄어들 수밖에 없었다.

그라프의 본가인 카를롯사 후작 가문의 권위에 기대고자 그를 따르던 추종자들은, 예선 대회의 추태를 계기로 일찌감치 그에게 가망이 없는 것으로 판단하여 멀어져 갔다.

가까스로 남은 이들은, 그를 따라다니던 추종자들 중에서도 본인과 특히 관계가 깊었던 몇 명 정도였다. 바로 그 얼마 되지 않는 예외 중 하나였던 미타리아는, 남자기숙사의 자기 방에 틀어박힌 채로 두문불출 중인 그라프를 날마다 찾아오고 있었다.

미타리아의 등 뒤론, 예전에 세리나에게 시비를 걸었을 때도 함께였던 남학생 두 사람의 모습도 눈에 띄었다.

그녀는 굳게 닫혀 있는 그라프의 방문을 여러 차례에 걸쳐 두드리며, 아침부터 끊임없이 그의 이름을 부르고 있었다.

"그라프 님, 제발…… 제발, 미타리아에게 얼굴을 보여 주세요. 하루 종일 방 안에만 계시다가 마음이 더욱 상하실까봐 두렵습니다."

절절한 미타리아의 호소는, 대부분의 이들로 하여금 마음을 동하게 할 만한 듯 보였다.

그녀는 일전에 세리나를 상대로 자기 자신의 점잖지 못한 성품을 도드라지게 하는 대사를 지껄인 장본인이었으나, 자기 자신의 입장을 지키기 위한 노력을 아끼지 않는다는데 관해선 확실한 인물이기도 했다.

수도 없이 문을 두드린 미타리아의 손은 붉게 부어올라 있었다. 보는 이들에 따라선 갸륵하고도 정이 깊은 소녀라는 식으로 감동을 받는 경우가 있을지도 모를 정도였다.

하지만 그녀는 지금껏 수도 없이 그라프를 찾으러 왔는데도 불구하고, 그로부터 대답을 들을 수 없었다.

고용인들에게 확인해 본 바에 따르면, 아마도 식사 등은 취하고 있는 모양이므로 자기 방 안에 틀어박힌 채로 죽어 있을 걱정은 없었지만……

미타리아 또한 원래는 다른 속셈이 있어 그에게 접근한 이들 중 하나에 지나지 않았으나, 그럭저럭 서로의 시간을 공유하다 보니 지금은 그라프를 상대로 크건 작건 평범한 우애에 가까운 감정을 지니고 있었다.

실제로 그런 감정이 없고서야 다른 대다수의 옛 추종자들과 마찬가지로, 얼른 다른 유력 귀족 가문의 자제들에게 빌붙어 자신들의 새로운 입장을 구축하는 데나 고민하고 있을 참이었다.

끊임없이 얼굴을 보여 달라거나 하다못해 목소리만이라도 들려

달라는 식으로 애원하는 미타리아에게, 역시나 방 안의 그라프는 아무런 대답도 하지 않았다.

오늘도 헛걸음인가— 그러한 결론에 다다를 수밖에 없었던 미타리아가 이제 슬슬 물러가기로 마음먹기 시작한 바로 그 순간, 방 문너머로부터 뭔가 움직이는 기척이 전해져왔다.

"그라프 님?!"

미타리아는 한 번은 힘없이 푹 숙였던 얼굴에 희망의 빛을 띤 채로 눈앞의 방문을 응시했다.

하지만 그라프로부터 돌아온 대답은 그녀가 바라던 말과 완전히 동떨어진 한 마디였다.

"입 닥쳐!"

그녀를 거절하는 짧은 한 마디와 함께, 꽃병이나 그와 비슷한 용기가 문과 부딪쳐 깨지는 소리가 울려 퍼졌다.

"꺅?!"

"정말 끝도 없이 시끄럽단 말이야, 미타리아! 나를 비웃으러 온 거냐? 대책 없이 큰 소리나 치다가 꼴사납게 패배한 내 꼴이 웃긴단 말이냐!"

그라프의 분노에 찬 목소리가 미타리아의 고막을 진동시켰다.

"아, 아닙니다. 결단코 그런 의도로 왔을 리가……. 저는 어디까지나 그라프 님의 건강이 염려되어 온 것뿐입니다."

"흥, 지금 네가 지껄인 소릴 나더러 믿으라는 거냐? 지금껏 혀가 마르고 닳도록 나를 추켜세우던 녀석들도, 예선 대회의 패배 이후로 눈 깜짝할 사이에 어디론가 자취를 감췄다. 지금 그러고 있는 너도, 더 이상 나를 따라다녀 봤자 아무런 이득도 없을 거야. 이제 남은 거라고 해봐야 꼴사나운 패배자인 나의 얼굴을 보며 비웃는 것 정도밖에 없지 않나? 너희들의 속셈은 뻔히 들여다보인다. 당연히 그럴 수밖에 없을 거야."

"그라프 님, 가슴 아픈 말씀은 삼가주세요. 저는 지금껏 그라프 님을 이용하려고만 하던 자들과 다르답니다. 저는 오로지, 그 드란이라는 평민에게 상처 입은 그라프 님의 자존심을 약간이나마 위로하고 싶다는 일념으로—."

"그 녀석의 이름을 입에 올리지 마!!"

지금까지 미타리아가 들어본 적조차 없는 엄청난 성량의 고함소리가 귓가를 때렸다.

"힉!"

미타리아가 드란의 이름을 입에 올린 바로 그 순간, 그라프의 목소리로부터 그나마 가까스로 남아 있던 이성이 남김없이 어디론가 날아가 버렸다. 그리고 그의 본심이 얼굴을 내비쳤다. 그의 목소리에 담겨 있던 감정은 분노와 굴욕, 그리고 그러한 감정들을 압도적으로 능가하는 거대한 공포였다.

"아아, 으아, 으아아! 도대체 나한테 무슨 원한이 있어서 그 녀석의 이름을 입에 올렸단 말이냐! 나는 그 녀석의 이름과 얼굴부터 시작해서 목소리에 이르기까지, 전부 다 잊어버리고 싶었단 말이다! 잊고 싶은데 도저히 잊을 수가 없다. 베른 마을의 드란, 베른 마을의 드란! 나한테는 그 녀석이 그 정도로 상식을 초월하는 괴물이라는 사실을 알 방법이 없었단 말이다. 설마 그 녀석이 레니아를 상대로 그런 어마어마한 전투를 펼칠 수 있을 정도의 괴물이었을 줄이야……!"

예선 대회 시합의 마지막까지 가서 비겁한 기습만 하지 않았더라면, 그나마 이만큼이나 극단적인 궁지로 몰릴 일은 없었을지도 모른다. 하지만 이제 와서 후회해 봤자 모든 것은 다 지난 일에 지나지 않았다.

"도대체 이 세상의 어느 누가 상상이나 할 수 있단 말이냐! 불과 얼마 전까지만 해도 북쪽 변경의 밭이나 갈던 촌뜨기 따위가, 그런, 그런 엄청난 능력을 지니고 있었다니…… 으으, 으아아! 젠장. 이제야 기억이 난다! 내가 그 녀석을 이길 수 없었던 거나 꼴사납게 깨질 수밖에 없었던 건, 미타리아! 전부 다 너희들 때문이야!"

그라프가 갑작스럽게 패배의 책임 소재를 자신들에게 전가해 오자, 아무리 그에게 인간적인 호감을 느끼고 있던 미타리아로서도 이해가 따라오지 않아 순간적으로 머릿속의 사고 과정이 중단되고 말았다.

—그라프 님이 지게 된 원인을 제공한 장본인이 우리들이라고요? 그 말씀은, 도대체, 무슨 뜻이시죠?

"그, 그라프, 님? 지금 하신 말씀은, 무슨 뜻이시죠? 도대체 무슨 이유로 그 일이 저희들 때문이라는 건가요?"

공포나 분노, 혹은 치욕 때문인가? 미타리아의 목소리가 희미하게 떨렸다. 하지만 그라프는, 화풀이를 할 대상을 드디어 찾았다는 듯이 그녀를 다그치기 시작했다.

"하하하, 그렇지. 그렇고말고. 너희들의 힘을 나에게 전부 다 모았는데도 불구하고, 그 녀석을 이길 수 없었던 거잖아? 나의 힘만이 문제가 아니었다는 뜻이지. 너희들의 힘이 모자랐기 때문이야. 내가 그 녀석에게 진 건— 제기랄, 진 건 너희들 때문이야. 너희들이 좀 더 필사적으로 자신들의 힘을 모조리 나에게 넘기기만 했더라도, 나는 그 녀석을 이겼을 뿐만 아니라 지금쯤 경마제의 대표 선수로서 전교생의 찬양을 받고 있었을 참이거든. ……맞아, 틀림없이 모든 이들이 나를 우러러봤을 거야! 지금의 나로 하여금 이런 식으로 참혹한 기분을 맛보게 한데다가 모든 일을 그르치게 한 진짜 범인은, 다름 아닌 너희들이야!"

그라프의 입에서 나온 발언은 너무나도 일방적이고도 자기중심적이었다.

입장을 바꿔 생각해보자면, 그런 소리라도 하지 않고서야 본인의 자존심과 정신적 안녕을 도모할 수가 없을 정도로 그가 막다른 곳에 몰렸다는 증거이기도 했다.

하지만 결국은 전부 다 본인의 행동으로 인해 야기한 결과라는 데 변명의 여지는 전혀 없었다.

"당장 돌아가, 그리고 두 번 다시 나타나지 마! 정말 꼴도 보고 싶지 않으니, 두 번 다시 낯짝을 보이러 오지 마—!! 너도 다른 녀석들처럼 다음으로 기생할 숙주나 찾아 봐. 너희들은 귀족들 전체의 수치나 다를 바 없는 놈들이야. 다른 누군가에게 기대지 않고서야 살아갈 수도 없는, 미천한 쓰레기들! 너희 같은 놈들은 귀족이라고 부르지도 않아. 기생충이라는 이름이야말로 너희들에게 가장 잘 어울리는 호칭이야!"

바로 그 순간, 미타리아의 마음속에 약간이나마 존재하고 있던 그라프에 대한 정이나 충성심과 같은 감정은 그의 발언에 의해 산산이 조각나 버렸다.

너무나도 극심한 치욕과 슬픔으로 인해 미타리아의 몸은 부들거렸다. 그리고 얼굴은 핏기가 가셔 창백한 빛을 띠었다.

순간적인 현기증으로 인해 발을 잘못 디뎌 넘어질 뻔한 미타리아의 몸을, 그녀의 등 뒤에서 마찬가지로 새파랗게 질린 얼굴빛을 띠고 있던 남학생들이 곧바로 떠받쳤다.

"괜찮아, 미타리아?"

"어, 응. 괜찮아. 그냥 잠깐, 현기증이 난 것뿐이야."

"방금 전 같은 말을 들었으니 당연한 반응이야. 솔직히 말해서, 나로서도 못 들은 걸로 쳐두고 싶을 정도였거든. 네 입장에서야 더욱 더 말할 나위도 없겠지. 어쨌든, 일단 여기서 떠나자. 여기 남아있어 봤자, 우리가 할 수 있는 일은 이제 아무 것도 없을 거야. ⋯⋯더 이상 우리의 힘으로 할 수 있는 일은 남아있지 않아."

더 이상 그라프를 위해서 아무 것도 하고 싶지 않다— 그가 그러한 본심을 굳이 입에 올리지 않은 까닭은, 그라프에게 마음을 썼다기보다 미타리아를 위한 행동이었다.

그들 사이에선 함께 그라프에게 배신당한 이들 간의 유대감이 발생한 것이다.

그나마 아직 친구라고 부를 수 있는 사이의 두 사람에게 이끌려, 미타리아는 불안정한 발걸음으로 남자기숙사를 뒤로했다.

그리고 그들은, 우선 미타리아를 진정시키기 위해 마법학원 교내의 한 찻집으로 발걸음을 옮겼다.

미타리아뿐만 아니라, 다른 두 사람의 남학생들 또한 참혹한 정신 상태였다. 그라프의 입에서 나온 발언은 그만큼이나 그들의 마음을 마구잡이로 짓밟은 것이다.

그들은 마음을 안정시키는 효과를 지닌 차를 주문한 뒤, 미타리아에게도 권했다.

그럭저럭 한숨 돌리고 나니, 미타리아가 그나마 방금 전보단 양호한 얼굴빛을 되찾았다. 남학생들 중 한 사람이 그녀에게 말을 걸었다.

단발머리와 심약해 보이는 얼굴의 소유자인 그의 이름은 세임이었다. 또 한 사람의 눈꼬리가 쳐진 남학생의 이름은 다간이었다.

두 사람 다 미타리아와 마찬가지로 입학한 당시부터 그라프에게 빌붙어 온 추종자 집단의 일원이었으나, 이번에 그라프와 드란 사이의 시합에 엮인 일로 자신들은 물론이거니와 가문의 앞날에도 먹구름이 끼기 시작함에 따라 크게 낙담할 수밖에 없는 상황이었다.

그러한 입장에 놓인 그들이 어찌됐건 미타리아에게 마음을 쓸 정도의 배려심을 보일 수 있었던 까닭은, 미타리아가 낙담한 정도가 자신들보다 훨씬 심했기 때문이다.

"미타리아, 약간이나마 마음이 가라앉은 것 같아? 일단, 한 잔 더 마실까?"

세임은 미타리아의 찻잔이 텅 빌 때까지 기다렸다가, 진심으로 걱정스러운 듯이 그녀에게 차를 권했다.

"응, 고마워. 이젠 괜찮아. 아까보단 기분이 좀 나은 것 같아. 하지만…… 오늘 일은 참 견디기가 벅차다."

"그러게, 나도 동감이야. 그라프 님에게 있어서, 이만큼의 좌절감은 태어나서 처음으로 느끼는 감정일 거야. 그러다 보니 아까 같은 식으로 목청껏 마음에도 없는 말씀을 내뱉고 만 거지. 앞으로 일어날 일들을 예상해 보면, 그라프 님의 미래는 우리들보다도 훨씬 어두워질 수밖에 없는 상황이거든."

차를 마시고 나서야 겨우 한숨 돌린 세임은, 객관적인 관점에 서서 앞으로 그라프를 기다리고 있을 어두컴컴한 미래를 향해 상상의 나래를 펼쳤다. 그로서는 그라프에 대한 동정심을 금할 길이 없었다.

참고로 그라프의 옛 추종자들이 시합 중의 부정행위에 가담한 일에 관해선, 머지않아 그에 걸맞은 처분이 떨어질 예정이었다. 그런 고로, 그들에게도 앞으로 귀족이라는 신분의 명예를 실추시켰다는 명분하에 귀족 사회 전체로부터 경멸의 대상이 된다는 미래가 기다리고 있었다. 하지만 그들의 경우, 그라프에 비해 그나마 자신들의 힘으로 오명을 만회할 여지가 남아 있었다. 본가로 가서 근신을 받을 가능성은 있었으나, 최소한 가문으로부터 추방까지 당할 가능성은 없었던 것이다. 세임이 그라프에게 보인 동정심은, 그러한 연유로 인해 표출된 것이었다.

한편 다간은 도저히 납득이 안 간다는 표정으로 남아있던 차를 단숨에 들이켰다.

그는 난폭하기 그지없는 동작으로 접시 위에 찻잔을 내려놓더니, 자신은 불만이 많다는 듯이 팔짱을 낀 채로 입술을 비죽거렸다.

"정말 용케도 그런 소릴 지껄이는군. 나는 너희들의 말이 도저히 이해가 가지 않아. 그야 드란이라는 녀석이 그 정도로 어마어마한 괴물이었을 줄은, 나 역시 상상조차 못 하던 건 마찬가지야. 그라프 님이 그 녀석을 이길 수 없었던 것도, 이제 와서 보니 어쩔 수 없는 결과였다는 식으로 분명하게 납득이 가. 하지만 똑같이 질 때 지더라도, 정정당당하게 싸우다가 지는 것과 부정행위에다가 기습까지 시도하다가 지는 건 하늘과 땅만큼이나 차이가 나잖아?"

"결국 다 지나간 일이야. 그라프 님께선 변명의 여지조차 없이 완벽하게 패배하셨을 뿐만 아니라, 마력을 공급해달라는 요구를 거절하지 못 하다가 그의 부정행위에 동참한 장본인들은 다름 아닌 우리들 자기 자신이야. 그 죗값을 치러야 한다는 건, 지금으로선 어쩔 수 없이 받아들일 수밖에 없는 행동의 결과야."

"이렇게 될 수도 있으니까 나는 반대했던 거야. 만약 그런 식의 요행수로 드란을 이겼더라도, 그 이후의 시합에서도 똑같은 짓을 할 경우엔 언젠간 들킬 수밖에 없었을 거야. 게다가 그라프 님이 대표로 선발되기라도 했다면, 그때는 전국의 방방곡곡으로부터 모여든 강호들을 상대로 실력을 겨뤄야 했단 말이지. 그때까지도 이번 대회에 썼던 잔재주를 동원한다는 건…… 애초부터 말도 되지 않는 소리야!"

애초부터 대다수의 관중들이나 국가의 고위급 관리들이 모여드는 경마제 본선까지 가서 부정한 수단을 동원해 시합을 치른다는 것은, 교내의 추종자들에 지나지 않는 소년 소녀들의 입장에선 너무나 부담이 큰 행동이었다. 그런 고로, 그라프의 옛 추종자들로서는 처음부터 소극적인 태도를 취할 수밖에 없었던 제안이었다.

원래는 그다지 적극적이지 않았던 그들은 드란을 상대로 한 제1 시합에서만 사용할 계획이라는 그라프의 설득에 마지못해 협력하기로 마음먹은 것이다.

다간의 발언이 지극히 정당하기 짝이 없는 관계로, 세임은 목소리를 낮춰 반박할 수밖에 없었다.

"······그야 그렇지만, 아무리 그라프 님이더라도 그런 짓까지 할 리는 없어. 경마제 본선은 왕족 분들이나 국내의 고위 귀족 분들께서도 얼굴을 보이시는 정식 행사거든. 그런 데까지 가서 부정한 수단에 손을 물들인다는 건 왕국의 귀족으로서 가당치도 않은 행위야. 그라프 님께서도 최소한의 사리 판단은 되시는 분이야."

"과연 그럴까?"

다간은 그 한 마디만을 중얼거린 뒤, 더 이상 그라프에 관한 얘기는 입에 담고 싶지도 않다는 듯이 팔짱을 낀 채로 두 눈을 질끈 감았다.

세임과 다간이 서로 거북한 표정으로 입을 다물자 한동안 침묵이 흘렀다.

세 사람 다 머지않아 자신들에게 찾아올 먹구름으로 가득 찬 미래에 대한 전망에 침통한 표정을 짓고 있는 듯이 보였으나, 미타리아만은 다른 생각을 품고 있었다.

잠자코 텅 빈 찻잔을 응시하던 미타리아가 물방울이 수면으로 떨어지듯이 자신의 심정을 갑작스럽게 토로했다.

"······녀석 잘못이야."

"미타리아?"

"응? 지금 뭐라고 한 거야, 미타리아?"

너무나도 작은 목소리였으나 도저히 그냥 들어 넘길 수 없을 만큼 불길한 울림이 전해져왔다. 세임과 다간은 머릿속에서 시끄럽게 울리는 경종에, 조심스럽게 미타리아를 향해 질문을 던졌다.

솔직히 말해서 두 사람은 그녀의 대답을 듣고 싶지 않았다. 그러나 못 들은 척 할 수 있는 상황도 아니었다. 어느 쪽이 됐건 그들이 변변치 않은 일에 휘말리리라는 것은 이미 확정된 거나 마찬가지였다.

"전부 다…… 그 녀석 잘못이야. 그라프 님이나 우리는 전혀 나쁘지 않아. 나쁜 건, 이 모든 일의 원흉은 그라프 님을 쓰러뜨린 드란이야!"

"미, 미타리아, 그건…….."

세임과 다간은 곧바로 고민에 시달릴 수밖에 없었다.

그들이 지금 스스로 해결할 수 없는 후회를 안게 된 과정은 처음부터 끝까지 본인들의 자업자득으로 인한 것이었다. 그러한 책임의 소재를 드란에게 구하다가 모든 감정의 원인을 떠맡기는 것은 아무리 생각해 봐도 도리에 맞지 않았다.

하지만 지금의 미타리아를 상대로 아무리 정론을 설파해 봤자 말이 통하리라는 느낌은 들지 않았다.

경마제의 예선 대회가 끝난 지금, 더 이상 드란과 엮여 봤자 자신들에게 이득이 있을 리가 없었다.

오히려 앞으로 드란이라는 인물과 깊숙이 엮일수록, 자신들의 입장이 악화되리라는 것은 불 보듯이 뻔한 상황이었다. 더 이상 관여하지 않는 것이 정답이었다.

"그만둬, 미타리아. 더 이상 드란과 그 패거리에 대한 불평불만을 지껄여 봤자, 그냥 우리들만 비참할 뿐이야. 게다가 아무런 상관도 없는 제3자들로부터도 한심한 녀석들이라는 비웃음이나 살 뿐이야."

"너야말로 지금 무슨 소릴 하는 거야? 그 녀석 같은, 어디서 굴러먹던 말 뼈다귀지도 모르는 평민 녀석 때문에 그라프 님과 우리의 미래가 끝장나는 꼴을 잠자코 두고 볼 수 있을 리가 없잖아! 우리나 그라프 님은, 더더욱 눈 부시는 지위와 공적을 손에 넣어야 하는 선택받은 인간이야. 맞아, 난 이대로는 못 끝나!"

방금 전까지 침묵을 지키던 모습은 온데간데없이, 미타리아는 신경질적인 고함소리와 함께 일어나 기세 좋게 테이블을 두드렸다.

그녀의 마음속에 틀어박혀 있던 분노와 증오의 순간적인 표출은, 인생 경험 자체가 얼마 되지 않는 세임과 다간을 몰아붙이기엔 충분하고도 남았다.

"하지만 미타리아? 드란은 네르네시아나 미스 피닉스, 미스 알마디아와 자주 행동을 함께하고 있잖아? 그녀들은 전부 다 우리들 따위가 범접할 수도 없는 고위 귀족 가문의 영애들인데다가, 4강으로 꼽히는 실력자들이야. 그녀들을 상대로 우리가 무슨 짓을 할수 있다는 거지? 한심스러운 얘기지만, 만약…… 예를 들어 주술적 수단으로 저주를 걸어 봤자 4강 수준의 역량을 지닌 자들이라면 저주의 효과가 몽땅 그대로 되돌아올 거야. 게다가 그런 짓을 저질렀다는 사실이 들통 나는 날엔, 더 이상 발뺌할 수도 없어. 이번에야말로 변명의 여지조차 없는 진정한 의미의 죄인으로서 체포당하게 될 거야."

세임은 미타리아가 극단적인 행동을 선택하지 않도록 필사적으로 온갖 이야기로 그녀를 설득했다.

지금 드란과 행동을 함께하고 있는 이들은 마법학원의 학생들 가운데 최강의 실력과 높은 사회적 지위를 겸비한 최상위권의 실력자들뿐이었다. 드란에게 피해를 입히기 위한 목적으로 직접 실력을 행사할 경우, 피니아나 크리스티나뿐만 아니라 네르네시아까지 적으로 돌릴 가능성이 있었다.

만약 그녀들을 적으로 돌릴 경우, 자신들의 처지는 어떻게 될 것인가— 세임뿐만 아니라 평소의 성격이 거친 편인 다간조차도 창백한 얼굴로 고개를 가로저었다.

자신들의 본가에게도 큰 민폐를 끼치게 될 것이다. 이번에야말로 본가로부터 완전히 버림받으리라.

세임이 나열한 논리는, 그나마 미타리아에게 남아있던 얼마 되지 않는 이성에 호소할 만한 힘을 지니고 있었다. 그녀는 시끄러운 소리와 함께 의자에 다시 앉아, 조바심을 숨길 여유조차 없다는 듯이 엄지손톱을 질겅거리기 시작했다.

귀족 가문의 자녀로서는 너무나도 천박하기 그지없는 행동이었으나, 지금의 미타리아에게 사소한 예의범절에 관해 신경 쓸 만한 여유는 단 한 톨조차 남아있지 않았다.

미타리아는 무슨 수를 써서라도 드란의 허를 찌르고 싶다는 일념으로, 열병에 들뜬 듯한 머리로 끊임없는 생각에 잠겼다.

세임과 다간은 미타리아가 이대로 포기하기만을 소망했으나, 운명은 그들의 편을 들지 않았다.

미타리아는 순간적으로 넋이 나간 듯이 입을 벌리는가 싶더니, 급작스럽게 희열에 찬 흉악한 표정으로 자리에서 일어났다.

그녀의 시선이 향하고 있던 방향으로, 기분 좋게 마법학원의 복도를 가로질러 나아가던 라미아 종족의 세리나가 통과하고 있던 것이다.

세임과 다간은 자신들의 불행을 저주할 수밖에 없었다.

드란 본인의 경우, 상식적으로 봐서 직접적인 피해를 입히기는 커녕 가까이 접근하기도 만만치 않으리라는 확신에 가까운 예감이 들었다. 하지만, 저 라미아가 혼자 다니고 있는 이상— 사역마에게 고통을 줌으로써 간접적으로나마 드란에게 복수할 수 있다는 뜻이었다.

그런 식의 사악한 사고방식에 사로잡힌 미타리아는, 세임과 다간의 제지에도 불구하고 세리나를 향해 빠른 걸음으로 다가갔다.

†

드란의 마법학원 입학 이후, 세리나는 항상 그와 행동을 함께하며 마법학원 측에서 요구하는 책임이나 의무 등을 적극적으로 수행해 왔다. 그런 식의 꾸준한 노력을 쌓아 올린 결과, 마법학원의 학생들은 단계적으로 그녀가 존재하는 일상에 적응하기 시작했다. 요즘 들어 복도를 지나가다가 우연히 세리나와 맞닥뜨린 학생이 비명을 지르거나, 순간적으로 경직을 일으키는 등의 돌발 사태는 좀처럼 일어나지 않았다.

파티마나 네르네시아를 비롯해 드란과 친밀한 관계를 구축한 동급생들의 경우, 지금은 다들 세리나에게 친숙한 태도를 보인다. 요컨대 현재의 마법학원 생활은 세리나로서는 순풍에 돛을 단 거나 다름없을 정도로 순조롭기 그지없었다.

지금처럼 드란과 언제나 함께 생활하다가, 언젠가는 자신의 가슴속에 간직하고 있는 순수한 마음을 그에게 고백하는 것이야말로 그녀의 최종적인 목표였다. 그리고…… 종족의 벽을 뛰어넘어 맺어진 두 사람은 사랑의 결정을 잔뜩 만드는 거지요— 혼자서 그런 상상을 즐기던 세리나는 웃음 지으며 기분 좋게 콧노래를 흥얼거리고 있었다.

"흥흐흥~, 하나, 둘? 셋, 넷? 하지만 드란 씨가 원하신다면~ 얼마든지 상관없지요~~. 우후후훗~~."

지금 세리나는 드란의 부탁을 받아 마법약 작성에 필요한 자료를 찾으러 혼자서 도서관까지 발걸음을 옮겼다가 남자기숙사로 돌아가는 중이었다.

그녀는 드란의 부탁을 받아 빌려온 책을 소중하게 감싸 안고 있었다. 그리고 만에 하나라도 책을 분실하거나 파손시키지 않도록 신경을 예민하게 곤두세운 채로 복도를 가로질러 나아가고 있었다.

그러다 보니 자신을 향해 달려오는 발자국 소리를 감지하자마자, 곧바로 고개를 돌릴 수 있던 것이다. 고개를 돌리자마자 자신의 행동을 후회할 수밖에 없었지만……

"오랜만이야, 라미아 양. 잠깐 나 좀 따라와 봐."

세리나는 마법학원에 오자마자 그다지 오랜 시간이 지나지도 않았을 무렵에 자신에게 시비를 걸어온 소녀의 얼굴을 잊지 않고 있었다.

미타리아와 세임, 그리고 다간—. 그날과 똑같은 얼굴들이었으나, 그들의 표정은 그날과 크게 달랐다. 남자 두 명이 창백한 얼굴빛을 띠고 있는데 비해, 미타리아만은 제정신이 나간 듯이 부자연스러운 기백으로 가득 찬 상태였다.

미타리아의 요구에 따라, 세리나는 학교 건물과 다른 건물을 잇는 복도 사이의 보는 눈이 별로 없는 장소까지 따라갔다.

세임과 다간은 길을 가다가 몇 번이나 미타리아에게 마음을 고쳐먹어 달라는 식의 설득을 시도했으나, 구체적인 보복의 대상을 발견한 그녀는 더 이상 그들의 말에 귀를 기울이지 않았다.

결국 그 두 사람은 더 이상 그녀와 함께할 수 없다는 선언과 함께, 등을 돌려 어디론가 도망치고 말았다.

미타리아는 드란의 부탁을 받아 도서관에서 빌린 책을 소중하게 감싸 안고 있던 세리나를 정면으로부터 마주봤다. 그녀는 학교 건물의 벽을 등진 채로 팔짱을 끼었다. 그리고 지금부터 찾아올 보복의 쾌락에 마음이 근질근질하다는 듯이 온몸을 가늘게 떨기 시작했다.

세리나는 지금껏 겪은 다양한 경험들로 인해 초월적인 존재가 발산하는 사악한 적대심 등에 관해선 꽤나 적응된 상태였으나, 이처럼 평범한 인간의 적나라한 감정으로부터 우러나온 적대심에 관해선 그다지 익숙하지 않았다.

눈앞의 소녀는 세리나에게 있어서 아무런 위협조차 되지 않았다. 설령 몇 백 명의 미타리아가 한꺼번에 달려드는 한이 있더라도, 지금의 세리나에게 있어선 사실상 개미의 대군과 큰 차이가 없을 정도였다.

하지만 상식을 초월한 짓을 실제의 행동으로 옮기려는 미타리아로부터 이해하기 어려운 공포를 느낀 세리나는 온몸을 긴장시켰다.

"오늘처럼 제대로 대화를 나누는 건 정말 오랜만이네. 네가 드란과 함께 이곳에 처음으로 왔을 무렵, 서로 인사를 나눈 날 이후로 처음 아닌가?"

미타리아는 가벼운 미소와 함께, 표면적으로나마 친밀감을 담아 말을 꺼냈다.

"예. 그런 걸로 압니다. 미타리아 양? 저에게 무슨 용건이라도 있으신가요?"

"어라? 내 이름까지 기억하고 있을 줄은 몰랐는데? 뭐, 일단 큰 상관은 없어. 금방 끝날 테니까, 네 시간을 많이 빼앗을 마음은 없거든."

미타리아의 입가에 떠오른 미소가 겉보기에 걸맞게 우호적인 표정이 아니라는 것 정도는, 순진하기 그지없는 세리나의 눈치로도 간단히 꿰뚫어볼 수 있었다. 그녀의 온화한 가면 아래 지금 당장이라도 폭발을 일으킬 듯한 분노가 응어리져 있다는 것은 그만큼이나 노골적이었다.

이 분은 나를 혐오하는 것조차 아니구나. 완전히 감정 이전의 문제야. 그녀는 그저, 자신의 울분을 푸는데 딱 알맞은 장난감으로만 나를 보고 있는 거야— 세리나의 직감은 현재의 상황을 정확하게 분석하고 있었다.

지금 일부러 쓸데없는 시간을 들여 자신과 대화를 나누고 있는 것도, 억눌러 있던 감정을 단숨에 터뜨리는 그 순간의 쾌락을 극대화시키기 위한 행동으로 보였다.

자신의 감정을 더 이상 참기가 어렵다는 듯이, 미타리아의 떨림이 조금씩 커지기 시작했다.

미타리아에 대한 경계를 강화한 세리나가, 서글픈 눈빛으로 그녀를 마주봤다.

"저기, 세리나? 나 말인데, 딱히 너와 친한 척이나 하려는 의도로 불러 세운 건 아니야. 아무리 너라도 그 정도는 당연히 짐작이 갔지? 왜냐하면 나는 지금부터, 너에게 지독한 짓을 하려는 거거든."

오직 그 사실만을 선언한 뒤, 미타리아는 소맷부리 속에 감추고 다니던 신축식 지팡이를 꺼내들었다.

물론 정정당당한 전투가 벌어질 경우, 미타리아가 지닌 실력으로 다 자란 라미아를 이길 가능성은 단 한 줌조차 없었다. 그러나 세리나는 어쨌든 사역마 신분이며, 미타리아는 마법학원의 학생이었다.

아무리 미타리아에게 잘못이 있더라도, 사역마가 학생에게 부상을 입힐 경우엔 드란에게도 적지 않은 관리 책임 문제가 발생할 수밖에 없었다.

미타리아는 좋건 나쁘건 세리나가 그러한 사실을 이해할 수 있을 만큼 총명하다는 사실을 계산하고 공격을 시도한 것이다.

예전에 미타리아가 세리나에게 폭력을 행사하려 했던 날엔, 아슬아슬하게 드란 본인이 달려와 사건을 미연에 예방한 관계로 아무 일도 일어나지 않았다. 하지만 지금의 미타리아는 누가 끼어들더라도 마법의 행사를 중지할 마음이 없었다.

"처음으로 만나 뵌 그 날, 미타리아 양께서 저와 드란 씨를 마음에 들어 하지 않는다는 사실은 금방 알 수 있었답니다. 하지만 오늘 이 순간까지 아무런 움직임을 보이지 않으셔서, 이젠 저와 드란 씨에 관해 신경 쓰지 않기로 하신 줄 알았지요. 그런데 이제 와서 도대체 무슨 이유로…… 까닭을 여쭤 봐도 될까요?"

세리나에게는 딱히 나쁜 뜻은 없었을 뿐만 아니라, 상대방의 행동을 비아냥거리고자 하는 의도 또한 전혀 없었다. 그러나 그녀가 순수한 의문으로 말미암아 입에 담은 질문은, 미타리아의 마음속에 설치되어 있던 지뢰를 가동시켜 버렸다.

"까닭이 뭐냐고? 하기야 넌 모를지도 몰라. 너한테 있어선 그 분이나 우리나 안중에도 없었을 거야. 사실은 예전의 나도 지금의 너와 마찬가지였어. 네 주인이라는 시골 촌뜨기가 그라프 님을 이길 때까진 말이지! 지금 그라프 님께선 완전히 마음을 닫아 버리셨거든. 원래는 바로 그 분이야말로 경마제의 대표 선수로서 높으신 분들에게 자신의 실력을 선보일 기회를 받으셔야 했던 분이야. 그리고 나 역시 영광에 빛나는 그라프 님 곁에서 약간이나마 은혜를 입을 수도 있었는데, 너희들 때문에 전부 다 물거품으로 돌아가 버렸지!"

그녀의 대답을 듣고 나서, 세리나는 모든 것을 깨달았다.

미타리아는 자기 스스로가 느끼던 이상으로 그라프를 사모하고 있던 것이다.

세리나로서도 그라프를 사모하던 그녀의 마음에 동정이 가지 않는 것은 아니었으나, 아무리 그렇더라도 자기 자신의 꽉 막힌 감정을 엉뚱한 드란이나 세리나에게 풀고자 하는 것이 절대로 올바른 행동일 리가 없었다.

"얼마든지 저항해도 상관없거든? 아무리 라미아더라도 자기 자신의 몸이 가장 소중할 거야. 네가 나의 공격을 받아 다치건, 반대로 내가 너의 공격을 받아 부상을 당하건 어느 쪽이든 아무 문제없어. 어찌됐건 드란 녀석이 꽤나 난감한 입장에 처하리라는 건 변함이 없을 거야. 항상 점잖은 척은 혼자서 다 하는 얄미운 그 녀석이, 너 때문에 일어난 문제로 고생하는 모습만 봐도 난 만족이야!"

미타리아는 자기 자신의 미래조차 어찌되건 아무 상관없다는 듯이, 드란을 상대로 한 보복에 사로잡혀 있었다. 세리나가 그녀에게 느끼는 감정은 오직 동정심 단 하나뿐이었다.

"틀림없이 저로 인해 문제가 일어날 경우, 드란 씨에게 피해가 가겠지요. 저와 드란 씨에게는 그다지 달갑지 않은 결과가 될 걸로 보이는군요. 저의 동정을 받아 봤자 그냥 불쾌한 느낌만 드실지도 모르지만, 누군가를 사모하는 당신의 마음만큼은 저에게도 확실하게 전해져 와요. 그런 고로, 아주 약간 정도는 당신의 화풀이를 감수할 수도 있다는 마음이 전혀 안 드는 건 아니랍니다. 그럼으로써 당신의 분노를 아주 약간이나마 누그러뜨릴 수 있을지도 모르니까요. 하지만…… 역시 저는 잠자코 당해드릴 수는 없어요. 왜냐하면, 만약 그런 짓을 용납하기라도 하는 날엔 틀림없이 드란 씨의 분노를 사고 말 테니까요. 저는 드란 씨가 당신에게 상상을 초월할 만큼 무지막지한 보복을 하시는 광경을 보고 싶지 않거든요."

세리나는 자기 자신이 드란에게 있어서 매우 소중한 존재라는 사실을 나날이 실감하고 있었다. 그리고 드란에게 이따금씩 지나치다는 느낌이 들 만큼 그러한 대상을 과잉보호하는 일면이 있다는 사실 또한 거의 확실하게 파악하고 있었다.

만약 여기서 세리나가 미타리아에게 마음을 쓰다가 가벼운 부상이라도 입을 경우, 분노에 사로잡힌 드란이 미타리아에게 엄청난 보복을 가하리라는 것은 거의 틀림없었다. 겨우 그 정도 일로 미타리아의 목숨이 경각에 달릴 일은 없을지도 모르지만, 몹시 흥분한 드란과 상대하게 될 그녀는 상상을 초월할 정도의 무시무시한 공포를 맛볼 공산이 컸다. 세리나는 어느 쪽으로 가건 너무 과도한 보복을 당하게 될 그녀의 처지를 가엾게 여긴 것이다.

자신에게 해를 끼치려는 이를 상대로도 이런 식으로 다정한 배려의 마음을 가지는 것이야말로 세리나라는 소녀의 개성이었으며, 그러한 특유의 성격으로 인해 드란의 사랑을 받고 있는 것이었다.

하지만 세리나 스스로가 예상했듯이, 그녀가 어설프게 보인 동정심은 오히려 미타리아의 역린을 건드렸다.

"어처구니없는 소리 좀 그만 지껄여! 너 같은 뱀 괴물 따위가,

도대체 나의 뭘 안다는 거야! 두 번 다시 밖을 나다닐 수 없는 얼굴로 만들어주고야 말겠어. 바람의 이치여 윈드 슈레더!!"

미타리아는 드디어 본인의 이성을 비롯한 모든 것을 내팽개친 듯이, 악귀와 같은 형상으로 세리나에게 마법을 발사하고야 말았다.

†

"이, 이봐. 정말로 미타리아를 거기 놔두고 와야 했던 걸까?"

세임은 자신의 눈앞을 빠른 걸음으로 걷고 있던 다간의 등을 향해, 떨리는 목소리로 말을 던졌다.

다간의 입에서 「지금부터라도 돌아가자」라는 대답이 나오기를 기대한 말이었다. 스스로 결정할 수 없는 결단을 타인에게 요구하는— 스스로도 참으로 비겁하기 짝이 없는 질문 방식이라는 느낌을 받은 세임은, 마음속 어디선가 자기 자신을 나무랐다.

나약하기 그지없는 친구의 목소리를 듣자마자 발길을 멈춘 다간은 그에게 고개를 돌리더니, 화가 난 것 같기도 하고 지금 당장 울음을 터뜨릴 듯이 보이기도 하는 수많은 감정이 엉망진창으로 뒤섞인 표정을 지어 보였다.

"내가 알 게 뭐야! 미타리아가 그 라미아에게 무슨 멍청한 짓이라도 하는 날엔, 아무리 생각해 봐도 그 녀석의 인생이 끝장나는 건 피할 수 없어! 마법학원으로부터 이번에야말로 혹독한 엄벌이 떨어지리라는 건 틀림없을 뿐만 아니라, 드란이라는 녀석도 무슨 방식으로 무시무시한 보복을 시도해 올지 짐작조차 가지 않아!"

"마, 말하자면 더욱 더 최선을 다해 미타리아를 말려야 한다는 뜻이잖아?!"

세임은 비명에 가까운 목소리로 맞받아쳤으나, 다간의 표정은 변함이 없었다.

"……더 이상 관여하지만 않으면 미타리아 한 사람만 끝장나는 걸로 해결되는 얘기야. 어차피 말릴 바엔 미타리아가 그 라미아에 게 말을 걸기도 전에 말려야 했던 상황이야. 이제 와서 뒤늦게 말리러 갔는데 만약 그녀가 이미 돌이킬 수 없는 일을 저지른 뒤라면, 우리까지 문책을 당하는 건 피할 수 없어. 평소부터 우리와 미타리아가 자주 함께 돌아다녔다는 사실은, 대부분의 마법학원 학생들이 알고 있거든. 당연히 다들 우리까지 한통속으로 의심할 수밖에 없을 거야."

하지만 다간은 입으로 중얼거리는 말과 달리 갈등을 숨기지 못하는 표정을 짓고 있었다.

그들에게도 자기 자신의 안전이 최우선 사항이었다. 미타리아를 구하기 위해서 세리나에 대한 폭행죄를 함께 뒤집어쓸 위험을 감수할 필요는 없지 않겠냐는 생각이 순간적으로 머릿속을 스쳐 지나간 것은 틀림없는 사실이었다. 하지만 그와 동시에, 오랫동안 함께한 벗을 즉석에서 포기할 수 없다는 심정 또한 두 사람의 진심이었다.

드란이나 세리나의 입장에서 볼 때야 알 리가 없었지만, 그들 또한 그들 나름대로 청춘을 만끽하거나 우정을 키워 오는 과정에서 수많은 추억을 공유한 사이였던 것이다.

세임과 다간은 이해관계와 우정의 갈림길 사이에서 흔들리는 마음을 금할 길이 없었다. 그러나 그들에게 다음 행동을 일으키도록 재촉한 것은 본인들의 자유 의지가 아니었다.

　그들은 머나먼 저편을 바라보다가, 마법학원의 복도를 백은(白銀)의 바람 같은 속도로 가로질러 간 한 여학생의 얼굴을 발견한 것이다.

　"아니, 저 분은!"

　세임이 비명과 함께 짧게 외쳤다.

　"다, 다간? 어떡하지? 저 분에게 미타리아가 하려는 짓이 들통나는 날엔…….."

　"젠장…… 쫓아가자, 세임!"

　지금껏 그들을 괴롭히던 갈등은 온데간데없이, 세임은 다간의 고함소리를 듣자마자 즉각적으로 백은의 바람을 쫓아 달려 나갔다.

†

　바둑판 형태로 발생한 바람의 칼날이 적을 갈가리 찢어 버리는 바람의 마법인 【윈드 슈레더】가 세리나에게 들이닥쳤다.

　하지만 그녀는 자신의 마력을 높여 직격에 대비하기만 할 뿐이었으며, 반격을 시도하려는 거동조차 보이지 않았다. 세리나 정도의 마력을 지니고 있을 경우, 특별한 방어 마법을 사용하지 않고도 미타리아의 마법 정도론 스친 상처 하나조차 날 리가 없었다.

　이왕 일이 이렇게 된 바엔, 하다못해 미타리아의 기분이 풀릴 때까지 만이라도 마음 내키는 대로 하도록 내버려두자— 는 것이 세리나의 생각이었다.

하지만 들이닥치는 바람의 칼날보다도 빠르게, 미타리아의 등 뒤로부터 달려 나온 은빛 바람과 같은 그림자가 팔을 휘둘렀다. 【윈드 슈레더】는, 흔적조차 없이 산산이 흩어져 버렸다.

파란 리본으로 묶은 백은의 머리카락을 휘날리며 세리나를 등진 채로 무지막지한 분노를 띤 붉은 눈동자를 미타리아에게 향한 그 인물은, 다름 아닌 가로아 마법학원 4강 중 한 사람인 크리스티나였다.

오늘은 드란 일행을 상대로 한 특별 훈련도 없었던 관계로, 크리스티나는 마법학원 안을 아무 생각 없이 거닐고 있던 참이었다. 심상치 않은 분위기의 미타리아와 세리나가 어디론가 함께 걸어가고 있는 모습을 목격한 그녀는 불길한 예감에 떠밀려 이곳까지 곧장 달려온 것이다.

검은 지니고 있지 않았으나, 그럼에도 불구하고 맨손을 휘둘러 【윈드 슈레더】를 허무할 만큼 간단하게 산산이 흩어 버린 것은 평범한 수준을 아득히 뛰어넘은 달인의 기술이라는 말밖에 나오지 않았다.

"크리스티나 양!"

"참나, 우연히 눈에 띄어 뒤를 쫓아와 보니……. 세리나? 상대의 기분이 풀릴 때까지 잠자코 기술을 받아줄 의도인 것으로 보였다만, 그건 너무 위험한 짓이야. 만약 예상치 못한 부상이라도 당하는 날엔 드란이나 나나 몹시 슬플 거야."

"예. 하지만 최소한 그 정도는 해드리지 않고서야, 이 분의 기분이 풀리시지 않을 걸로 보였거든요."

"그런 식으로 이따금씩 엉뚱한 결론에 다다르는 구석은, 어딘지 모르게 드란과 비슷하단 말이지. 그건 그렇고, 그대는 아마 그라프와 자주 함께 다니던 여학생이었던 걸로 안다. 이름까지는 모르겠다만, 나의 친구에게 무슨 짓을 하려던 참이었나?"

크리스티나는 여유 있게 팔을 늘어뜨려 자연스러운 자세를 잡은 뒤, 천천히 미타리아에게 시선을 돌렸다.

말투와 목소리는 온화하기 그지없었으나, 그녀의 눈동자는 미타리아의 격렬한 감정을 압도하고도 남을 정도의 분노와 냉철한 빛을 띠고 있었다. 크리스티나에게 있어서, 세리나가 약간이나마 다칠 가능성이 있었다는 것은 도저히 용납할 수가 없는 대형사건이었던 것이다.

지금껏 아무도 본 적이 없는 크리스티나의 눈빛에 압도당한 미타리아의 심장은 완전히 얼어붙어 버렸다. 농담이 아니라 아주 짧은 시간 동안, 그녀의 심장은 고동을 잊고 있었다.

"……크, 크리스티나 님."

첩의 자식이라고는 하나, 크리스티나는 그라프보다도 격이 높은 귀족 가문의 영애였다. 그러한 그녀의 갑작스러운 등장으로 인해, 미타리아는 얼굴과 온몸을 긴장시켰다.

"다시 한 번 묻겠다만, 나의 친구에게 무슨 짓을 하려던 건가? 지금 이 상황은 어떻게 해석해 본다 한들, 바람의 마법을 행사할 만한 장면은 아니었던 걸로 보이는데?"

"알마디아 가문의 영애씩이나 되시는 분께서, 지금 저 꺼림칙하기 짝이 없는 마물을 가리켜 친구라는 말씀을 하시는 겁니까?! 그 녀석은, 바로 그 드란의 사역마라고요? 바로 그 드란 때문에 그라프 님의 영광스러워야 했던 미래는 영원히 일그러지고 말았습니다. 아크레스트 왕국의 유서 깊은 역사와 혈통을 계승해 나가실 분의 미래를 흙발로 짓밟은, 용서받지 못할 죄인의 사역마라고요!!"

크리스티나는 잘못된 상대를 향해 격렬한 감정의 화살을 돌리는 미타리아의 발언을 일말의 동정심도 없이 딱 잘라 반박했다.

"그게 어쨌다는 거지? 부정한 수단을 쓰다가 어리석기 그지없는 결과를 야기한 자는, 다름 아닌 그라프 본인이야. 그에 대한 책임을 다른 이에게 구해 봤자, 결국은 단순한 현실도피에 지나지 않아. 그대의 마음에 자리 잡은 꽉 막힌 감정 또한 진정한 의미로 풀릴 일은 없을 거야."

크리스티나는 거기서 일단 말을 끊었다가, 한 걸음씩 천천히 미타리아를 향해 나아가기 시작했다.

"어쨌든 그대가 그런 하찮은 이유로…… 세리나에게 상처를 주려고 한 걸로 해석해도 되겠나? 다른 이도 아닌 바로 나의 친구를 말이야."

"힉!"

"죄인의 사역마라느니 꺼림칙한 마물이라느니, 타인을 폄하하는 종류의 말은 유창하게 잘 지껄이더군. 귀족에게 그런 천박한 입은 필요 없지 않나?"

크리스티나가 등 뒤에 있던 세리나까지도 간담이 서늘해질 정도의 무자비한 기척을 내뿜자, 미타리아가 방금 전까지만 해도 보이고 있던 격렬한 감정의 소용돌이는 어디론가 자취를 감추고 말았다.

공포의 지배를 받은 미타리아의 얼굴빛은 순식간에 죽은 시체를 연상케 하는 흰빛을 띠었다. 그리고 허리의 힘이 빠져 그 자리에서 엉덩방아를 찧었다.

이제 그녀에게 세리나를 다치게 하려는 뜻은 모래 한 톨만큼도 없었다.

마법학원의 관계자들 가운데 아는 이들은 거의 없었으나, 편모 가정의 슬하에서 성장한 크리스티나는 어머니를 여읜 이후로 그야말로 이보다 더할 수 없이 거친 어린 시절을 겪은 소녀였다.

아직 어린아이에 지나지 않았던 크리스티나를 유괴하여 매춘굴로 팔아넘기려던 자들이나 강제로 범하려던 자들의 눈을 짓이기거나 앞니를 부러뜨리며, 고환을 발로 걷어차 자신의 순결과 신상을 지켰던 과거가 있는 몸이었다.

하여튼 어린 시절의 가혹한 경험으로 인해, 크리스티나는 보복이라는 행위에 관해선 기본적으로 망설임이 없었다. 오히려 그녀는 보복은 신속하고도 강렬할수록 더욱 효과적이라는 사고방식의 소유자였다.

냉철하기 그지없는 분위기의 크리스티나가, 한 걸음 더 발을 내디뎠다.

하지만 다음 순간, 처참한 결과를 예감케 하는 차가운 분위기를 타파하듯이 우당탕거리는 발자국소리와 함께 엉뚱한 난입자들이 끼어들었다.

미타리아가 걱정된 나머지, 몹시 서둘러 크리스티나를 쫓아온 세임과 다간이었다.

세임은 몸에 익지 않은 전력질주로 인해 가쁜 숨을 몰아쉬고 있었으며, 그나마 체력이 있는 다간 역시 엄청난 조바심과 공포로 인해 호흡이 크게 흐트러진 것으로 보였다.

두 사람은 허리의 힘이 빠져 주저앉은 미타리아를 감싸듯이, 크리스티나와 그녀 사이로 끼어들었다.

"자, 자, 자, 자, 잠깐만요! 잠깐만 기다려주십쇼!"

수치심이나 체면 같은 건 완전히 내팽개친 채로, 다간은 흐트러진 호흡을 가다듬을 틈도 없이 오른손을 앞으로 뻗어 크리스티나를 제지했다.

한편 세임은, 크리스티나의 미모가 지닌 마력에 사로잡히지 않으려는 듯이 두 눈을 질끈 동여감은 채로 양손을 펼쳐 미타리아를 지키려는 자세를 잡았다.

"알마디아 님! 아무쪼록, 아무쪼록 분노를 거두어 주십시오."

마치 분노한 신이나 정령에게 엎드려 용서를 비는 듯한 저자세로 간청한 세임의 태도가 보람이 있던 건가? 발걸음을 멈춘 크리스티나가 냉철한 표정을 유지한 채로 입을 열었다.

"그대들은 그녀와 무슨 사이지? 자신들의 몸을 던져가면서까지 감싸야 할 대상인가?"

미인의 분노가 이 정도로 무서웠을 줄이야! 다간은 물론이거니와 두 눈을 질끈 동여감고 있던 세임 또한, 크리스티나의 너무나도 차가운 목소리로 인해 오금이 저려올 지경이었다.

"치, 치, 치, 치, 친, 친굽니다. 예."

"으, 저도, 미, 미, 미, 미타리아의 친굽니다."

두 사람 다 혀가 멋대로 뒤틀려 제대로 움직이지 않았으나, 그들은 필사적으로 말을 이어 나갔다.

크리스티나와 세리나는 두 사람의 대답을 들은 미타리아의 양어깨가 조그맣게 움찔거리는 광경을 놓치지 않았다.

"오호, 친구란 말이지? 친구라는 이유로 그녀를 감싼다는 말이군. 하지만 나 또한 친구가 부당한 공격을 당할 뻔하다보니, 몹시 화가 난 참이거든. 무슨 이유가 있더라도 그다지 쉽게 용서할 수는 없어."

"힉!"

세임과 다간의 목구멍 속으로부터 한심하기 짝이 없는 비명소리가 새어 나왔으나, 크리스티나의 분노와 마주하고도 비명을 지르지 않을 수 있는 담력을 지닌 인간들의 숫자는 가로아 마법학원 전체를 통틀어 다섯 손가락으로 셀 정도밖에 되지 않았다.

세임과 다간은 그야말로 이보다 더할 수 없이 겁에 질린 듯이 보였으나, 자신들이 이곳까지 발걸음을 옮긴 목적 그 자체를 잊은 것은 아니었다.

"그, 그렇고말고요. 아무리 혼자서 외골수로만 고민하다가 저지른 짓이더라도, 그녀가 잘못된 행동을 한 것은 사실입니다."

"저나 세임이나 그냥 용서를 받을 수 있을 것으로 여기고 온 건 아닙니다. 그런 고로 저희 둘이 미타리아의 대타로 벌을 받겠습니다."

"바, 받겠습니다!"

세임과 다간은 둘 다 구체적으로 크리스티나가 하려던 짓을 예상하고 온 건 아니었으나, 어쨌든 지금껏 자신들이 걸어온 인생을 통틀어 경험한 적이 없을 정도로 어마어마한 보복이 될 것으로 상상하고 있었다는 점에선 마찬가지였다.

두 사람의 입에서 나온 말에 가장 크게 당황한 인물은 크리스티나 세리나가 아니라, 한창 두 사람의 비호를 받고 있던 미타리아였다.

"두 사람 다 갑자기 나타나서 멋대로 무슨 소릴 하는 거야?! 나의 대타로 벌을 받겠다고? 우…… 웃기지 마! 아무도 그런 부탁을 한 적은 없어!"

"구, 구, 구하러 온 거니까 너무 화만 내지 마!"

"세임의 말이 맞아, 미타리아. 구하러 왔으니 최소한 감사의 눈물 한 방울이건 뭐건 흘려 봐!"

신경질적인 목소리로 반박한 미타리아에게, 세임과 다간 또한 고함소리로 응수했다.

생명의 위기조차 느껴지는 이 상황으로 인해, 그들에게도 여유가 전혀 없었다. 나긋나긋한 목소리로 답할 여유 따위는 털끝만큼도 없었던 것이다.

"너희들의 사정 따위는 알 바 아냐! 아까부터 뭘 어쩌자는 거야? 방금 전엔 겁에 질려 도망친 주제에 다시 돌아오다니, 하는 짓이 앞뒤가 전혀 안 맞아."

"너의 터무니없는 행동 때문에, 우리가 이런 짓을 할 수밖에 없는 처지에 놓인 거잖아?!"

지금껏 겁이 많은 걸로만 알고 있던 세임이 흔치 않게 언성을 높이자, 미타리아는 조금 주눅이 든 표정을 짓는가 싶더니 곧바로 더욱 더 큰 목소리로 되받아쳤다.

　"시끄러, 결국 전부 다 나 혼자 멋대로 한 짓이야. 책임은 나 혼자 질 거야. 쓸데없이 멋있는 척 하지 마! 다리가 떨리고 있잖아? 그만큼이나 무서운 주제에, 어째서 나를 그냥 내버려두지 않는 거야?!"

　"어, 어쩔 수 없잖아! 넌 우리 친구야. 도저히 그냥 버리고 갈 수가 없더라!"

　세임은 울음을 터뜨리기 일보 직전의 목소리로 반드시 밝혀야 했던 자신의 본심을 입에 담았다. 옆에서 지켜보고 있던 다간 또한 호통 치듯이 외쳤다.

　"나도 마찬가지야, 미타리아. 너한텐 다섯 번이나 식당 밥을 얻어먹은 적이 있거든! 공부에 관한 도움을 받은 횟수도 한두 번 정도가 아니야. 나는 그 빚을 지금 갚으려는 것뿐이야. 불만 있냐!"

　다간은 거의 확실하게 자포자기한 것이 틀림없다는 느낌이 드는 목소리로 고함을 쳤으나, 동시에 의심할 여지조차 없이 그의 본심이라는 사실이 전해져오는 울림을 지니고 있는 것 또한 사실이었다.

　지금껏 미타리아는 턱도 없는 허세나 부리고 있었으나, 두 사람이 진심으로 자신을 걱정하여 이곳까지 쫓아왔다는 사실을 깨닫자 가슴이 벅차올라 말을 이을 수가 없었다.

　세 사람의 성난 목소리가 그치자, 크리스티나는 깊숙한 한숨을 내쉬었다.

　미타리아 일행의 신경은 바로 그 한숨 소리를 듣고 나서야 크리스티나와 세리나에게로 되돌아갔다.

세리나는 벌써부터 독기가 빠져나간 듯이 보였으나, 고개를 숙이고 있던 크리스티나의 표정은 알 수가 없었다.

전전긍긍하던 세 사람에게 시선을 돌린 크리스티나는, 방금 솟구쳐 올라온 분노를 풀 데가 짐작이 안 간다는 표정으로 엄숙하게 입술을 열었다.

"나 원 참, 갑작스럽게 난입해 들어오나 싶더니 자기들끼리 하고 싶은 말들이나 멋대로 외치다니…… 세 사람 다 정말 대단한 강심장이야. ……미타리아?"

"아, 예."

아직도 분노의 빛을 완전히 잃지 않은 붉은 눈동자가, 또다시 쪼그라든 미타리아에게로 향했다.

"그대가 하려던 짓에 관해선, 솔직히 말해서 아직도 화가 풀리지 않아. 하지만 다행스럽게도 세리나에게는 상처 하나 없어. 오늘은 그대를 구하러 온 두 사람의 용기를 봐서라도 그냥 넘어가도록 하지. 자신이 잃어버린 것을 아쉬워하는 것까진 어쩔 수 없다만, 아직 자신에게 남아있는 재산이 있다는 사실을 잊지 마. 오늘 같은 짓을 되풀이할 경우, 지금 가지고 있는 것조차 잃어버리게 될지도 몰라. 스스로의 몸을 던져 자신을 구하려 한 친구들에게 감사나 해. 그리고…… 나에게 두 번째 자비는 기대하지 마. 그때는 나도 가만히 있지 않을 뿐만 아니라, 드란 또한 절대로 용서하지 않을 거야."

하고 싶은 말을 전부 내뱉은 뒤, 크리스티나는 세리나와 왼손을 기세 좋게 붙잡자마자 그 자리를 뒤로했다.

돌아가다가 단 한 번 고개를 돌리자, 세임과 다간 또한 허리의 힘이 빠져 미타리아를 따라 엉덩방아를 찧었다. 그리고 자기들끼리 제3자는 끼어들 수도 없는 말싸움을 시작한 듯이 보였다.

가슴속에 응어리져 있던 모든 감정들을 주고받음으로써, 한 번은 무너질 뻔한 그들의 우정 또한 금방 원래대로 되돌아오리라. 미타리아가 벌인 상식 밖의 행동을 아직 용서하는 것은 아니었지만, 크리스티나로서는 눈앞의 광경을 짓밟으려는 마음은 들지 않았다.

그 대신이라기에는 조금 온당치 않았으나, 그녀는 이번 사건의 당사자 가운데 경솔한 행동을 저지른 또 한 사람의 인물에게 자신의 분노를 풀기로 마음먹었다.

"나 원 참, 세리나? 그대는 정말 지나칠 정도로 사람이 너무 좋아! 앞으로 오늘 같은 일이 있을 때는 자기 자신의 몸을 가장 중요하게 여기도록 해. 항상 드란을 위한 행동을 염두에 두고 있다는 건 이해가 간다만, 그가 다른 누구보다도 세리나를 중요하게 여긴다는 사실은 그대 스스로가 가장 잘 알지 않나?!"

세리나의 손을 잡은 채로 질질 끌듯이 복도를 가로질러 나아가던 크리스티나는, 그녀치고는 몹시 드물게도 자신의 분노를 공공연히 내비친 표정으로 잔소리를 늘어놓기 시작했다. 하지만 정작 당사자인 세리나는, 그다지 대단한 타격을 입지도 않은 듯이 싱글벙글 미소나 짓고 있었다.

"아니, 도대체 무슨 이유로 웃고 있는 거지? 그대는 지금 나에게 혼이 나고 있다는 사실을 알고 있나?!"

드란에게도 설교를 해달라는 부탁을 해야 하나? 그러한 생각이 순간적으로 크리스티나의 머릿속을 스쳐 지나간 바로 그 순간, 세리나가 스스로 미소를 짓고 있던 이유를 밝혔다.

"죄송합니다. 크리스티나 양의 말씀대로 자기 자신을 좀 더 소중히 여겨야겠다는 실감은 들었어요. 하지만 크리스티나 양이 자신 있게 저를 친구라고 말씀하시던 기억을 돌이켜 보니 너무 좋아서요."

"음, 으그극. 그런 식으로 나오면 나 또한 지금보다 강하게 나갈 수는 없단 말이지⋯⋯. 하지만 이번 일에 관해선 드란에게도 정확히 전달해두는 편이 좋아. 미타리아 이외에 방금 전 같은 멍청한 짓을 할 만한 녀석이 있으리라는 생각은 들지 않지만, 돌다리도 두들겨 보고 건너라는 말이 있거든."

"예. 드란 씨와 만나자마자 곧바로 말씀드리도록 할게요. 하지만 어딘지 모르게, 드란 씨는 오늘 일에 관해서도 예상하고 계셨을지도 모른다는 느낌이 든단 말이죠. 왜냐하면 다른 사람도 아닌 드란 씨니까요. 지금으로선 어디까지나 저의 직감에 지나지 않지만요."

"음~ 하긴, 다른 사람도 아닌 드란이란 말이지. 사실은 방금 전까지 일어났던 일들에 관해서도 예상하고 있었을 뿐만 아니라, 나의 난입으로 인해 자기 자신은 굳이 특정한 움직임을 보일 필요가 없었을 뿐이었다는 설명을 듣더라도 부정할 도리가 없거든⋯⋯. 그나저나, 직감이라? 사역마로서의 직감을 말하는 건가?"

"사역마~라기 보다는, 여자로서의 직감이요!"

세리나는 의심의 여지가 거의 없다는 듯이 자신감에 찬 표정으로 의기양양하게 답했다.

이건 혹시 자기들 사이를 자랑하는 건가? 정말로 그냥 순수하게 자랑하는 거야? 크리스티나로서는 고개를 갸웃거릴 수밖에 없었다.

크리스티나와 세리나로서는, 마법학원의 모처에서 그녀들을 바라보던 누군가가 안심한 듯이 「흠」이라고 중얼거렸다는 사실을 알 리가 없었다.

제5장 정체불명의 아름다운 용인(龍人)

여름의 발자국소리가 한층 더 가까이 다가온 요즈음, 서서히 열기를 띠기 시작한 바람을 받아 풀과 꽃들로 이루어진 바다가 출렁거렸다.

푸르른 하늘을 수놓는 구름들의 기척은 매우 뜸하기 그지없었으며 풍부한 태양빛은 아낌없이 대지를 비췄다.

지상에 사는 모든 이들에게 새로운 하루의 시작을 알리는 신호였다.

지혜의 샘을 무대로 한 활기찬 축하 모임으로부터 이틀이 지났다. 가로아 근교의 들판에 축하 모임 날 모였던 이들이 다시 집합한 상태였다. 피니아 양이 제안한 경마제 출장 선수들 간의 특별 훈련을 가지기 위해 한데 모인 것이다.

오늘은 나의 호출을 받아 귀한 발걸음을 옮긴 훈련 상대들과 첫 회합을 가지자마자 즉시 모의 전투를 치른다는, 꽤나 빠듯한 예정이 세워져 있었다.

그건 그렇고, 나의 호출을 받아 이곳까지 찾아온 훈련 상대라 함은 모레스 산맥을 근거지로 삼아 빈둥거리며 시간이나 죽이고 있던 심홍룡(深紅竜) 바제와 용궁성(龍宮城)의 무녀이자 황녀로서 몹시 직무가 바쁠 것으로 예상되는 고수룡(古水龍) 루우(瑠禹)였다.

지금은 각각 드래고니안과 용인(龍人)의 모습을 빌리고 있는 상

태였으나, 두 사람 다 진정한 용종의 일원들이라는 사실에 의심할
여지는 전혀 없었다. 나와 레니아를 제외한 나머지 학생들을 상대
로라면 더할 수 없이 강력한 훈련 상대가 되어줄 것으로 기대하여
초청한 것이다.

바제는 「어째서 내가 인간들 따위를 위해」라는 식으로 투덜거렸
으나, 어찌됐건 나와 약속한 시간대로 얼굴을 보이러 왔다.

루우는 평소부터 몹시 바쁘다 보니 고작 학생들의 훈련 상대로
부르기는 현실적으로 어렵지 않을까 싶었으나, 그녀는 나로부터
부탁을 받았다는 사실에 관해 무척이나 기뻐하다 못해 그 자리에
서 뛰어 오를 만큼 극적인 반응을 보였다. 그리고 반드시 오겠다
는 약속대로 이런 누추한 곳까지 어려운 발걸음을 한 것이다.

하지만…… 오늘 이 자리엔 나조차도 부를 마음이 전혀 없었던
제3의 훈련 상대까지 나타나고야 말았다.

그녀는 루우와 같은 빛깔의 윤기 나는 흑발을 노란 천으로 묶었
으며, 움직이기 쉬워 보이는 동방(東方)식의 자줏빛 도복을 걸치
고 있었다. 그리고 새하얀 칼집에 넣은 양날의 칼을 왼손으로 들
고 있었다.

귀의 윗부분 부근으로부터 사슴과 흡사한 뿔이 뻗어 나와 있었
으며, 도복의 엉덩이 부근으로부터 푸르른 빛깔의 비늘로 뒤덮인
꼬리가 튀어 나와 있었다.

루우와 같은 물 계통의 용(龍)이, 용인으로 변화한 모습이었다.

"처음 뵙겠습니다, 여러분. 저는 루우의 어머니인 류 킷츠라고
합니다. 오늘은 드란 씨의 초청을 받아, 여러분의 연습 상대를 담

당하기 위해 이곳까지 발걸음을 옮긴 몸입니다. 아무쪼록, 잘 부탁드립니다."

크리스티나 양에게 필적하거나 혹은 그 이상일지도 모르는 미모를 마주한 결과, 멍하니 넋이 나간 일동에게 미소를 짓는 용인의 이름은 바로 류 킷츠였다.

결단코, 마음만 먹으면 혹성 한두 개 정도는 가볍게 으깨버릴 수 있는 수룡황(水龍皇)이자 용궁국(龍宮國)의 군주인 류키츠(龍吉)가 아니다.

황녀인 루우의 모친이긴 하다만…… 어디까지나 나의 지인 중 한 사람인 류 킷츠 양일 뿐이다.

흠, 그런 식으로 얼버무리기는 역시 좀 힘들어 보이는군. 말이 되지 않아.

심홍룡인 바제와 고수룡인 루우 또한 멍하니 넋을 잃은 채로 나의 곁에 선 아름다운 용인을 바라보고 있었다.

아니, 바제와 루우뿐만이 아니었다.

특별 훈련을 하기 위해 모인 피니아 양과 크리스티나 양, 그리고 네르는 물론이거니와 출장 선수진의 친구와 지인에 해당되는 파티마와 시에라, 이리나와 나의 사역마인 세리나 또한 똑같은 표정을 짓고 있었다.

우리는 약속한 시각에 따라 가로아로 이어지는 도로로부터 약간 거리가 떨어진 이 장소까지 발걸음을 옮겨 왔으나, 나의 사전 호출을 받은 바제나 루우보다도 먼저 도착한 인물이 우리를 기다리고 있던 것이다.

바로 그녀야말로 지금 우리들 전원의 주목을 한데 모으고 있는 아름다운 용인인 류 킷츠였다.

모든 이들이 이 세상에 견줄 만한 자가 없을 것으로 여길 만한 류 킷츠의 인간과 비슷해 보이면서도 비인간적인 미모로 인해, 이 자리에 모인 이들 중 대부분의 정신은 다른 차원으로 소풍을 가고 있는 와중이었다.

우선 첫 번째 예외는 레니아였다. 그녀는 류 킷츠를 개나 고양이가 자신의 구역 안으로 진입해 들어온 침입자를 바라보는 듯한 눈초리로 뚫어지게 쳐다보고 있었다. 그녀가 그러한 태도를 보이는 이유의 절반 정도는 류 킷츠가 은근슬쩍 나의 옆자리를 점거하고 있기 때문인 것으로 추정된다.

그리고 두 번째 예외는 물론 바제와 루우였다. 그러나 두 사람의 경우엔 오히려 류 킷츠의 정체를 알고 있는 관계로, 본디 절대로 이 자리에 있을 수가 없는 그녀의 모습을 보자마자 경악할 수밖에 없었다.

류 킷츠는 방금 전에 자기소개를 마쳤으나, 거의 아무런 반응도 되돌아오지 않아 의아한 느낌을 받은 모양이다. 그녀는 어렴풋이 눈썹을 찌푸리며 곤혹스러운 표정을 지어 보였다.

그녀는 나에게로 고개를 돌리며 눈빛으로 「이 일을 어떻게 처리할까요?」라는 질문을 던져 왔다.

흠, 나조차도 그대가 여기로 발걸음을 옮긴데 관해선 깜짝 놀랐을 정도야. 처음으로 류 킷츠와 마주한 이들이 그녀의 초월적인 미모와 근본적으로 지상의 모든 종족과 동떨어진 영혼의 격을 경

험함으로써 일시적인 심신 긴박 상태로 빠져드는 것은 지극히 당연하기 그지없는 현상이란 말이지.

어쩔 수 없군……. 나는 목소리에 소량의 마력을 부여하여 혼란의 구렁텅이로 빠져든 나머지 일행들의 정신을 다시 끌어오는 작업에 착수했다.

"다들 정신 차려. 일부러 멀리서 와주신 손님을 상대로 멍하니 넋을 놓고 있는 건 예의가 아니야. 시간엔 한도가 있는 법이니, 함께 공유하는 시간은 약간이나마 유익한 것으로 만들어야 한다고 봐."

나의 마력을 부여한 목소리로 인해 그제야 정신을 차린 일행들은 머리를 흔들며 머릿속을 휘감고 있던 흐리멍텅한 안개를 뿌리쳤다.

크리스티나 양이 가장 먼저 입을 열었다. 매일 아침마다 거울로 자신의 얼굴을 보고 있는 그녀야말로 류 킷츠의 미모에 대한 내성이 그나마 가장 강한 축에 속하리라.

그러나 미모에 대한 내성과 완전히 별개로, 크리스티나 양의 혼 깊숙한 곳에 뿌리박힌 용을 죽인 자의 인자가 야기하는 부작용으로 인해 몸과 마음이 전부 다 그다지 좋지 않은 상태인 듯이 보였다.

"이, 이번엔 저희들을 위해 일부러 귀중한 시간을 할애해주셔서 정말로 이보다 더할 수 없이 감사하기 이를 데 없습니다. 그나저나 루우의 어머님이라고 말씀하셨는데, 당신께서도 진정한 용종 중 한 분이신지요?"

아마도 류 킷츠는 루우로부터 크리스티나 양이 지니고 있는 용을 죽인 자의 인자에 관해들은 적이 있을 뿐만 아니라 본인과 마주함으로써 확실하게 인식하고 있는 상태로 보인다만, 다행히 류 킷츠의 얼굴로부터 불쾌감이나 적대심 등의 부정적인 감정은 느껴지지 않았다.

"예. 저와 루우는 틀림없이 피로 이어진 모녀 사이니까요. 저 또한 고수룡 종족의 한 귀퉁이에 이름을 올려놓고 있답니다."

류 킷츠가 달빛 아래서만 봉오리를 여는 꽃과 같이 청아하고도 투명한 미소를 지어 보이자, 또다시 일행 가운데 몇 명의 정신이 아슬아슬하게 흔들렸다.

하지만 그럼에도 불구하고 크리스티나 양과 류 킷츠가 나눈 말 중에서 그냥 들어 넘길 수 없는 단어가 있었던 모양이다. 피니아 양이 숙녀답지 않은 커다란 음량의 목소리로 질문을 던져 왔다.

"자, 자, 자, 잠깐만 기다려 보세요! 지금 진정한 용종이라고 말씀하셨나요? 말인즉슨 류 킷츠 님뿐만 아니라 함께 오신 루우 양? 저분도 진짜 용이라는 뜻인가요? 그보다 고수룡이라는 말씀은 고대 종족의 일원이라는 뜻이잖아요! 지상 최강종 중에서도 특히 격이 높은 상위종이거든요? 이름 높은 마법사나 현자들이더라도 평생 동안 한 번 정도 볼까 말까할 정도의 희귀한 종족이라고요. 그런데 그런 종족의 일원들이 한꺼번에 두 분이나 우리 앞에 나타나셨다는 말씀이세요?"

흠, 그리고 보니 이리나와 피니아.양에게는 슬라니아 사건에 관해 자세히 설명한 적이 없었다. 그런 고로, 그녀들이 루우나 바제가 드래고니안이 아니라 진짜 용종이라는 사실을 모르는 건 어쩔 수 없는 일이었다.

더군다나 평범한 용이 아니라 희귀한 축에 속하는 고룡인 이상, 피니아 양의 경악하는 모습에도 납득이 갈 수밖에 없었다. 그건 그렇고 반응 하나하나가 일일이 연극조로 과장되어 있다고 해야 하나? 혼자서만 다른 세계의 주민처럼 보이는군.

"응? 아하, 그러고 보니 피니아는 모를 수밖에 없겠군. 참고로 두 사람뿐만 아니라 함께 따라온 바제 또한 드래고니안이 아닌 심홍룡 종족의 일원이야. 얼마 전에 에드왈드 교수의 의뢰로 슬라니아까지 가서 얼굴을 익힌 사이지. 류 킷츠 공과 만나 뵙는 것은 오늘이 처음이지만 말이야."

크리스티나 양은 내막을 모르는 피니아 양을 위해 간결하게 설명했지만, 그녀의 발언은 피니아 양을 한층 더 경악시켰다.

"뭐라고요오오오?! 심홍룡? 심홍룡이라고 하셨나요?! 또 고룡이잖아요! 드란 군, 당신은 도대체 무슨 수로 이런 분들과 친분을 맺으신 거죠?! 저의 예상을 아득히 뛰어넘었다기보다, 상상조차 할 수 없었던 분들이 눈앞에 나타나셨거든요!"

피니아 양은 그야말로 두 눈을 크게 부릅뜨고 있다는 표현밖에 나오지 않는 힘찬 눈빛으로 나를 뚫어지게 쳐다봤다. 나는 자기 자신의 재량으로 말할 수 있는 범위에 한해 설명할 수밖에 없었다.

"변경을 근거지로 삼아 생활하는 이들은, 평생에 걸쳐 한두 번 정도는 용종들과 접촉할 기회가 있는 법입니다. 실제로 저는 16년간의 인생을 통틀어 바제와 루우 이외에도 모레스 산맥을 서식지로 삼고 있는 풍룡(風竜)이나 수룡(水竜)과 마주친 적도 있습니다."

피니아 양은 한동안 그 발언의 진위를 확인하려는 눈빛으로 나를 노려봤다. 그리고 금방 나의 발언에 거짓은 없는 것으로 판단한 모양이다.

"변경이라는 곳은 참 대단하군요……."

피니아 양은 그 한 마디를 중얼거리는가 싶더니, 속세에 물들지 않은 귀족 가문의 아가씨를 연상케 할 만큼 아리땁기 그지없는 한숨을 내쉬었다.

어쩌면 나는 그녀의 머릿속에 엉뚱한 오해를 심어버렸는지도 모른다.

하지만 그녀는 곧바로 마음을 다잡은 듯이 허리춤의 벨트로부터 예전에 선보였던 부채와 또 다른 부채를 꺼내들어 기세 좋게 펼치자마자 입가를 숨긴 채로 웃기 시작했다.

크게 벌린 입을 신경 쓸 마음가짐을 갖춘 그녀에게, 드높은 웃음소리를 신경 쓸 마음가짐이 없다는 건 도대체 무슨 조화란 말인가? 나로서는 그녀가 어릴 적부터 받아온 가정교육의 오묘한 기준이 신경 쓰일 수밖에 없었다.

"아무튼, 진짜 용을 상대로 실전 훈련을 실시할 수 있다는 건 좀처럼 얻기 어려운 기회랍니다. 행운도 보통 행운이 아니라 엄청난 행운이지요. 설마 드란 군이 함께 경마제에 출장할 동지로서 믿음직스러울 뿐만 아니라, 이러한 인연까지 지니고 계실 줄은 몰랐어요……. 이 피니아 또한 간덩이가 떨어질 만큼 깜짝 놀랐답니다. 일찍이 불사조를 사역마로 삼은 피닉스 가문의 후예로서, 자신의 불꽃이 지닌 한계를 시험해 보고 싶군요!"

보무도 당당하게 선언하는 피니아 양의 육체와 혼으로부터, 불 속성을 띤 마력이 잇달아 방출됨에 따라 그녀를 중심으로 한 주위의 기온이 조금씩 올라가는 기척이 전해져왔다.

아무리 드래고니안의 형태로 변화된 상태라고 하나, 진짜 고룡을 마주한 채로 한 걸음도 물러서지 않는 피니아 양의 담력에 관해선 정말 대단하다는 말밖에 나오지 않았다.

바제의 성격을 고려하자면, 방금 피니아 양의 입에서 나온 발언을 그냥 들어 넘길 리는 없었다. 그런데 정작 당사자인 심홍룡 아가씨는 피니아 양의 발언에 관해선 그다지 특별한 반응을 보이지 않았다. 그녀는 그저 류 킷츠와 루우 모녀를 지그시 바라보고 있을 뿐이었다.

흐음, 그러고 보니 류 킷츠가 입에 올린 발언 중에선 바제가 도저히 못 들은 척 할 수가 없는 말이 섞여 있었단 말이지.

바제는 나의 시선을 알아차린 듯이, 녹슨 양철 인형을 연상케 하는 몸동작으로 목을 돌려 나에게 곤혹과 당황이 담긴 눈빛을 발사해 왔다.

스스로 바제의 입장이 된 걸로 가정하자면, 그녀가 보인 반응 또한 충분히 납득이 가고도 남았다.

"드, 드, 드란? 지금, 류키……?!"

"바제, 저 분의 성함은 류 킷츠다. 류 킷츠."

나는 말실수를 할 뻔한 바제를 천천히 타일렀다.

이 자리에 있는 이의 이름은 어디까지나 류 킷츠였다. 그녀의 이름은 절대로 「류키츠」가 아니다. 더군다나 3용황(龍皇) 중 한 명인 수룡황(水龍皇)일 리가 없다. 절대로 아니고말고.

"아, 맞아. 류 킷츠 님이라고 하셨지. 응, 그렇고말고."

그녀가 류 킷츠라는 너무나 노골적이다 못해 어이가 없는 가명으로 자신을 소개한 까닭은 개인적인 친분이 있는 나나 바제, 루우를 상대로 「이번 발걸음은 어디까지나 비공식적인 일정이랍니다. 너무 캐묻지 마세요」라는 속뜻을 넌지시 암시하고 있는 거나 마찬가지였다.

친딸이자 그녀를 섬기는 무녀이기도 한 루우에게 있어서, 그녀의 이번 발걸음은 정말 골치가 다 아파 오는 돌발 사태였다.

"저, 저, 저분께서 이런 누추한 곳까지 행차하신 이유 자체도 이해하기 어렵다만, 방금 뭐라고 하셨나? 루우의 어머니라고? 혹시 그런 설정으로 소개하자는 약속이라도 하고 오신 건가? 혹은 루우가 정말로 저분의 친딸이라는 거냐?"

바제는 지금껏 얼굴을 마주칠 때마다 서로 온갖 욕설이나 퍼붓던 루우의 정체가, 사실은 지상의 용종들 가운데 최고의 혈통 중 하나를 계승하는 자라는 터무니없는 정보를 갑작스럽게 입수한 일로 무척이나 당황한 듯이 보였다.

솔직히 지금은 루우의 신분을 밝히는데 그다지 적절한 기회는 아니었으나, 이왕 일이 이렇게 된 바엔 어쩔 수 없었다. 루우와 그녀의 개인적인 관계가 지속되는 이상, 언젠가 바제 또한 알게 될 수밖에 없는 정보였다.

성가신 숙제는 한꺼번에 처리하는 편이 수고가 덜 드는 법이다.

"너의 추측이 맞다. 바제. 루우는 의심할 여지없이 류 킷츠 공의 친딸이 틀림없다."

"……뭐라고?! 이 계집이 말이냐?! 정말 이보다 더할 수 없이 건 방질 뿐만 아니라, 너한테 어리광이나 부리는 게 다인 젖비린내 나는 꼬맹이가 공주, 아니, 류 킷츠 님의?!"

바제가 거의 찔러 죽일 듯한 기세로 루우를 손가락으로 가리키 며 소리 높여 외쳤다. 아마도 의식한 것은 아닌 듯이 보였으나, 본 인과 마주한 채로 정말 무례하기 짝이 없는 언사였다. 평소부터 루우를 그런 식으로 바라보지 않고서야 확실하게 나올 수가 없는 말들이었다.

뜬금없이 삿대질을 당한 루우로서는, 지금 바제가 입에 올린 말 들을 도저히 용납할 수가 없었던 모양이다. 그녀는 꽁하게 양쪽 볼을 부풀린 채로 몹시 언짢은 듯이 답했다.

"꼭 그렇게까지 말씀하시고 싶으신가요? 그야…… 소첩과 바제 양은, 그다지 사이가 좋은 편은 아니니 어쩔 수 없지만요."

자신의 말을 부정하지 않는 루우를 상대로, 바제는 벌린 입을 다 무는 것조차 잊어버린 것으로 보였다.

지금껏 실컷 서로에게 욕설을 퍼부었을 뿐만 아니라 몸싸움 미 수 직전까진 간 상대의 정체가, 하고많은 놈들 중에 하필 너냐는 소리밖에 안 나오는 것이었으니 별 수 없나?

나는 두 사람의 사이에 관해 한 가지 신경이 쓰여 루우에게 직접 묻기로 마음먹었다.

"루우, 어쨌든 이번 일로 너의 진짜 신분이 드러난 셈이다. 너는 앞으로 바제가 자신에게 어떤 태도를 보이길 바라느냐?"

"그야, 뭐……. 소첩을 상대로 예의를 차리는 바제 양이라니, 오히려 섬뜩한 기분만 들 것 같아요. 그런 고로, 앞으로도 기존의 관계를 유지하는 편이 서로에게 유익하지 않을까 싶군요."

루우의 말투는 그녀치고는 지나치게 직설적이었으나, 예의 바른 바제의 모습을 상상한 것만으로도 어마어마한 위화감을 느꼈다는 점에선 나 또한 루우와 크게 다르지 않았다. 솔직히 말해서 소름이 돋아날 지경이었다.

"흠. 루우는 이런 식으로 말하고 있구나, 바제. 정작 너는 어떻게 하고 싶으냐? 태도를 바로잡겠냐? 혹은 기존의 태도를 유지할 테냐?"

"으으으, 아니! 나는 말이야! 저기, 으아, 으—!"

바제는 그 자리에서 골머리를 앓는 듯이 보였으나, 기본적으로 단순한 두뇌의 소유자이니 만큼 금방 자신만의 정답에 도달하리라.

바제의 태도 말고도 다른 문제가 없는 것은 아니었다. 루우는 잔뜩 긴장한 표정으로, 여유 있게 미소 짓고 있는 자신의 어머니에게 소리 없이 다가갔다.

"그보다 어머님? 용궁성에 계셔야 할 어머님께서 무슨 이유로 이곳까지 왕림하신 거지요? 공무는 제대로 처리하고 오시는 길인가요?"

루우치고는 흔치 않게 혹독하기 그지없는 말투로 꺼낸 질문이었으나, 류 킷츠의 은은한 미소를 무너뜨리는 데는 역부족이었다. 류 킷츠는 바람을 받는 버드나무처럼 딸의 추궁을 가볍게 받아넘겼다.

"물론 당신과 마찬가지로 오늘 할일은 다 마치고 왔답니다. 그리고 화급한 사태가 발생할 경우를 대비해 분신을 남기고 왔으니, 긴급 사태가 벌어졌을 때는 곧바로 날아서 돌아갈 생각이기도 하고요."

이 경우의 「날아서」 돌아간다는 말의 의미는 글자 그대로 하늘을 날아서 돌아간다는 뜻이 아니라, 공간을 도약함으로써 눈 깜짝할 사이에 바다 속의 용궁성으로 돌아가겠다는 말이다. 류 킷츠 정도의 능력을 지니고 있는 이들에게 있어선 거의 식은 죽 먹기나 다름없는 이동 방법이었다.

물론 그럼에도 불구하고 용궁성의 주인이 성을 비운다는 사실 자체가 좀 문제가 있지 않겠냐는 생각이 드는 것은 마찬가지였다. 솔직히 말해서 아무런 상관이 없는 나조차도 그런 느낌을 받을 수밖에 없다만…….

류 킷츠는 장난이 들통 난 어린아이처럼 조금 입술을 삐물었다. 꽤나 사랑스러운 표정이로군.

"게다가 우리 루우가 너무 눈에 띄게 기뻐하는 지라, 아무리 어미더라도 나이에 걸맞지 않게 질투가 날 때도 있는 법이랍니다. 「어머님, 어머님! 드란 님께서 소첩을 불러주셨습니다」는 식으로 자랑스럽게 떠들고 다니던 모습을, 이 어미는 죽을 때까지 잊지 못할 겁니다."

류 킷츠가 자신의 말투를 흉내 내자, 루우의 백옥과 같은 미모가 곧바로 주황빛으로 물들었다. 루우가 거의 비명에 가깝게 「어, 어, 어, 어머님?!」이라는 소리를 내질렀다.

부드러운 미소를 띤 류 킷츠는, 딸의 반응에 전혀 개의치 않는 모습을 보였다. 루우가 아무리 날고 기어봤자 어머니의 손아귀 안이라는 건가?

당분간 두 모녀가 연출하는 훈훈하기 그지없는 가족들의 단란한 대화 광경을 지켜보고 싶다는 마음도 없지 않아 있었지만, 시간을 유익하게 활용하는 것이야말로 나의 신조였다.

"일단 진정해라, 루우. 이미 따라 와버린 이상, 결국은 별 도리가 없다. 그냥 가라는 것도 좀 불쌍하니, 오늘은 이대로 특별 훈련의 상대 역할을 맡겨 보도록 하자꾸나."

나의 중재에도 불구하고 루우는 불만스러워 보였으나, 전혀 타격이 없는 듯한 모습의 어머니를 마주하다 보니 더 이상 무슨 소릴 해봤자 헛수고라는 사실을 깨달은 모양이다.

"루우? 드란 공께서도 이렇게 말씀해주시니, 오늘은 그냥 넘어가 주세요. 그리고 이 어미 또한 루우와 마찬가지로 드란 공과 함께 하는 시간을 고대하고 있던 참이랍니다. 경우에 따라선 드란 공을 당신의 신랑이나 저의 배우자로 삼고 싶다는 궁리를 할 정도로요."

진지한 태도는 아니었으나, 류 킷츠는 어렴풋이 붉게 물든 자신의 양쪽 뺨을 양손으로 감싸며 쑥스러운 듯이 온몸을 비틀어 꼬았다.

지금껏 자신의 어머니가 부끄러워하는 모습을 본 적이 없었던 루우는, 머릿속이 완전히 정지된 듯이 입을 다문 채로 굳어 버렸다.

그러한 루우의 모습을 도저히 두고 볼 수 없었던 나로서는, 어찌 됐건 한 마디라도 거들 수밖에 없었다.

"류 킷츠 공, 루우를 놀리시는 데도 한도가 있는 줄로 압니다.

모녀간의 오붓하고도 단란한 대화에 끼어들기는 마음이 괴로우나, 아무쪼록 그쯤 해두시지요."

"어머나, 드란 공에게 혼이 나고 말았군요. 일단 루우를 놀리는 건 이쯤 해두기로 하지요. 하지만 드란 공? 방금 드린 말씀이 전부 다 거짓은 아니거든요? 마음속 한쪽 구석에나마 기억해주시기만 바랄 뿐입니다."

흐으음, 짓궂게 말하는 류 킷츠의 눈동자엔 틀림없이 진지한 빛이 깃들어 있었다.

아마도 나조차 파악할 수 없는 데서 온갖 일들이 비밀리에 진행되고 있는 모양이다.

개인적으론 베른 마을의 발전에 인간으로서 주어진 일생을 바칠 생각이었다만, 현재로서는 나 자신이 걷게 될 진짜 미래에 관해선 짐작조차 가지 않았다.

그나저나 어쩌다 보니, 우리의 비밀이야기가 어지간히 길어진 모양이다. 세리나나 네르를 비롯한 나머지 일행들이 의아한 표정을 짓고 있었던 관계로 여기서 일단 매듭짓기로 했다.

"어쨌든 이제 슬슬 특별 훈련을 시작하도록 하겠습니다. 안전을 위해 마법학원으로부터 빌려온 결계 장치와 저지먼트 링, 그리고 오늘을 위해 제가 따로 제작해 온 결계 전개용 배리어 골렘까지 준비되어 있습니다. 이 세 가지 수단으로 주위의 피해는 최소한의 규모로 막을 수 있을 테니, 주위에 신경 쓰실 필요 없이 마음껏 진짜 실력을 발휘하실 수 있을 겁니다."

테르마이 골렘과 호스 골렘에 이은 제3의 사제 골렘은, 테르마이 골렘과 똑같이 둥그런 몸통이나 얼굴 이외에도 네모난 상자를 짊어지고 있었다. 그 상자의 내부엔 임의의 장소에 결계를 전개하는 장치가 내장되어 있었으며, 가로아 마법학원이 보유한 결계 장치의 2배를 넘는 강도의 결계를 전개할 수 있는 성능을 자랑한다. 참고로 공식적으론 평균적인 결계 장치보다 조금 더 우수한 성능을 지니고 있는 장치로 보고를 올렸다.

베른 마을로 돌아가 마물이나 이민족들로부터 습격을 받게 될 경우, 마을을 에워싸고 있는 해자(垓子)와 돌벽만으론 불안하다는 느낌이 들었다. 배리어 골렘은 그러한 방어용 설비들의 대용품으로 삼고자 시범 제작한 골렘들이었다.

한 대 당 전개 가능한 결계의 크기는 그다지 큰 편이 아니었으나, 많은 숫자를 모아 내장된 마력을 증폭시킴으로써 마을 하나 정도는 통째로 뒤덮고도 남을 정도의 성능을 지니고 있었다.

그야 류 킷츠가 진심으로 힘을 쓸 경우엔 돌파당할 수밖에 없겠으나, 사신이나 마왕을 상대로 하지 않고서야 그녀가 진짜 실력을 발휘할 리는 없었다.

"저는 준비가 다 끝났답니다, 드란 군. 우선 어떤 조합으로 훈련을 시작할까요? 뭐, 당연히 소첩의 상대는 저기 계신 바제 양이 되실 수밖에 없겠지만요!"

기세가 당당한 피니아 양은, 기합이 지나치게 충만하다 보니 온몸으로부터 자그마한 불똥들을 일으키기 시작할 정도였다. 그녀는 감정의 기복에 따라 열을 발생시키는 체질인 것으로 보였다.

그건 그렇고 바로 그 피니아 양으로부터 뜨거운 시선을 받고 있던 바제는 루우의 취급에 관해 잠시 동안 골머리를 썩는 듯이 보였으나, 이윽고 힘차게 일어나 루우 쪽으로 시선을 돌렸다.

"좋아, 결심했다! 너의 진짜 신분이 뭐건 간에, 네가 물러터진데다가 시건방진 꼬마 계집이라는 사실엔 전혀 변함이 없다. 그런고로, 나는 너에 대한 태도를 바로잡지 않는다! 알겠나?!"

"어머나, 오늘도 여느 때처럼 말버릇이 안 좋으시군요. 언젠가 바제 양에게 손수 따끔한 맛을 보여드리도록 하지요."

루우는 겉으론 화가 난 듯한 말투로 항의하는 태도를 보였으나, 자신에게 이러한 태도로 망설임 없이 말을 걸어오는 귀중한 상대를 잃지 않을 수 있었다는 사실이 어딘지 모르게 기쁜 듯한 표정을 짓고 있었다.

다만, 바제야? 기세 좋게 선언한 데까진 좋았다만, 은근슬쩍 류킷츠 쪽으로 시선을 돌려 그녀의 반응을 확인한다는 건 조금 한심하게 느껴지는구나.

한편, 바제에게 존재를 무시당한 거나 마찬가지였던 피니아 양으로서는 당연히 유쾌할 수가 없었다. 그녀는 뻔히 들여다보일 정도로 기분이 상한 듯한 표정을 지었다.

"너무하시는 거 아닌가요? 저를 무시하지 마세요!"

피니아 양이 발을 동동 구르고 나서야, 바제가 그녀에게 고개를 돌렸다.

"응? 아하, 요컨대 네 상대를 해달라는 거냐? 드란으로부터 불사조의 인자를 지닌 이라고 들었다만, 흥, 어디 한 번 솜씨나 구경해 보자. 불꽃 한 가운데서도 재생하는 것으로 알려진 불사조조차 불살라 버리는 고룡의 불꽃을 실컷 맛 보거라."

원래부터 힘을 떨치기 좋아하는 성격의 바제에게 있어서, 정정당당히 대항 의식을 불태우는 피니아 양과 같은 소녀는 무척이나 바람직한 상대였다.

나머지 조합을 고려하자면, 물 속성 술법의 고수인 루우에게는 네르의 상대를 부탁하는 것이 타당하리라.

마지막으로 남은 연습 상대는, 예정 밖의 출석자인 류 킷츠였다. 칼을 지니고 온 걸로 보이니 크리스티나 양의 상대라도 부탁해 볼까?

"루우는 네르를 상대해 줄 수 있겠나? 물과 얼음의 차이는 있지만, 자신보다 격이 높은 물 속성 술사를 상대로 하는 훈련은 네르에게 좋은 경험이 될 걸로 보이거든."

"아, 예. 맡겨만 주세요. 삼가 명을 받들겠습니다."

친어머니의 입에서 나온 충격적인 발언 때문에 말문이 막혀 있었던 루우는, 나의 목소리가 들려오자 가까스로 정신을 되찾은 듯이 보였다. 그리고 곧바로 네르에게 시선을 돌렸다. 그녀를 마주 보는 네르는 자신보다 격이 높은 상대라는 나의 발언이 무척이나 신경에 거슬린 모양이었다.

요즘 들어 나나 크리스티나 양을 상대로 연패를 기록하고 있던 네르는, 꽤나 마음을 단단히 먹고 나온 듯이 보였다.

상식적으로 봐서 서쪽의 엑스 군이라는 친구의 실력이 진정한 용종의 일원인 루우에게 필적할 가능성은 거의 없겠다만, 루우를 상대로 한 훈련은 네르의 역량을 극적으로 향상시킬 좋은 기회가 되리라는 예감이 들었다.

"루우와 바제의 일손이 꽉 찼다는 건 연습 상대가 없는 나와 레니아, 드란은 류 킷츠 공께 한수 배워야 한다는 뜻인가?"

용을 죽인 자의 인자로 인해 몸 상태가 그다지 안 좋기 때문인가? 크리스티나 양의 말투로부터 어딘지 모르게 패기가 모자라다는 느낌이 전해져왔다. 이런 상태로 진짜 실력을 발휘할 수 있을 리가 없었다.

그래도 상대가 「용(竜)」이 아니라 「용(龍)」인 이상, 그나마 바제를 상대로 할 때보다야 나을 것으로 보였다. 흠, 레니아와 나는 누구를 상대해야 하나?

솔직히 말하자면, 나와 류 킷츠가 맞붙을 경우엔 그녀에게 한 수 배운다기보다 내가 그녀에게 한 수라도 가르쳐 줘야 하는 입장에 처할 공산이 컸다. 자기도 모르게 흥이 돋은 나와 류 킷츠가 힘을 조절하기를 잊어버리기라도 하는 날엔, 결계가 파괴됨으로써 대형 사고로 비화될 수도 있었다. 그야말로 이 근방 일대의 지형이 통째로 바뀔 가능성이 있다.

류 킷츠에게 시선을 돌리자, 그녀는 이미 지참해 온 칼집으로부터 양날의 검을 뽑아든 상태였다. 어쨌든 그녀는 우리에게 언제든지 들어와 달라는 태도를 보이고 있었다. 의외로 장난스럽다고 해야 하나? 의욕이 넘쳐나는 모양이군.

나를 제외한 나머지 인원들의 경우, 「그 유명한 수룡황 류키츠에게 필적할 정도의 능력을 자랑하는」 류 킷츠를 상대로 실전에 가까운 훈련을 쌓을 수 있는 흔치 않은 기회가 온 것은 사실이었다.

하지만 레니아 같은 경우엔 처음부터 류 킷츠에게 노골적인 적대심을 앞세우고 있는 관계로, 훈련이 시작되자마자 쓸데없이 필요 이상으로 강력한 공격을 가할 듯한 예감이 든단 말이지…… 흠.

턱에 주먹을 괸 채로 잠시 동안 골똘히 생각에 잠겨 있던 나에게, 이리나가 조심스럽게 말을 걸어 왔다.

"아니, 저기, 잠깐만요. 드란 씨?"

마음이 약한 그녀는 자기 자신이 진정한 용종들과 마주하고 있다는 사실에 거의 졸도하기 직전이었으나, 루우 일행의 겉모습이 어디까지나 드래고니안 종족의 소녀들 같은 외모다 보니 이제야 어느 정도 적응된 것으로 보였다.

"무슨 문제라도 있나? 혹시 이리나도 훈련에 참가하고 싶은 건가?"

절대로 그럴 리는 없으리라는 확신 하에 그러한 질문을 던지자, 이리나는 목이 떨어질 듯한 기세로 고개를 가로저었다.

"그, 그런 건 아녜요. 단지, 저 류 킷츠 님이라는 분은 수룡이시죠? 심지어 고대 종족의 일원이라고 하셨던 걸로 들었어요."

역시 지나치게 노골적인 가명이라 들킬 수밖에 없었나?

"흠, 그렇다더군."

"저기, 저의 기억이 정확할 경우의 얘긴데 말이죠? 3용황 가운데 수룡황의 존함이 류키츠였던 걸로…… 이름의 발음이 굉장히 비슷하다는 느낌이 들었는데요……."

역시나…….

"이리나."

"아, 옙?!

"그 사실에 관해선 너의 가슴 속에 고이 묻어 두도록 해. 오늘, 이곳에 계신 분의 이름은 어디까지나 류 킷츠일 뿐이야. 그녀의 이름은 결단코, 류키츠가 아니야. 솔직히 말해서 나 또한 그녀가 이곳까지 발걸음을 옮긴 이유에 관해선 짐작조차 가지 않아. 바제와 루우 또한 류 킷츠라는 이름으로 부르고 있는 이상, 우리도 그녀들을 따르도록 하자. 알아들었지?"

끊임없이 못을 박는 나에게 압도당한 이리나는, 몹시 긴장한 표정으로 수도 없이 고개를 끄덕였다.

일단 아크레스트 왕국과 용궁국 사이에 정식적인 외교 관계가 체결된 적은 없는 걸로 안다만, 아무리 그렇더라도 용궁국의 초고위급 인사가 이 자리에 있다는 사실이 바람직할 리가 없었다.

이리나는 어쨌든 납득한 것으로 보였으나, 나에게 아직 할 말이 남아있다는 표정을 짓고 있었다.

"드란 씨는 우리 레니아가 저 모양이 될 정도로 잘 길들이셨을 뿐만 아니라, 진짜 드래곤 여러분하고도 친목 관계가 있으실 정도로 정말 대단하신 분이군요. 같은 인간이라는 사실이 믿겨지지 않을 정도예요. 저 같은 열등생과 비교할 때는 그야말로 하늘과 땅만큼 차이가 있으신 걸로 보여요……."

이리나가 의도치 않게 입에 올린 말들로 인해, 나는 가슴이 덜컥 내려앉는 듯한 착각을 느꼈다. 뭐, 하기야 나의 육체 자체는 인간이더라도 혼은 같은 인간이 아니란 말이지.

순간적으로 말문이 막힌 나는, 그녀에게 대답할 말을 찾을 수가 없었다. 그런데 그 순간, 레니아가 이리나의 입에서 나온 「한 단어」를 걸고넘어졌다.

"이봐, 잠깐. 이리나?"

"어라? 가, 가, 갑자기 뭔데, 레니아?!"

레니아가 살벌하기 그지없는 목소리로 나와 이리나의 대화에 끼어들었다. 이리나는 옆에서 보기에도 딱할 만큼 잔뜩 쪼그라들어 눈물을 머금었다.

"넌 지금, 「진짜 드래곤 여러분」이라는 말을 입에 담지 않았나? 나의 귀는 네가 무심코 입에 담은 말 정도는 절대로 놓치지 않아."

지금 당장이라도 달려들 듯한 레니아의 박력에 밀려, 이리나는 등 뒤로 몸을 젖히면서 천천히 뒷걸음질을 치기 시작했다. 육식동물과 마주보게 된 사냥감의 기분이 이런 식일까?

"그, 그야 입에 담긴 했는데, 무슨 문제라도 있는 거야?"

"문제가 있고말고! 문제가 있는 것도 정도가 있다. 정말 너무나 심하게 큰 문제야! 너는 스스로가 입에 담은 말의 뜻을 전혀 모르고 있어. 어쨌든 지금부터 잘 들어. 앞으로 평범한 용들을 부를 때는, 그냥 「용」이라고 불러라. 요즘 세상의 멍청이들은, 그 단어가 가리키는 진정한 뜻조차 모른 채로 모든 용들을 함부로 드래곤이라고 부른단 말이지! 알겠나? 애초부터 드래곤이라는 호칭은 모든 진정한 용들의 정점에 서는 시원(始原)의 일곱 용들 중에서도 가장 위대하고도 숭고하시며, 강대한 권능을 지니신 분의 이름이야! 종족을 부르는 명칭이 아니란 말이다!"

"으에에엥?"

레니아는 마구 침을 튀기며, 붉게 충혈된 눈으로 나의 이름에 관해 열변을 토했다. 이리나로서는 속수무책으로 압도당할 수밖에 없는 상황이었다.

이대로는 굉장히 오래갈 것 같다……는 결론에 다다른 나는, 크리스티나 양과 류 킷츠에게 말을 걸었다.

"크리스티나 양, 류 킷츠 공? 레니아는 때를 봐서 적당히 투입시킬 테니, 일단 두 사람끼리 모의 전투를 시작하도록 해."

"그러도록 하지. 어쨌든 류 킷츠 공, 오늘은 아무쪼록 잘 부탁드립니다."

크리스티나 양은 철제의 칼집으로부터 엘스파다를 뽑아든 뒤, 불안정한 정신 상태를 내비치지 않는 늠름한 얼굴 표정으로 류 킷츠를 마주봤다.

그리고 두 사람은 바제와 루우 일행으로부터 조금씩 거리를 벌리기 시작했다.

"예. 저야말로 잘 부탁드립니다. 드란 공으로부터 크리스티나 양에 관한 말씀은 곧잘 전해 들었답니다. 오늘의 훈련은 당신의 현재 기량을 확인하는 기회로 삼도록 하지요."

류 킷츠는 고개를 끄덕인 뒤, 양날의 검을 잡은 채로 크리스티나 양의 도전에 응했다.

나는 일단, 훈련을 시작한 일행들로부터 거리를 벌려 파티마 일행들이 모여 있는 곳으로 발걸음을 옮겼다.

파티마나 세리나는 결계 바깥의 땅바닥 위에 커다란 시트를 깔아, 우리 일행의 모의 전투를 관전하고 있었다. 바구니에 싸온 차나 과자 등의 온갖 간식들이 시트 위가 비좁게 잔뜩 늘어서 있는 광경은, 마치 다 함께 소풍이라도 온 듯이 보였다.

붉은 시트 위에 똬리를 튼 채로 진저 쿠키를 잔뜩 먹고 있던 세리나가 어딘지 모르게 언짢은 듯이 시무룩한 눈빛으로 나를 노려봤다. 혹시 나도 모르는 사이에 세리나의 기분을 상하게 할 만한 짓이라도 했나?

"루우 양이건 류 킷츠 님이건, 드란 씨는 여성분들한테 참 인기가 많으시군요."

그녀들과 나누던 비밀이야기는 다른 일행들에게 들리지 않은 걸로 안다만, 세리나의 눈엔 나와 그녀들이 사이좋게 환담을 주고받는 걸로 보였던 모양이다. 으~음, 하기야 그다지 틀린 관점도 아닌가?

나는 엉뚱한 방향으로 얼굴을 돌리고 있는 세리나의 옆자리에 걸터앉았다. 최근 들어 세리나를 토라지게만 하고 있다는 느낌이 드는군······.

"저분 또한 세리나가 모르는 데서 만난 상대니까 말이야. 세리나의 기분이 그다지 유쾌하지 않은 건 이해가 가."

"드란 씨의 지인 여성분들은 다들 아름다우신 분들뿐인데다가, 드란 씨는 아무하고나 거리 감각이 지나치게 가깝거든요······."

"후후, 물론 세리나 또한 아름다운 소녀들 중 한 사람이야. 덤으로 이따금씩 엉뚱한 상대에게 질투하는, 사랑스러운 구석도 있단 말이지."

그리고 나는 세리나의 입가에 묻어 있던 쿠키 부스러기를 집어,

자신의 입 안으로 집어넣었다. 그제야 세리나는 꽁하게 찡그리고 있던 표정을 거두어들였다.

나와 행동을 처음부터 끝까지 지켜보고 있던 파티마는 「와우」라는 감탄사와 함께 호들갑스러운 반응을 보였다. 이 녀석 보게, 혹시 세리나와 똑같은 꼴을 당하고 싶은가?

"드란 씨는 언젠가 칼에 찔리실 지도 몰라요. 어두운데 숨어있던 여자 분이 어느샌가 뒤로 달려와서 푹—."

푹—이라는 의성어와 함께, 세리나는 나이프를 본뜬 손가락으로 나의 옆구리를 찌르는 시늉을 했다.

"그렇게 되지 않도록 최선을 다할게. 만약 그런 일이 벌어질 경우엔, 어디 보자, 그때 가서 생각하도록 하지."

"참 어쩔 수 없는 분이군요. 만약 돌이킬 수 없는 일이 벌어지더라도 전 찾지 마세요."

입으론 이런 말을 중얼거리고 있으나, 세리나는 무슨 일이 있어도 마지막까지 나와 함께해 주리라는 확신이 나의 마음속에 자리잡고 있었다.

나는 세리나의 옆자리에 걸터앉은 채로, 각각의 모의 전투가 이루어지고 있는 광경을 지켜봤다.

기억을 돌이켜 보니, 피니아 양이 전투하는 모습을 보는 것은 이번이 처음이었다. 솔직히 말해서, 가로아 4강 중 마지막 한 사람의 실력에 관해 적잖은 호기심을 자극받은 것은 사실이었다.

일단 피닉스를 사역마로 거느리던 조상의 후예라는 말에 거짓은 없었던 모양이다. 전투가 시작되자마자 마력을 고조시킨 피니아 양의 육체와 혼으로부터, 피닉스의 영적인 인자를 포함한 독특한 파동이 일어났다.

그녀는 불 속성의 마력에 대한 지극히 강력한 내성과 적성, 그리고 평범한 인간의 수준을 아득히 초월하는 재생 능력과 내구력을 겸비한 흔치 않은 인재였다.

펜리르와 계약한 네르에 비해 재생 능력과 내구력이 더 우수한 만큼, 장시간의 전투에 관해선 유리한 장점을 보유하고 있는 걸로 봐야 하리라. 게다가 혈통 그 자체에 영적인 인자로서 포함되어 있는 이상, 영적인 상관관계로도 피니아 양에게 무게추가 기울어 졌다.

어쨌든 그녀는 용을 죽인 자의 인자가 능력을 제한하는 족쇄로 만 작용되고 있는 크리스티나 양과 크게 차이가 나는 소질의 소유 자였다.

"호오호호호호, 바제 양! 이 피니아! 불꽃을 다루는 자로서 당신 의 어마어마한 역량을 더할 수 없이 직접적으로 느끼고 있답니다! 위대한 심홍룡의 능력을 이 피니아에게 증명해 보이도록 하세요!"

이렇게 특이한 웃음소리와 말투로도 그녀가 진심으로 바제를 높이 평가하고 있다는 사실이 제대로 전해져온다는 건 솔직히 말해서 무척이나 신기하기 이를 데 없는 현상이었다. 보는 관점에 따라선, 이러한 현상 또한 피니아 양의 드높은 인품의 효과인지도 모른다.

하지만 칭찬의 말과 함께 발사한 부채 형태의 불꽃 덩어리를 목격할 때야, 평범한 이들로서는 그녀의 칭찬을 받은 기쁨보다 죽음의 공포를 먼저 느낄 수밖에 없으리라.

피니아 양의 우위성은 피닉스의 인자에 의해 강화된 불 속성 마력의 친화성을 무기로 삼아 몸속의 마력을 직접 열을 띤 불꽃으로 변환시켜 발생·전개할 수 있다는 점에 있었다. 추가로 덧붙이자면, 그녀는 중급 정도 수준의 화염 마법은 영창 없이도 8, 9할에 가까운 위력으로 유지할 수 있는 능력을 지니고 있었다.

전투의 선제를 잡는데 성공한 피니아 양은 교복의 뒷부분으로부터 불꽃의 날개를 펼쳐 하늘 위로 날아올랐다.

오호, 설마 불꽃을 그런 식으로 활용할 줄은 몰랐군…….

불꽃의 날개를 전개함으로써 공중을 비행할 수 있는 능력까지 갖추니 그녀는 거의 인간의 형태를 빌린 불꽃 그 자체나 다름없는 존재였다. 4강으로 꼽히는 것도 납득이 갈 수밖에 없는 전투 능력이었다.

"하하! 하늘 높은 줄 모르는 인간만큼 처치 곤란한 동물도 흔치 않구나. 땅바닥으로 떨어뜨려 두 번 다시 나를 굽어보지 못 하게 만들어주마!"

피니아 양에게 하늘 위의 고지를 빼앗겨 불리한 입장에 놓인 것은 틀림없었으나, 바제의 표정은 어디까지나 침착하기 그지없었다.

한편 바제의 머리 위를 점령하는데 성공한 피니아 양은, 날개를 펼쳐 상승해 오는 바제를 상대로 불꽃의 형상·열량·숫자·속도 등을 세세하게 변화시켜 온갖 신출귀몰한 방식으로 연속 공격을 가했다. 바제가 다양한 특성의 불꽃 공격을 처리7하는 방식을 확인해 보려는 건가? 피니아 양은 심홍룡의 화염 조작 능력을 시험해 보려는 의도인 것으로 보였다.

"흥!"

바제가 기분이 언짢은 듯이 코웃음을 치자마자, 본인을 향해 들이닥치던 불꽃들을 거꾸로 자신의 다홍빛 불꽃으로 불살라 버렸다.

그리고 어느 틈엔가 피니아 양의 주위로, 그녀를 포위하듯이 30발 정도에 다다르는 불꽃의 화살들이 배치되어 있었다.

피니아 양은 그 광경을 목격하자마자 조그맣게 「어머나?」라고 중얼거렸다. 호화롭기 그지없는 황금빛 곱슬머리가 불꽃의 화살들로부터 쪼이는 빛을 받아 눈부시게 빛났다. 불꽃의 날개뿐만 아니라 주위의 불꽃들로부터 빛을 받는 그 모습은, 마치 불꽃을 거느리는 천사처럼 보일 정도였다.

그 모습을 본 나는 「선천적으로 화려한 특징을 타고난 분이로군」이라는 엉뚱한 소감을 품었다.

크리스티나 양 정도로 인간을 아득히 초월한 수준은 아닐지 모르나, 그녀 또한 좀처럼 찾아볼 수 없는 미모의 꽃봉오리를 피우기 직전의 대단한 미소녀라는데 관해선 의심의 여지가 전혀 없었다.

"천성적으로 불꽃과 함께할 수밖에 없는 심홍룡이니 만큼, 불 속성에 대한 친화성은 저와 비교조차 되지 않을 것으로 각오는 하고 있었지만…… 실제로 보니 정말 대단하다는 말씀밖에 안 나오는군요."

피니아 양은 수없이 많은 선혈 빛의 다이아몬드를 박아 넣은 부채로 입가를 가린 채, 바제의 능력에 관한 자신의 소감을 밝혔다.

흐음, 이러한 상황 하에서도 전혀 주눅이 드는 기색이 없을 줄이야. 그건 그렇고 입가는 부채로 숨기고 있으나, 눈웃음을 짓고 있는 것까진 숨기지 않고 있군. 그녀는 좋건 나쁘건 솔직한 성격의 소유자였다.

"아직도 허세를 부릴 여유가 있단 말이냐? 혹시 공포라는 감정을 모르는 건가? 어디 한 번 나에게 보여 보거라!"

바제가 오른팔을 휘두르자마자, 불꽃의 화살들이 피 냄새를 맡은 육식 물고기들의 무리와 같이 피니아 양에게 들이닥쳤다.

세차게 밀려가는 다홍빛 화살들이, 불꽃의 날개를 펼친 미소녀의 온몸을 뒤덮었다.

그 광경은 보는 관점에 따라 실로 무참하기 그지없었으나, 나의 눈은 화살들이 명중하기 직전의 피니아 양이 불꽃의 날개가 지닌 밀도를 몇 배나 증폭시켜 자기 자신을 휘감는 모습을 놓치지 않았다.

저만큼이나 고밀도의 마력으로 자기 자신을 방어할 경우, 바제가 부담 없이 연성한 다홍빛 불꽃 화살로는 돌파하기 어려울 것으로 보였다.

바제의 불꽃 화살들이 날아간 한 순간 동안 벌어진 일이었다. 즉각 균형이 무너지며 열량과 밀도가 늘어난 불꽃의 날개가 안쪽으로부터 펼쳐져 크게 펄럭였다.

피니아 양의 등으로부터 솟아난 불꽃의 날개가 일으킨 바람이, 바제의 화살들을 모조리 눈에 보이지 않을 정도의 자그마한 불똥들로 흩트려 무효화시켰다. 뭐, 대충 예상 가능한 결과였다.

나의 옆에 앉아 있던 세리나와 파티마가 감탄의 뜻이 담긴 한숨을 흘렸다.

"나약한 인간으로 얕보시는 상대에게도 일말의 자비조차 베풀지 않는 구석은 너무나 멋지시군요. 경마제가 이제 곧 닥쳐온다는 것을 고려하자면, 이 정도는 해주시지 않고서야 특별 훈련을 하는 의미가 없어요."

훌륭하게 바제의 공격을 떨쳐 버린 피니아 양의 입가에 대담한 미소가 떠올랐다.

"네 녀석들과 달리, 항상 죽이느냐 당하느냐는 식의 생활을 하고 있는 몸이거든. 야만스러운 짐승으로 매도하고 싶거든 얼마든지 떠들어 보거라."

"어머나, 저에게 그런 생각은 추호도 없답니다. 살아가는데 필요한 행동을 하고 계실 뿐이잖아요? 정말로 그것 말고는 아무런 느낌도 들지 않아요. 그나저나 쓸데없이 얘기를 길게 끌어봤자 별 수 없습니다. 모처럼 주어진 귀중한 시간을 낭비하는 것은 그다지 바람직한 행동이 아니지요. 이번엔 바제 양에게 더욱 화려한 공격을 선사해 드리도록 하지요!"

씨익, 이번엔 피니아 양이 흉악하기 그지없는 미소를 지어 보였다. 그 순간, 대화를 하는 동안 가다듬고 있던 양쪽의 마력이 작렬했다.

피니아 양이 펼쳤다가 접은 부채의 끝부분을 바제에게 향하자, 그 주위로 수도 없이 많은 불새들이 나타나 주위의 대기를 일그러뜨릴 정도의 열량과 함께 날개를 펄럭여 공중으로 떠올랐다.

새들이 날개를 펄럭일 때마다 불똥이 흘러넘치는 그 모습은, 마치 불똥들로 이루어진 비가 쏟아지는 듯이 보였다.

방금 전의 다홍빛 불꽃 화살에 대한 보답을 하려는 의도로 보였다. 자신이 당한 공격에 대한 대항 의식을 불태우기 쉬운 성격인가?

"제가 버닝 헌트라고 부르는 기술이랍니다. 불꽃의 부리와 발톱에 쪼여 새 먹이가 되는 동시에 화장을 당하는 거나 다름이 없지요. 아무리 당신이더라도 제대로 명중될 경우엔 조금 뜨겁거나 아플지도 몰라요. 무슨 수를 써서라도 막는 것을 추천 드리고 싶군요."

피니아 양의 발언을 있는 그대로 믿을 경우, 표적을 불새들의 불꽃으로 달굴 뿐만 아니라 뼛속까지 쪼아 먹는 공격 마법이라는 뜻인데…… 참으로 음험하고도 가혹하기 짝이 없는 술법을 사용한 셈이군.

"가문의 이름으로부터 본뜨기라도 했다는 거냐? 그 따위 병아리들로는 나의 비늘에 흠집 하나 남기지 못할 것이다."

"다른 분도 아닌 심홍룡 분으로부터 그런 말씀을 들으니 반박도 할 수가 없군요. 그런 고로, 당신의 대응 방법으로부터 한 수 배우도록 하겠습니다. 가려무나, 화염의 옥조(獄鳥)들아!"

불새들이 대기라는 캔버스 위로 붉은 궤적을 그리는 동시에, 수많은 불똥들을 흩뿌리며 날아갔다. 하나 같이 이제부터 급강하를 시작하려는 매와 다를 바 없는 속도로 바제의 상하좌우전후를 포위하는 연속 동작을 선보였다.

대강 스무 마리에 가까운 불새들이 출현한 것으로 보였으나 아마도 전부 다 피니아 양의 제어 하에 놓여 있으리라. 이만한 숫자를 동시에 조작할 때는 어느 정도 단조로운 움직임을 보일 수밖에 없을 테지만, 그녀는 그 수많은 불새들을 실로 능숙하게 조작하는 솜씨를 자랑했다.

불새들의 무리는 바제의 화염 탄환에 격추당할 때마다 불사조처럼 되살아났다. 항상 바제를 중심으로 날아다니다가, 언제든지 빈틈을 찌를 수 있도록 너무 멀지도 가깝지도 않은 거리를 유지하고 있었다.

피니아 양이 소환한 불새들은 겉으로 보기엔 평범한 불꽃이 새의 형상을 본뜨기만 한 것으로 보였으나, 사실은 일종의 사역마나 정령이나 다름없는 존재들이었다. 최소한도의 시각 능력과 청각 능력을 보유하고 있을 뿐만 아니라, 그 모든 감각 기관들을 피니아 양과 공유하고 있었다.

수많은 시야로부터 들어오는 정보들을 토대 삼아 상황을 판단하는 것은 결단코 손쉬운 작업이 아니었다. 그러한 고난이도의 작업을 아직 학생 신분에 지나지 않는 몸으로 완벽에 가깝게 소화하고 있는 것만 보더라도, 피니아 양의 천부적인 재능과 피나는 노력에 관해선 짐작이 가고도 남았다.

그러나 그녀를 상대하던 바제는 불새들이 재생을 시도할 때마다 흘러넘치는 불 속성의 마력을 흡수하여 자신의 마력과 융합시켰다. 그리고 마력의 질과 양 그 자체를 강화시키고 있는 와중이었다.

흠, 예전에 내가 시범을 보인 기술을 자기 나름대로 학습하고 있던 모양이군. 나로서는 그저 그녀가 기특할 뿐이었다.

방금 전 바제가 발사한 화살들은 전부 다 그녀 스스로의 마력으로 연성한 것이었으나, 지금은 주위로 널리 확산된 피니아 양의 마력을 섞었을 뿐만 아니라 스스로 쏟아 붓는 마력의 양 또한 증폭시키고 있는 중이었다. 그녀의 공격을 방금 전과 똑같을 것으로 착각한다면 방어하기 힘든 한 수로 예상된다만, 과연 통할까?

바제는 흉폭하기 짝이 없는 본성을 노골적으로 드러낸 미소를 지어 보였다.

"칭찬해 주마, 인간치고는 나쁘지 않은 솜씨라고 말이야!"

그 말을 마치자마자, 바제는 마치 자기 자신이 자그마한 화산으로 변한 듯이 막대한 열량을 발산시켰다. 결계 안의 기온 자체가 급상승하기 시작한 것으로 보였다.

바제가 흉악하기 그지없는 손톱이 뻗어 나온 양손을 피니아 양에게 향하자, 그곳으로 주위의 열과 흩날리던 화염들이 모여 들었다.

피니아 양이 「대박」이라고 입을 움직이는 모습이 나의 시야로 들어왔다. 흠, 바제가 조금 지나치게 흥분했나?

"후하하하하하하하! 그 보잘것없는 팔찌가 발생시키는 결계로 목숨이나 건져라!"

어마어마한 폭발의 압력과 함께, 바제의 양손으로부터 일어난 화염은 피니아 양이 미처 회피를 시도할 틈도 없이 그녀를 통째로 집어삼켰다.

아까 전과 마찬가지로 불꽃의 날개로 자기 자신을 휘감아 방어를 시도하는 피니아 양의 그림자가 비쳐 보였다.

피닉스의 영적 인자를 지닌 피니아 양을 상대로 불 속성의 마법을 행사하는 것은, 언뜻 보기엔 마력을 낭비하는 짓으로밖에 여겨지지 않았다. 그러나 피닉스와 동급 이상의 영적인 격을 지닌 바제가 당사자일 때는 완전히 다른 얘기였다.

넉넉잡아 숫자 20을 셀 때까지 지속된 화염의 흐름이 서서히 잦아들자, 마치 동그란 계란처럼 불꽃의 날개로 자신을 지키고 있던 피니아 양의 모습이 드러났다.

하지만 불꽃의 날개는 눈에 뻔히 보일 정도로 기세가 떨어져, 용솟음치던 불꽃은 이제 거의 평범한 모닥불을 연상케 할 만큼 가냘프게 일렁이고 있을 뿐이었다.

불꽃의 날개를 펼치고 있던 피니아 양의 얼굴로부터 체력을 상당히 소모한 듯한 기색이 전해져왔다. 그러나 그녀는 명문 가문의 영애로서 유지해야 하는 품격을 갖춘 눈빛과 표정으로 바제를 응시하고 있었다.

피니아 양은 일부러 호쾌한 소리가 나도록 부채를 펼치더니 우호적인 미소와 함께 왼쪽 손목의 저지먼트 링을 가리켰다. 마름모꼴의 수정 세 개 가운데 하나에 불이 들어온 상태였다.

"설마 피닉스 가문의 후예로서 불꽃의 마법으로 치명타를 입는 날이 올 줄은 몰랐습니다. 개인적으론 단순하기 그지없는 칭찬의 말밖에 떠오르지 않지만, 작년에 엑스에게 진 네르네시아 양의 마음이 지금은 약간이나마 이해가 갈 듯한 느낌이 드는군요."

휴우, 피니아 양이 복잡한 감정이 담긴 한숨을 내쉬었다.

그녀는 어여쁜 입술 위로 기품 있는 연분홍빛 루주를 바르고 있었다. 아직 화장을 필요로 할 만한 나이는 아닌 듯이 보였으나 오랜 역사와 전통, 그리고 경제력을 지니고 있는 가문의 자녀답게 자기 자신의 미모를 한층 더 돋보이게 할 만한 최고의 색깔을 골랐다.

"흥! 다름 아닌 나를 상대로 한 훈련이란 말이다. 이길 마음으로

덤빈다는 것은 자만 이외의 아무 것도 아니야. 오늘은 특별히 드란의 부탁을 받아 너희들을 상대하러 온 길이다. 쓸데없는 교만 따위는 집어치우고 자신의 모든 실력을 발휘해 봐라."

"이거야 원, 저를 상대로 그런 식의 말투를 쓰시는 분은 당신이 처음이랍니다. 바제 양."

그리고 두 사람은 다시금 온몸으로부터 화염을 일으키는가 싶더니, 끊임없는 격돌을 반복하기 시작했다.

두 사람이 희희낙락한 표정으로 싸우는 광경을 바라보던 파티마가, 온몸의 맥이 빠져 달아난 듯한 목소리로 말을 걸어왔다. 그녀 나름대로 무척이나 감탄했다는 뜻이 담긴 표현으로 보였다.

"피니아 선배와 바제 양은 둘 다 즐거워 보여. 드란, 결계는 괜~찮~아~?"

"흠, 아직은 그다지 큰 문제는 없어 보이는군. 바제 쪽에서도 피니아 양의 실력에 따라 확실하게 힘을 조절하고 있는데다가, 진짜 실력을 발휘하더라도 배리어 골렘의 결계로 버틸 수 있을 정도의 수준이야."

"그 얘길 들으니 조금 안심이야~. 그나저나 이 결계가 없었다면, 이 부근은 지금쯤 완전한 쑥대밭이 되지 않았을까 싶어."

그러게 말이야. 피니아 양과 바제에 관해선 둘 다 성격이 거친 구석이 없지 않아 있다 보니, 주위에 대한 배려는 전혀 없이 화염을 사방으로 흩뿌리고 있었던 것이다.

소리와 빛이 무척이나 요란스럽다 보니 자연스럽게 그녀들에게만 시선이 가기 쉬웠으나, 다른 데서 벌어지고 있던 네르와 루우의 싸움도 그냥 정숙한 수읽기가 아니라 은근히 격렬한 양상을 띠고 있었다.

네르는 루우가 조종하던 물을 모조리 얼려 버리려는 것으로 보였으나, 두 사람 사이에 존재하는 영적인 격과 마력의 격차로 인해 그녀의 의도는 실패로 끝났다.

지금은 루우의 영력이 담긴 물에 간섭한다기보다 자신의 주위로 연성한 얼음이나 온몸으로부터 일으킨 냉기를 이용한 공격 태세로 전환한 상태였다. 모르긴 몰라도 결계의 안과 밖 사이엔 엄청난 온도차가 있을 것으로 보였다.

그러던 와중에, 이리나에 대한 강의를 대강 끝마쳐 만족한 표정의 레니아가 우리들에게 걸어 왔다.

"이리나, 앞으론 무슨 일이 있어도 평범한 용종들을 그 분의 이름으로 부르지 마라."

"예, 앞으로 두 번 다시 안 부를게요. 제발 용서해 주세요……. 죄송합니다. 정말 다시는 안 할게요."

그렇게 봐서 그런지 몰라도, 이리나의 눈으로부터 생기가 느껴지지 않았다. 정말 어지간히 들들 볶인 모양이다.

"흥, 좋다. 오늘은 일단 이 정도로 용서해주마. 너는 여기서 견학이나 하고 있어라."

불쌍할 정도로 초췌한 표정의 이리나가, 맥없이 시트 위로 주저앉았다. 파티마가 시원하게 얼린 과즙 물을 따른 컵을 건네며 그녀의 이마에 맺힌 땀을 닦는 광경이 나의 시야로 들어왔다.

"그나저나 드란 씨? 우리는 지금부터 뭘 어떻게 해야 할까요?"

레니아는 방금 전까지 짓고 있던 냉혹하기 짝이 없는 표정은 온데간데없이, 밤하늘에 가득 찬 별들과 같은 눈빛을 띤 채로 나의 얼굴을 올려다봤다. 나는 「흠」이라는 평소의 입버릇으로 한 박자 동안 숨을 쉬었다가 그녀의 물음에 답했다.

"글쎄 말이야. 처음엔 레니아와 함께 별도로 훈련을 시작해 볼까도 싶었다만…… 모처럼 류 킷츠 공께서 와주셨으니, 레니아는 크리스티나 양과 함께 저 분을 상대해 보거라. 그리고 세리나와 시에라 또한, 좀처럼 없는 기회니 가볍게 저분에게 한 수 배우는 것도 나쁘지 않아."

"어, 저도 말인가요?"

세리나가 순수하게 놀란 표정을 지었다. 시에라 또한 후드의 틈새 사이로 적잖이 놀란 표정을 내비쳤다.

"류 킷츠 공은 루우 이상으로 물을 다루는데 능숙하신 분이거든. 세리나에게도 좋은 본보기가 될 뿐만 아니라, 시에라도 아까부터 몸을 움직이고 싶어서 근질거리지 않나? 경마제 본선을 위한 특별 훈련이라는 명목이긴 하나, 너희들의 기량을 단련하지 말라는 법이 있는 것도 아니야. 파티마, 시에라를 참가시켜도 상관없겠나?"

이리나를 돌보고 있던 파티마 또한, 나와 마찬가지로 시에라가 은근히 안절부절 못 하고 있었다는 사실을 알아차리고 있었던 모양이다. 그녀는 명랑하기 그지없는 미소와 함께 흔쾌히 승낙했다.

"응, 맘대로 해~. 시에라 양도 보기보다 꽤나 호전적인 구석이 있거든. 게다가 언제나 나를 따라다니느라 고생만 하고 있으니까, 이따금씩 찌뿌둥한 몸을 푸는 것도 나쁘지 않을 것 같아~."

자신의 주인에 해당되는 파티마 쪽에서 이렇게 나오니, 그제야 시에라에게도 훈련에 참가할 마음이 든 것으로 보였다. 후드 밑의 창백한 얼굴로부터 어렴풋이 투지의 빛이 떠오르는 듯이 느껴졌다.

"파티마 님의 말씀을 따르겠습니다."

흠? 파티마로부터 끈질기게 존댓말은 쓰지 말라는 명령을 받고 있는데도 불구하고, 시에라의 말투엔 변함이 없는 듯이 보였다.

파티마로서는 뱀파이어의 성에 사로잡혀 있을 때처럼 거리낌 없는 태도로 상대해주기를 바라는 듯이 보였으나, 시에라 또한 주인을 상대하는 태도에 관해선 완강하게 고집을 부렸다.

나를 상대할 수 없게 되어 낙담한 레니아와 자신보다 훨씬 격이 높은 상대에게 도전해 볼 마음이 든 세리나, 모험가 시절을 떠올려 어딘지 모르게 들뜬 듯이 보이는 시에라가 류 킷츠를 향해 걸어갔다.

"그런데 드란은 훈련 안 할 거야? 어찌됐건, 바제 양을 비롯한 용 여러분을 불러온 주최자잖아?"

"일행들 중 누군가가 지친 틈을 타서 적당히 교대할 생각이야. 일단 그때까진 지금처럼 파티마와 이리나를 상대로 한가로이 시간이나 죽이도록 하지."

"후후후. 우리야 물론 상관없지만, 나중에 세리 일행한테 혼나지나 않을까?"

나는 「글쎄 말이야」라는 뜻을 담아 얼버무리듯이 양 어깨를 으쓱한 뒤, 먹기 좋게 잘려 있는 미트 파이 쪽으로 손을 가져갔다.

제6장   어머니는 강하다

 경마제 출장이 예정된 대표 선수들의 합동 특별 훈련은 날마다
이루어졌다.

 기본적으로 한가한 바제는 날마다 얼굴을 보였으며, 무녀이자
황녀로서 공무가 바쁜 몸인 루우는 사흘에 한 번씩 찾아왔다. 그
리고 수룡황에게 필적할 정도로 바쁜 몸일 수밖에 없는 류 킷츠
또한, 루우와 거의 같은 빈도로 특별 훈련에 참가했다.

 특별 훈련을 막 시작할 무렵엔 모의 전투의 조합은 어느 정도 정
해져 있었으나, 횟수를 거듭하다 보니 조금씩 양상이 변하기 시작
했다. 지금은 첫 날과 완전히 다른 조합으로 단련이 이루어지고
있는 중이었다.

 마법학원으로부터 대여한 결계 전개용 수정 구슬을 설치한 받침
대 네 대와 손수 제작한 배리어 골렘 네 대가 펼치는 이중 결계 바
깥쪽에서, 오늘도 나는 파티마나 이리나와 함께 소풍 기분으로 나
머지 일행들이 훈련하는 광경을 견학하고 있었다.

 우리들 세 사람은 온몸의 긴장이 완전히 풀려 있는 상태였다. 스
스로 밝히기도 조금 어색한 느낌이 든다만, 특히 나 같은 경우엔
가로아 마법학원의 대표 자격으로 경마제에 출장하는데도 불구하
고 진심으로 유유자적한 여가를 보내고 있는 와중이었다.

 잔디 위의 시트에 걸터앉아 지금 막 탄 홍차를 입에 머금은 채

로, 애플파이의 향기를 즐기고 있는 지금 이 순간은 나에게 있어서 더할 나위 없이 행복한 한 때였다.

개인적으로도 마음의 긴장이 완전히 풀려 있다는데 관해 남몰래 반성하고 있었지만, 곁에 있던 이들에게도 그러한 느낌은 확실하게 전달되었던 모양이다. 파티마가 남들로 하여금 호감을 품게 하는 미소를 지은 채로 나에게 말을 걸어 왔다.

"저기 말인데, 드란~. 오늘도 드란은 훈련에 참가하지 않을 거야~? 다들, 엄~청 열심히 하고 있는데~?"

파티마는 지극히 당연한 의견을 입에 올렸다. 나를 제외한 대표 선수진과 훈련 상대로 온 세 사람은, 지금도 결계 안을 무대로 치열하기 짝이 없는 전투를 펼치고 있는 와중이었다. 바야흐로 그 광경은 거의 훈련이라고 부르기도 힘든 격전의 양상을 띠고 있었다.

"겉으로 보기엔 틀림없이 나 혼자서만 게으름을 피우고 있는 듯이 보일 수도 있지만, 나의 훈련 참가로 인해 결계가 찢어질 가능성이 존재한단 말이지. 류 킷츠를 상대할 경우, 레니아와 치렀던 결승전 시합 때보다 힘을 더 쓸 필요가 있을 거야. 그 여파로 결계에 금이라도 가는 날엔, 삽시간에 이 부근의 지형이 변하는 정도가 아니라 도시 지역에까지 피해가 일어나 성곽과 도시가 한꺼번에 잿더미로 변할지도 모르거든?"

"으~음, 얼마 전까지만 해도 털끝만큼도 믿겨지지 않을 말에 지금은 아주 쉽게 납득이 가는 것도 참 소름 돋는다~."

아무리 천하 태평한 성격의 파티마로서도, 최근의 내가 벌인 대활약으로 인해 자신의 인식을 바로잡을 수밖에 없었던 모양이다.

그녀는 나의 말을 순순히 믿는 듯한 표정을 지었다.

레니아와 치른 예선 대회 결승전 시합에서도 그런 느낌이 없지 않아 있었는데, 아무래도 나는 스스로 흥이 나는 경우에 한해 자신의 생각만큼 힘을 자제하지 못 할 때가 있는 모양이다. 저들의 훈련에 끼어들었다가, 정말로 혼자서 너무 나가 버릴 수도 있다는 예감이 들었다.

어찌됐건 나와 파티마, 이리나를 제외한 나머지 인원들은 결계 안으로 들어가 특별 훈련에 온 신경을 쏟아 붓고 있는 중이었다. 그런데 지금 그 훈련의 조합은, 류 킷츠 대 그녀를 제외한 전원의 대결이라는 양상을 띠고 있었다.

피니아 양이나 네르를 비롯한 대표 선수들뿐만 아니라 바제와 루우까지 합세하여 무슨 수를 써서라도 류 킷츠에게 치명타를 날리고자 각자의 온힘을 다한 다대일의 총력전을 벌이고 있던 것이다.

그녀를 상대하게 될 경우, 나를 제외한 전원의 힘을 다 합치더라도 미치지 못 한다는 것은 자명한 이치였다.

레니아는 자신의 혼을 옭아매고 있는 봉인의 속박을 조금 더 헐 겁게 풀지 않고서야 용황급을 상대하기는 어려울 것으로 보였다. 나의 힘으로 혼을 조율한 지금의 상태로도— 지금 이 자리엔 없으나 —아름다운 뱀파이어 퀸 드라미나에게도 미치지 못 하리라.

아직 드라미나와 헤어진 이후로 그다지 긴 시간이 지난 것은 아니었지만, 그녀가 꽤나 그립게 느껴질 때가 있다. 그녀는 무사히 고향으로 돌아갔을까?

나머지 인원들의 인해전술을 여유만만하게 받아넘기는 류 킷츠의 모습에, 그녀를 눈엣가시로 여기던 레니아나 원래부터 경쟁심이 강한 네르는 물론이거니와 친딸인 루우나 평소엔 무척이나 냉정한 태도를 유지하고 있던 크리스티나 양조차 투지를 불태우고 있는 걸로 보였다.

"류 킷츠에게도 꽤나 좋은 운동이 되고 있는 모양이야. 물론 크리스티나 양을 비롯한 전원의 총공격을 가볍게 받아넘기면서도 「좋은 운동」의 범위를 넘어서지 않는다는 건 역시 대단하다는 말밖에 안 나오는군."

"흐~응. 네르나 크리스티나 선배가 강하다는 거야 원래부터 알고 있었지만, 세상은 참 넓구나~. 크리스티나 선배와 어깨를 나란히 할 정도로 미인인데다가, 훨~씬 강한 사람이 있을 줄은 몰랐어. 저분은 사람이 아니라 고룡이지만 말이야."

"저, 저, 저도 동감이에요. 드란 씨 말고도 레니아가 온힘을 다하는데도 이기지 못 하는 분이 계실 줄은……."

그 무렵 결계 안에선 부채꼴로 흩어져 있던 피니아 양과 네르, 세리나가 류 킷츠를 향해 일제히 공격 마법을 사용하던 참이었다.

피니아 양은 오직 자신밖에 사용할 수 없는 화염 마법을 꽤나 많이 보유하고 있었다. 본인은 영혼과 육체에 깃든 피닉스의 인자와 마력을 직접 화염으로 변환할 수 있는 특이 체질 덕분이라는 사실을 무척이나 자랑스러운 듯이 밝힌 적이 있었다.

예로부터 전해져 내려오는 마법들의 영창이나 명칭이 마법을 발동시키는데 가장 적합한 영적인 주문들을 연구한 결과인데 반해, 피니아 양이 사용하는 고유 마법들의 영창이나 명칭은 전부 다 그녀 개인의 감성으로부터 유래된 것들이었다.

　그녀가 사용하는 영창이나 술식의 구성, 그리고 마력을 부여하는 방법에 이르기까지 전부 다 다른 이들로서는 모방조차 불가능한 피니아 양 고유의 기술 체계였다.

　"후오오오오오! 용솟음치는 저의 혼! 미쳐 날뛰는 저의 투지! 지금 이 순간 타오르는 불꽃이 되어 초(超)·광(光)·림(臨)! 블레이이이이이즈·버어어어어드으으!!"

　상공의 고지를 점령하고 있던 피니아 양이 큰 동작으로 부채를 휘두름에 따라, 황금빛으로 번쩍이는 거대한 불새가 나타나 눈 아래의 류 킷츠를 향해 급속히 날아 들어갔다.

　자신의 마력을 촉매로 삼아 자신의 영혼이 내포하고 있던 불사조의 인자를 몸 밖으로 구현화한 가상의 불사조로 적대자를 뼛속까지 불태워 버리는, 소환 마법의 측면까지 겸비한 고등 마법이었다.

　영창은 조금— 아니, 상당히 개성적인 술법이었다.

　피니아 양의 마법이 완성되는 시기와 거의 동시에, 세리나 또한 자신의 몸 안에 자리 잡고 있던 사악한 뱀의 저주에 간섭하는 라미아종 고유 마법의 영창을 마쳤다.

　류 킷츠는 세리나의 가슴팍 앞에서 흔들리는 나의 수제 펜던트로부터 끌어내는 힘을 가장 경계하고 있는 듯이 보였다.

　세리나의 풍성한 금발들이 마치 모조리 무시무시한 뱀으로 변한 듯이 위협적으로 곤두섰다.

　라미아의 육체와 혼으로부터 유래된 물과 흙의 속성을 강하게 띤 마력에 가슴팍의 펜던트로부터 일어난 나의 마력이 섞여 들어

간 바로 그 순간, 세리나가 행사하는 마력의 질과 양이 극적으로
향상되는 기척이 전해져왔다.

"나의 혼을 좀먹는 꺼림칙한 마의 뱀이여 오오 나는 그대를 저주
한다 그러나 나는 그대를 받아들이마 나는 그대와 함께한다 나의
적은 그대의 적 그대의 적은 나의 적 쟈오르 쟈라므!"

세리나의 몸을 기점으로 삼아, 세리나의 초록빛과 나의 흰빛이
섞인 두 가지 색깔의 비늘을 지닌 거대한 마력의 뱀이 나타났다.

라미아종의 고유 마법들 중에서도, 직접적으로 영혼을 휘감고
있는 사악한 뱀으로부터 유래된 저주를 최대한 증폭시킨 영체를
실체화함으로써 적대자를 무자비한 저주로 죽여 버리는 고위 마법
이었다.

아직 나이 어린 세리나의 미숙한 기량으론 제어 자체가 몹시 어
려워 빈말로도 완전히 터득했다고는 장담할 수 없는 단계였으나,
지금은 나의 펜던트로부터 힘을 빌림으로써 사악한 뱀의 저주를
완전히 제어하는데 성공한 상태였다.

그리고 곧바로 네르가 나를 상대로 한 첫 모의 전투에서 선보였
던 마법을 발동시켰다.

"아시스 · 제리 · 레바난 · 즈이아크 빙원(氷原)을 떠도는 마랑(魔
狼)이여 나의 부름에 따라 그 포효로 나의 적을 얼려라 빙랑동포
파(氷狼凍咆波)!"

펜리르가 존재하는 상위 차원과 이 세계를 연결하는 통로를 열
어, 계약과 네르 자신의 혼을 촉매로 삼아 펜리르가 지닌 힘의 일
부를 물질계로 강림시키는 마법이었다.

신들이나 대정령과 동급에 해당되는 상위 차원 존재인 펜리르의 힘은 근본적으로 그 질 자체가 굉장히 높은 관계로, 아무리 류 킷츠더라도 그다지 간단히 막을 수는 없으리라.

　류 킷츠는 세 방향으로부터 동시에 들이닥치는 마법 공격들에 대해, 흐르는 듯한 동작으로 왼쪽 소맷부리로부터 직사각형 모양의 종이 세 장을 꺼내들었다. 그리고 집게손가락과 가운뎃손가락 사이로 집은 종이에 자신의 숨결을 불어넣은 뒤, 그 종이들을 제각각 불꽃을 휘감은 불사조 · 저주받은 마의 뱀 · 빙랑왕(氷狼王)의 포효를 향해 내던졌다.

　먹으로 글자와 기호들이 적혀 있던 그 종이는, 동방의 말로 부적이나 주술 부적이라고 불리는 도구들이었다. 그 부적들은 스스로 하늘 · 땅 · 바다를 비롯한 삼라만상(森羅萬象)에 간섭하는 촉매로서의 역할을 지닌다.

　그녀는 바로 그 부적들을 이용한 술법으로 피니아 양을 비롯한 세 사람의 공격에 응했다.

　"팔문둔갑(八門遁甲)."

　류 킷츠가 짧게 중얼거리자, 세 장의 부적은 물에 먹을 푼 듯이 공간의 파문과 함께 사라졌다. 어느 틈엔가, 그녀와 세 종류의 마법들 사이로 여덟 개의 거대한 문들이 우뚝 치솟아 올라와 있었다.

　내가 알기론 여덟 개의 문들 가운데 단 하나만이 올바른 길로 이어져 있으며, 나머지 문들은 영원히 길만이 계속되는 폐쇄된 세계나 온갖 악마나 귀신들이 득시글거리는 이세계 등으로 이어지는— 식의 술법이었나?

전생의 나는 음양사(陰陽師)라는 자들로부터 바로 이 술법을 당한 적이 있었다. 아마 그때는 여덟 개의 문을 모조리 한꺼번에 날려버리는 방법으로 빠져나왔던 걸로 기억한다.

세 사람이 사용한 마법들은 제각각 여덟 개의 문들로 빨려 들어가, 그녀들의 공격은 단 한 발조차 류 킷츠에게 다다를 수 없었다.

"정말 너무하지 않아요?! 이만큼이나 방대한 마력을 투입한 마법들로도 방어 진형조차 뚫을 수 없다니, 이건 완전히 반칙이잖아요?!"

피니아 양은 신기한 몸동작으로 공중 발 구르기를 선보이면서 마구 고함을 질러댔으나, 그러는 동안에도 류 킷츠의 주위로 불꽃의 옥조들을 전개시켜 관찰·해석을 지속하고 있었다.

적의 전투력을 파악하기 위한 정보 수집 행동을 게을리 하지 않는 것은 틀림없이 훌륭한 마음가짐이었다. 그러나 서글프게도 류 킷츠 또한 자신의 기량에 관한 정보를 숨기기 위한 은폐·교란용 술법을 평상시부터 일상적으로 전개하고 있는 관계로, 피니아 양의 마법 시력이나 감각 능력으로 그녀의 진정한 능력을 꿰뚫어볼 수는 없었다.

만약 류 킷츠가 지닌 능력을 한도까지 파악하는데 성공하더라도 천공과 심해 사이보다도 크게 벌어져 있는 힘의 차이로 인해 절망할 수밖에 없을 테니, 오히려 모르는 게 약이었다.

"피니아 양? 지금은 입을 움직이시기보단 영창을 계속해 주세요!"

단 한 순간조차 긴장을 늦출 수 없는 상황이기 때문인가? 세리나는 손윗사람에 해당되는 피니아 양에게도 거침없이 질타를 날렸다.

세리나 또한 자신의 공격 수단 가운데 가장 강력한 술법 중 하나

를 파훼당한 일로 어느 정도 정신적 충격을 받은 것은 틀림없었다. 그러나 그녀의 열 손가락은 쉴 틈 없이 수많은 표식을 조성하여 허공을 밝게 수놓는 마법 문자들을 그리고 있었다.

그녀는 공격할 수 있을 때는 철저하게 공격해야 할 뿐만 아니라 죽임을 당하기 전에 먼저 상대를 죽여야 한다는 변경의 철칙에 따라, 류 킷츠에게 쉴 틈을 주지 않는 연속 공격을 가할 셈인 것으로 보였다.

세리나의 주위로 초록빛을 띤 반투명 뱀들이 수십 마리나 나타났다. 긴 혓바닥들로부터 상대방을 위협하기 위한 소리들이 여기까지 들려오는 듯한 착각이 느껴질 정도였다.

"세리나의 의견이 옳아. 머릿수로 밀어붙일 수 있다는 것 말고는 우리가 우위에 설 수 있는 요소는 전혀 없는 거나 마찬가지야."

네르는 세리나와 의견이 같은 모양이다. 그녀는 어떻게든 류 킷츠의 방어 술법을 파고들어가 일격을 날리기 위해 끊임없이 자신의 마력을 가다듬었다.

지금껏 계속된 훈련 과정을 통해, 그녀들이 보유한 최강의 공격 마법들을 고지식하게 정정당당히 정면으로부터 날려봤자 류 킷츠에게 간단히 막혀버린다는 사실은 확실히 밝혀진 상태였다. 그리고 제각각 서로에게 간섭하지 않는 최강의 마법들을 동시에 사용해봤자 통하지 않는다는 사실 또한, 지금 막 확인된 참이었다.

말인즉슨, 이제 류 킷츠가 방어나 회피용 술법을 사용할 수 없는 상황으로 몰고 들어가 그녀의 빈틈을 찔러 마법을 사용할 수밖에 없다는 뜻이었다.

하지만 방금 최강의 마법을 발사한 세 사람에게, 더 이상 류 킷츠의 빈틈을 찌를 수 있을 만한 마법을 사용할 여력은 남아있지 않았다.

말하자면 그 역할은 크리스티나 양·바제·루우·시에라·레니아에게 맡길 수밖에 없다는 뜻이었다.

레니아의 경우, 다른 이들의 작전 따위는 알 바 아니라는 듯이 단독으로 류 킷츠에게 파고들어가는 장면이 지금 이 순간까지 잔뜩 눈에 띄었다. 하지만 연속으로 완벽하게 제압당하는 모습을 연달아 연출하다 보니, 더 이상 나에게 추태를 보일 수는 없다는 식으로 사고가 전환된 모양이다. 지금의 그녀는 다른 인원들에게 걸리적거릴 만한 공격을 자제하기 시작한 것으로 보였다.

흐음, 동기야 어쨌든 간에 레니아 또한 약간이나마 협력 정신을 깨우친 걸로 볼 수 있을까? 좋아, 바로 그거야.

나는 이유도 모른 채로 일종의 감동과 같은 감정을 느끼고 있었다.

부적이 효과를 상실함으로써 팔문이 소멸되는 그 단 한 순간을 기다리다가, 류 킷츠의 좌우로 진을 치고 있던 시에라와 바제가 거의 동시에 공격을 감행했다.

일찍이 「잿바람의 시에라」라는 별명으로 불렸을 뿐만 아니라 반 흡혈귀로 각성한 시에라의 기량과 마력은 평균적인 인간들을 아득히 능가하는 수준이었으나, 류 킷츠를 상대로 유효타를 가하기는 수월치 않았다.

그런 고로 시에라는 바람에 간섭함으로써 대기의 진동을 차단하거나 온도차가 존재하는 기류로 인위적인 아지랑이를 발생시키는 방식으로 류 킷츠의 시청각을 교란시키는 등의 보조적인 역할에 최선을 다하고 있었다.

"바람의 이치여 나의 목소리만을 들어라 그대는 웅변을 토하나 저 자의 귀에는 닿지 않는다 속삭임은 침묵의 옷을 걸친 채로 들리지 않으니 사일런트 위스퍼!"

지금 시에라가 발동시킨 마법은, 류 킷츠만을 소리 없는 세계로 몰아넣어 그녀의 목소리만을 지워버리는 술법이었다.

류 킷츠의 방대한 마력과 영혼의 격에 의해 곧바로 무효화당하리라는 거야 얼마든지 예상이 가고도 남았으나, 아주 짧은 시간 동안이나마 류 킷츠의 음성을 봉인함으로써 술법의 발동을 막을 수 있다면 충분히 지원 효과를 기대할 수 있는 전술이었다.

시에라와 함께 적진으로 파고들어간 바제는 압축된 불꽃과 열을 휘감은 손과 발로 류 킷츠의 칼과 맞부딪치고 있었다. 팔다리뿐만 아니라 꼬리까지 동원한 육탄 전술이었다.

속성의 상성이 그다지 좋지 않은 수룡(水龍) 종족의 정점이나 다름없는 류 킷츠를 상대로 자신이 지니고 있는 최강의 무기인 화염이 거의 통하지 않는다는 사실은 충분히 잘 안다는 뜻이렷다?

날마다 연속된 패배로 머리에 피가 몰려 있던 바제는, 류 킷츠를 상대로 주먹이나 꼬리를 휘두르는데 망설임이 없어진 상태였다. 미모의 수룡을 바라보는 눈길로부터 느낄 수 있는 감정은 붉게 타오르는 투지뿐이었다.

시에라의 보조를 받은 바제는 뜨겁게 가열된 대기를 방출하며 어마어마한 기세로 움직임을 가속시켰다. 그녀는 흉악하고도 포악한 고함소리와 함께, 한창 뜨거운 바람을 받아 아름다운 흑발이 흐트러진 류 킷츠의 머리를 향해 강철조차 순식간에 증발시키고도 남을 정도의 어마어마한 열량을 띤 주먹을 날렸다.

"그우오아아아아!!"

같은 용종들 가운데 가장 단단한 비늘을 지닌 것으로 알려진 고토룡(古土龍)의 성체(成體)나 노체(老體)를 상대로도 확실하게 관통하고도 남을 만한 위력의 주먹이었으나, 류 킷츠의 입가에 떠오른 여유로운 미소가 가실 일은 없었다.

살며시— 그야말로 갓난아이의 손을 잡을 때처럼 부드럽고도 다정한 류 킷츠의 손길이 바제의 오른쪽 손목을 잡은 바로 그 순간, 겨우 그 정도의 지극히 간단한 동작만으로도 바제의 팔을 휘감고 있던 불꽃과 열은 온데간데없이 자취를 감추고 말았다.

아직 젊다고는 하나, 심홍룡이 온힘을 다해 일으킨 불꽃을 순간적으로 소멸시킨 것이다. 상대가 류 킷츠가 아니고서야, 바제로서는 도저히 믿을 수가 없는 광경이었다.

"만약 맞았을 경우엔 꽤나 아슬아슬하지 않았을까 싶군요."

류 킷츠가 그 한 마디를 중얼거린 순간, 바제의 몸은 그녀와 맞잡은 오른손을 중심으로 한 바퀴 돌아 엉뚱한 방향으로 날아가 버렸다.

류 킷츠가 우격다짐이 아니라 순수한 기술로 바제가 돌진해 들어간 기세를 다른 방향으로 돌려 버렸기 때문이다.

바제와 땅바닥의 격돌로 커다란 구덩이가 뚫렸으나, 그녀는 곧바로 그 자리에서 일어났다. 땅바닥과 맞부딪친 얼굴이 조금 붉은 빛을 띠고 있었지만, 역시나 튼튼한 걸로는 꽤나 만만치 않은 아이였다.

아직껏 투지가 사그라지지 않은 바제는, 지금 당장이라도 류 킷츠에게 달려갈 듯이 온몸을 앞으로 기울였다.

하지만 어느 틈엔가, 그녀의 머리 위로 한 아름 정도는 되어 보이는 물웅덩이가 나타나 있었다. 바제로서는 공중 한복판에 나타난 물웅덩이의 존재를 알아차리자마자 온몸의 핏기가 가신 듯이 창백한 얼굴빛을 띨 수밖에 없었다.

"답례를 드리지요."

류 킷츠는 산뜻한 미소를 지은 채로 그 한 마디를 입에 담았으나, 그 공격을 당하는 바제로서는 「답례」라는 미적지근한 표현으론 도저히 받아들일 수 없는 일격이었다.

공중 한복판의 물웅덩이로부터 류 킷츠의 영력을 잔뜩 머금은 물이 폭포와 같은 기세로 흘러넘쳐 나와, 회피할 틈조차 없이 심홍룡 아가씨를 통째로 집어삼켰다.

"읍, 어푸푸……! ……무, 물이 코로?!"

바제는 자신과 비교도 안 될 만큼 격이 높은 류 킷츠의 영력과, 선천적으로 그다지 친하지 않은 물줄기에 말려들었다. 그녀는 그 자리에서 단 한 걸음조차 움직이지 못 하다가 무릎을 꿇을 수밖에 없었다. 그리고 뭍에서 물에 빠진다는, 이 세상이 아무리 넓다 한들 대부분의 종족들로서는 상상조차 못할 체험을 하게 된 것이다.

시에라와 루우, 그리고 마법을 일단 발동 임계 상태로 대기시키고 있던 세리나가 황급히 바제를 구조하러 달려갔다.

그러는 동안에도 레니아와 크리스티나 양은 류 킷츠의 코앞까지 거리를 좁혀 들어가고 있었다.

엘스파다에 각인된 술식을 기동시켜 자신의 모든 마력을 투입하여 신체 능력을 강화한 크리스티나 양과, 유효타를 가할 수 없는 위력의 공격을 최대한 자제함으로써 파괴의 사념을 한껏 모아 압축시킨 레니아가 류 킷츠를 향해 달려가고 있었다. 애초부터 협공을 가하려는 의도는 전혀 없어 보였으나, 어쨌든 서로의 공격을 방해는 안 하는 걸로 타협한 모양이다.

크리스티나 양은 나날이 연속된 대전을 통해 약간이나마 적응이 된 관계로, 천성적으로 강한 끈기를 발휘함으로써 용을 죽인 자의 인자에 의한 정신적 부진을 억눌러 자신의 진가를 발휘하고 있었다.

"지금 갑니다!"

크리스티나 양이 엘스파다와 함께 류 킷츠에게 돌격해 들어갔다.

마검 엘스파다는 칼자루에 박혀 있는 마정석과 칼날을 단련하는 데 쓰인 마법 소재들, 그리고 자신을 쓰는 크리스티나 양의 마력으로 인해 새하얀 빛을 뿜었다.

"마음껏 들어오시지요."

류 킷츠는 오른손에 움켜쥔 검 한 자루로 평범한 인간의 육체적 한계를 아득히 초월한 속도로 돌격해 들어가는 크리스티나 양을 맞이했다.

오늘 이 순간까지 계속된 특별 훈련에 참가한 류 킷츠는 크리스티나 양을 비롯한 자신의 상대들에게 실전적인 술사로서 출중한 기량을 선보였을 뿐만 아니라, 검사로서도 초월적인 역량의 소유자라는 사실을 증명해 보였다.

애초부터 용종들에게 있어서 자신의 힘을 가장 제대로 발휘할 수 있는 전투방식은, 선천적으로 강인하게 타고난 최강의 육체를 이용하는 지극히 단순한 격투 방법이었다. 말인즉슨, 부적을 이용한 술법이나 칼 등의 도구를 사용하는 전투 방식은 용종들에게 있어선 사실상 개인적 기호나 취미로 소양을 쌓는 일종의 오락거리에 지나지 않는다는 뜻이다. 그럼에도 불구하고 류 킷츠의 기량이 크리스티나 양이나 네르 등의 기술을 아득히 웃도는 까닭은, 근본적인 신체 능력의 격차가 존재하는데다가 지금껏 단련하는데 쓴 시간의 차이로부터 유래된다.

고수룡으로서 까마득할 만큼 기나긴 세월을 살아온 류 킷츠의 경우, 단순한 취미 정도로 연마한 검술이더라도 소비한 시간 자체가 평범한 인간의 일생을 아득히 초월할 수밖에 없었다.

크리스티나 양의 목에서 날카로운 기합소리가 뽑혀 나왔다.

"우오오오오!!"

백은의 섬광으로 변한 여러 줄기의 참격이 류 킷츠를 향해 똑바로 날아 들어갔다.

크리스티나 양은 양손으로 움켜쥔 검을 온힘을 다해 휘두른 일격부터 시작해서, 엘스파다를 파지하는 손을 오른손과 왼손으로 상황에 따라 신출귀몰하게 바꿔 다루는 진기한 광경을 연출해 보였다. 칼날이 번뜩일 때마다 목·팔·허리·다리·가슴·배의 순서대로 조준을 전환해 갔다.

살기는 띠지 않았으나, 크리스티나 양의 기백과 참격으로부터 거의 실전을 방불케 하는 투지가 느껴지는 것은 틀림없는 사실이었다. 하지만 그럼에도 불구하고 류 킷츠는 잔잔한 파도를 연상케 하는 미소 지은 표정을 흐트러뜨리지 않았다.

엘스파다의 칼날이 류 킷츠의 검과 접촉한 바로 그 순간, 그때까지 그 검이 그리던 궤적은 마치 헛것이었다는 듯이 가볍게 구부러지고 말았다. 그리고 칼날은 아무 것도 없는 허공을 베었다.

크리스티나 양은 초인종으로서 타고난 신체 능력뿐만 아니라 천부적인 재능과 꾸준한 단련, 그리고 나와 만난 이후로 만난 초월적인 적들과 대전한 실전 경험을 거쳐 초일류 마법 검사를 능가하는 더욱 더 위의 경지로 도달하고 있는 와중이었다. 그녀는 류 킷츠가 그러한 자신의 참격을 가볍게 받아넘긴데 대해 마음속으로 적지 않은 충격을 받은 듯이 보였다.

하지만 그러한 충격과 비슷할 만큼, 자신의 현재 실력으로 도저히 이길 수 없는 상대와 싸울 수 있다는 기쁨을 느끼고 있는 듯한 낌새 또한 확실하게 전해져왔다.

"젊은 나이로 정말 대단한 솜씨로군요. 저는 지금 진심으로 감탄하고 있답니다."

결단코 여유를 잃지 않는 류 킷츠를 상대로 끊임없는 연속 공격을 날리던 크리스티나 양은, 가까스로 그녀의 말에 답할 수 있을 정도의 빈틈을 타 입을 열었다.

"손은커녕, 발조차 쓸…… 엄두조차 안 나는 지금 같은 상황에 칭찬해 주신다 한들, 순순히 믿기지는, 않는군요!"

유감스럽게도 크리스티나 양이 류 킷츠를 상대로 이길 수 있는 요소라고 해봐야, 이길 수 없는 강적을 상대로도 물러서지 않는 강철의 투지 정도였다.

크리스티나 양은 양손을 등 뒤로 돌려 일시적으로나마 상대의 시야로부터 엘스파다를 숨겼다. 상대로 하여금 검을 바꿔 잡은 손을 예상치 못 하게끔 하기 위한 전술이었다.

"의심하실 필요는 없습니다. 용궁성의 무장들 중에서도, 당신 정도의 실력자는 거의 찾아볼 수가 없을 정도랍니다."

"무척이나 영광스러운 말씀이십니다!"

크리스티나 양의 양팔이 순간적으로 흐릿하게 보일 만큼 빠르게 움직였다.

엘스파다는 좌우 중 어느 쪽으로 갔나? 정답은 오른손이었다. 다만, 어느 틈엔가 왼손에도 허리의 검 띠로부터 떼어낸 강철제의 칼집을 움켜쥐고 있었다.

"하찮은 기술이라 죄송합니다!"

류 킷츠는 굳이 그런 일로 신경 쓸 필요는 없다는 듯이 부드러운 미소를 짓더니, 자신의 칼로 엘스파다를 막아 보였다. 그리고 칼집을 이용한 타격 또한 자신의 칼집으로 여유롭게 막았다. 말하자면, 완전히 똑같은 기술로 크리스티나 양의 즉흥적인 이도류를 제압해 보인 것이다.

크리스티나 양의 얼굴에 결국은 순간적으로 떠올린 잔꾀였다는 식의 자조 섞인 표정이 떠올랐다. 그러나 그러는 와중에도 그녀의 양팔은 멈추지 않았다.

크리스티나 양은 검기에 고집할 마음은 없다는 듯이, 땅바닥을 발로 차서 흙과 자갈을 날리거나 검을 쥐지 않은 손으로 찌르기를 꽂아 넣었다. 게다가 발차기나 박치기뿐만 아니라 몸 전체를 날려 모든 수단을 총동원했으나, 그 모든 공격들은 류 킷츠의 몸을 스칠 수도 없었다.

주위로 바쁘게 몸을 움직여 쉴 틈 없이 연속 공격을 시도해 봐도, 류 킷츠의 은은한 미소는 흐트러지지 않았다. 크리스티나 양의 공격은 류 킷츠에게 일정한 타격을 주기는커녕, 그녀가 서 있던 자리로부터 단 한 걸음조차 움직이도록 유도할 수도 없었다.

이대로는 머지않아 크리스티나 양의 목표가 류 킷츠를 한 걸음이나마 움직이게 하는 쪽으로 옮겨갈 듯한 예감이 들 정도였다.

크리스티나 양의 참격 횟수가 90합을 넘어선 바로 그 순간, 칼집을 내던진 류 킷츠의 왼손이 조용하게 뻗어나가 크리스티나 양의 복부에 다다랐다.

그 자세로부터 나오는 기술은 류 킷츠가 며칠 동안의 훈련 기간 동안 여러 차례에 걸쳐 선보인 접촉 상태로 사용하는 근접 전투용 기법 가운데 하나였다.

크리스티나 양은 황급히 거리를 벌리려 했으나, 그녀의 몸은 꼼짝도 하지 않았다.

자세히 보니, 류 킷츠의 왼발이 뻗어나가 크리스티나 양의 오른쪽 발등을 밟고 있었다. 류 킷츠의 왼쪽 발가락이 신발 너머로 크리스티나 양의 오른쪽 발등에 자리 잡고 있는 혈도를 눌러, 일시적으로 몸 전체를 마비시키고 있었던 것이다.

류 킷츠는 밀착 상태로부터 호흡을 모아 무릎·허리·어깨·팔

꿈치·손목 등의 각 관절을 연동시킨 회전으로 근력을 증폭시켜 발생된 힘을, 크리스티나 양의 몸 안을 향해 방출했다.

"크헉?!"

폐 속의 공기가 통째로 뽑혀 나온 크리스티나 양이, 자신의 몸 안을 마구 나돌아 다니는 충격과 고통으로 인해 그 자리에서 힘없이 무릎을 꿇었다.

류 킷츠가 자신을 향해 쓰러지는 크리스티나 양을 피하기 위해 몸의 왼쪽 절반을 뒤로 젖힌 바로 그 순간, 크리스티나 양의 등 뒤로부터 레니아가 달려들었다.

혹시 처음부터 이러기로 합의가 된 상태였나? 레니아의 독단일 가능성도 있었다. 하지만 어쨌든, 공격해 들어가는데 절호의 기회였다는 건 틀림없는 사실이었다.

"숨통을 끊어주마!!"

레니아와 다른 이들 사이의 결정적인 차이는, 공격에 실려 있는 진정한 살의의 존재 여부였다.

류 킷츠가 나와 친한 척을 하는 모습이 어지간히 마음에 안 들었던 건가? 혹은 아버지로서 존경하는 나에게 다른 여자가 가까이 다가온다는 사실 그 자체가 견디기 힘든 건지도 모른다.

레니아의 일격은 제대로 명중하는 경우, 류 킷츠의 비늘이 변형된 그녀의 의복이나 피부에도 상처를 입힐 수 있을 가능성이 있었지만, 무슨 사정이 있건 살기가 너무 노골적으로 새어 나온다는 것은 큰 문제였다.

달려들기 직전까지 살기를 어느 정도 억누른 것은 레니아치고는 꽤나 훌륭한 자제심의 발로였다. 하지만 그 정도의 자제심은 류 킷츠를 상대로는 결국 쓸데없는 헛수고에 지나지 않았다.

지상 세계로 떨어진 직후의 레니아에게, 자신의 힘을 굳이 억제할 필요는 전혀 없었다. 힘을 억제하거나 자신의 기척을 은폐하는 종류의 기술은 그녀가 인간으로 환생하고 나서야 난생 처음 터득한 전술인 관계로 아직껏 그다지 높은 경지에 다다르지 못한 것은 어쩔 수 없는 일이었다.

레니아의 오른손에 깃든 신조마수의 사념이 용(竜)의 앞발 모양으로 형성되어 류 킷츠의 목덜미를 향해 날아 들어갔다.

"지금 하고 있는 건 어디까지나 실전이 아닌 훈련에 지나지 않는답니다."

하지만 류 킷츠는 반드시 이렇게 되리라는 미래를 꿰뚫어보고 있었다는 듯이, 어깨 너머로부터 칼을 뽑아 자신의 목덜미를 노리던 레니아의 오른손을 날카롭게 가로막았다.

레니아의 손으로부터 뻗어 나온 파괴의 사념과 류 킷츠의 칼에 실린 그녀의 영력이 세차게 격돌한 그 순간, 두 사람의 사이로부터 각각 조그맣게 하얗고 파란 번갯불이 일어나 사방으로 퍼져 나갔다.

충돌의 반동을 이용함으로써 크게 거리를 벌린 레니아가, 몹시 쓰디쓴 표정으로 입을 열었다.

"칫, 네 녀석은 마음에 들지 않아. 내가 아버— 드란 씨에게 버릇없이 다가서는 녀석을 용서할 줄로 알았더냐!"

그녀의 형상은 그야말로 악귀나 나찰이나 다를 바 없었다. 인간의 살점을 씹어 먹거나 피로 가득 채운 잔을 들이키는, 흉악하기 그지없는 존재에게나 어울릴 법한 표정이었다.

나의 옆에 앉아 있던 이리나가 「히이익!」이라는 박진감 넘치는 비명소리와 함께 절반 정도 실신해 버렸다. 나를 사이에 두고 이리나의 반대편에 앉아 있던 파티마 또한 창백한 얼굴빛을 보였다. 겉보기보단 겁이 없는 파티마치고는 의외의 반응이었다.

현재로서는 류 킷츠를 능가할 수 없다는 사실을 파악하고 있었던 관계로 지금껏 아무 말 없이 그냥 눈을 감아주고 있었다만, 이제 슬슬 레니아에게 단단히 못을 박아야 할지도 모른다.

상당 부분 희석된 상태라고는 하나, 사신의 권능에 의해 창조된 레니아는 본질적으로 사악한 존재일 수밖에 없었다.

그런 고로 자신의 본성을 아주 약간만 선보이더라도, 주위 사람들로 하여금 사신의 강림을 목격한 듯한 충격을 느끼게 함으로써 방금 전의 이리나나 파티마와 같은 반응을 유발시킬 수도 있다. 덤으로 나의 영혼까지 섞여 있다 보니 어딘지 모르게 얼빠진 구석이 있다고 해야 하나? 꽤나 나사 빠진 사고방식의 소유자인 관계로…….

류 킷츠는 신조마수의 증오와 질투를 한 몸으로 받고도 우아한 태도를 흐트러뜨리지 않는 정도가 아니라, 오히려 굉장히 흐뭇한 광경을 바라보는 듯한 눈빛을 띠었다.

자신 또한 딸을 둔 어머니로서, 어린아이 특유의 감정에 따라 움직이는 레니아의 속마음을 정확하게 꿰뚫어본 건지도 모른다.

또한 류 킷츠에게만은 훈련에 앞서 레니아의 정체와 혼의 출신성분에 관해 밝혀뒀다는 사실 또한, 그녀가 지금과 같은 반응을 보이게 된 크나큰 이유 중 하나인 것으로 보였다.

아무리 산전수전을 다 겪은 류 킷츠로서도, 나로부터 유래된 혼의 조각과 카라비스로부터 유래된 피와 살을 덧붙여 탄생된 레니아의 존재에 관해선 진심으로부터 우러난 놀라움을 금할 수가 없었던 모양이다.

나를 아버지로 존경하는 레니아가 지금은 온순한 모습을 보이고 있다는 사실이나, 인간으로서 환생한 이후로 오늘날에 이르기까지 딱히 눈에 띄는 악행에 손을 물들이지 않았던 관계로 곧장 소멸시켜야 한다는 반응이 나오지 않은 것은 다행이었다.

"어머나? 아버님을 빼앗길 수도 있다는 걱정을 하시는 마음이 이해가 안 가는 것은 아니지만, 지금 짓고 계신 표정은 너무 지독하십니다. 그 얼굴로는 드란 공에게 미움을 받으실 지도 몰라요."

그야 빼앗을 수 있을 때는 빼앗고 싶지만요…… 라는 식의 그다지 평화롭지 않은 대사가 들려온 듯한 느낌도 든다만…… 흐음, 레니아의 마음속에 피어 오른 질투의 불꽃에 기름을 붓는 거나 다름없는 발언을 일부러 입에 담을 줄은 몰랐군. 일단은 두고 보자.

"그, 그 따위 헛소리로 나의 마음이 흐, 흔들릴 줄 알았나?!"

도저히 숨기지도 못할 만큼 엄청나게 흔들리고 있군.

레니아는 지금껏 눈앞의 류 킷츠에게 모든 정신을 집중하고 있었으나, 류 킷츠의 지적을 받자마자 전투에 대한 정신 집중은 완전히 끊어지고 말았다.

수도 없이 나의 눈치를 살피는 꼴을 보아 하니, 현재 상태로 발휘할 수 있는 최대 출력조차 발휘할 수 없을 것으로 보였다.

이러한 결과를 정확히 염두에 두고 있었는지는 짐작이 안 간다
만, 류 킷츠는 레니아의 마음에 커다란 심리적 동요를 불러일으키
는데 완벽하게 성공한 듯이 보였다.

"아마도 당신은, 저의 예상보다 훨씬 드란 공을 흠모하시는 걸
로 보이는군요. 일단은 안심이 됩니다."

류 킷츠가 순간적으로 몸을 굽힌 듯이 보인 순간, 이미 그녀의
모습은 레니아의 코앞까지 파고들어가 있었다.

상대의 시각이나 심리적 맹점을 찌른 사각지대로 이동함으로써,
상대로 하여금 자신의 모습이 사라진 것으로 착각하게 하는 무술
에 속하는 수법이었다. 나에게 정신을 쏟고 있던 레니아의 눈엔
그녀가 순간이동을 한 듯이 보였으리라.

온몸을 지키고 있던 파괴의 사념으로 이루어진 갑옷채로, 류 킷
츠의 왼쪽 손바닥이 레니아의 턱을 세차게 가격했다. 레니아의 가
냘픈 몸을 공중으로 띄울 만큼 강력한 공격이었다.

"역시나 양은 적을지 몰라도 본질 자체는 틀림없이 신들에게 필
적할 정도로군요."

나의 청각은 본디 자신을 아득히 웃도는 본질을 자랑하는 레니
아의 몸속으로부터 우러난 파괴의 사념과 접촉한 류 킷츠가 일종
의 경외심을 담아 나직이 속삭인 한 마디를 놓치지 않았다.

레니아가 류 킷츠의 손바닥으로 턱을 가격당한 것은 사실이었으
나, 파괴의 사념으로 이루어진 그녀의 갑옷이 완벽하게 뚫린 것은
아니었다. 일단 뇌진탕 등의 추가적인 증상은 일어나지 않은 모양
이다.

공중으로 떠오른 레니아의 눈에 깃든 투지는 아직도 건재해 보였다. 그녀는 자세를 다잡자마자 곧장 반격 태세로 들어갈 듯한 눈빛을 띠고 있었다. 하지만 그보다 먼저 공중으로 도약한 류 킷츠가 거의 수직에 가까운 각도로 다리를 치켜들었다가, 레니아의 복부로 발뒤꿈치를 있는 힘껏 쑤셔 박았다.

지금은 인간의 형태를 빌리고 있으나 그녀의 본성은 지상 최강종 중에서도 최강의 능력을 자랑하는 개체였다. 당연히 근력 또한 그에 걸맞을 정도로 육중하기 짝이 없었다. 저지먼트 링의 결계가 전개되는 한이 있더라도, 단순한 신체 능력만으로도 그 방어막을 돌파하고도 남았다.

물론 류 킷츠는 힘 조절을 잊지 않았다. 레니아의 자그마한 몸집은 저지먼트 링이 전개한 결계의 보호를 받아, 아무런 부상도 입지 않았다.

레니아와 격돌한 땅바닥은 크게 패여 들어가, 주변의 지반 또한 대폭으로 말려 올라갔다. 류 킷츠의 겉모습에 속은 이들이 볼 때는 자신의 두 눈을 의심할 수밖에 없는 광경이었다.

"실례합니다!"

예리한 외침소리와 함께 루우가 연속으로 화살을 발사했다.

루우 스스로의 비늘을 깎아 만든 특수한 화살촉의 화살이 아직도 공중에 떠 있던 류 킷츠를 향해 날아갔다.

루우는 물 속성에 관한 지배력으로는 어머니에게 전혀 미치지 못 하는 관계로 물을 이용한 공격을 시도하기보다는 용궁성으로부터 가져온 무기들이나 부적을 활용한 지원에 전념하고 있던 참이었다.

크리스티나 양이나 레니아가 류 킷츠를 상대로 근접 전투를 시도하고 있는 동안엔 상식을 초월한 속도의 난타전이 펼쳐졌기 때문에 루우의 실력으론 목표물을 겨냥하기조차 쉽지 않았다.

하지만 오직 류 킷츠만이 공중에 자리 잡고 있는 지금 이 순간은, 루우에게 있어서 화살로 공격할 절호의 기회였다.

등에 메고 있던 화살 통으로부터 흐르는 듯한 동작으로 새로운 화살을 뽑은 루우는 숙련된 궁수들로서도 넋을 잃고 바라볼 아름다운 동작과 정확도로 친어머니를 향해 끊임없이 화살을 발사했다.

"궁술은 옛날부터 당신의 특기였지요, 루우."

고수룡이 사용할 것이라는 가정 하에 제작된 루우의 활과 화살은, 평범한 인간이나 아인(亞人) 종족들이 쏘는 화살과 비교조차 되지 않을 정도의 속도와 파괴력을 자랑하는 무기들이었다. 루우가 쏜 화살은, 소리의 벽 따위는 손쉽게 돌파할 뿐만 아니라 100명이나 200명 정도는 통째로 꿰뚫어 버릴 수도 있을 정도로 강력해 보였다.

하지만 화살을 쏘고 있는 당사자뿐만 아니라, 화살의 과녁이 되고 있는 당사자 또한 고수룡 종족의 일원이라는 점에선 마찬가지였다.

류 킷츠는 회오리바람처럼 칼을 휘둘러 자신을 향해 들이닥치던 화살들을 모조리 절단해 버렸다. 그녀가 화살 한 발을 칼로 격추할 때마다 거대한 폭발이라도 일어난 듯한 굉음이 발생함에 따라 대기와 지면이 저릿할 정도로 흔들려 왔다.

자신의 화살이 한창 격추당하고 있는 동안에도, 루우는 마치 손이 여덟 개나 열 개 정도는 되는 듯한 속도로 끊임없이 화살을 사출시키고 있었다. 그러나 나와 류 킷츠는, 루우가 쏘는 화살에 조금씩 그녀의 감정이 실리기 시작한 것을 깨달았다.

　"본인의 입장조차 아무 상관없다는 듯이!"

　아슬아슬한 한계점까지 활시위를 잡아당기던 루우의 입으로부터 새어나온 말을 듣자마자, 공중에 올라 칼을 휘두르던 류 킷츠가 눈썹을 어렴풋하게 찌푸렸다.

　"루우?"

　"이런 데나 계속 발걸음을 옮기시니!"

　"공무를 게을리 보고 있는 것은 아니랍니다, 루우. 당신과 마찬가지로요."

　대기가 비명을 지를 만큼 연속으로 화살들을 격추한 류 킷츠는, 칼을 휘두른 여세와 화살을 벤 반동을 이용하는 방식으로 마치 눈에 보이지 않는 발판들 사이를 이동하듯이 가뿐하게 공중을 날았다.

　칼을 휘두를 때마다 아름다운 동작으로 크고 작은 원들을 그리며 춤을 추듯이 움직이는 류 킷츠의 모습은, 천상의 무희(舞姬)가 오른 무대를 구경하고 있는 듯한 착각을 불러일으킬 정도였다.

　"아무리 그렇더라도 본인의 입장을 고려해 보십시오! 게다가 드란 님께선 어머님한테만 신경 쓰시느라 소첩에게 말씀조차 걸어주지 않으십니다!"

　오호라, 화가 난 이유는 그쪽이었나, 루우? 흐음, 말하자면 나의 배려심이 모자랐다는 뜻이로군.

"어머나? 루우는 저의 예상보다 훨씬 더 드란 공을 사모하고 계신가 보군요. 후후, 설마 우리 루우가 이 정도로 응석받이일 줄은 몰랐습니다. 뒤늦게 사춘기라도 찾아왔나 싶어, 이 어미의 가슴은 무척이나 술렁거렸답니다."

모녀가 대화를 나누는 동안에도 화살의 응수는 끊이지 않았다. 결국 모든 화살을 소비한 루우는 활 공격을 포기할 수밖에 없었다. 그리고 그녀가 양손을 크게 좌우로 펼치자, 무녀복의 소매로부터 몇 십 장에 달하는 부적들이 뛰쳐나왔다.

루우는 양손의 집게손가락과 가운뎃손가락으로 류 킷츠를 가리켰다.

루우의 손이 보이는 움직임에 따라 부적들은 눈 깜짝할 사이에 류 킷츠에게 몰려 들어가, 주위를 에워싼 채로 회전하기 시작했다.

"격뢰부선륜진(擊雷符旋輪陣)!"

집게손가락과 가운뎃손가락으로 류 킷츠를 가리키던 손동작을 거둬들인 루우는, 손가락을 가슴 앞으로 가져가 잔상이 보일 정도의 초월적인 속도로 복잡하기 짝이 없는 문양을 수도 없이 그렸다. 그리고 엄청난 속도로 술법을 완성시켰다.

부적에 적혀 있던 글자나 기호가 빛을 뿜더니, 모든 부적들로부터 일제히 방출된 번갯불이 류 킷츠를 향해 날아가 어려 차례에 걸쳐 가격하려는 광경이 우리의 시야로 들어왔다.

하지만 번갯불들이 류 킷츠에게 도달하기 직전, 갑작스럽게 물로 이루어진 거울들이 그녀의 주위를 둘러쌌다. 류 킷츠의 주위를 지키는 물의 거울은 전부 여덟 개였다. 루우가 발사한 번갯불들은 모조리 물의 거울 속으로 빨려 들어갔다.

"수경(水鏡)의 술법이랍니다. 루우, 당신 역시 쓸 수 있는 기술이지요."

거울의 표면에 닿은 물체를 모조리 물로 바꿔 흡수하는, 지극히 공격적인 방어 술법의 일종이었다.

오행(五行)의 관계로 따질 때는 본디 나무의 기운을 띤 번갯불은 물의 기운을 받아 활성화되어야 정상이나, 술법 자체가 무효화된 것은 수경의 술법이 지닌 독특한 특성에 의한 결과였다.

번갯불들이 발생한 원천인 부적들까지 모조리 집어삼킨 물거울들이 루우를 향해 일렬로 늘어서자, 각각의 거울 사이로부터 흡수한 번갯불들이 방출되기 시작했다.

류 킷츠는 손에 든 칼끝으로 애지중지하는 딸이 있는 방향을 가리키더니, 새로운 술법의 명칭을 중얼거렸다.

"천향뢰(千響雷)."

그 명칭을 따르듯이, 천 발의 번갯불을 한 줄기로 묶은 듯한 굉음과 광채가 전해져왔다. 그리고 물거울들로부터 어마어마한 기세의 번갯불들이 쏟아져 나왔다.

루우는 자신의 작은 몸이 번갯불의 해일에 휘말려 버리기 직전, 새롭게 꺼낸 부적으로 방어의 술법을 행사한 관계로 특별한 부상은 입지 않았다.

류 킷츠는 중력을 느낄 수 없는 몸동작으로 말려 올라온 지반 중 하나의 위로 사뿐히 내려섰다. 그녀는 모든 방향으로 경계망을 전개한 듯이 보였다. 그리고 아직껏 전혀 포기하지 않은 우리 일행들과 마주보는 자세로 즐거운 듯이 웃었다.

"늙은 몸으로 한창 때인 젊은 아가씨들을 상대하기는 조금 피곤합니다만, 동시에 실로 이보다 더할 수 없이 즐겁기도 하군요. 후후, 좀 더 들어와 보세요."

다시금 시작된 격렬한 전투 광경을 관전하고 있던 나는, 새로운 다과를 집어 올려 한입 가득 씹어 먹었다.

"실로 보람 있는 훈련 광경이로군."

그런 식으로 간단한 소감을 입에 담자, 너무나 엄청난 전투로 인해 넋이 나간 이리나가 경악스럽다 못해 말문이 막힌 듯한 목소리로 나에게 질문을 던져 왔다.

"류 킷츠 님이라는 분은 정말 터, 터, 터, 터무니없이 강한 분이시군요. 진정한 드래고— 가 아니라 용종 분들께서 저만큼이나 대단하실 줄은 몰랐어요. 아니, 잠깐만요. 혹시 드란 씨께선 저 류 킷츠 님을 상대로 이기실 수 있나요? 일단 우리 레니아는, 보시다시피 완전히 어린아이 취급당하고 있는 걸로 보이는데요……."

"일단 명확한 언급은 피하도록 하지. 다만…… 좋아. 어쨌든 레니아를 상대로 치렀던 결승전에 관해서만 설명하자면, 나는 단 한 순간조차 자신의 진짜 실력을 발휘한 적이 없어."

"뭐라고요?! 레니아 쪽에선 필사적으로 싸우던 걸로 보였는데요?"

"진짜 실력을 발휘한 것은 아니었지만, 그날 용납되던 범위에서 모든 능력을 발휘한 건 틀림없어. 그런 것이 바로 건성이 아니냐 지적엔 반박할 말이 없지만 말이야."

이리나는 나의 대답을 듣자마자 할 말을 잃은 듯한 표정으로, 나와 류 킷츠를 번갈아 쳐다봤다. 그녀의 머릿속에선 도대체 나의 정체가 인간이냐는 주제의 토론이 벌어지고 있을지도 모를 일이다.

자그마한 입으로 마들렌을 갉아먹고 있던 파티마 또한, 과자를 먹던 손을 멈춘 채로 나에게 말을 걸어 왔다.

……그나저나, 파티마의 한 입은 정말 자그맣군. 하는 행동이나 몸동작이 하나부터 열까지 사랑스러운 소녀란 말이지.

"저기 말인데, 드란~."

"……또 궁금한 거라도 있나?"

나는 입안에 남아있던 수제 과자를 목구멍으로 넘기고 나서야 대답할 수 있었다.

흠, 정말 잘 먹었습니다.

"어쩐지 훈련의 취지 자체가 바뀌기 시작한 것 같아~. 다들 즐거워 보이니까 큰 상관은 없을지도 모르지만~."

"나 또한 류 킷츠가 이런 곳까지 따라올 줄은 미처 예상할 수 없었지만, 다들 이만큼이나 열중하리라고는 더더욱 예상할 수 없었거든. 그런 고로 지금의 나는, 훈련의 여파를 은폐하는 작업과 주변 지역의 피해를 예방하는데 상당한 신경을 쓸 수밖에 없는 상황이야."

훈련 도중의 나는 기본적으로 결계의 강화와 유지, 그리고 우리를 제외한 외부인들에게 결계 내부의 훈련 내용에 관한 정보가 전달되지 않도록 원격 시야나 마법 시력 등을 이용한 투시를 예방하는 용도의 은닉 작업을 병행하고 있었다.

처음에만 해도 레니아나 크리스티나 양의 상대로 훈련에 참가할 예정이었으나, 결과적으로 훈련 내용 그 자체에 관해선 류 킷츠에게 거의 다 맡겨버린 거나 다름없었다.

하지만 류 킷츠에게도 좋은 자극이 되고 있는 모양인데다가 경마제에 출장할 예정인 크리스티나 양이나 레니아, 네르와 피니아 양 또한 류 킷츠에게 한 방이나마 반격을 가하고자 최선을 다하고 있는 걸로 보였다.

"드란은 따로 훈련할 필요가 없는 거야~? 그야 결계를 장시간 동안 유지하는 작업도 만만하진 않겠지만, 드란 혼자만 따돌림 당하는 듯한 느낌이 드는 건 좀 섭섭하다~."

"아마도 저기 있는 나머지 일행들은, 싸움에 열중하느라 나에 관해선 까맣게 잊고 있는 걸로 보이는군. 나는 그냥, 그녀들이 너무 나갈 때만 말리러 들어갈 정도로 마음먹고 있던 참이야."

"정~말? 드란 본인한테 불만이 없다면 그다지 상관은 없는 걸까?"

"하지만 파티마의 말마따나, 약간 따돌림을 당하고 있는 듯한 느낌은 없지 않아 있군."

나는 곁에 아무렇게나 내던져놓고 있던 검을 왼손으로 잡자마자 천천히 자리에서 일어났다.

"그런 고로 약간이나마 섭섭한 기분을 달래기 위해서라도, 그녀들과 섞이고 오도록 할게. ……아닌 게 아니라, 파티마한테 감쪽같이 유도당한 건가?"

"으음~? 글쎄?"

"훗, 너는 의외로 훌륭한 계략가로군."

"그보다는 깜찍한 여우같다는 말이 한 사람의 소녀로서는 더 기분 좋게 들릴지도 몰라~."

"좋아. 파티마는 의외로 깜찍한 여우같은 측면이 있다는 식으로 정정하도록 하지."

"응, 참 잘 하셨습니다~. 어쨌든, 잘 다녀와~."

"그러도록 하지. 지금껏 잠자코 있던 만큼, 실컷 운동이나 하고 올게."

파티마는 평소와 다를 바 없이 붙임성 있는 미소로 나를 배웅했다.

크리스티나 양 일행은 배리어 골렘들이 전개한 결계의 한복판을 무대로 삼아, 망설임이나 거리낌은 전혀 없이 실전을 방불케 하는 형식으로 류 킷츠에게 도전을 거듭하고 있었다. 그러나 현재의 그녀들이 지닌 실력으로는 아름다운 수룡 여성의 입가에 떠오른 미소 하나조차 지울 수가 없었다.

거의 자포자기한 상태로도 보였으나, 돌격해 들어갈 때마다 류 킷츠로부터 절묘하게 힘을 조절한 반격을 받아 흙바닥의 맛이나 확인하고 있는 그녀들로서는 어쩔 수 없는 반응일지도 모른다.

"류 킷츠 공, 선수 교대 시간이야. 다들, 잠시만 쉬도록 해."

"아버— 드란 씨! 저는 아직 멀쩡합니다!"

"레니아 양의 말씀이 맞아요, 드란 군. 이 핏니—아의 투지와 의욕은 아직도 활활 타오르고 있답니다. 그리고 근성은 하늘조차 뚫고 올라갈 정도지요!"

레니아는 본인의 말마따나 아직 어느 정도는 여유가 있어 보였으나, 목청껏 고함을 지르고 있는 피니아 양은 체력 소모가 굉장히 심한 듯한 느낌이 곧이곧대로 전해져왔다.

류 킷츠를 상대로 불리한 속성의 소유자라는 측면 또한 없지 않아 있었으나, 아까 전부터 크고 작은 기술들을 연발해 온 여파가 지금에야 뒤늦게 온 것으로 보였다. 대부분의 계통에 속하는 술법들을 수준 높게 구사할 수 있는 만큼, 공격 · 방어 · 보조 등의 모든 작업에 무분별하게 관여한 결과로군.

"아무리 그렇더라도 한 번 정도는 휴식 시간을 가지는 편이 좋아. 옆에서 볼 때는 상당한 체력 소모가 눈에 띄더군."

바제의 화염으로도 증발시킬 수 없는 류 킷츠의 영력이 담긴 물이 주위를 가득 메운 관계로, 다들 많건 적건 진흙투성이로 범벅이 되어 있는 상태였다.

그리고 평소부터 식탐이 심한 크리스티나 양 같은 경우, 이제 슬슬 배가 고파 올 참이었다.

순간적으로 시선을 돌려 확인해 보니, 크리스티나 양은 나의 말에 거스를 뜻은 전혀 없다는 듯이 엘스파다를 칼집으로 거둬들인 상태였다. 그리고 왼손으로 자신의 배를 쓰다듬고 있었다.

아니나 다를까 배가 고팠던 모양이다. 역시 먹보 아가씨란 말이지.

"나는 드란의 제안에 따르도록 하지. 머리카락까지 진흙으로 범벅이 되어 있는 상태이니 약간 정돈 하고 싶군. 게다가 목까지 타는군."

사실은 배가 고프기 때문이 아닌가? 나로서는 그녀의 대답을 의심스럽게 받아들일 수밖에 없었다.

이 자리의 그 누구보다도 진흙투성이인 세리나가, 여러 차례에 걸쳐 고개를 끄덕였다.

"저도 크리스티나 양과 의견이 같아요. 류 킷츠 님을 상대로 한 모의 전투가 굉장히 큰 보탬이 되는 건 사실이지만, 쉬어야 할 때를 골라 제대로 쉬지 않고서야 훈련의 효율은 오히려 나빠지기만 할 테니까요!"

세리나는 거친 콧김 소리와 함께 열변을 토했다.

바제 또한 류 킷츠의 영력이 담긴 물을 흠뻑 뒤집어쓰다 보니, 완전히 기세가 꺾인 상태였다.

계속 싸우고 있는 동안에야 불타오르는 투지를 유지할 수 있었으나, 일단 긴장의 끈이 풀리자 곧장 투지의 불꽃이 사그라진 모양이다.

"나도 이제, 쉬고 싶다. 조금, 아니, 엄청나게 지쳤거든. 류 킷츠 님을 상대로 한 모의·전투 자체도 힘들지만, 류 킷츠 님께서 이곳까지 와 계시다는 현실에 관해서도 새삼스럽게 피로가 몰려오는군……."

풀 죽은 듯이 날개와 꼬리를 움츠린 바제가, 다시금 투지의 불꽃을 태우기는 간단하지 않아 보였다.

지금은 일단 흠뻑 젖은 몸을 말린 뒤, 느긋하게 휴식을 취할 시간이었다. 잘 했다, 바제야.

"바제, 속성이 상극인 너로서는 특히나 격심한 체력 소모를 겪었을 거다. 일단 느긋하게 쉬려무나. 레니아도, 지금처럼 소화 불량이라는 식의 표정은 거둬들여라. 이리나에게 무릎베개라도 부탁해 보거라."

류 킷츠를 상대로 한 모의 전투 도중에 가장 격렬하게 투지를 불태우던 것은 바제와 레니아였으나, 바제가 완전히 기진맥진한 상태인데 비해 레니아는 아직껏 어금니를 드러낸 채로 모의 전투를 계속하려는 자세를 보이고 있었다.

"하지만! 하지만 아직 저는 싸울 수 있습니다. 싸울 수 있다고요. 아버…… 니, 니, 아니, 드, 저기, 드란 씨!"

레니아로서는 나에게 멋진 모습을 보여주고 싶었는데도 불구하고 목적한 바를 이루지 못한데 관해 부끄럽게 여기고 있다는 느낌이 들었다.

입으로 하는 얘기만으론 납득이 안 간다는 건가?

혹시 지나치게 레니아를 특별 취급할 경우, 세리나로부터 불평이 들어올지도 모르겠다만…….

나는 레니아의 머리 위로 가볍게 손을 올려놓은 뒤, 두세 번 정도 쓰다듬었다. 나로서는 이걸로 납득해주기만을 바랄 뿐이다.

"나도 너에게 멋진 모습을 보여주고 싶다는 마음이 들었거든. 그러니 이 자리는 양보해 줄 수 없을까?"

과연 지금 한 행동의 효과는 어느 정도나 될까? 레니아의 얼굴을 들여다보자, 벌써부터 양쪽 뺨이 녹아버릴 듯한 착각이 들 정도로 완전히 풀려 있었다. 진심으로 조금만 더 쓰다듬다가는, 뺨뿐만 아니라 몸 전체가 액체로 변할지도 모른다는 느낌이 들 정도였다.

"그헤헤헤헤."

응…… 하지만 그 웃음소리만큼은 좀 그렇지 않느냐는 느낌을 지울 수가 없군.

이런 구석은 의심할 여지조차 없이 카라비스의 계보를 이은 영향인 것으로 보였다.

가련하다는 단어는 이 소녀를 위해 존재한다는 식으로 잘라 말할 수 있을 만큼 사랑스러운 얼굴의 소유자인 레니아는, 누구든지 보자마자 얼굴을 찌푸릴 만한 꼴사나운 표정을 지었다.

아니 잠깐, 지금 입안의 침이 전부 다 새어 나오고 있거든?

"자, 어서 이리나에게 가보려무나."

"그헤헤헤헤헤…… 앗! 예, 드란 씨! 저의 두 눈과 영혼에 위대하신 분의 위풍당당한 모습을 똑똑히 새기겠습니다! 영원토록 각인하겠습니다!"

"그 정도로 기합을 넣을 필요는 전혀 없다만…… 그런 모습이야말로 레니아다운 걸지도 모르겠군."

레니아는 경쾌한 발걸음으로 이리나 일행을 향해 걸어갔다.

레니아의 뒷모습을 배웅하다 보니, 우리 사이에 오가던 대화의 광경을 부러운 듯이 바라보던 세리나나 루우와 눈이 마주쳤다.

나는 지금 당장 손가락이라도 빨 것처럼 간절한 표정의 두 사람을 향해 나중에 보자는 뜻을 담아 쓴웃음을 지은 뒤, 류 킷츠에게 고개를 돌렸다.

"류 킷츠 공께서도 쉬실 텐가?"

나는 결계의 영향권 안으로 들어간 뒤, 우리 사이의 대화 소리가 밖으로 새어 나가지 않도록 음성을 차단하는 효과를 새롭게 부여했다. 류 킷츠는 그 효과가 발동될 때까지 기다렸다가, 무척이나 달아오른 듯한 목소리로 답했다.

"그럴 리가 있나요? 세리나 양을 비롯한 다른 분들보다야 적잖이 나이를 먹은 몸이기는 합니다만, 겨우 이 정도로 맥을 못 출 만큼 연약하지는 않답니다. 그보다도 위대하신 분께 한 수 배울 수 있는 기회를 받아, 저의 가슴은 걸맞지 않게 무척이나 들뜨고 있습니다! 그리고 그와 비슷할 정도로 두려운 마음에 떨고 있다는 사실을 전해 드릴 방법에 관해 고심하고 있던 참이랍니다."

"용궁성에선 이런 식으로 겨뤄볼 만한 기회가 없었단 말이지. 자네로서도 따님 앞에선 최선을 다할 수밖에 없다는 건가?"

"그러한 측면도 없지 않아 있습니다만, 역시나 우리 종족의 정점에 서신 분을 상대로 자신의 힘을 시험해본다는 행위 자체가 실로 매력적이고도 배덕적인 행동으로 느껴지거든요. 후후, 나이에 안 맞게 몸과 마음의 흥분을 스스로 가눌 수가 없을 지경이랍니다."

"흠, 요컨대 지금처럼 시답잖은 말장난이나 주고받으며 기다리게 하는 것은 가혹한 처사라는 뜻이렷다?"

"물론 당신과 이런 식으로 세상사에 관한 말씀을 주고받는 것 또한 즐겁기 그지없습니다만, 지금은 한 시라도 빨리 위대하신 분과 검을 겨룰 기회를 받기만을 바랄 뿐입니다."

"뒤숭숭한 발언을 거리낌 없이 입에 올린단 말이지. 하지만 우리 아버지의 말씀에 따르면, 여성을 기다리게 하는 것은 남자의 도리가 아니라더군. 시작해 볼 텐가?"

"예. 존귀하기 그지없는 시원의 일곱 용 중 정점에 해당되시는 분께 서투른 기술을 선보일 수밖에 없다는 사실은 황송하기 이를 데 없사오나, 여기까지 와서 사양은 하지 않겠나이다."

류 킷츠는 화사한 꽃을 연상케 하는 미소를 짓더니, 아무런 예비 동작조차 없이 자신의 발밑으로부터 방대한 양의 물기둥들을 발생시켰다.

수룡황— 어흠, 영적인 격으로 봐서 수룡황과 완전히 동급인 류 킷츠가 자신의 영험(靈驗)에 의해 완전한 무(無)로부터 일으킨 물기둥들이 곧장 대량의 물 덩어리들로 변하자마자 나를 향해 마구잡이로 쏟아졌다.

과연 인류라는 종족이 보유한 마법사들 가운데 얼마나 되는 이들이 류 킷츠가 자신의 의지 하나로 연성한 눈앞의 물 덩어리들과 똑같은 현상을 일으킬 수 있을까?

"태연하기 그지없는 얼굴로 무척이나 살벌한 짓을 하는군."

"시작하라는 신호를 하신 이상, 그 이후론 무슨 짓을 하건 자유인 줄로 알았나이다."

뭐, 류 킷츠가 틀린 말을 한 것은 아니었다. 불의의 기습을 시도한 것도 아니니, 그녀에게 불평불만을 늘어놓는 거야말로 번지수를 잘못 찾아가는 셈이야.

나 또한 그녀에게 실례가 되지 않도록 마음을 단단히 먹어야 하나?

나는 용종으로서 지닌 마력을 이용함으로써 자신이 서 있는 곳을 중심으로 푸르고 맑은 물 덩어리들을 연성했다. 그리고 그 물 덩어리들로 류 킷츠의 물 덩어리들을 남김없이 모조리 상쇄시켰다.

물 덩어리들끼리 격돌한 그 순간, 엄청난 양의 물보라가 햇볕을 받아 번쩍거리면서 사방으로 흩날렸다.

"설마 저를 상대로 물을 쓰실 줄은 몰랐습니다. 용종들의 능력 가운데 당신의 권능으로 재현 불가능한 기술이 존재하지 않는다는 소문은 여러 가지 소식을 통해 전해들은 적이 있습니다만, 실제로 당하고 보니 가히 충격적이로군요."

류 킷츠는 한숨 섞인 목소리로 투덜거렸으나, 그 지극히 짧은 시간 동안에도 새로운 물 덩어리들과 물기둥들을 연성하여 나에게 커다란 물 덩어리들로 이루어진 소나기를 선사했다.

일격으로 커다란 성곽을 날려 버리고도 남을 정도의 파괴력을 지닌 물 덩어리들의 격돌은 벌써부터 100차례를 넘기는 와중이었다. 시끄러운 파열음과 격렬한 물보라가 끊임없이 이어졌다.

나는 칼집으로부터 뽑아든 검을 오른손으로 잡아 늘어뜨렸다. 그리고 몸을 앞으로 기울이는 자세로 류 킷츠에게 질문을 던졌다.

"심심풀이 삼아 묻겠네. 이 지상을 통틀어 「강한 자」를 꼽을 때는 반드시 자네의 이름이 나오더군. 실제론 어떠한가?"

류 킷츠는 잠시 동안 골똘히 생각에 잠겼다가, 아름다운 입술로 나의 질문에 답했다.

"황공하오나…… 이 지상, 예로부터 아카디안이라고 불리던 이 별의 주민들 중에선 저나 백룡제(白龍帝) 컨퀘스터 공 중 어느 한쪽에게 최강의 칭호가 돌아갈 줄로 압니다. 드란 님의 입장에서 보실 때야 어디까지나 이 별의 주민들에게 한정된, 너무나도 작은 규모의 순위 다툼이지 않을까 싶지만요."

눈앞의 미녀는 그저 나의 물음에 공손하기 그지없는 말투로 대답하고 있는 것뿐만이 아니라, 나와 자신의 거리가 줄어들고 있다는 사실을 민감하게 헤아려 칼날을 똑바로 나에게 향하고 있었다.

"알아들었다. 지금부터 이 별을 통틀어 최강의 무력을 지닌 여인의 실력을 확인해 보도록 하세나."

류 킷츠의 전투 능력은 가장 강하고도 가장 아름다운 뱀파이어인 드라미나조차 가볍게 능가할 정도였다. 말하자면 그녀가 이 혹성의 최강을 자칭하더라도 누구 하나 이의를 제기할 수 있는 이는 없다는 뜻이다.

"정말로 이보다 더할 수 없이 늠름하고도 두려운 표정을 지으시는군요."

류 킷츠는 말을 마치자마자 나보다 먼저 한 걸음 더 딛고 나와, 눈 깜짝할 사이에 피아의 거리를 좁혀 왔다.

그녀는 자신의 발바닥 밑으로 심상치 않은 속도의 물살을 발생시켜, 그 힘을 이동에 이용함으로써 사실상 공간 도약이나 다를 바 없는 동작으로 나에게 접근해 들어온 것이다.

눈을 깜빡이기도 전에 류 킷츠의 칼이 나를 자신의 공격 범위 안으로 끌어들였다. 그녀가 용종의 신체 능력으로 휘두른 칼이, 손쉽게 소리의 벽을 넘어 번갯불에 필적하는 속도로 나에게 날아 들어왔다.

그녀의 공격에 응한 검으로부터 전해져오는 힘은, 평범한 인간의 신체 능력으론 너무나 엄청난 충격에 의해 그 자리에서 피와 살이 분리되어 산산이 흩어지고도 남을 만한 압도적인 완력이었다.

류 킷츠의 한 줄기로 묶은 검은 머리카락과 도복 자락이 경쾌하게 뛰놀 때마다, 그녀의 섬세하고도 아름다운 손에 잡혀 있던 칼과 나의 용조검이 서로 맞부딪쳤다. 그리고 아까 전의 물 덩어리들끼리 격돌했을 때를 능가하는 무지막지한 굉음이 주위의 대기를 날려 버렸다.

"검기로는 자네에게 백기를 들 수밖에 없어 보이는군."

나 자신의 검기는 그다지 대단한 수준이 아니었다. 그러한 나의 실력으로 인간들이 다다를 수 있는 한계의 영역까지 도달한 류 킷츠와 호각에 가까운 난타전을 연출할 수 있었던 까닭은 어디까지나 자신의 육체를 대폭으로 강화한 덕을 보고 있는 것에 지나지 않았다.

"약한 자가 자신보다 강한 자에게 이기거나, 혹은 지지 않기 위해 터득하는 기술을 무술이라 한다지요. 드란 님을 상대할 때는 기술만으론 극복하기가 어려워 보이는군요."

류 킷츠는 칼날의 연속 공격을 스스로 중단하더니, 쓴웃음과 함께 다섯 손가락을 활짝 펼친 왼손을 나의 눈앞으로 들이밀었다.

"수뢰관(水牢棺)."

류 킷츠가 기세 좋게 주먹을 쥔 바로 그 순간, 주위에 가득 차 있던 물기들이 일제히 나를 휘감아 온몸을 뒤덮는 물로 된 관이 출현한 것이다.

나의 코나 입, 게다가 눈이나 귀로도 물들이 침입을 시도하고 있었다.

류 킷츠는 후방으로 크게 도약하면서 손가락을 복잡한 형태로 재빠르게 짜 맞춰, 물로 된 감옥 겸 관에 갇힌 나를 공격하기 위한 새로운 술법을 발동시킬 준비 태세로 들어갔다.

"재주가 많군."

물론 내가 몸 안으로 물이 침입해 들어오는 사태를 용납할 리가 없었다.

나는 그림자를 수납공간으로 바꾸는 마법인 섀도우 박스를 영창 없이 발동시켜, 모든 물을 그림자 속으로 빨아들여 그녀의 술법을 강제 중단시켰다.

류 킷츠로서도 자신의 마법에 의한 물뿐만 아니라 근방 일대의 물까지 나의 그림자 속으로 송두리째 빨려 들어가, 완벽하게 메말라 버린 대지와 마주한 것은 꽤나 충격적이었던 모양이다. 류 킷츠의 눈썹이 아주 미세하게 떨렸지만, 그녀의 손가락은 변함없이 규칙적인 움직임을 보이고 있었다.

"창파(蒼波)의 소용돌이."

류 킷츠가 손가락의 움직임을 멈춘 바로 그 순간, 그녀의 등 뒤로부터 지금껏 본 적이 없을 정도로 방대한 양의 물들이 나타났다. 그리고 푸르게 물들자마자 세찬 소용돌이를 형성하여 나에게로 들이닥쳤다.

그 소용돌이는 땅바닥을 무참하게 파헤치는 정도가 아니라 대기까지 어지럽힐 정도로 강력한 세력을 떨쳤다. 글자 그대로 지도를 새로 갱신해야 할 정도의 위력을 지닌 영적인 물의 소용돌이를 목격한 우리 일행들로부터 크고 작은 비명소리들이 들려왔다.

"물의 이치여 나의 목소리에 무릎을 꿇어라 하늘을 집어삼켜 땅을 잡아먹어 세계를 침몰시켜라 클리어 엔드!"

【클리어 엔드】는 물 속성의 이치 마법들 가운데 최상위 술법에

속하는— 학생이 사용하기엔 과분한 —마법이었지만, 그녀가 불러들인 거대한 소용돌이를 틀어막기 위해선 최소한 이 정도 수준의 마법을 사용할 수밖에 없었다.

류 킷츠를 향해 뻗은 나의 손끝으로부터, 나의 마력에 의한 간섭을 받은 물들이 대량으로 발생하여 【창파의 소용돌이】와 정면으로 충돌을 일으켰다. 그리고 나와 그녀의 술법으로 인해 발생한 물들이 결계 내부를 순식간에 뒤덮었다.

고대의 마법사가 발명한 것으로 알려진 마법인 【클리어 엔드】는, 적국의 국토를 통째로 수몰시켰을 뿐만 아니라 그 지역에 서식 중이던 모든 생물들을 몰살시켰다는 흉악하기 그지없는 실적을 지닌 술법이었다. 위력은 류 킷츠가 사용한 술법과 거의 호각에 가까운가?

"이치 마법 중에서도 우습게 볼 수 없는 술법이 존재하던 모양입니다."

류 킷츠는 손가락으로 그리던 표식을 풀자마자, 칼을 든 채로 미쳐 날뛰는 물 위에 올라섰다.

대량의 물들이 결계 내부를 수조를 방불케 할 만큼 가득 메우는 가운데, 나 또한 세찬 조류 위로 날아올라 류 킷츠와 마주봤다.

"자네 또한 방금 전과 같은 능력 정도는 자유자재로 부릴 수 있지 않나?"

"물과 친한 천성을 타고난 자가 그 정도의 능력조차 부리지 못하고서야 면목이 서지 않으니까요. 아주 조금만 더 저의 물놀이에 따라와 주시기를 바랍니다."

류 킷츠가 왼손을 좌우로 바쁘게 움직이자, 그녀가 올라서 있던 조류가 류 킷츠의 지배 하로 들어갔다. 그리고 거대한 초승달 형태의 칼날로 변해, 나에게 연속으로 날아 들어왔다.

반구 형태로 전개된 결계의 상부까지 닿는 거대한 칼날은, 그녀가 진정한 실력을 발휘할 경우엔 저 모레스 산맥조차 갈라버리고도 남을 만한 규모를 지니게 되었을 걸로 보였다.

나는 용조검에 불꽃을 휘감아 매섭게 날아 들어오던 거대한 물의 칼날을 두 동강으로 썰어 버렸다. 그리고 남은 물을 열로 증발시켜 류 킷츠에게 재활용당하는 사태를 예방했다. 마지막으로 그 여세를 몰아 검을 든 채로 류 킷츠를 향한 최단 거리를 달려갔다.

"훌륭하십니다! 칼 한 자루로 돌파하실 줄은 몰랐습니다. 하지만!"

결계 내부의 물이 모조리 소멸되어 메마른 대지 위에 올라선 류 킷츠가 강하게 땅바닥을 디딘 바로 그 순간, 결계 내부의 땅바닥 위로 파랗게 빛나는 대량의 글자들이 떠올라 거대한 빛의 부적을 형성하기에 이르렀다.

도대체 어느 틈에 그런 기술을 완성시켰냐는 질문을 던질 경우, 【창파의 소용돌이】를 사용하던 즈음에 은근슬쩍 땅을 파고 있었다는 대답이 돌아오리라.

"보는 것을 금한다 듣는 것을 금한다 맡는 것을 금한다 맛보는 것을 금한다 느끼는 것을 금한다 생각하는 것을 금한다 삶을 금한다 칠식금절진(七識禁絶陣)."

나를 중심으로 전개된 빛의 부적 위로 용궁국이나 동방에서 쓰이는 「금(禁)」이라는 글자가 일곱 개나 나타나더니, 나의 시각 · 청각 · 후각 · 미각 · 촉각 · 의식 · 생명 활동을 순서대로 봉인하기 시작했다.

부적에 새겨진 술식을 육안으로 해석해 본 바에 따르면, 생명을 제외한 나머지 여섯 가지가 전부 봉인되자마자 문답무용으로 생명을 봉인함으로써 상대방의 숨통을 끊는 방식의 흉악한 술법인 모양이다.

류 킷츠와 마찬가지로 부적을 이용한 술법을 구사하는 루우가 흉악하기 짝이 없는 술법의 실체를 깨닫자마자 짧은 비명을 지르는 소리가 들려왔다. ―한 마디로 말하자면, 결계 바깥에 서 있던 루우의 비명 소리가 들려왔다는 뜻이다.

말인즉, 나의 청각은 건재한데다가 나머지 여섯 가지 감각 또한 전혀 봉인되지 않았다는 뜻이다.

나는 술법이 발동되자마자 용조검으로 부적들을 찔렀다. 요컨대 술식에 강제 개입함으로써 술법 자체를 무효화한 것이다.

류 킷츠는 단순히 생물로서 강인한 육체를 자랑할 뿐만 아니라, 부적 술사로서도 이 혹성을 통틀어 최고봉의 실력을 지닌 명수 중의 명수였다. 그녀의 술식은 가로아 마법학원에 입학한 이후로 처음 볼 만큼 복잡하기 짝이 없는 구조를 자랑하고 있었으나, 강제로 유입시킨 나의 마력이 그 복잡한 구조들을 엉망진창으로 망가뜨려 버렸다.

"어머나, 정말로 난폭한 남성분이시군요. 참고로 지금 사용한 기술은, 20만을 넘는 해마(海魔)의 대군을 전멸시킨 비장의 기법 가운데 하나였답니다."

바로 그 비장의 기법 가운데 하나를 무효화당한 직후임에도 불구하고, 류 킷츠의 얼굴엔 아직 여유가 남아 있었다. 목소리 또한 그 냥 들뜬 정도가 아니라 무척이나 즐거운 듯이 들리는 음색이었다.

"정공법 말고는 별 능력도 없는 남자라서 말이야!"

강제로 유입시킨 용종의 마력에 의해 파탄된 빛의 부적이, 대량 의 입자들로 흩어져 자취를 감췄다. 나는 용조검을 뽑자마자, 결 계의 한복판을 단숨에 달려 나갔다.

류 킷츠의 공간 도약과 달리, 강화한 각력(脚力)을 이용한 보행 법은 발을 디딘 땅바닥을 무자비하게 폭파시켰다.

나는 달려간 여세를 몰아, 류 킷츠에게 용조검을 날렸다.

"천해도(千海刀)."

나에게 맞서는 류 킷츠는 물로 휘감은 칼— 천해도라는 칼로 나 의 용조검을 막아 보였다. 검으로부터 전해져 오는 감각은 칼날과 부딪힌 단단한 감촉이 아니라, 흡사 바닷물이라도 벤 듯이 가르는 느낌은 전혀 없는 주제에 칼날은 조금도 나아가지 않는 모순된 감 촉이었다.

"대량의 영력이 담긴 물을 압축시킨 칼날인가?"

류 킷츠의 참격을 받는 데만 전념하던 아까 전과 달리, 이번엔 어설픈 기술을 신체 능력으로 보강하는 머리 나쁜 검으로 공격을 퍼부었다.

"예, 각 변이 천리나 되는 정육면체 정도에 해당되는 물에 영력 을 담아 연성한 칼날입니다만, 큭……!"

용조검의 마력이 단 한 차례의 격돌만으로도 천해도를 구성하는 영적인 물 가운데 2할에 가까운 양을 소멸시켰다. 류 킷츠는 정정당당히 용조검과 난타전을 벌이는 것보다 어리석은 짓은 없다는 사실을 깨달은 듯이, 바람을 받는 버드나무처럼 나의 공격을 유연하게 받아 넘기기로 마음먹은 모양이다. —혹은, 필연적으로 그 길을 선택할 수밖에 없었다.

나로부터 일격이 들어갈 때마다, 류 킷츠의 얼굴에 초조한 빛이 떠오르기 시작했다. 그리고 피부엔 닭살이 돋기 시작한 듯이 보였다.

하지만 그녀의 입가엔 모의 전투를 시작하기 전부터 변함없는 미소가 그려진 채였다.

"진실로, 고신룡인 당신의 힘은 경탄스럽기 그지없습니다!"

"……글쎄, 나로서는 그다지 자랑스럽다는 말은 안 나오는군. 지금처럼 미소를 띤 채로 나를 추켜세우는 자네와 마주하고 있는 이상, 그 말의 진실성조차 확신이 안 간단 말이지."

"후후. 드란 님을 독점할 수 있는 지금 이 순간에 들떠, 저도 모르게 웃음을 짓고 있을 뿐이랍니다. 하아앗!"

류 킷츠는 날카로운 기합소리와 함께 천해도로 용조검을 낚아채듯이 휘감았다. 영적인 물의 일부와 맞바꿔 나의 오른팔 동작을 일시적으로 봉쇄하며, 왼쪽 손바닥으로 나의 복부를 눌렀다.

이건 혹시, 크리스티나 양을 상대로 시범을 보인 접촉 상태로부터 타격으로 들어가는 기술인가!

류 킷츠의 다리 · 허리 · 어깨 · 팔 등의 각 관절과 호흡, 그리고 심혈을 기울여 가다듬은 투기로부터 발생된 강대한 파괴력이 그녀의 왼쪽 손바닥으로 모여들어 나의 몸 안을 유린하고자 발사되는 기적이 전해져왔다.

"훅!"

"크윽?!"

그러나 날아가 버린 것은 나의 몸이 아니라 가냘픈 류 킷츠의 몸이었다.

류 킷츠는 공중에서 자세를 뒤엎어 깔끔하게 발로 착지한 뒤, 어렴풋이 눈썹을 찌푸린 고통스러운 표정으로 나를 마주봤다.

"이유가 뭐냐는 자네의 질문을 받기에 앞서 미리 답하도록 하지. 고신룡 드래곤은 시조룡(始祖竜)의 어디서 태어났나?"

"심장으로부터 태어나셨습니다. ……심장? 오호라, 이제야 납득이 가는군요."

"눈치가 빠르군. 정답이야, 나는 시조룡의 심장으로부터 태어난 몸일세. 그런 고로 온갖 만물의 흐름이나 순환에 관해선, 나는 자신보다 뛰어난 이를 몰라. 인간으로 환생한 지금에 와서도 마찬가지야. 나의 몸 안에 직접 충격을 가하려 한 것은, 자네의 얼마 되지 않는 오판이었다네. 본디 나의 장기를 유린해야 했던 충격파는, 자네의 왼팔을 통해 고스란히 돌려주었네."

류 킷츠는 가볍게 콜록거리더니, 겨우 그 동작만으로도 흐트러져 있던 호흡과 혈류뿐만 아니라 기맥까지 다잡은 듯이 보였다. 그리고 다시금 천해도를 든 채로 전투태세를 취했다.

"정말로…… 이만큼이나 힘의 차이가 명확할 때는 웃음밖에 안 나오는군요. 과연 우리 용종들이 이어받은 피의 기원에 해당되는 분이십니다. 황공하오나 이 미천한 후손에게 몇 수만 더 가르쳐 주십시오."

유감스럽게도, 나는 류 킷츠의 부탁을 전면적으로 들어줄 수는 없었다.

분위기를 파악 못 하는 짓이라는 사실은 알고 있었으나, 해가 기운 각도를 확인하고 나선 다음과 같이 답할 수밖에 없었기 때문이다.

"일단 해가 저물 때까진, 상대해주지."

"마음껏 와보라는 말씀을 하시기가 그리도 힘드신가요? 참으로 매몰차기 그지없는 분."

류 킷츠가 아주 약간 토라진 듯한 표정을 지어 보였다. 과연, 토라졌을 때의 루우를 빼다 박았군. 흠, 루우 또한 앞으로 수많은 경험을 쌓아 그녀의 어머니가 나아간 길을 그대로 따라가게 되리라는 예감이 들었다.

얼굴 표정을 다시금 잔뜩 긴장시킨 류 킷츠는 또다시 물과 부적, 칼을 들어 나를 상대로 한 모의 전투를 재개하고자 달려 들어왔다.

†

류 킷츠와 드란의 모의 전투가 있던 날로부터 다시금 며칠이 지났다.

훈련이 끝난 직후의 그들은 반드시 마법학원의 부지 안에 건설된 드란표 목욕탕으로 발걸음을 옮겨 몸을 씻는 것을 최근의 일과로 삼고 있었다.

일단 공을 들이고 나선 멈추지 않는 경향의 소유자인 드란의 손에 의해, 그의 목욕탕 건물은 사용 허가를 받은 부지를 최대한 활용하는 평수로 확장된 상태였다. 그 결과, 지금은 여탕뿐만 아니라 드란이 사용하는 개인용 목욕탕까지 세워져 있었던 것이다.

류 킷츠나 루우, 바제 등은 마법학원의 학생이 아닌 외부인이었다. 그러나 마법학원의 학생인 드란 일행의 소개를 받은 그들은, 사무국의 정식 절차를 밟아 일시적으로 출입을 허가받은 상태였다.

이와 같이 류 킷츠일행은 마법학원 방문을 무사히 허락받을 수 있었으나, 가로아의 시가지로 들어오고 나서 마법학원까지 이어지는 길을 걷는 것만으로도 그 이후로 오래도록 전해져 내려가게 될 「사소한 일화」 하나를 만들고 말았다.

드란 일행이 교외의 훈련 장소로부터 가로아의 시가지로 이어지는 도로에 도착하자마자, 그들과 엇갈린 통행인들이 잇달아 길가 위로 쓰러져 버린 것이다.

사실 크리스티나도 자신의 절대적인 미모를 목격한 이들의 넋을 빼앗아 버리는 특성을 지니고 있었으나, 그러한 그녀와 동급 이상의 미모를 지녔을 뿐만 아니라 생물로서도 압도적으로 격이 높은 류 킷츠가 합류한 것이다. 당연히 아무런 문제가 일어나지 않을 리가 없었다.

시가지 한복판에서도 길을 가는 이들이 좌우로 물러나 인간들로 이루어진 장벽을 세웠을 뿐만 아니라, 남녀노소에 상관없이 수많은 이들의 시선이 크리스티나와 류 킷츠에게 빨려 들어가 넋을 잃은 듯한 한숨 소리가 끊임없이 들려올 지경이었다.

훈련이 시작된 당시부터 오늘날까지 계속된 이 현상은 횟수를 거듭함에 따라 잦아들기는커녕, 횟수를 거듭할 때마다 피해자의 숫자가 늘어나기만 할 뿐이었다. 평범한 인간들로서는 그녀들의 초월적인 미모에 적응할 수가 없었기 때문이다.

오히려 소문이 확산됨에 따라 비현실적인 미모의 소유자들을 한 번이나마 구경하려는 가로아의 시민들이 마법학원까지 이어지는 길로 몰려들어, 서로 간의 은근한 알력다툼까지 일어나기 시작할 정도였다. 그러한 이들 또한 실물들을 목격하자마자 입을 크게 벌리거나 굳게 다무는 식으로, 이 세상이 아닌 어딘가를 향해 정신줄을 놓아 버릴 수밖에 없었다.

게다가 꼭 류 킷츠가 아니더라도, 루우와 바제 또한 충분하고도 남을 정도로 아름다운 여성들이었다.

평범한 인간들로서는 평생 동안 좀처럼 만나볼 기회조차 거의 없는 드래고니안을 세 명이나 데리고 다니는 것만으로도, 드란에 대한 주목도는 필연적으로 한층 더 높아질 수밖에 없었다. 그 부산물로, 마법학원 안에선 그에 관한 온갖 소문들이 완전히 믿거나 말거나 식으로 난립하기 시작했다.

마법학원의 부지로 들어가고 나서도 그들의 주변 광경은 기본적으로 변함이 없었다. 지극히 행복한 미소를 지은 채로 기절한 학생들이나 교직원들이 마법학원의 사방팔방을 굴러다니는, 보는 관점에 따라선 일종의 아비규환(阿鼻叫喚)이나 다를 바 없는 장면을 연출하는 중이었다.

원인의 일부분을 제공한 당사자로서 일정한 책임감을 느낄 수밖에 없었던 드란은, 정신을 잃은 이들이 다른 이들의 진로를 방해

하지 않도록 갓길 쪽으로 치우거나 길 주변의 벤치에 눕히는 정도의 수고는 들여야 하는 입장이었다.

어쨌든 오늘 또한 여느 날과 마찬가지로 훈련을 마친 일행은 목욕탕으로 향했다.

그녀들은 테르마이 골렘들이 날마다 손질을 거르지 않는 욕조로 들어가 몸에 묻은 때와 먼지를 제거하거나 오늘 하루 동안 쌓인 피로를 풀었다.

지역에 따라선 동성 간에도 서로의 맨살을 보이는데 저항을 느끼는 문화권도 존재했으나, 다행히 류 킷츠나 바제는 다른 이들과 함께 목욕탕에 들어가는데 기피하는 태도를 보이지 않았다.

용종으로서 본래의 모습으로 생활할 때의 그녀들은 한 마디로 말해서 알몸이나 다를 바 없으므로, 사실은 지극히 당연한 반응이었다.

류 킷츠와 루우의 경우, 딱딱한 용궁성 생활로부터 벗어나 평범한 모녀로서 서로를 대할 수 있는 이 시간을 즐기고 있는 듯이 보이는 측면도 있었다.

훈련에 참가하지 않은 이리나와 파티마 또한 나머지 일행들과 함께 목욕탕에 들어와 있었으나, 시에라 오직 한 사람만은 목욕탕 한 구석에서 조심스럽게 몸을 닦는 정도에 그쳤다. 하프 뱀파이어인 그녀로서는, 욕조에 담긴 물처럼 흐르지 않는 물이더라도 본능적으로 기피할 수밖에 없었던 것이다.

하지만 그럼에도 불구하고 파티마가 몸이나 머리카락을 닦으려

할 때마다 전속력으로 달려와 그녀에게 아무런 짓도 못 하게 할 기세로 시중을 드는 구석은, 사역마로서 그야말로 이보다 더할 수 없이 모범적인 마음가짐을 지니고 있는 걸로 봐야 하리라.

파티마 본인으로서는 지나칠 만큼 과잉보호를 하는 시에라에게 쓴웃음을 지을 수밖에 없었다.

크리스티나나 네르와 나란히 힘차게 머리를 감고 있던 피니아가, 결국은 류 킷츠에게 단 한 차례의 치명타조차 가하지 못한 일이 분한 듯이 중얼거렸다.

피니아는 순수한 귀족 가문의 자녀였으나, 일상사에 관해선 의외로 고용인들 없이도 혼자서 거의 다 해결하는 모습을 보였다.

"그건 그렇고 이만큼이나 머릿수를 모아 도전한 우리들이, 결국 류 킷츠 님께 단 한 순간의 당황조차 끌어내지 못한 건 참으로 한심스럽군요."

피니아의 왼쪽 옆에서 머리카락을 씻고 있던 크리스티나 또한 완전히 같은 심경이었던 모양이다. 그녀는 씁쓸한 표정으로 고개를 끄덕였다.

"피니아의 말이 맞아. 물론 상식적으로 봐서 경마제 본선의 시합 상대로 류 킷츠 공과 같은 분이 나올 리야 없겠지만, 개인적으론 이번 훈련을 통해 드넓은 세상의 넓이를 실감할 수밖에 없더군. 상대가 진정한 용종이었다는 사실을 감안하자면, 우리의 힘이 전혀 통하지 않았던 것도 납득이 안 가는 것은 아니야. 하지만 너무나 극단적인 능력의 격차를 느낄 수밖에 없던 것도 틀림없는 사실이지."

조용히 한두 마디씩, 네르 또한 평소와 다를 바 없는 평탄한 말투로 친한 이들에게만 짐작이 갈 정도의 분한 감정을 내비쳤다.

"다른 마법학원들 가운데 용종을 상대로 훈련을 실시한 곳은 없을 거야. 굉장히 귀중한 경험이었어. 하지만 결국 그녀의 발끝에도 미치지 못한 건 분해."

다른 세 명에 비해 머리카락이 짧은 네르는 머리카락과 몸을 다 씻자마자 벌써부터 욕조로 향하기 위해 일어선 참이었다. 그녀의 얼굴로부터 얼음 꽃이라는 별명에 걸맞지 않은 격렬한 감정의 빛이 어렴풋하게 엿보였다.

작년에 서쪽 마법학원 소속의 학생이었던 엑스를 상대로 졌을 때와 동급이거나 그 이상으로, 자신의 능력이 류 킷츠에게 전혀 미치지도 못 한다는 사실이 답답해서 견딜 수가 없는 것이리라.

네르와 대화할 의도는 전혀 없었던 것으로 보였으나, 목욕탕 한 귀퉁이에서 이리나의 도움을 받아 머리를 감는 와중이었던 레니아의 입으로부터 무시무시하고도 뒤숭숭하기 짝이 없는 혼잣말이 튀어 나왔다.

"언젠가 나의 손으로, 저 녀석의 목을 뽑아 버리고야 말테다. 감히 드란 씨에게 달라붙어 시답잖은 농담 따먹기나 하는 망할 녀석! 나조차도 직접 모실 기회가 그다지 많은 편이 아닌데……."

참고로 이리나가 자신의 머리를 감아주고 있는 동안, 레니아는 두 눈을 질끈 동여감고 있을 뿐이었다.

혼자서 머리를 못 감는 이 모습만 볼 때는 사랑스럽다는 한 마디 말고는 전혀 나오지 않았으나, 입으로부터 나온 말은 겉모습의 첫 인상을 이보다 더할 수 없이 화려하게 배신하는 발언이었다.

"레, 레니아? 제발 그런 식으로 무서운 말은 함부로 입에 담지 마. 게다가 류 킷츠 님은 어쨌거나 드란 씨의 지인 분이시니까, 그런 짓을 저지를 경우엔 드란 씨한테 어떤 식으로 혼날지 짐작조차 안 가지 않아?"

드란의 이름이 나오자마자, 레니아가 약한 모습을 보였다.

도저히 납득이 안 간다는 뜻이 담긴 신음소리와 함께, 완만한 곡선을 그리는 가슴 앞에서 팔짱을 낀 채로 무척이나 고민스러운 듯이 끙끙거리기 시작했다.

도대체 무슨 수를 써야 드란의 역린을 건드리지 않고서 류 킷츠를 제거할 수 있을까? 대충 그런 생각에 잠겨 있는 것으로 보였다.

"그나저나 레니아 양은, 정말로 드란 군을 존경하시는 걸로 보이는군요. 슬라니아나 그 전의 의뢰를 수행하다가 드란 군 덕분에 목숨을 건진 사이라고 들었는데, 혹시 그건가요? 사랑에 빠지기라도 하신 건가요?"

피니아는 한창 때의 소녀답게 달콤 쌉싸름한 화젯거리로 이어지기를 기대하는 뜻을 담아 질문을 던져왔다. 그러나 레니아는 팔짱을 낀 채로 두 눈을 감은 그 자세 그대로, 고개만을 돌려 코웃음을 쳤다.

가족 간의 사랑이라는 사실을 부정할 마음은 없었지만, 아마도 그것은 피니아가 기대하는 종류의 애정은 아니었다. 신조마수의 혼을 지니고 있는 것치고, 레니아는 자신의 인간적 감정을 꽤나 정확하게 파악하고 있었다.

다만 그러한 본인의 감정이 언제, 어떠한 계기로 변할지도 모른다는 사실에 관해선 아는 바가 없었다.

"그런 식의 천박한 억측은 귀족 가문의 자녀로서 걸맞지 않은 걸로 안다. 흥! 나의 그 분에 대한 마음을 그런 식의 저속하기 짝이 없는 기준에 끼워 맞춰 보는 것은 완전히 잘못된 결론이다. 나에게 있어서 그 분은 진리이자 신이며, 우러러 받들어 숭배해야 할 분이시다. 그 분의 곁을 따라다니는 것이야말로 나에게 있어서 최고의 기쁨이다!"

레니아는 더할 수 없이 자랑스럽다는 태도로 빈티 나는 가슴을 편 채로 망설이는 기색조차 없이 잘라 말했다. 그러한 그녀의 발언으로 인해, 이미 욕조로 향하고 있던 네르를 제외한 다섯 사람은 각자의 얼굴을 마주봤다. 모두 다 드란이 한 짓이 도무지 짐작조차 가지 않아, 그가 혹시 범죄에 가까운 행동에 손을 물들였을 가능성에 관해 강한 의심을 품을 수밖에 없었던 것이다. 만약 그가 이 자리에 함께 하고 있었다면, 목청껏 억울한 누명을 썼다는 주장을 펼쳤으리라.

참고로 같은 시각의 욕조 쪽에선 세리나와 류 킷츠, 루우와 바제가 따뜻한 물에 몸을 담그고 있었다. 우연히도 꼬리와 비늘을 지닌 여성진들부터 따뜻한 물을 만끽하고 있던 셈이다.

머리에 피가 몰린 상태였다고는 하나, 바제가 노골적인 투지를 드러낸 채로 류 킷츠에게 달려든 것은 틀림없는 사실이었다. 그러한 자신의 행동을 반성하는 의미로, 바제는 입가까지 온몸을 따뜻한 물에 담근 채로 은근히 아무도 자신에게 말을 걸지 말라는 분위기를 연출하고 있는 중이었다.

게다가 뭍 위에서 류 킷츠의 영력이 담긴 물에 빠질 뻔한 일로 크게 체력을 소모한 결과, 지금의 그녀는 좌우지간 몹시 피곤하기 짝이 없었다.

그에 비해 세리나와 루우, 그리고 류 킷츠는 아직도 체력이 왕성한 듯이 보였다. 산골짜기의 숨겨진 마을을 고향으로 삼는 라미아와 깊숙한 해저를 근거지로 삼는 용종들에 관한 이야기나, 각자가 드란과 만난 계기 등을 화젯거리로 삼아 여러 모로 분위기가 고조된 모양이다. 세 사람의 관계는 무척이나 양호한 것으로 보였다.

여름방학이 코앞까지 다가온 지금, 훈련의 나날은 일단 잠정적으로 종료될 예정이었다. 오늘은 훈련의 종료를 애석히 여기는 대화소리가 목욕탕의 천장에 메아리치고 있었다.

류 킷츠가 수도 없는 물방울들이 흘러내리는 아름다운 몸을 일으키더니, 마구 꿈틀거리는 꼬리를 움직여 욕조로부터 밖으로 나갔다.

딸의 눈으로 봐도 감탄과 선망이 담긴 한숨밖에 안 나오는 어머니의 아리따운 자태에, 루우는 자기도 모르게 도취되고 말았다.

그녀 본인 또한 흔치 않은 미모를 타고난 소녀였으나 그녀의 어머니는 바로 그 흔치 않다는 표현조차 진부하게 느껴질 정도로 초월적인 미모의 소유자였다.

용으로서 지닌 힘만 보더라도 자신이 그녀의 딸이라는 사실을 확신할 수가 없을 정도의 격차가 존재한다. 그러한 요소들은 루우의 가슴속에 존재하는 열등감을 조장하는데 한몫 거들고 있었다.

"어머님, 벌써 일어나시렵니까?"

평소의 그녀는 좀 더 느긋하게 욕조에 몸을 맡기는 축이었으므로, 루우가 본 오늘의 그녀는 꽤나 성급한 것으로 느껴졌던 것이다.

"예. 결계의 유지와 은폐에 적지 않은 힘을 쓰시느라 피곤하실 드란 공을 찾아가, 손수 등이라도 밀어 드리려고요."

"아하, 그러셨군요."

순간적으로 납득해 버린 루우는 엉거주춤 일어나려다가 다시 욕조에 몸을 담갔으나, 곧바로 자신의 어머니가 입에 올린 말의 의미를 깨달았다. 그리고 이번엔 알몸을 다 보이건 말건 아무 상관 없이 기세 좋게 몸을 일으켰다.

"어, 어머님?!"

"루우, 왜 갑자기 고함을 지르시는 거죠? 너무 경망스럽지 않나요?"

"어머님께서 갑작스럽게 터무니없는 말씀을 하셨기 때문이거든요!"

†

류 킷츠의 한 마디로 인해 루우가 얼빠진 고함소리를 지르고 있을 무렵, 드란은 혼자서 남탕을 사용하고 있는 중이었다.

다수의 인원이 사용하는 용도를 전제로 개축한 여탕과 달리, 드란이 혼자서 사용하는 용도를 전제로 지어지다 보니 남탕의 욕조는 혼자서 들어가는데 최적화된 크기였다.

욕조에 등을 기댄 채로 다리를 뻗어 편한 자세를 취하고 있던 드란은, 문득 바로 옆의 여탕으로부터 들려온 소음의 원인이 궁금하다는 듯이 시선을 돌렸다.

"뭔지 몰라도 여탕 쪽이 소란스럽군. 수다 떠는데 열중하느라 떠들썩할 경우에야 그다지 큰 상관은 없겠다만, 혹시 진지하게 싸움이 일어난 건 아니겠지?"

딸의 친구들이 자택으로 외박하러 왔을 때의 아버지를 연상케 하는 드란의 발언은, 그의 혼이 지금 목욕탕에 몸을 담그고 있는 이들 가운데 그 누구보다도 나이가 많다는 증거로 들렸다.

소란의 원인은 류 킷츠의 입에서 나온 발언을 꼬투리로 삼아 굉장히 좋은 생각이라는 식의 동의를 표명한 레니아와, 이상한 오기가 난 세리나가 앞 다퉈 드란에게 가려던 것을 루우를 비롯한 그 이외의 상식 있는 멤버들이 가로막은 탓이었다.

하지만 정작 당사자인 드란으로서는 여탕 쪽으로부터 새어나오는 떠들썩한 목소리들이, 설마 자신의 등을 미는 권리를 둘러싼 다툼일 줄은 꿈에서도 상상할 수 없었다.

드란은 한동안 여탕의 소란에 귀를 기울이고 있었지만, 아마도 서로 간에 큰 소리나 욕설이 오가는 것은 아니라는 판단이 들자마자 관심을 끊었다.

그는 느긋하게 몸을 미끄러뜨려, 입욕제의 초록빛깔을 띤 따뜻한 물에 깊숙이 몸을 담그면서 맥이 빠진 목소리로 중얼거렸다.

"휴우, 운동한 후의 목욕은 정말 최고란 말이지. 피니아 양이나 네르 일행 또한 밀도가 높은 경험을 쌓는데 성공한 이상, 가을에 개최될 경마제 본선은 아마 문젯거리조차 되지 않을 걸로 보이는군……. 내일이나 모레 이후로도 오늘만 같기를 바랄 뿐이야. 흠, 흠."

여탕의 소란이 점점 더 떠들썩한 양상을 띠기 시작한 반면, 이제 완전히 맥을 놓은 드란은 그 소리에 귀를 기울이지도 않았다.

과연 그 이후로 드란의 등을 미는데 성공한 이는 누구였을까? 혹은 아무도 그의 등까지 도달할 수 없었는지도 모른다…….

†

드디어 마법학원의 여름방학이 코앞까지 임박한 무렵이었다.

오늘 또한 여느 날과 다를 바 없이 드란 일행의 훈련 상대를 자처한 류키츠는, 루우를 가로아에 남긴 채로 혼자 용궁성을 향한 귀갓길에 오르고 있었다.

인간들의 눈에 띄지 않도록, 가로아로부터 약간 거리가 떨어진 장소까지 와서 고수룡으로서의 본래 모습으로 되돌아갔다. 그리고 곧장 바다 속으로 뛰어들었다. 그녀는 사방으로부터 자신을 압박해 들어오는 수압 따위는 아무렇지도 않다는 듯이, 순식간에 용궁성으로 귀환한 것이다.

용의 모습으로 나다니기 위한 출입구를 통과하자, 그녀를 기다리고 있던 시종들과 병사들이 일제히 머리를 숙였다.

류키츠는 이보다 더할 수 없이 너그럽게 고개를 끄덕인 뒤, 자신의 몸을 용인(龍人)의 모습으로 변화시켰다. 인간 여성에 가깝게 변신한 그 모습은 고수룡인 류키츠의 본색과는 거리가 멀었으나, 용궁성을 근거지로 삼아 생활하기엔 인간에 가까운 크기가 더 편할 뿐만 아니라 쓸데없는 공간을 쓰지 않고도 자유로이 나다닐 수 있다는 것이 큰 장점이었다.

류키츠의 푸르른 비늘이 똑같은 빛깔을 띤 동방풍의 간소한 복장으로 변한 바로 그 순간, 대기하고 있던 인어나 용인(龍人)족 궁녀들이 수룡황의 정식 복식을 겹쳐 입혔다.

짧게는 몇 십 년부터 길게는 몇 백 년에 걸쳐 류키츠를 섬기는 신하들조차, 아무리 오랫동안 모셔도 적응되지 않는 절세의 미모의 군주가 눈 깜짝할 사이에 탄생한 것이다.

정식 복장을 갖춘 류키츠가 소리도 없이 발걸음을 옮기기 시작했다.

고령의 인어인 시에리옌(雪蓮)은 용궁성의 수석 궁녀였다. 그녀가 류키츠의 한 걸음 뒤로 물러나 좇아가자, 다른 궁녀들과 병사들 또한 뒤를 따랐다.

류키츠가 이 자리에 있는 그 누구보다도 압도적인 전투력을 지니고 있다는 사실을 감안하자면, 호위 임무를 맡은 병사들이 그녀를 따라다닐 필요성에 관해선 의문 부호가 붙을 수밖에 없었다. 그러나 용궁성의 병사들은 충실하게 자신들의 직무를 수행하고 있었다.

드란이나 바제가 방문한 그날과 달리, 용궁성의 복도는 청정한 바닷물로 가득 차 있었다. 류키츠는 다리나 꼬리의 동작 없이도 용궁성의 복도를 조용히 가로질러 나아갔다.

"시에리옌? 제가 자리를 비우고 있는 동안, 별고는 없었나요? 특히 요즘 들어 해마들의 움직임이 활발합니다. 아무리 사소한 안건이라도 저에게 직접 고하도록 하세요."

"예. 해마칠왕(海魔七王)은 모두 다 눈에 띄는 움직임은 보이지 않고 있습니다만, 최근 들어 저들의 선발대가 지상으로 올라가 악행을 일삼는 빈도가 늘어난 모양입니다. 과거의 경험으로 미루어보자면, 이럴 때는 저 자들에게 있어서 중요한 의식이 거행되거나 아군에게 대규모 공세를 걸어오는 경향이 있더군요. 사소한 움직임이라 하여 그냥 지나칠 일은 아닌 줄로 아옵니다."

"예상대로군요……. 별자리의 위치가 그들에게 있어서 가장 바람직한 형세를 띠기 시작한 이상, 얼마든지 예측할 수 있던 사태였습니다. 우리들 또한 저들에게 뒤처지지 않을 정도의 준비를 거듭해 왔습니다. 이번 전쟁은 예사롭지 않은 격전의 양상을 띨 걸로 보입니다. 그런 고로, 반드시 승리를 거두어야 하는 중요한 전쟁이 될 겁니다."

"성상(聖上)의 말씀이 옳으신 걸로 압니다. 성상……."

"왜 그러시죠? 최근 100년 동안 시에리옌의 말문이 막힐 만한 사태는 없었던 걸로 기억합니다만, 특별히 신경 쓰이는 일이라도 있으신가요?"

류키츠와 시에리옌은 서로가 속마음을 굳이 말로 하지 않더라도 완벽하게 이해할 정도로 오랜 시간과 유대 관계를 쌓아온 것으로 자부하는 사이였다. 일찍이 류키츠와 함께 해마의 군세를 상대로 한 최전선으로 나아가 대활약을 펼친 바 있는 시에리옌이, 이제와서 해마들을 상대로 한 전쟁에 공포심을 느낄 리는 없었다.

요컨대 그녀가 하고자 하는 말은…… 류키츠는 시에리옌의 말문이 막힌 이유를 곧장 헤아릴 수 없을 정도로 둔하지 않았다.

"루우에 관해서 하실 말씀이 있나 보군요."

굳이 시에리엔의 대답을 기다릴 필요가 없었던 류키츠는, 확실하게 짚고 넘어가야겠다는 듯이 스스로 딸의 이름을 입에 담았다.

시에리엔뿐만 아니라 두 사람의 뒤를 따르던 다른 궁녀들이나 병사들 또한, 주군과 수석 궁녀의 대화를 단 한 마디조차 놓치지 않기 위해 귀를 기울이고 있었다.

유일무이한 주군과, 바로 그 주군의 혈통을 잇는 유일한 따님에 관한 이야기였다. 류키츠와 루우의 미래는 곧바로 용궁국의 미래에 직결될 정도로 중요한 사안이었다.

게다가 그들은 진심으로 주군 모녀를 사랑하고 있을 뿐만 아니라, 두 사람의 행복을 바라마지 않고 있었다.

시에리엔은 몸 둘 바를 모르겠다는 듯이 고개를 숙였다. 막상 주군의 입으로 직접 듣고 보니, 너무나 송구스럽게 느껴졌던 것이다.

"예. 황공하기 그지없사오나 이 늙은이로서는, 루우 님의 장래가 마음에 걸려 견딜 수가 없나이다."

"그대와 같이 주군과 그 핏줄을 진심으로 염려해주는 가신을 가진 것을, 저는 자랑스럽게 생각합니다. 하기야 루우는 조금 응석받이로 키운 측면이 없지 않아 있으니까요. 이제 와선 꽤나 뒤늦은 후회일지도 모릅니다만, 그만큼 다정한 아이로 자라났다고 보는 것은 육친으로서의 편애가 지나치게 들어간 관점일까요?"

"아닙니다. 그런 식으로 따지면 용궁성, 아니, 이 나라의 모든 백성들 또한 루우 님을 사랑하고 있는 건 마찬가지입니다."

'말하자면 국가 단위로 루우를 과잉보호하고 있다는 지적엔 아

무도 반박할 수가 없다는 뜻인가요?'

류키츠는 마음속으로 한숨을 내쉬었다.

"앞으로 루우가 기댈 만한 이들이 많다는 사실에 관해선, 어미로서 아무리 감사를 드려도 모자랄 지경이랍니다."

류키츠의 한 마디로부터 어딘지 모르게 불길한 예감을 느낀 시에리엔이 하얗게 센 눈썹을 찌푸려 보였다.

"성상? 지금 하신 말씀은, 마치 성상께서……."

─아니, 이렇게 불길한 예감이 있을 수 있단 말인가? 주군께서는 마치 본인이 없어질지라도 딸에게 큰 문제는 없다는 식으로 안심하고 계신 걸로 보이지 않나?

시에리엔뿐만 아니라 용궁성에 소속된 모든 이들에게 있어서, 주군의 신상에 무슨 일이 일어날 가능성은 상상만으로도 현기증이 날 만큼 두려운 경우가 아닐 수 없었다.

"아니, 시에리엔? 오해하지 마세요. 지금 루우를 남긴 채로 먼저 갈 생각은 추호도 없습니다. 지금의 저한테는 저 아이에게 어머니로서 가르쳐야 할 지식뿐만 아니라 전해야 할 감정 또한 잔뜩 남아있답니다. 그리고, 후후, 그 분과 만난 루우가 앞으로 보일 성장 또한 무슨 일이 있어도 지켜보고 싶으니까요."

시에리엔의 물음에 답한 류키츠는, 온화하기 그지없으면서도 어딘지 모르게 짓궂어 보이는 미소를 지었다.

시에리엔은 의아하다는 표정을 지었으나, 곧바로 류키츠가 언급한 「그 분」의 정체를 깨달았다. 그리고 참으로 어중간하고도 곤혹스러운 표정을 지어 보였다.

「그 분」이라는 대명사는, 당연히 드란을 가리키는 말이었다.

불과 몇 개월 전에 용궁성으로 찾아와 이례적인 환대를 받은 그 소년에 관해선, 류키츠조차 조심스럽게 대우해야 하는 고위 용종의 전생자로 추정된다는 사실 말고는 완전히 수수께끼에 휩싸여 있었다. 거의 모든 용궁성의 신하들이 그에게 큰 호기심을 품고 있었다.

개인적으로도 류키츠와 깊은 관계를 맺고 있는 시에리엔에게 있어서도, 드란은 더할 나위 없이 스스로의 호기심을 자극하는 대상이었다.

루우는 옆에서 보기에도 뚜렷하게 드란을 잘 따르고 있었다. 그녀가 태어나기도 전에 돌아가신 아버지의 그림자를 그에게 느끼고 있다는 사실은 아무한테나 뻔히 들여다보일 정도였다.

정확히 말하자면, 아무리 봐도 루우는 그에게 어렴풋한 연심을 품고 있었다. 지금으로선 어디까지나 본인에게 자각이 없을 뿐이라는 것이, 그녀와 가까운 이들의 공통적인 견해였다.

시에리엔이나 다른 중신들에게는 당장 류키츠 본인부터가 그를 사위로 받아들이는데 꽤나 적극적인 태도를 취하고 있는 걸로밖에 보이지 않았다.

루우가 3용황 중 한 사람인 류키츠의 딸인 이상, 그녀의 연애 사정은 농담이 아니라 이 별의 미래에 크게 관여하는 엄청난 규모의 이야기로 비화될 수밖에 없었다.

용종들은 마계나 이차원으로부터 이 별로 쳐들어오는 침략자들 중 대부분을 최전선에서 격퇴하여 세계의 평화를 지키는 막중한 임무를 자발적으로 담당하고 있었다. 3용제(竜帝) 3용황(龍皇)은 바로 그 방어용 전투력의 대부분을 담당하는 거나 다름없는 존재들이었다.

게다가 문제는 루우의 이야기로만 끝나지 않는다는데 있었다. 가히 상상하기조차 어려운 일이긴 하지만, 경우에 따라선 루우뿐만 아니라 류키츠조차도 그 드란이라는 소년에게…….

아니, 설마 그럴 리가 있나? 시에리옌은 마음속으로 있는 힘껏 고개를 가로저어 절대로 일어날 수가 없는 가능성을 떨쳐 버렸다.

어쨌든 류키츠에게 자신의 몸을 희생하는 한이 있더라도 적들을 물리치겠다고 생각하는 것이 아니라면 다행이다. 시에리옌은 평소의 완벽한 궁녀라는 자기 자신으로 되돌아왔다.

"일개 궁녀로서 주제넘은 말씀을 입에 올렸습니다. 성상께서는 우리들에게 있어서 만물의 어머니인 바다나 다름없으시며, 하늘 높이 떠올라 만물을 비추는 태양빛처럼 받들어 모셔야 할 분이십니다. 옥체에 만일의 경우가 있을 수도 있다는 상상을 하는 것만으로도 두렵기 그지없나이다."

"원론적으로는 저 또한 다른 이들과 다를 바 없는 하나의 생명에 지나지 않습니다만, 이 몸에 짊어져야 하는 소명과 입장을 고려하자면…… 그런 식으로 단정할 수도 없는 노릇입니다. 저야 루우라는 믿음직스러운 후계자를 두고 있는 몸입니다만, 아무리 그렇더라도 해마들의 왕— 네르토나 하나를 제거하는 것만으로 만족할 생각은 없습니다. 게다가 네르토나 말고도 해마들의 왕은 여섯 마리나 더 있습니다. 그리고 저에게 루우가 있듯이, 네르토나에게도 후계자가 될 왕자들이 있는 걸로 압니다."

그녀와 깊은 악연으로 묶인 해마왕들 가운데 가장 강대한 힘을 자랑하는 네르토나는, 자신의 후계자가 될 왕자 넷을 두고 있는 것으로 알려져 있다.

그들은 지금껏 여러 차례에 걸쳐 용궁국이나 다른 해신(海神) 세력들과 충돌함으로써 자신들의 강력한 전투력을 충분하고도 남을 정도로 과시해 왔다.

말하자면 네르토나 하나를 물리치는 것만으로는 해마들의 위협을 제거할 수 없을 뿐만 아니라, 루우에게 수룡황의 지위와 안녕의 나날을 잇게 하는 것은 불가능하다는 뜻이다.

"그런 고로, 저에게는 아직 할 일이 많습니다. 당분간 루우나 여러분 곁을 떠날 일은 없다는 뜻이지요."

류키츠는 시에리옌에게 고개를 돌리며, 어렴풋한 미소를 지어 보였다.

"아무쪼록 지금 하신 말씀을 잊지 않으시기만을 진심으로 바랄 뿐입니다."

시에리옌은 깊숙이 머리를 조아린 뒤, 더 이상 류키츠에게 아무 말도 묻지 않았다. 그저 조용히 류키츠를 따라 성 안의 복도를 가로질러 나아갈 뿐이었다.

류키츠의 목적지는, 용궁성에서도 열 손가락 안으로 들어가는 실력자들만이 들어갈 수 있는 특별한 방이었다.

대대로 용궁국의 군주를 겸하는 수룡황이 다른 3용제 3용황과 서로의 본거지에 앉아 회담을 치를 수 있도록 설치된 방이었다.

단순히 원거리의 상대와 대화를 나누기 위한 마법 도구나 과거 문명의 기구들은 적지 않았으나, 용제나 용황들이 사용하든 연락 수단은 물리·마법에 속하는 모든 종류의 도청이나 방해를 예방하는 것은 물론이거니와 더할 나위 없이 수준 높은 영적 방어 태세를 갖춘 통신 장비였다.

원형의 방 중앙으로 시원의 일곱 용이 새겨진 석제의 원탁이 자리 잡고 있었으며, 여섯 개의 옻칠을 한 의자가 그 원탁을 에워싸고 있었다.

천장에 매달린 수정 재질의 촛대로부터 나온 은은한 빛을 받고 있는 방 안엔 원탁과 의자 이외의 가구는 설치되어 있지 않았으며, 류키츠를 제외한 인기척 또한 느껴지지 않았다.

류키츠는 입구와 가장 가까운 의자에 앉은 뒤, 조그맣게 숨을 쉬었다. 마음을 안정시키기 위해 필요한, 굉장히 소소한 행동이었다.

드란을 상대로 비밀을 가지는 것은, 솔직히 말해서 이보다 더할 수 없이 심장에 좋지 않았다.

류키츠의 능력으로도 전체 실력의 일부분조차 엿볼 수가 없었던 시원의 일곱 용 중 하나인 드란은 류키츠를 비롯한 지상의 용종들에게 있어서 인간들의 입장에서 본 고위급 신이나 다름없는 존재였기 때문이다.

류키츠가 지나칠 만큼 공손한 태도를 보이는 관계로, 드란 본인은 평소부터 「우리들은 그다지 고상한 존재가 아니야. 마음의 형태는 자네들과 전혀 다를 바 없으니, 좀 더 평범하게 상대해주게나」라는 식으로 자신을 비롯한 형제들에 관해 설명해야 했다. 하지만 류키츠로서는 도저히 그의 희망사항을 순순히 들어줄 수가 없었다.

존재 자체가 발생하자마자 절대적으로 군림하는 존재였던 드란과 그로부터 이어진 계보에 끼어있는 존재에 지나지 않는 류키츠의 사이엔— 아니, 류키츠뿐만 아니라 이 세상의 모든 용종들은 드란을 상대로 무슨 수를 써도 좁힐 수가 없는 정신적 거리를 느낄 수밖에 없었다. 류키츠는 그 사실을 아주 정확하게 파악하고 있었다.

그러한 관점에서 보자면, 드란의 정체에 관해 짐작조차 못한 채로 순수한 흠모의 감정을 품고 있는 루우야말로 그에게 있어서 류키츠보다도 친숙할 뿐만 아니라 편하게 마음을 허락할 수 있는 상대일지도 모른다.

"후후, 딸에게 질투를 하다니…… 저도 생각보다 덜 늙은 모양이군요. 미안해요, 여보."

류키츠는 고인이 된 남편을 대상으로 한 참회의 한 마디를 입에 담았다. 그러나 곧바로 얼굴을 든 그녀의 얼굴은 여자나 어머니가 아니라 수룡황이라는 공직자로서의 자기 자신을 되찾은 상태였다.

지금부터 그녀가 얼굴을 마주하게 될 자들은 자신과 동급의 존재인 3용제 3용황이었다. 사적인 감정이 개입할 자리가 아니었던 것이다.

다른 다섯 개의 의자 위로 제각각 다른 빛깔의 입자들이 모여들기 시작했다. 그 입자들은 눈 깜짝할 사이에 숫자가 늘어나, 제각각 드래고니안의 형태를 띠었다.

류키츠의 왼쪽 옆 의자 위로 화룡황(火龍皇) 코우린(項鱗)의 모습이 나타났다. 그의 몸을 때린 주먹의 뼈가 산산이 조각날 정도로 다부진 체구의 소유자로서, 큼직한 눈매와 입가의 가는 수염으로 인해 네모난 메기 같은 인상을 주는 남자였다.

반대편의 오른쪽 의자엔 어렴풋하게 비취와 같은 빛을 발하는 머리카락을 산호로 만든 비녀로 한데 묶은 소녀가 앉아 있었다.

그녀야말로 3용제 3용황 가운데 최연소인 풍룡황(風龍皇) 후우카(風歌)였다. 굉장히 전형적이라는 느낌이 들 정도로 오랜 역사를 계승하는 고귀한 종족 중의 고귀한 종족이라는 분위기의 가련하기 그지없는 미소녀의 외모를 지니고 있었으나, 바람을 다스리는 힘과 비행 속도에 관해선 천하제일의 능력을 자랑하는 존재였다.

그리고 류키츠와 마주보는 정면의 자리엔 3용제 3용황의 장로이자, 3용제의 대표 격인 백룡제(白竜帝) 컨퀘스터가 앉아 있었다. 드란을 제외할 경우, 이 혹성을 통틀어 가장 강하고도 가장 오래된 고룡이라 함은 바로 그를 일컫는 말이었다.

류키츠를 용(龍)들의 정점에 서는 자로 친다면, 이 늙은 용이야말로 용(竜)들의 정점에 서는 자였다.

지금은 새하얀 수염과 머리카락을 길게 기른 위엄 있는 노인의 모습을 취하고 있었으나, 손가락 하나를 까딱하는 것만으로도 인간들의 성곽 한두 개 정도는 가볍게 날려버리고도 남는 초월적인 능력을 지닌 존재였다.

뛰어난 지혜와 심오한 철학의 길을 걷는 대현자를 연상케 하는 모습에 걸맞게, 지극히 이성적인 인격의 소유자로서 다른 다섯 명으로부터 절대적인 존경을 받고 있는 연장자였다.

컨퀘스터를 중심으로, 류키츠가 앉아 있는 자리로부터 왼편이 있는 쪽이 흑룡제(黑竜帝) 엔글자드였다.

머리카락과 눈동자가 비늘과 같은 칠흑빛으로 물들어 있는데다가 의복까지 같은 색깔로 끼워 맞춰 입고 있다 보니, 몸이 아픈 환자를 연상케 하는 새하얀 피부가 부자연스러울 정도로 눈에 띄었다.

아직 20대 중반 정도로 보이는 젊은이의 모습을 취하고 있었으나, 선대가 비교적 일찍 세상을 떠난 관계로 용제로서의 재위 기간은 그럭저럭 긴 편에 속했다. 능숙하게 나라를 다스리는 정치 수완에 관해선 다른 용제나 용황들로부터도 높은 평가를 받고 있을 정도였다.

마지막 한 사람은 황금빛으로 번쩍이는 머리카락을 뒤로 넘긴 금룡제(金竜帝) 골베람이었다. 그는 컨퀘스터에 버금가는 고령의 용제로서, 머지않아 아들에게 옥좌를 넘길 예정인 것으로 알려진 늙은이였다.

하지만 용인의 모습을 빌리고 있을 때에도 류키츠가 올려다봐야 할 정도의 늠름한 육체나 압도적인 기백은 아직 건재해 보였다. 그에게서 퇴위한 이후로도 전국 방방곡곡을 적극적으로 나다닐 듯한 정력적인 분위기가 전해져왔다.

각각 멀리 떨어진 장소로부터 수신한 영상과 음성을 통한 모임이긴 하였으나, 한 자리에 지상 최강종의 정점에 선 3용제 3용황이 집결한 셈이다.

장로 격인 컨퀘스터가 일동의 얼굴을 확인한 뒤, 회의의 시작을 고했다.

이번 회담은 방금 전까지 류키츠가 시에리엔과 의논한 해마들을 상대로 한 전쟁에 관해 논의하는 자리였다.

이 혹성의 바다를 소굴로 삼고 있는 마물들은, 일곱 마왕의 통솔을 받는 존재들이었다. 바로 그 해마칠왕 중 하나가 거느리는 군세들과 류키츠가 거느리는 용궁국의 정규군은 머지않아 대규모 결전을 치를 예정이었다.

3용제 3용황은 제각각 스스로를 세계의 수호자로 자처하고 있는 것은 아니며, 자신들을 그러한 존재로 인식하고 있는 것도 아니었다.

하지만 용신계(竜神界)를 본거지로 삼고 있는 조상들이 예로부터 사악한 신들과 대립해 온 역사를 이어 받아, 지상으로 마수를 뻗어 오는 마계의 악귀들이나 사신의 권속들에게 대적하는 경우가 많은 것은 틀림없는 사실이었다.

예를 들어 풍룡황인 후우카의 본거지인 천공 대륙에선 하늘을 나는 마물들과 끊임없는 전쟁을 벌이고 있었으며, 흑룡제인 엔글자드의 지배 영역에선 어떤 이세계의 존재가 그림자를 매개체로 삼아 이 세계를 침략하려는 야욕을 보이고 있었다.

용제나 용황들 말고도 영혼의 격이 높은 일부의 인간들이나 아인종(亞人種) · 거인족 · 영적인 짐승 등이 추잡한 욕망에 사로잡힌 어리석은 자들을 상대로 격렬한 싸움의 나날을 보냄으로써 간신히 일상의 평화가 유지되고 있다는 것이 이 세계의 진정한 모습이었다. 다만 드란의 전생을 감지한 카라비스가 새로운 행동을 자제함으로써, 카라비스를 따르는 신자들의 행동은 어느 정도 뜸한 양상을 보이고 있었다. 그 결과, 지상 세계는 예전보다 아주 약간이나마 평온한 분위기를 누리고 있었던 것이다.

"류키츠여, 이번에야말로 기나긴 악연에 종지부를 찍을 전쟁이 될 것 같구나."

컨퀘스터가 엄숙하게 입을 열자, 류키츠는 평소의 은은한 미소를 거둬들인 늠름한 표정으로 답했다.

지금 여기 있는 이는 평소의 딸을 놀리기 좋아하는 어머니가 아니라, 역대 수룡황들 가운데 최강인 것으로 알려진 가공할 만한 전사였다.

"예, 이제야 오랜 세월에 걸친 악연 중 하나를 끊어버릴 날이 온 줄로 압니다."

"류키츠 님? 이번 일과 같은 급박한 사태에 가세하지 못 하는 죄를 어떻게 사죄 드려야 할까요?"

류키츠를 친언니처럼 사모하는 후우카는, 하늘의 마물들을 상대로 한 전투에 신경을 쏟느라 자신의 영역을 제외한 곳에 손을 쓸수 없는 상황에 놓여 있었다. 그녀는 류키츠에게 가세를 할 수 없다는데 관해 진심으로 면목이 없다고 생각하는 듯이 보였다.

후우카뿐만 아니라 엔글자드와 코우린 또한 각각의 적들을 상대로 한 전투의 여파 때문에 류키츠에게 직접 지원 병력을 파견할 수가 없는 상태였다.

"풍룡황 공뿐만이 아니오. 우리들 흑룡의 일족들 또한 유감스럽게도 가세가 불가능한 상황이오. 류키츠 공과 용궁국 여러분을 볼 낯이 없을 지경이군."

엔글자드가 분한 듯이 얼굴 표정을 일그러뜨렸다.

"너무 그러지 마십시오. 두 분께서 머리를 숙이실 필요는 어디에도 없습니다, 후우카, 엔글자드. 이번 전쟁은 어디까지나 우리 나라와 저의 문제입니다. 단독으로라도 반드시 그자들을— 해마왕 군단을 토벌해 보이겠습니다."

"엔글자드, 후우카여. 네 녀석들의 분한 기분은, 우리들 황금의 비늘을 지닌 자들의 손으로 풀어 주마. 코우린, 네 녀석 또한 단순한 견제 역할이랍시고 함부로 방심하지 마라."

나이에 걸맞지 않게 매서운 미소를 지은 금룡제 골베람이, 친밀감 어린 눈빛으로 류키츠를 바라봤다.

이 혹성의 제일가는 노익장 가운데 한 사람인 골베람은, 코우린과 함께 다른 해마들의 활동을 견제하기 위한 군세를 지휘하는 역할을 떠맡고 있었다.

골베람에 의해 화젯거리의 중심으로 떠오른 코우린 또한, 연상의 용제와 크게 다를 바 없는 미소를 짓고 있었다.

"노인장께서 군이 조언해 주실 필요도 없소. 나는 그 녀석들에게 친구를 빼앗긴 빚이 있는 몸이오. 나의 손으로 직접 원수를 갚을 수 없다는 사실은 분하기 그지없다만…… 그 역할은 류키츠에게 양보하도록 하지."

3용황 가운데 유일한 남성인 그는 이미 침착하게 자리를 잡고도 남을 만한 나이에 다다른 몸이었으나, 아직껏 전쟁이 터질 때마다 들끓어 오르는 피를 주체하지 못할 뿐만 아니라 앞장서서 최전선으로 나아가 활약하는 것을 선호하는 인격의 소유자였다.

그리고 특히나, 해마들의 마수에 걸려 목숨을 잃어버린 류키츠의 남편을 절친으로 둔 남자였다.

류키츠는 믿음직스러운 아군들의 존재에 조그맣게 미소를 짓더니, 그들에게 깊숙이 머리를 숙였다.

바다 속을 고향으로 삼는 이들에게 있어서 해마들을 상대로 한 이번 결전은, 오랫동안 이어져 온 전쟁의 역사에 크나큰 분기점으로 기록될 큰 규모의 전투였다. 그리고 류키츠 개인에게 있어선 남편의 원수를 갚을 기회라는 측면 또한 없지 않아 있었다.

류키츠는 이제부터 벌어질 이 싸움에 관해선 드란에게 직접 고한 적이 없었다.

머나먼 태곳적부터 자신들과 해마들의 충돌로 말미암아 끝도 없이 일어난 수많은 전쟁들은, 이 바다를 고향으로 삼는 무수한 생명들의 쌓이고 쌓인 원한의 역사였다. 그런 고로 어디까지나 자신들의 힘만으로 청산해야 한다는 것이 류키츠의 사고방식이었다. 설령 드란이나 되는 이더라도 섣불리 난입해 들어올 수 있는 영역이 아니었다.

게다가 아직 위태로워 보이는 구석은 없지 않아 있으나, 류키츠의 다음 세대는 한창 자라나고 있는 도중이었다.

루우에게 전쟁의 고통을 물려주지 않기 위해서라도, 류키츠는 자신의 생명과 맞바꾸는 한이 있더라도 해마왕을 멸망시키고야 말겠다는 비장한 각오를 다지고 있었다.

†

그것은 태양의 빛조차 닿지 않을 만큼 깊숙한 바다 밑바닥을 본
거지로 삼고 있었다.

드넓은 해저 산맥을 뚫고 들어가 발굴한 방대한 양의 해저 자원
을 총동원하여 쌓아 올린 그 성은, 새까만 바닷물의 한복판에 세
워져 있었다. 거대한 성의 군데군데로부터 어슴푸레한 보랏빛과
푸른빛의 조명이 빛을 발하고 있었다.

일단 이 해저성에 거주하고 있는 수십만에서 수백만에 달하는
주민들의 생활로 인한 불빛으로 보였으나, 주위를 떠돌아다니는
꺼림칙한 기척과 순수한 어둠과 분간이 가지 않을 정도로 새까만
바닷물의 색깔로 인해 그 모든 빛들은 전부 다 바다 밑에 사로잡
힌 불쌍한 희생자들의 영혼처럼 보였다.

류키츠와 그녀의 신하들을 비롯한 바다의 주민들에게 있어서 불
구대천(不俱戴天)의 천적이자, 세계 그 자체를 침범하는 사악한
의지의 상징이라는 호칭에 큰 어폐가 없을 정도인 마성(魔性)의
존재들— 해마들의 본거지인 해저성(海底城) 크루도이에였다.

마계를 본거지로 삼는 신들이 창조한 생명인 해마들은, 이 세계
의 바다를 독기로 오염시키는 사악한 존재였다. 그들은 바다와 육
지와 하늘의 온갖 생명들을 제물로 삼아 그들의 신을 소환함으로
써, 이 혹성을 독차지하고자 머나먼 태곳적부터 활동을 계속해 온
종족이었다.

그들의 목적 달성을 가로막는 장애물들은 우선 그들의 신과 대립하고 있는 다른 바다의 신들이나 고위의 정령들이었다. 그리고 가장 큰 숙적으로서 사사건건 그들을 방해하는 존재야말로 용궁국의 통치자를 겸하는 역대 수룡황들이었다.

양 세력은 지금껏 여러 차례에 걸쳐 큰 규모의 격전을 벌여 오는 과정에서 바다 밑바닥에 시체로 된 산을 쌓아 올렸으며, 새까만 피로 바닷물의 색깔을 검게 물들여 왔다.

해마들의 도읍이자 성인 크루도이에는 그들에게 목숨을 빼앗긴 자들의 원망과 탄식으로 찌든 석재들로 건설된 장소로서, 너무나도 짙은 독기와 부정적인 감정으로 가득 차 있다 보니 성 안은 이 세상의 이치로부터 완전히 동떨어진 별개의 법칙이 지배하는 곳이었다.

당연히 똑바로 서 있어야 할 건물은 씻을 수 없는 위화감을 느낄 정도로 일그러져 보였으며, 평범하게 길을 걷다가도 어느 틈엔가 하늘과 땅이 뒤바뀌는 식으로 걷는 이들의 감각을 뒤틀어 버린다.

크루도이에를 가득 메우고 있는 미로나 다름없는 길들을 걷는 해마들 또한, 혼돈과 광기가 뒤섞인 성에 살기에 걸맞은 괴물들뿐이었다.

용궁성에 사는 주민들이 인어나 어인(魚人), 수룡들인데 비해 마계의 사신들을 조상으로 삼는 해마들은 수도 없는 물속의 생물들을 제멋대로 짜 맞춘 듯한 일관성 없는 모습을 지니고 있었다.

상어의 몸통에 수많은 촉수를 달고 다니며, 지느러미가 달린 여섯 개의 다리로 헤엄치는 자—.

바다소의 몸통에 소용돌이치는 붉은 조가비를 짊어진 채로 게의 집게발을 연상케 하는 하얀 다리로 조급하게 걸어다는 자—.

이따금씩 인간과 흡사한 얼굴이나 체격을 지닌 자도 눈에 띄었으나, 그들 또한 노랗거나 보랏빛을 띤 반점이 박힌 피부나 초록빛의 껍질부터 시작해서 촉각을 지니고 있었다. 아마도 해마들이 인간을 비롯한 다른 종족의 자궁을 빌려 낳게 한 혼혈 종족일 것이다.

사악한 존재들로 일컫는데 하등의 망설임조차 필요 없는 해마들이 생활의 터전으로 삼고 있는 크루도이에는 지금, 소리라는 현상이 이곳으로부터 사라진 듯이 정숙을 유지하고 있는 상태였다.

이곳의 주민에 해당되는 해마들은 단 한 마리의 예외도 없이, 크루도이에의 후미진 장소에 하늘 높이 우뚝 서 있는 본부 전당 앞으로 집합해 있었다.

칙칙한 검은색과 회색으로 잠겨 있는 크루도이에의 한복판에 자리 잡은 그 전당은, 이 세상의 모든 부와 영화를 집결한 듯이 눈부시게 빛나고 있었다.

일그러진 기둥과 비틀려 있는 벽, 발걸음을 옮길 때마다 울렁거리는 바닥뿐만 아니라 온갖 독기와 오염수로 가득 찬 본부 전당 한 가운데의 알현실은 사방의 네 변두리가 보이지 않을 정도로 넓었다. 방을 구성하는 모든 구조 자재에 온갖 보석과 황금을 아낌없이 투입한 듯이 보였다. 그리고 반드시 해마가 아닌 다른 종족의 두개골이 샹들리에의 램프 대신 쓰이고 있었다.

몸의 크기는 물론이거니와 종족조차 서로 다른 다양한 두개골들의 텅 빈 눈구멍에 깃든 불빛들은, 고통으로 일그러진 희생자들의 영혼처럼 보였다.

크루도이에에 사는 수많은 해마들은 평소엔 결코 발길을 들여놓을 수 없는 이 알현실에 모여, 그들이 믿는 신의 대행자인 왕의 입으로부터 나올 말을 기다리고 있었다.

그들의 등 뒤론, 대형 범선조차 완력으로 침몰시킬 수 있는 거대한 해마들이 완벽하게 입을 굳게 다문 채로 조용히 물러나 있었다.

그들은 어떤 적을 상대하더라도 분노와 증오만을 앞세워 싸우는 난폭한 괴물들이었으나, 자신들의 왕 앞에선 머리를 숙일 줄 알았다.

알현실의 최심부엔 잿빛의 돌을 무수하게 쌓아올린 계단이 우뚝 솟아 있었다. 그리고 그 계단의 꼭대기엔 해저 마수의 뼈와 날가죽, 그리고 주위와 마찬가지로 황금과 보석을 아낌없이 쏟아 부은 옥좌가 자리 잡고 있었다.

꺼림칙하면서도 인간의 욕망을 완벽하게 드러내는 옥좌에 걸터앉아 있는 바로 그 인물이야말로, 이 별의 해마들을 지배하는 해마칠왕 중 하나이자 가장 오래도록 왕위에 앉아 가장 강대한 힘을 떨쳐온 네르토나였다.

류키츠가 역대 수룡황 가운데 최강으로 불리듯이, 네르토나 또한 역대 해마왕 가운데 수위를 다툴 만큼 드높은 영혼의 격과 힘을 지닌 고위급 마물이었다. 이미 그 영혼의 격은 사신에게도 필적할 정도의 영역에 다다르고 있었다.

연둣빛 비늘로 온몸이 뒤덮여 있는 인간에 가까운 체격과 여섯 개의 보랏빛 눈동자를 지니고 있는 그의 바위조차 씹어 먹고도 남을 듯이 보이는 두터운 입술 사이로 3중으로 늘어선 말뚝 같은 모양새의 이빨들이 엿보였다.

윤기 나는 검은 가죽 로브와 요사스러운 빛을 발하는 왕관을 머리에 얹은 해마의 왕은 충실한 가신들과 마주보는 자세로— 결단코 인간의 눈으론 분간할 수 없겠으나 —만족스럽다는 듯이 눈웃음을 지었다.

옥좌의 바로 밑에선 네르토나의 자식들인 해마 왕자 넷이, 다른 가신들과 다를 바 없이 숨을 죽인 채로 부왕의 말을 기다리고 있었다.

얄궂게도, 혹은 필연적으로 용궁성의 류키츠가 다른 3용제 3용황과 회담을 나누고 있을 무렵에 그녀의 숙적인 해마들 또한 앞으로 다가올 결전에 대비하고자 사기를 진작시키고 있었던 것이다.

그들이 사신의 인도에 따라 이 별의 바다를 본거지로 삼은 이후로 기나긴 세월이 흘렀다. 그동안 이 바다, 나아가서는 이 별의 지배권을 차지하기 위한 전쟁을 얼마나 수도 없이 치러 왔단 말인가?

네르토나는 다른 여섯 명의 해마왕들과 함께 적진으로 쳐들어가 일진일퇴의 공방전을 펼치던 과거의 세월을 회상하면서, 아주 짧은 시간 동안이나마 여섯 개나 되는 눈동자를 모두 다 감고 있었다.

선대나 선선대는 물론이거니와 그 이전의 해마왕들 또한, 절대적인 힘과 영혼의 격을 자랑하는 수룡황들의 개입에 의해 항상 숙원을 성취하는 데는 아슬아슬하게 실패해 왔다. 해마왕들은 일일이 횟수를 헤아릴 수조차 없을 정도로 여러 차례의 쓰라린 패배를 당해 왔다.

지금도 눈에 선한 것은, 다름 아닌 수룡황 류키츠의 얼굴이었다. 마계로부터 태어난 네르토나와 비교할 때는 생물로서 너무나도 이질적임에도 불구하고 아름답다는 표현밖에 나오지 않는 초월적인 미모와, 소름이 돋을 정도의 힘을 자랑하는 최강 최악의 숙적이었다.

　네르토나의 부왕인 선대의 해마왕은, 자신의 목숨과 맞바꿔 선대의 수룡황을 죽이는데 성공한 영웅적 활약을 선보인 군주였다. 그러나 그가 선대의 수룡황을 죽이기 위해선 자기 자신의 목숨뿐만 아니라 다른 동료 해마왕 두 사람의 목숨까지 함께 갈아 넣을 수밖에 없었던 관계로, 결과적으로 해마들로서는 결국 득보다 실이 더 큰 전투였다. 그 당시, 새롭게 수룡황의 자리에 오른 자가 바로 다름 아닌 류키츠였다. 한때는 나이 어린 풋내기라는 이유로 깔보던 상대였으나, 실제로 상대한 그 여자는 역대 수룡황들과 완전히 차원이 다른 괴물이었다.

　네르토나 또한, 지상과 바다를 고향으로 삼아 살아가는 자들이 그 이름을 듣는 것만으로도 전율을 금할 수 없는 괴물 중의 괴물이었다.

　섬나라 한두 개 정도는 간단하게 바다 밑바닥으로 침몰시켜 버릴 수 있는 능력을 지닌 그에게 있어서, 적군의 졸병들 따위가 백만이건 천만이건 그다지 큰 문제는 아니었다. 해마왕인 네르토나씩이나 되는 고위의 괴물을 상대할 때는, 무조건 머릿수만 많은 대군보다는 정예 중의 정예로 뽑힌 진정한 용사들을 파견하는 수밖에 없었다.

　하지만 그러한 네르토나조차 경외심을 가지게 하는 존재가 류키츠라는 이름의 아름다운 괴물이었다.

그러나 이번만큼은 여느 때와 달랐다. 이번에야말로 반드시 그 가공할 만한 용종의 후손을 꺾을 수 있을 것이다. 그리고 그 아름다운 목과 신선한 내장을 자신들의 신에게 제물로 바칠 수 있으리라.

네르토나는 해삼과 같은 모양새의 수많은 혀를 놀려 동포들에게 말을 걸었다.

평범한 생물들은 그냥 듣기만 해도 혼이 오염될 그의 끔찍한 목소리는 동포인 해마들에게 있어선 천상으로부터 들려오는 음악소리처럼 편안하게 들렸다.

"나의 동포들아. 사랑스러운 자식들아. 우리의 신, 위대하신 오크툴— 한없는 심연을 잠자리로 삼아 주무시는 아버지로부터 하사받은 우리의 오랜 숙원을 성취할 때가 왔다. 기억을 떠올려라. 신의 인도에 따라 이 혹성의 바다에 내려선 우리의 가장 존귀한 사명을 가로막아 온 증오스러운 용들과 인어, 해신의 권속들과 바다의 정령 놈들의 얼굴을 말이다! 그리고 오랜 세월에 걸쳐 패배의 쓴맛과 함께 분노와 슬픔에 가슴을 태우던 조상들의 처절한 원한을 말이다! 우리의 바다가 청정할 필요는 없다. 우리의 바다에 자비는 필요 없다. 신에게 바칠 자들의 고통스러운 신음소리와 한탄스러운 외침소리, 단말마의 비명과 그들의 몸을 찢어 발겨 획득한 피와 살과 영혼만이 필요할 뿐이다! 너무나도 필요 없는 것들로만 가득 찬 이 별의 바다와 대지를 정화한다! 이곳을 우리의 신께 봉헌할 모형 정원으로 만들기 위해, 우리의 목숨을 바칠 때가 온 것이다!"

네르토나는 드디어 주먹을 치켜 올리더니, 소리 높여 선언했다.

이 자리에 모인 모든 해마들은 대의를 이루기 위해선 그들 개개인의 목숨이나 정신은 하찮기 짝이 없는 사소한 요소에 지나지 않는다고 진심으로 여기고 있었다.

"우리의 신과 그분께서 창조하실 모형 정원에 영광 있으라. 제물들에게 영원한 고통을 선사하라! 우리의 숙원을 성취하기 위해, 우선은 우리의 원수인 수룡황 류키츠의 목을 베어 와라. 그리고 심장을 도려내라! 그러고 나서야 우리의 신께서 이 더러운 세계에 강림하시어, 진정으로 바람직한 세계를 재창조하실지니!!"

왕이자 제사장이기도 한 네르토나의 호령에 따라 지금껏 자그마한 숨소리 하나조차 내지 않았던 왕자들과 해마들, 그리고 대형 해마들이 일제히 일어나 그들의 왕과 신의 이름을 일제히 외치기 시작했다.

류키츠가 동포들과 함께 조용히 비장한 각오를 다지고 있던 같은 시각, 그녀의 원수인 네르토나는 동포들의 사기를 북돋아 마지막 전투를 시작하기 위한 광적인 열기들을 고조시키고 있던 것이다.

잘 가거라 용생, 어서 와라 인생 6

초판 1쇄 발행 2019년 8월 10일

지은이_ Hiroaki Nagashima
일러스트_ Kisuke Ichimaru
옮긴이_ 정금택

발행인_ 신현호
편집국장_ 김은주
편집진행_ 최은진 · 김기준 · 김승신 · 원현선 · 권세라
편집디자인_ 양우연
국제업무_ 정아라 · 전은지
관리 · 영업_ 김민원 · 조인희

펴낸곳_ (주)디앤씨미디어
등록_ 2002년 4월 25일 제20-260호
주소_ 서울시 구로구 디지털로 26길 111 JnK디지털타워 503호
전화_ 02-333-2513(대표)
팩시밀리_ 02-333-2514
이메일_ lnovelpiya@naver.com
L노벨 공식 카페_ http://cafe.naver.com/lnovel11

SAYOUNARA RYUUSEI, KONNICHIWA JINSEI 6
Copyright ⓒ Hiroaki Nagashima 2016
Cover & Inside Illustration Kisuke Ichimaru 2016
Cover & Inside Original Design ansyyqdesign 2016
Korean translation rights arranged with AlphaPolis Co., Ltd.
through Japan UNI Agency, Inc., Tokyo

ISBN 979-11-278-5165-1 04830
ISBN 979-11-278-4192-8 (세트)

값 9,000원